EXPLORATION CAPRI

Teil 2

- Verschollen -

CHRISTIAN KLEMKOW

Impressum

Exploration Capri
Teil 2 - Verschollen
Originale E-Book-Erstausgabe
vom 31. Juli 2014

Create Space Auflage 1

Titelbildgestaltung	: Monika Schröder
Titelbildabbildung	: Monika Schröder
Layout & Satz	: Christian Klemkow
Create Space-Erstellung	: Christian Klemkow

www.facebook.com/explorationcapri

ISBN-13: 978-1505315622

ISBN-10: 150531562X

Im Gedenken

an meine Mutter

...

Helga Klemkow
1948 - 2004

Inhaltsverzeichnis

für

**Professor
Stephen William Hawking**

***

Genie, Inspiration &
bewundernswertes Vorbild

2. Akt

„Ihr, die ihr hier eintretet,
lasset alle Hoffnungen fahren!"

Dante, 1307

Stiller Raum

Dunkelheit, soweit das Auge reichte. Nur in großer Ferne, viele Lichtjahre, Jahrhunderte bis Jahrmillionen, leuchteten die Sterne so klar wie nie zuvor. Es war ein Lichtermeer, wie es nirgends auf der Erde zu beobachten war. Strahlend schön. Kein Dunst und keine Atmosphäre verschleierten hier die Sicht.

Genau in diesem Moment begann einer der Sterne zu flackern. Binnen Sekunden vervielfachte er seine Helligkeit, bis er plötzlich erstarb. Kein ferner Lichtpunkt mehr, der seit Ewigkeiten existierte. Doch die Reise seines Lichtes war noch nicht zu Ende. Viele Parsec weiter draußen würde sein Licht noch lange bestehen. Die Strahlung, die der Stern vor langer Zeit ausgesandt hatte, durchquerte das weite Weltall auch weiterhin in alle Richtungen des Raumes. Doch hier, an diesem Ort, waren soeben die letzten Lichtstrahlen des fernen Gestirns vorübergezogen.

Sonnen sterben und werden neu geboren. Das ist keine Seltenheit. Jeden Tag stirbt irgendwo im Universum ein Stern. Heute, gerade eben, war es dieser eine gewesen. Gestern dort drüben - und morgen? Anderswo verdichteten sich gewaltige Gaswolken zu dunklen, schweren Kugeln, bis ihr solares Feuer entfacht wurde und eine neue Generation geboren war.

Hier, von diesem wundersamen Ort, sah man besonders viele Sterne vergehen. Sie leuchteten nicht nur heller, sie starben und gebaren auch schneller als anderswo. Und es würden nicht die letzten sein. Viele der strahlenden Sterne waren längst erloschen, ihre Lebensjahre bereits aufgebraucht, und dennoch erstrahlten sie samt ihrer Vergangenheit noch weit in die Zukunft hinaus. Niemandem würde es je möglich sein, mit Bestimmtheit zu sagen, welcher der abertausenden Gasriesen noch existierte und was ihn dort erwartete.

Könnte man einen verborgenen Blick in diese fernen Welten riskieren, so würden einem wahre Wunder offenbart. So hell das Firmament in der Ferne auch strahlte, vermochte es die Leere des Alls nicht mit Licht zu erfüllen. Fernab eines Gestirns, welches Licht in die Finsternis brachte, blieben alle Körper stets in ewige Schwärze getaucht.

Plötzlich zog ein Schatten über das ferne Sternenmeer. Nur sehr spärlich waren undeutliche Umrisse auszumachen, während sich die Sterne in dessen silberglänzende Unterseite spiegelten. Unkontrolliert um mehrere Achsen drehend, rollte der Rumpf auf die Seite und gab mehr und mehr Licht von der aktiven Notbeleuchtung preis.

Es war die Explorer. Noch immer besaß sie eine große Restgeschwindigkeit von zahllosen Kilometern pro Sekunde. Doch weder von der Geschwindigkeit noch von laufenden Maschinen war etwas zu spüren oder zu hören. Es herrschte absolute Stille und mörderische Kälte. Nur das ständige Rauschen der 2,7 Grad Reststrahlung des Urknalls, besser bekannt als kosmische Hintergrundstrahlung, erfüllte die unendliche Leere, welche die Explorer umgab.

Ihre Konturen hoben sich einzig von den Sternen ab, die der Rumpf verdeckte. Die dezente Notbeleuchtung machte nur einzelne Hüllenbereiche sichtbar. Noch war es nur ein dunkles Grau.

Wie einst die Titanic vor ihrem Untergang, war auch die Explorer ein Schiff der Superlative. Majestätisch, stark und pfeilschnell. Aus den Lektionen der vergangenen Jahrhunderte mit ihren beispiellosen Katastrophen hatte man viel gelernt. Die Explorer war kein übliches Raumschiff, wie es Ingenieure für bisherige Raumfahrten bauten. Sie war keines der dürren, kilometerlangen Stangenschiffe, die seit 40 Jahren das Sonnensystem erkundeten. Berühmtheiten wie die Odyssey, die Titan oder die Pegasus gehörten der Vergangenheit an.

Sie alle wären dem vernichtenden Strahl Capris mit ihrer grazilen Konstruktion zum Opfer gefallen. Etwas Kleineres und Schnittigeres musste her.

Robust und massiv wie kein anderes Schiff glich die knapp 145 Meter lange Explorer einem stromlinienförmigen Bolzen auf einer Armbrust. Der biegsame Druckkörper, die gepanzerte Hüllenkonstruktion aus speziell gehärteten und gleichzeitig besonders flexiblen Kohlenstoffkarbonfasern, extrem hitzebeständiger Titan-Wolfram-Superlegierung, unverwüstlichen Nanotube-Matten und einem unverzichtbaren Bleischild, verliehen dem Schiff zugleich Stabilität und Schutz, so dass sie auf die veralteten, riesigen Strahlungsschutzschilde verzichten konnte. Zusammen mit den technischen Raffinessen des EM-Ablenkungsschildes, der Gravitations- und Trägheitsabsorber war sie das sicherste und revolutionärste Schiff aller Zeiten.

In Form und Länge vollzog die Explorer eher einen Schritt in die Vergangenheit als in die Zukunft. Stark erinnerte ihr Design an die ebenso betagten Space Shuttles der ersten und dritten Generation. Deutlich hob sich die Ansatzform der eingezogenen Deltaflügel ab, mit denen die Explorer auch in Atmosphären verschiedener Planeten einzutreten vermochte, wenn es die Notwendigkeit verlangte.

Eine Viertel Rollbewegung später verschwanden die markanten Tragflächen und die Explorer zeigte ihre seitliche Silhouette in voller Länge. Aus dieser Position verrieten nur winzige Details, wo sich Heck und Bug befanden. Beide Enden des Schiffes schienen sich zu gleichen. Die Haupttriebwerke waren noch verschlossen, das Leitwerk eingefahren. Nur eine Wölbung, die dem Nasenbuckel eines Delfins ähnelte, verriet, wo sich die Hauptbrücke befand. Die halbmondförmige Fensterfront des Cockpits war jedoch so schwarz wie der Rest des Schiffes.

Plötzlich flackerte es im Cockpit. Roter Schimmer erfüllte die Fenster. Die Notbeleuchtung aktivierte sich.

Sekunden später folgten auch die hinteren Sektionen. Durch das dicke Glas der längs gestreckten ovalen Fenster der Hauptsektionen drang nun bläuliches Licht hinaus. Das gesamte Schiff, das sich eben noch im Tiefschlaf befunden hatte, erwachte wieder zum Leben.

Cockpit, B-Deck
Eisige Stille herrschte im Cockpit der Explorer. Die meisten Armaturen und Schaltdisplays waren seit langer Zeit dunkel und deaktiviert. Die gesamte Technik war von einer dünnen, schimmernden Eisschicht überzogen und wartete auf seine längst überfällige Reaktivierung.

In den rechten Fenstern klafften mehrere Löcher. Winzige Trümmer oder Mikrometeoren hatten das dicke Panzerglas durchschlagen. Die meisten kaum größer als Einschusslöcher. Das größte von ihnen maß sechs Zentimeter. Jedes Einzelne hätte genügt, um die Luft innerhalb von Sekunden aus den Lungen der Besatzung zu saugen. Brandspuren und zertrümmerte Instrumente säumten die gegenüberliegende Wand, auf deren Funktionalität man in Zukunft wohl verzichten musste. Vermutlich war es der wabenförmigen Sandwichkonstruktion sämtlicher Zwischenwandverstrebungen zu verdanken, dass auf der anderen Seite des Cockpits kein quadratmetergroßes Loch klaffte. Dennoch hatte sich der Weltraum neues Territorium erschlossen.

Trotz der Schäden und der absurden Kälte, von höchstens zehn Grad über dem absoluten Nullpunkt, gab es noch Strom. Einige Anzeigen und Lampen leuchteten in unterschiedlichen, meist rötlichen Farbtönen um die Wette. Warnlampen, die zeigten, was alles defekt war. Hinter der dünnen Eisschicht schimmerte eine grüne, digitale Uhranzeige. Es war 11:38:34. Die Uhr stand still, an welchem Tag auch immer.

Die meisten Systeme befanden sich noch immer im Standby-Betrieb, als plötzlich ein stummer Alarm ausgelöst wurde.

Das halbe Cockpit aktivierte sich, Analysen liefen an. Kein Ton war zu hören. Sämtliche Lautsprecher schallten ins Leere. Das Lebenserhaltungssystem versuchte vergeblich ein Luftgemisch ins Cockpit zu blasen, welches sofort ins All entwich. Einige Sekunden später stoppte es. Die KI des Bordcomputers hatte den strukturellen Schaden erkannt. Eine von wenigen zutreffenden Anweisungen des Computers innerhalb der letzten Jahre.

Weiterhin herrschte das Vakuum über das Cockpit.

Kryohalle I, Vordersektion, C-Deck
Die Sektion war in blaues Licht der Kryotiefschlafkammern gehüllt. Wie überall an Bord herrschte auch hier eisige Stille. Medizinische Ausrüstung schwebte durch den Raum, als wäre sie nie zur Ruhe gekommen. Offenbar hatten sich einige Schranktüren selbständig geöffnet. Einströmendes Gas der Lebenserhaltung erfasste eine Packung Spritzen und schleuderte sie durch die Sektion. Immer lauter werdendes Zischen besserte die dünne, abgestandene Luft mit lebensnotwendigem Sauerstoff auf. Eiskristalle wirbelten durch den Raum, unfähig, als Schnee zu Boden zu fallen. An einer Wand begann ein deutlicher Schmelzprozess. Die Heizungen der Explorer aktivierten willkürlich. Es würde eine Weile dauern, bis alle Bereiche des Schiffes wohnlich temperiert waren. Gegenüber der eiskalten Luft schlief die Crew einen behaglich warmen Kryoschlaf. Kammer für Kammer befand sich die Besatzung hinter einer undurchsichtigen Eisschicht. Lediglich die Namensschilder über den großen blau leuchtenden A-Reliefs Aurigas, wiesen auf die Insassen der einzelnen Kryokapseln hin. Kammer Nummer I4 startete als Erste den automatischen Auftauprozess. Die Umrisse der zarten Beine in dem Tank ließen auf ein weibliches Crewmitglied schließen. Viel zu schnell verwandelte sich der trübe Blick der gallertartigen Masse in eine immer klarer werdende blaue Flüssigkeit. Eine seltsame Erscheinung wies auf die allgegenwärtige Schwerelosigkeit hin.

13

Luftblasen erschienen im gesamten Tank, stiegen jedoch nicht auf. Weiter oben im Glas, wo die Lebensanzeigen deutlich zu erkennen waren, schimmerte das Namensschild auf der Kleidung durch. Die medizinischen Anzeigen veränderten sich, die Temperatur stieg und die Intensität des Lichtes nahm stetig zu. Weiter oben am Gesicht erschien die Flüssigkeit bereits so klar wie Wasser. Die Bordärztin war noch nicht erwacht.

Plötzlich wurde die Kryogenflüssigkeit abgepumpt. Schwerelos schwebte Susannah in ihrer Kammer und kam langsam zu Bewusstsein. Ein schweres Schlucken, das erste seit Jahren, schmerzte in ihrem Hals. Susannah öffnete ihre Augen und war noch ganz abwesend. Vorsichtig und schwach nahm sie ihre Atemmaske vom Gesicht, als gleichzeitig die Tür der Kammer pfeifend nach oben glitt. Der Druck fiel rapide ab. Sofort spürte sie die tödliche Kälte und der erste Atemzug stach in ihren Lungen. Die ausgeatmeten Wassertröpfchen schwebten sofort als feiner Schnee durch die Luft. Die gefühlte Temperatur erschien ihr kälter als der schlimmste irdische Winter der Antarktis. Es mussten weit unter minus 100 Grad sein. Vielleicht noch viel kälter. So schnell sie konnte, betätigte sie den Knopf zur Verriegelung. Die Tür fuhr wieder nach unten und schloss hermetisch ab.

„Ist das kalt", zitterte sie. „Hier stimmt etwas nicht."

So sollte das Weckprozedere ganz sicher nicht ablaufen. Noch immer hing sie festgeschnallt in ihrer Kammer und versuchte sich von ihren Gurten zu befreien. Frierend wurde ihr klar, dass es nicht gut um sie stand und sie zu schnell aus dem Tiefschlaf geweckt worden war. Schwindelgefühl und Übelkeit waren nur die ersten Anzeichen. Viel schlimmer waren die panikartigen Gedanken über ihre Situation. Träumte sie das alles nur? Sie blickte hinaus, jedoch konnte sie niemand anderen in erwachtem Zustand sehen. Offenbar war sie die Einzige, die aus dem Tiefschlaf geweckt worden war. Zaghaft zog sie die Kanüle der Lebenserhaltung aus ihrem Armanschluss, löste sie die letzte Schnalle, bis sie begriff, dass die Schwerkraft inaktiv blieb. Ihre Blicke wanderten durch die Sektion zu den anderen Kryokammern. Über sämtliche Oberflächen hatte sich eine feine Eisschicht gelegt. Susannah versuchte sich zu beruhigen und holte tief Luft. Sie musste aus dieser Falle entkommen und irgendetwas unternehmen.

Einen Moment lang nahm sie sich die Zeit, um ihre Optionen zu überdenken. Außerhalb ihrer Kammer war die Luft viel zu kalt, um sie dauerhaft einzuatmen, das war ihr klar. Entschlossen griff sie zur Notausrüstung innerhalb ihrer Kammer und setzte die flache Schutzmaske auf. Die vorgewärmte Luft aus diesem Gerät würde die Kälte nicht ewig von ihren Lungen und ihrem Gesicht abhalten. Besonders die Augen galt es bei dieser Kälte zu schützen, schließlich bestanden sie hauptsächlich aus Wasser. Dass die durchblutete Netzhaut gefror, war eher unwahrscheinlich, denn das würde ein Weilchen dauern. Würde jedoch der Augapfel gefrieren, zerstörten Eiskristalle die Zellen. Die Folge wären stark eingeschränkte Sicht, Bewegungslosigkeit der Augen und irreparable Schäden an Iris und Pupillen. Die Maske bewahrte sie hoffentlich einige Zeit vor der brutalen Kälte. Würde sie erblinden, wäre sie ihrem Schicksal hilflos ausgeliefert. Wie sollte sie dann die Computer bedienen? Nachdenklich griff sie zu einer Restansammlung des gallertartigen Kryogels am Boden der Kammer und verteilte es über ihren ganzen Körper bis zum Kopf. Schwacher Druck schien noch vorhanden zu sein, anderenfalls hätte sie ganz andere Konsequenzen beim Öffnen der Kanzel erlebt. Ohne Druckanzug blieben ihr im Vakuum maximal 15 Sekunden, ehe die im Blut gebundene Luft ausgaste und die Sauerstoffversorgung zum Gehirn abschnitt. Die Folge: sofortige Ohnmacht und dann der Tod. Vermutlich musste sie bei derart stark verringertem Druck von höchstens 0,2 bar mit unangenehmen Nebenwirkungen rechnen. Verdunstungskälte, abweichende Siedetemperaturen. Kein schöner Gedanke.

„Bleib ganz ruhig!", versuchte sie erneut aufkommende Panik zu verhindern. „Ganz ruhig. Was muss du zuerst tun?"

Manchmal half lautes Denken. Zumindest hatte es ihr in der schweren Kindheit geholfen. Oberste Priorität galt dem Kabinendruck und dann der Aktivierung der Heizung. Einen Moment ging sie ihren Plan durch. Sie war bereit und atmete aus.

Entschlossen schlug sie auf den Knopf zur Entriegelung ihrer Tür. Wieder erfasste sie unsagbar feindselige Kälte. Hilflos ruderte sie mit den Armen und zog sich mühsam aus ihrer Kammer heraus. Es dauerte einen Moment, ehe sie sich bewusst wurde, was zu tun war. Ihr blieben nur wenige Minuten. Ihre Trommelfelle schmerzten wahnsinnig. Etwas weniger Luftdruck, und die dünnen Membranen würden vom Körperinnendruck zerfetzt. Dankbar vernahm sie das Einströmen neuer Luftstöße. Sie konnte es ganz deutlich hören. So schnell sie konnte, tastete sich Susannah mit ihren Fingern an den eisigen Haltegriffen die Wand zum nächsten Computerterminal entlang. Der dünne Kryoschleim, der ihren ganzen Körper bedeckte, schützte sie wie eine Fettschicht. Doch so dick die Schicht des Gels auch war, sie würde Susannah bei dieser Kälte nicht lange schützen, bis sie anschließend erfror. Immerhin klebten ihre Hände bei der Kälte nirgends fest. Die brutale Temperatur zerrte an ihren Kräften und ihrem Willen. Susannah war sichtlich übel und blass. Sie kämpfte und merkte kaum, wie Äderchen in den Augen und Nase platzten. Am Terminal angekommen, versuchte sie den Computer zu reaktivieren, um Zugriff auf Kabinendruck, Bordheizung und die Gravitoneinheit zu erlangen. Nichts geschah.

„I … IVI …" Sie schluckte schwer. Unter der Maske war ihre Stimme kaum zu verstehen. Außerdem waren ihre Stimmbänder viel zu lange untätig gewesen. Sie hob die Schutzmaske an und versuchte es erneut.

„IVI! Gravitation aktivieren!" Keine Reaktion. Sie rieb ihre blauangelaufenen, starr werdenden Hände.

„Komm schon, verdammt!" Starte endlich die scheiß Systemdiagnose, dachte sie sich. Das Computerterminal rührte sich nicht. Ihr lief die Zeit davon.

„Lauf endlich an!"

Ein Kribbeln breitete sich plötzlich auf ihrer Zunge aus. Das Wasser ihres Speichels begann bald zu kochen. Sie konnte es fühlen und rieb die Zunge am Gaumen.

„Verflucht!" Erneut stieg Panik in ihr auf. Der geringe Druck senkte jede Siedetemperatur. Viel fehlte nicht mehr.

Schnell rückte sie ihren Schutz auf dem Gesicht zurecht. Ihre Wangen spannten sich vor Kälte, ihre Augen schmerzten.

Spätestens jetzt musste sie handeln, sonst würde ihr keine Minute mehr bleiben, ehe sie ausgaste, das Bewusstsein verlor und erfror. Die erbarmungslose Kälte breitete sich so schnell in ihrem Körper aus, dass sie kaum noch zitterte, ein Alarmzeichen. Als Ärztin wusste sie, was die folgenden Symptome sein würden. Hypothermie. Schon jetzt drosselte der Körper die gesamte Energiezufuhr zu den Extremitäten, um den Körper und die Organe zu schützen. Ihre Finger wurden taub und immer steifer. Einen Kältetod wollte sie nicht sterben. Hastig blickte sie sich nach Alternativen um. Entweder kehrte sie unsinnig in ihre sichere Kryokammer zurück, oder sie musste etwas Warmes zum Anziehen finden. Irgendeine Wärmequelle. Alternative eins war keine Lösung, als ihr Blick auf den Schrank mit den Raumanzügen fiel. Im Training hatte sie nie die vorgesehene Zeit geschafft, aber zumindest hatte sie aufgepasst. Nun ging es um Sekunden.

Es war völlig egal, welchen Anzug sie sich griff, also packte sie einen, solange sie ihre Finger noch spüren konnte und zog ihn so schnell an, wie es nur ging. Die erste Minute verstrich ebenso rasch wie die Wärme aus ihren Gliedern. Mühsam, aber unter Schmerzen, gelang es ihr schließlich, in den Anzug zu schlüpfen und die Atomzelle zu aktivieren. Der Stoff des Anzuges war für solche Temperaturextreme geschaffen worden und sehr geschmeidig. Die letzten Handgriffe musste sie mit geschlossenen Augen verrichten, wollte sie weiterhin noch etwas sehen. Entschlossen griff sie zum Helm und kniff die Augen zusammen. Mit letzten Kräften gelang es ihr schließlich, den schweren Helm zu arretieren.

Sie hatte es geschafft. Um mehrere Grad unterkühlt zwar, aber sie lebte. Zitternd sank sie zu Boden, in der Hoffnung, dass der Anzug als autonomes lebensrettendes System funktionieren würde. Sekunden streckten sich zu Minuten. Die Kälte schien sie umzubringen. Die integrierte Heizung im Oberteil sorgte für eine langsame, aber stetige Erwärmung des Körpers und unterband die Drosselung zu den Armen und Beinen. Die Kälte stach in ihren Gliedern, doch sie wusste, dass sie noch eine Weile ausharren musste. Zu hastig erwärmte Arme und Beine konnten sehr gefährlich werden, wenn kaltes Blut zu schnell in den Körper, speziell ins Herz zurückfloss. Nach fünf langen Minuten spürte sie langsam ihren Körper und die warme Luft, die in ihrem Anzug zirkulierte. Wärme war eine Wohltat und sie war froh, dass sie bei der Einweisung aufgepasst hatte.

Die Überprüfung der Bordtemperatur bestätigte ihre Schätzung. Ihr Armdisplay zeigte minus 136 Grad Celsius. Immerhin besser als minus 270, dachte sie sich. Das hatte sie den vielen im Schiff verbauten sekundären Radionuklid-Heizelementen zu verdanken, den inoffiziellen RHU-Notheizkörpern, die das absolute Auskühlen sämtlicher Bordtechnik vor der eisigen Kälte des Weltraums verhinderten. Sie funktionierten ohne Stromspeisung und waren ein gutes Beispiel sinnvoll genutzter atomarer Zerfallswärme.

Erst jetzt bemerkte sie den Alarm und den Ausfall einer Schlafkabine schräg gegenüber. Die Glastür war stark gesplittert. Nachdem sie sich aufgerappelt hatte, hangelte sie sich langsam hinüber. Das Besatzungsmitglied war unkenntlich dehydriert und völlig gefroren. Er hatte keine Chance.

„Nein! Großer Gott!" Susannah berührte das Zentrum des zersplitterten Glases. Etwas Schwarzes, irgendein Partikel,

Trümmerteil oder Minimeteor hatte den Mann von hinten durch die Außenwand durchschlagen. Der Körper wies eine verheerende Austrittswunde im Brustbereich auf. Glücklicherweise wurde das vom Körper und Gel verlangsamte, tödliche Projektil an der Frontscheibe der Kryokammer aufgehalten, ehe es noch mehr Unheil anrichten konnte. Entsetzt wischte sie die Eisschicht vom Namensschild der Kammer. G. Miller. Es war der leitende Bord-Ingenieur.

„O nein. Gordon!"

Ein furchtbarer Schauer packte sie. Sofort begann sie mit der Diagnose der übrigen Kammern in dieser Sektion. Schwebend hangelte sie sich von einer Kammer zur nächsten, um zu sehen, ob es allen anderen gut ging. Hastig wischte sie die dünne Eisschicht von den Glaskanzeln, um mehr vom Inneren und deren Lebensanzeigen zu erkennen.

Als sie an der Kabine ihres Mannes ankam, brach sie innerlich zusammen. Das Display zeigte deutliche Unregelmäßigkeiten der Vitalanzeigen. Das EKG flimmerte. Steven lag im Koma, da es auch bei ihm zu einer Fehlfunktion gekommen war.

„Nein, tu mir das nicht an. Bitte! Nicht du! Wieso steigen die Werte nicht?"

Sie versuchte alles, um die Kammer zu stabilisieren, doch in ihrer Verfassung gelang kein einziger Handgriff. Ihr Zittern war zu stark, um auf den sensiblen Tastflächen etwas auszurichten. Da halfen selbst die besten sensorischen Handschuhe nichts.

„Los, wach auf! Geh mir jetzt nicht drauf, Steven!"

Verzweifelt schlug sie mit den Fäusten gegen die Kanzel und brach in Tränen aus, als sich plötzlich zwei Kammern weiter links eine andere Glastür öffnete.

Chad Barrow, ein kleiner, aber kräftiger Mann mit angesetztem Bauch, mühte sich frierend aus seiner Kammer.

Barrow war kein Niemand an Bord. Er war kein Geringerer als der Namensgeber und Konstrukteur des Schiffes, in dessen Notlage sich alle befanden.

Irritiert und entsetzt über den Zustand seines Babys rief er um Hilfe. Er wusste sofort, dass hier etwas Grundlegendes nicht stimmte.

„Doktor, helfen Sie mir! … Ich erfriere." Jeder Luftzug schmerzte. Stoßweise durchbrach sein weißer Atem die klare Sicht. Was er sah, verhieß nichts Gutes.

„Doktor. Bitte!" Barrow fror entsetzlich.

„Setzen Sie Ihre Schutzmaske auf! Schnell! Ich bin sofort bei Ihnen." Der Chefkonstrukteur reagierte schnell und legte seine Maske an.

Die Kammer des Commanders flackerte. Susannah sah Steven ins Gesicht. Sie war keine Ingenieurin, daher konnte sie vorerst nichts unternehmen, um Steven zu helfen oder für erträglichere Temperaturen zu sorgen. Barrow hingegen schon. Tränenüberströmt stieß sie sich von seiner Kammer ab.

„Schwingen Sie sich hier rüber. Schnell! Sie müssen in einen Anzug!", befahl Susannah.

„Ich kann nicht."

„Reden Sie nicht! Ich helfe Ihnen." Sie reichte ihm einen geöffneten Raumanzug und half dem Ingenieur rasch hinein.

„Halten Sie die Augen geschlossen, bis der Helm einrastet!", befahl Susannah und nahm ihm seine Maske ab. Barrow nickte gehorsam und spürte in der nächsten Sekunde die brutale Kälte über ihn hereinbrechen.

„Es dauert einen Moment. Gleich geht's Ihnen besser."

„Was zum Teufel … was ist passiert?", wollte er wissen, doch Susannah blockte verbissen ab.

„Nicht reden, Chad!"

An ihrem Gesichtsausdruck erkannte er, dass es schlimm stand. Als er schließlich zu Gordon Millers Kammer hinübersah, wusste er, dass die Lage ernster war als befürchtet.

Der Chefingenieur war tot.

Außer Kontrolle

Summend senkte sich die geschlossene Kammer 11 in die Waagerechte. Es war fast unglaublich, dass die Hydraulik bei diesen Temperaturen noch einwandfrei arbeitete, doch von dermaßen teurer Technik erwartete Susannah einfach, dass sie funktionierte. Wenn die Industrie wollte, konnte sie es auch. So wie die älteste Glühbirne der Welt, die seit 1901 sage und schreibe 141 Jahre in einer Feuerwehrwache brannte. Beim Bau der Explorer leistete man sich keine geplante Obsoleszenz. Das gezielte Versagen technischer Produkte behielt sich die Wirtschaft stets für die kleinen Kunden vor, um ihnen das Geld aus den Taschen zu ziehen.

Susannah verriegelte die Station in der Horizontalen. Anders als halbversteckt vertikal in der Bordwand, ähnelte die lang gestreckte ovale Kryokammer nun einem Kokon. Mit nur wenigen Handgriffen entstand in Sekundenschnelle eine vollwertige medizinische Überwachungsstation, die den Commander fortlaufend scannte.

„Ich kümmere mich um dich", flüsterte Susannah ihrem Mann zu. „Du wirst wieder. Hörst du mich?" Zärtlich streichelte sie über die Glasfläche seiner Kammer.

Inzwischen hatten Barrow und der Doc auch die letzten Insassen der Vordersektion aus ihrem Tiefschlaf befreit, die jederzeit aufwachen konnten. Vielleicht war es ein Fehler, alle so früh zu wecken, doch angesichts der Lage brauchte sie jede Hilfe. Andererseits, wie rechtfertigte man in einer solchen Situation, wer leben durfte und wer nicht?

Besorgt blickten Barrow und Colonel Braun zu Susannah, die abwesend auf die schwachen Anzeigen ihres Mannes starrte. Solche Probleme konnte die Mission nicht gebrauchen. Emotionale Bindung zu Patienten und Betroffenheit galt als

21

Schwäche unter Ärzten. Es gab von Anfang an Unstimmig-keiten bezüglich der Zusammensetzung von Besatzungen, die so weite Langzeitmissionen durchführten. Experten und Admiralität waren sich jedoch einig. Feste Bindungen innerhalb der Crew stärkten die Gruppe und die Motivation. Langzeittests hatten mehrfach bestätigt, dass sich Beziehungen und Ehen stabilisierend auf diverse Crews ausgewirkt hatten.

Braun näherte sich der verschlossenen Kammer des Commanders. Zaghaft zog er seine wenigen Finger über das Glas hinweg.

„Er wird es schaffen. Er ist in guten Händen! Wir müssen uns um die anderen kümmern, Doktor", versuchte Braun sie zu beruhigen. Beschwichtigende Worte von einem Mann, der keine Ahnung von Medizin und Liebe hatte, dachte Susannah. Komata waren noch immer unberechenbar und längst nicht vollends erforscht. Niemand konnte je vorhersagen, wie sich ein Koma entwickeln würde. In den Händen einer Maschine. Vertrauen war gut, Kontrolle... Nein, sie konnte nicht weg, nicht von Steven. Erst als sie bemerkte, wie sie von den anderen beobachtet wurde, versuchte sie sich wieder zu beruhigen. Sorgsam schaltete sie durch die Lebensanzeigen ihres Mannes und startete weitere Untersuchungen.

„Doktor? Alles in Ordnung?", fragte Braun besorgt und drehte ihr Gesicht zu ihm. „Wie fühlen Sie sich? Ihr linkes Auge sieht nicht gut aus."

„Sind nur ein paar geplatzte Kapillaren. Mir geht's gut."

„Ich bin sicher, er kommt wieder in Ordnung", versuchte Braun tröstende Worte zu finden. „Wir brauchen Sie!"

„Hat schon jemand die restliche Crew über die Biochips gecheckt?", fragte Barrow neugierig und ging zum Fenster.

„Der Hauptcomputer ist tot. Kein Kontakt zu den anderen Sektionen. Zu niemandem", antwortete die Ärztin. „Was ist nur passiert?"

Barrow kratzte das Eis von einem der Fenster und versuchte nach draußen zu schauen.

„Sieht aus, als würden wir trudeln. Wir haben total die Kontrolle verloren. Wo sind wir nur?"

„Mister Barrow, können Sie bitte was gegen die Kälte tun? Sie sind doch auch Ingenieur, oder?", ergriff Braun die Initiative. Sein Armdisplay zeigte noch immer minus 126 Grad.

„Ich bin doch schon dran", antwortete Barrow knapp.

„Wie konnte das passieren? Zwei Tote, die Schäden. Wir sollten alle Systeme checken, oder das, was noch funktioniert."

„Noch ist mein Mann nicht tot!", antwortete Susannah verbissen und warf Braun eisige Blicke zu.

„Entschuldigen Sie bitte! So war es nicht gemeint", entschuldigte er sich rasch. „Wie geht es den anderen beiden?"

Es dauerte einen Augenblick, ehe sich Susannah wieder den letzten Insassen von Sektion I zuwandte. Die zweite Bordingenieurin Elisabeth Sadler und die Biologin Caren Staff befanden sich noch immer in der Tiefschlafphase. Deren Kryokammern scannten die schlafenden Frauen unermüdlich. Susannah betrachtete den letzten Befund.

„Ihre Blutwerte sind im normalen Bereich. Ungewöhnlich ist nur die schwache Konzentration an Blutplättchen. Aber das ist bei uns allen so. Colonel, tun Sie mir einen Gefallen?"

„Natürlich. Was soll ich tun?"

„Achten Sie auf diese Werte! Der Indikator darf nicht über neun hinausgehen. Rufen Sie mich, wenn was ist!"

„In Ordnung."

Alle hatten erhebliche Probleme, sich bei der Schwerelosigkeit zu bewegen. Zu sehr hatte sich die Menschheit an Schwerkraft im All gewöhnt. Seit über 25 Jahren gab es kaum noch Schwerelosigkeit. Colonel Braun schien sichtlich verärgert über Barrows Untätigkeit, der seit einer halben Stunde nichts dagegen unternahm.

„Hey, Barrow! Tun Sie endlich was! Aktivieren Sie die Gravitoneinheit! Wir brauchen Schwerkraft."

Der Ingenieur versuchte vergeblich, am Computerterminal Zugang zu den anderen Schiffsbereichen zu bekommen.

„Wollen Sie es versuchen? Was meinen Sie, was ich hier tue? Die Systeme haben zu viel abbekommen. Verdammtes Mist Ding! Ohne Sadler komme ich hier nicht weiter. Ich brauche sie." Barrow schlug wütend auf das Terminal ein.

„Verschwenden Sie keine Zeit damit. Ich hab's selbst schon versucht", verkündet Susannah. „Es gibt keine Verbindung zu den anderen Sektionen. Der Computer ist Offline. Wir werden wohl nachsehen müssen, was dort los ist."

Colonel Braun versuchte sich an der Schleusentür zur Mittelsektion. Vergeblich. Nichts passierte. Hinter der Schleuse gähnte schwarze Kälte.

„Hier, fangen Sie!" Barrow warf dem Colonel eine kleine Taschenlampe zu. „Vielleicht sehen Sie damit mehr."
Mühelos fing er die Taschenlampe, die schnurgerade auf ihn zuflog. Manchmal hatte Schwerelosigkeit auch ihre Vorzüge. Aber die Lampe half nicht weiter.

„Nichts. Irgendetwas blockiert die Tür. Hier kommen wir nicht weiter. Gibt es keine Notsicherung, um die Tür zu öffnen?"

„Auf keinen Fall öffnen!", rief Barrow laut. „Wollen Sie uns umbringen? Solange wir nicht wissen, wie es auf der anderen Seite aussieht, bleibt die Tür geschlossen. Wir können von Glück reden, auf dieser Seite atmen zu können."

„Nicht alle hatten so viel Glück wie wir. Irgendetwas muss uns getroffen haben. Wir müssen einen Weg finden, um ins Heck zu gelangen." Susannah wirkte entschlossen und ernst. Ihre Blicke glichen einem Befehl. Es war keine Bitte.

„Dann muss jemand einen Spaziergang machen. Ohne Sadler komme ich nicht voran. Ich muss die Hauptsysteme reaktivieren.", antwortete Barrow unsicher, der offensichtlich Angst vor einem kleinen Außenspaziergang hatte.

Er hasste Extravehicular Activitys, allgemein kurz E.V.A. genannt. Vermutlich hatte er sein Konstrukteurbüro nie verlassen. Er passte nicht zur Crew. Wahrscheinlich hatte er sich sogar um jegliches Training gedrückt.

Er war nur an Bord, weil er das Schiff wie kein Zweiter kannte. Verflucht, warum machte er sich nicht endlich nützlich, dachte Susannah missmutig.

„Dann kümmern Sie sich um Beth und Caren. Wie steht's mit Ihnen, Colonel? Bereit für einen Spaziergang?", fragte Susannah und packte einen Koffer.

„Wann Sie wollen." Braun war bereit. Die Raumanzüge trugen sie ja schon längst.

„Gut. Chad, setzen Sie die Systeme wieder in Gang, soweit Sie können. Versuchen Sie Ihr Bestes! Mir ist egal, ob Sie das Schiff auseinandernehmen müssen, um es zu reparieren."

Colonel Braun war sprachlos. Die kleine Frau schien ein geborener Anführer zu sein.

„Sobald Sadler wach ist. Ich brauche sie für die Fehlerdiagnose. Zu zweit arbeiten wir schneller."

„Dann kümmern Sie sich um Beth. Gut, dann los!", antwortete Sue kurz. Sie wollte es so schnell wie möglich hinter sich bringen, gleich welcher Schrecken sie noch erwartete.

„Warten Sie!", rief Barrow ihr nach. „Nehmen Sie den Weg oberhalb von Deck B über Luke vier. Dort können Sie sich an der Trasse sicher bis achtern entlanghangeln. Und nutzen Sie Ihre Stiefel!"

„Danke für den Hinweis.", antwortete Susannah wissend.

„Achten Sie auf eventuelle Schäden an der Außenhaut! Jeder kleinste Schaden muss behoben werden", betonte Barrow besorgt. Doch Susannah ahnte, dass sich seine rührende Besorgnis mehr um das Schiff und sich selbst drehte, als um die restliche Besatzung.

„Wir machen das schon. Fangen Sie endlich an! Tun Sie Ihren Job!", konterte Braun gereizt.

Vordersektion, B-Deck
Vergeblich versuchte Barrow, einen Bezugspunkt im All auszumachen, und starrte aus einem der Fenster auf die weiße Außenhülle, die in vollkommene Dunkelheit getaucht war.

Er stand am einzigen Fenster, von dem aus man Luke vier gerade so einblicken konnte. Es dauerte nicht lange, bis sich kleine Lichter rund um den Ausstieg aktivierten. Geräuschlos öffnete sich die Tür. Kurze Zeit später schwebten Susannah und Colonel Braun in ihren leichten, kompakten Raumanzügen heraus. Im fahlen Licht war der feine, farbliche Unterschied kaum noch zu erkennen. Susannahs Anzug war silberblau wie alle Anzüge der ISA, während die Raumanzüge der Marines etwas dunkler und mit schwarzsilberner Tarnung versehen waren. Es war eine militärische Reliquie, die im Weltraum keinen Nutzen hatte. Die technischen Apparaturen auf Rücken, Bauch und Armen waren extrem flach gehalten, um maximale Bewegungsfreiheit zu ermöglichen. Besonders die Oxypacks, die Sauerstofftanks des Closed Circuit Rebreather, kurz CCR genannt, waren sehr kompakt und klein geworden, garantierten jedoch äußerst lange Außenspaziergänge von bis zu einem Tag.

Ein CC-Rebreather war ein vollkommen geschlossenes Sauerstoffkreislaufsystem, dessen Atemluft ständig mit neuem Sauerstoff angereichert werden konnte. Der Kohlendioxidanteil wurde dabei chemisch gebunden. Der Unterschied zum halbgeschlossenen Rebreather bestand darin, dass kein Gas das Kreislaufsystem verließ. Schließlich würde im Weltraum jeder Gasausstoß zu einem unerwünschten oder gar verhängnisvollen Rückstoß führen.

Noch immer verfolgte Barrow das Treiben unterhalb seines Fensters. Teile der Raumanzüge und der Helme waren stets beleuchtet und besaßen kleine eingelassene Scheinwerfer, um für ausreichend Licht zu sorgen. So war es den Astronauten möglich, mit beiden Händen zu arbeiten. Kaum waren beide aus der Luke ins Freie getreten, aktivierten sie ihre magnetische Haftunterstützung und hakten sich mit einem Sicherungsseil und Karabiner in eine der vielen Führungen der Reling ein. Barrow sah den beiden nach, solange er sie im Auge behalten konnte.

Oben auf dem Rücken der Explorer angekommen, würden beide die längste Reling, die sogenannte A-Trasse, nutzen. Es war der schnellste und sicherste Weg zum Heck.

Außerhalb der Explorer

Nachdem Susannah und Braun die magnetischen Stiefel wieder abgeschaltet hatten, hangelten sich beide in Richtung Heck vor.

„Bleiben Sie dicht hinter mir und halten Sie sich gut fest. Wir fliegen zu schnell, um umzukehren."

„Ja, Ma'am. Ich habe schon so einiges hinter mir."

„Kann ja sein, aber Sie wären nicht der Erste. Gewöhnen Sie sich lieber an meinen Kommandostil, Colonel! Hier draußen lass ich mir von niemandem reinreden."

Ein Meer von Sternen und Schatten breitete sich vor den beiden aus. Weiter hinten herrschte gespenstische Dunkelheit. Das gleißend helle Licht eines vorbeihuschenden Scheinwerfers blitzte kurzzeitig in Susannahs Augen.

„Vorsicht! Sie blenden mich!"

Im Licht der Scheinwerfer, das sich weit über den Rumpf erstreckte und lange Schatten warf, entdeckten Susannah und Colonel Braun viele kleine Löcher. Zum Glück maßen die meisten Treffer nur wenige Zentimeter und waren in der äußeren Schicht stecken geblieben. Etliche Spuren abgeprallter Objekte, kleinere Furchen und Risse hatten das Schiff übel zugerichtet, blieben jedoch harmlos. Nur wenige hatten die Außenhülle vollkommen durchdrungen, doch der angerichtete Schaden konnte vor allem bei hohen Temperaturen wie bei einem Wiedereintritt zum unkalkulierbaren Risiko werden. Jeder Astronaut kannte die Angst. Kleine Makel, jeder Riss und jedes Loch konnten über Leben und Tod entscheiden. Die Verluste der Challenger und der Columbia waren die ersten großen Katastrophen, bei denen kleinste Beschädigungen gereicht hatten, um ganze Shuttles samt ihrer Besatzung zu verlieren.

„Für die Reparaturen werden wir Tage brauchen. Was kann das verursacht haben? Meteoriten?"

27

Colonel Braun stocherte mit dem Finger in einem der Löcher herum, in der Hoffnung, die Ursache zu finden. Susannah unterstützte ihn mit ihren Scheinwerfern und beobachtete seine unachtsamen Versuche.

„Was tun Sie da? Passen Sie auf, dass Sie sich nicht schneiden. Das kleinste Loch kann Ihr Ende bedeuten", mahnte Susannah.

„Ich dachte, das Material ist unverwüstlich."

„Darauf würde ich nicht wetten. Unfälle passieren schnell." Blitzartig zog Braun seinen Finger aus dem kleinen Loch und blieb tatsächlich an einem Grat hängen. Mit größter Vorsicht löste er seinen Finger. Sie hatte Recht. Hier draußen musste man vor allem auf der Hut sein und genau überlegen, was man tat.

„Was meinen Sie, was uns getroffen hat?", suchte Braun fieberhaft weiter.

„Ein Kometenschweif vielleicht, oder Minimeteore. Möglicherweise nur Staub. Bei der Geschwindigkeit ist alles tödlich. Wären sie nur wenige Millimeter größer gewesen, hätten sie das Schiff auseinandergerissen. Was es auch war, es hat großen Schaden angerichtet."

Ihre Augen wandten sich vom Rumpf ab und suchten nach irgendetwas Bekanntem, dem Grund für diesen Schlamassel. Nichts. Braun konnte ihren angstvollen Blick nicht sehen.

„Chad, bitte kommen!", sprach sie ins Intercom.

„Was gibt es? Wo sind Sie gerade?", fragte Barrow über Funk.

„Wir sind in Abschnitt vier, Steuerbord, erreichen gleich die Mittelsektion. Hier draußen wartet viel Arbeit auf Sie. Es hat uns ziemlich übel erwischt."

„Verstanden. Wie schlimm ist es?", wollte Barrow genauer wissen. „Können Sie die Schäden beschreiben?"

„Wir sind nur knapp an einer Katastrophe vorbeigeschrammt. Das Schiff sieht aus, als wären wir durch einen Meteoritenschauer geflogen. Die Außenhülle gleicht

28

einem Schweizer Käse. Zum Glück scheinen es nur oberflächliche Schäden zu sein. Reicht die Beschreibung?"

„Sehr bildlich, danke. Gut, dass das Schiff ganz geblieben ist. Ich werde es mir selbst ansehen, sobald ich kann."

„Wir dokumentieren alles. Wie weit sind Sie mit den Systemen und wie geht es den anderen?", wollte Braun wissen.

„Alles unverändert. Wenn sich was tut, erfahren Sie es als Erster. Ende."

Totenstille, nur das Keuchen des eigenen Atems klang durch die Anzüge der beiden Inspekteure. Zug um Zug näherten sie sich der Luke fünf, die nur wenige Meter hinter dem metallischen Horizont der runden Wölbung der Außenhülle lag. In Sichtweite der Luke angekommen, offenbarte sich eine wahrhafte Katastrophe. Vor ihnen, über dem weißen Horizont der Explorer, zeichnete sich im Lampenschein eine verheerende Kontur der Außenhülle ab. Deformiert und messerscharf, hatte sich ein fast acht Meter langes Trümmerteil des SDI2-Reflektors in die Mittelsektion hinein gebohrt und sich fest verankert. Meterhoch ragte das Schrottgebilde aus dem offen klaffenden Rumpf der Explorer heraus.

Ungläubig näherten sie sich dem verbrannten Ding, das offenbar die Mittelsektion durchschlagen und schwer beschädigt hatte. Neben dem scharfkantigen Trümmerteil klaffte ein großes Loch in der Bordwand, das reichlich Platz für einen Menschen bot. Die nach außen gebogenen Metallfetzen machten jeden Einstieg zu einer gefährlichen Gratwanderung.

„Das darf doch nicht wahr sein.", gab Braun überrascht von sich.

„Um Himmels willen. Können Sie mir verraten, was das ist? Das sieht mir ganz wie eines Ihrer Spielzeuge aus."

Braun schien sofort zu wissen, was das für ein Ding war. Für ihn war es nur zu einfach sich auszumalen, was geschehen war.

„Ja, ich würde sagen, das ist die Ursache für unsere Lage."

„Sehen Sie! Die Luke können wir vergessen", zeigte Susannah nach links. „Uns bleibt wohl keine Wahl. Wir müssen da durch."

Luke fünf war zerstört. Der Einstieg war von kleineren Einschlägen des Reflektors übersät worden. Braun wandte sich ab.

„Los, weiter!" Die Chance, alle Insassen wohlbehalten vorzufinden, minderte sich mit jeder weiteren Entdeckung.

Ohne weitere Worte zu wechseln, versuchten sie durch das Loch ins Innere zu gelangen. Beiden war klar, dass nicht alle Insassen von Sektion II überlebt hatten. Nur wer war der Unglückliche?

Während sie jeden ihrer Schritte mit äußerster Sorgfalt plante, ging sie im Kopf die Crewliste durch. Wessen Kammer lag auf welcher Seite? Steuerbord lagen…

„Stopp! Keinen Zentimeter weiter!", schrie der Colonel.
Sie musste mehr aufpassen, sich konzentrieren. Um ein Haar hätte sie ihren Anzug aufgeschlitzt. Nur noch ein paar Meter und sie würde wissen, wen es erwischt hatte. Sie musste vor allem aufpassen, nicht selbst ins Gras zu beißen.

„Geben Sie mir den Koffer!", sagte Colonel Braun, der als Erster in Sektion II gestiegen war. „Kommen Sie! Ganz vorsichtig!"

Das Loch glich einem mit unzähligen spitzen Zähnen bewaffneten Haimaul. Messerscharfe Grate, klingenartig aufgerissenes Metall bedeuteten akute Lebensgefahr. Das Loch war der einzige Weg.

Kryohalle II, Mittelsektion, C-Deck

Je weiter sie ins Innere vordrangen, umso weniger Hoffnungen machten sie sich um Überlebende. Es schien nicht mal Energie für die Kammern zu geben. Sektion II war so finster wie ein Grab. Die eisige Dunkelheit wurde nur von einigen Sternen erhellt, die sich ständig an der offenen Wunde des Schiffes vorbeibewegten. Langsam beleuchteten die schwenkenden Lichtkegel der Scheinwerfer das Unheil in diesem Abschnitt.

Trümmerteile ragten in den Raum, offene Kabelstränge, abgerissene Deckenverkleidungen und frei schwebende Lampen machten das Chaos perfekt. Von starken Gewalteinflüssen gezeichnet, trieb eine losgerissene Kryokammer knapp über dem Boden. Die Rückseite nach oben gerichtet und der Energieversorgung beraubt, konnte nur eine Schlussfolgerung gezogen werden. Wer immer in dieser Kammer gelegen hatte, nun ja … Es bestand keine Hoffnung, dass er noch leben würde. Behutsam umrundeten beide die Kammer, ihre Scheinwerfer ununterbrochen auf das Gehäuse gerichtet und auf einen weiteren furchtbaren Anblick gefasst. Als sie die Vorderseite erreicht hatten, war ihnen sofort klar, dass dieser Jemand das Schiff unfreiwillig und ohne Raumanzug verlassen hatte. Das Glas der Front war völlig zerschmettert und vom schlafenden Insassen fehlte jede Spur.

Fassungslos drehten sich beide zum Rest der Sektion um, als der nächste Schock Colonel Braun fast den Hals durchtrennte.

„Achtung!" Susannah zog ihn zurück. Viel hatte nicht gefehlt.

Direkt vor ihnen durchquerte das messerscharfe Trümmerteil des Reflektors die gesamte Mittelsektion und hatte sich quer in die gegenüberliegende Kryokammer gebohrt. Erschrocken wich Susannah zurück.

„Gott, wie grauenvoll. Wie konnte das geschehen?"

„Nicht er!", sprach Braun betroffen und trat näher an die Kammer heran.

„Welcher von Ihren Männern ist es?"

„Thomas. Captain Wheeler. Ein guter Mann. Und ein Freund."

„Tut mir leid." Susannah blickte auf den toten Führungsoffizier. Er war in einem furchterregenden Zustand. Sein Gesicht schien frei von Schmerzen, als schliefe er noch immer. Offenbar hatte er nichts von dem tödlichen Aufprall

31

verspürt, jenem fast unkenntlich geschmolzenen Trümmerteil, das seinen Körper unterhalb des Brustbeines teilte. Obwohl das Glas stark zersplittert war, leuchteten die Anzeigen des Tiefschlafmodus. Die Kammer funktionierte noch. Susannah wandte sich den anderen Stationen zu.

„Die komplette Beleuchtung ist zerstört. Selbst die Notbeleuchtung. Hauptenergie ist da. Die meisten Kammern scheinen intakt zu sein", stellte sie überrascht fest. „Vielleicht leben noch welche."

„Checken wir das."

Schnell kontrollierten beide die fünf restlichen intakten Kammern der Marines. Die Bilanz war erdrückend. Es gab nur vier Überlebende. Was würden sie in der letzten Sektion des Schiffes vorfinden? Noch mehr Leichen? Sie dachte an ihren Schwiegervater James und Bone.

Von ihren Magnetstiefeln am Boden gehalten, standen beide vor dem klaffenden Loch und starrten auf den Platz, wo eigentlich zwei Kammern sein sollten. Es war dasselbe Loch, durch das sie zuvor in die Sektion gekommen waren. Eine nahe Explosion hatte die Außenhülle zerfetzt, eine Kryokammer hinausgeschleudert und die zweite aus ihrer Verankerung gerissen und auf dem Boden zerschmettert. Der Druckausgleich hatte den Rest erledigt.

„Hier sollten zwei Ihrer Soldaten schlafen. Wissen Sie, wer von Ihren Leuten fehlt?", fragte sie. Braun nickte.

„Carter und Stone." Seine Antwort kam schnell und endgültig.

„Wie gut kannten Sie die Männer?", fragte sie.

„Kaum ... ich kannte sie kaum."

„Kommen Sie! Wir können hier jetzt nichts tun, wir müssen zum Heck. Wir holen Ihre Männer später heraus."

Braun blieb vor dem Trümmerteil stehen und starrte auf Wheeler.

„Warten Sie, Doktor. Wir sollten das entfernen, bevor wir die Schwerkraft aktivieren."

„Sie haben Recht. Stoßen wir es gleich ab."

Zielgerichtet ging Braun auf die Stirnseite der Sektion zu, öffnete eine Serviceluke und entnahm einen großen, gelben Wartungskoffer, den er auf den Boden drückte. Dann nahm er einen Laserschneidbrenner aus einem der Fächer und begann das große Trümmerteil wie Butter in mehrere Stücke zu zerlegen. Nacheinander ließ Susannah die Teile durch das große, offene Loch im Rumpf in den Weltraum gleiten. Als nur noch ein Meter des Grates im Körper von Wheeler steckte, wollte Colonel Braun diesen rausziehen. Susannah packte seinen Arm.

„Nicht! Wir müssen die Kammer erst abschalten", sagte sie.

„Denken Sie, hat er es…"

„Gespürt meinen Sie? Nein. Ganz sicher nicht."

Kryohalle I, Vordersektion, C-Deck

Mitgenommen, blass und frierend, versuchten Caren und Sadler in ihre wärmenden Raumanzüge zu schlüpfen. Beide hörten wildes Geklapper hinter einer Abdeckung. Dann kam Barrow wieder hinter dem geöffneten Kabelwirrwarr hervorgekrochen.

„Na? Wie geht es Ihnen beiden?", fragt er ermutigend.

„Den Umständen entsprechend! Warum ist es so kalt?" brachte Caren schwach hervor, als Sadler plötzlich erbrechend zusammensank. Braune Brocken schwebten in alle Richtungen davon, bevor sie gegen verschiedene Konsolen und Kammern klatschten. Ein furchtbarer Geruch breitete sich aus.

„Tut mir leid, dass Sie beide so unsanft geweckt wurden, aber es hat uns schwer erwischt. Vor zwei Stunden hatten wir noch 130 Grad unter null. Ich brauch Ihre Hilfe, Beth!"

Die Kälte zwang Sadler, sich trotz größter Übelkeit in ihren Anzug zu flüchten. Als Ingenieurin war sie nicht zu bremsen und wusste, was nun zu tun war. Sie musste helfen.

„Was ist denn passiert?", wollte sie wissen.

„Keine Ahnung. Die Bordcomputer sind ausgefallen. Ich versuche gerade die Notsysteme zu überbrücken. Wenn Sie soweit sind, könnte ich Ihre Hilfe gebrauchen!"

„Sind wir denn noch nicht da?", fragte Caren naiv.

Barrow wollte eigentlich nicht auf diese Frage antworten. Es war offensichtlich, dass die Situation außer Kontrolle geraten war und sie ihr Ziel nicht erreicht hatten.

„Schauen Sie hinaus! Wenn Sie etwas sehen, lassen Sie es mich wissen", antwortete er mürrisch.

Dann schaltete er eine Konsole ein. Die Umweltzirkulation der Lebenserhaltung lief summend an. Er schaute sich um und freute sich sichtlich, einen ersten Teilerfolg hinbekommen zu haben.

„Aber wir sollten doch schon da sein", stammelte Caren erneut.

„Wenn Sie Hunger haben, essen Sie was. Aber halten sie sich fest. Ich aktiviere gleich die Schwerkraft. Bin gleich wieder da." Dann verschwand er wieder hinter der Wand und das Klappern begann von neuem.

Kryohalle II, Mittelsektion, C-Deck

Ursprünglich waren die drei Kryohallen kaum voneinander zu unterscheiden. Doch zwischen Sektion I und II herrschte nun ein himmelweiter Unterschied. Lampen waren zertrümmert, ein klaffendes Loch in der Wand. 200 Grad Temperaturunterschied. Die Überlebenden mussten noch ein Weilchen ausharren. Nur die abgeschirmte Kryo-Technik ersparte ihnen ein ebenso kaltes Grab. Gerade als sich Susannah und Braun zur dritten Sektion aufmachen wollten, meldete sich Barrow über Intercom.

„Doktor, Colonel? Sie sollten sich festhalten. Ich aktiviere die Gravitoneinheit", sprach er direkt in ihren Helmen.

„Worauf warten Sie? Wir sind bereit.", rief Susannah zurück und suchte Halt.

Ein kurzes Flackern blitzte über die Konsolen an den Wänden. Was noch funktionierte, lief plötzlich wieder an. Mehrere umherschwebende Objekte fielen zu Boden, als sich die künstliche Schwerkraft aktivierte. Das schwere Trümmerteil, das noch immer in Captain Wheelers Kammer steckte, bog sich durch das Eigengewicht dem Metallboden entgegen und brach dabei noch mehr Glas von der Kanzel ab. Kurz entschlossen, drehte sich Colonel Braun zum Captain hin und griff zu.

„Holen wir es gleich raus." Susannah packte mit an.

„Eins, zwei und drei!"

Mit einem Ruck war das Trümmerteil aus seinem Körper gezogen und schlug dumpf und hart auf dem Fußboden auf. Die blutverschmierte Spitze des scharfen Grates vereiste binnen Sekunden. Ein Defekt ließ die beschädigte Kammer Wheelers unaufhaltsam auftauen. Noch war das Blut dick und zähflüssig, doch das Kryogel war auch weit unter null Grad noch flüssig, so dass es aus dem Riss der Glaskanzel langsam ins Freie trat.

„Die Kühltechnik funktioniert noch. Wir müssen das Loch abdichten."

„Beenden Sie den Prozess einfach", verlangte Braun.

„Es lässt sich nicht abbrechen. Schnell, reichen Sie mir die Pads herüber."

„Sehen Sie hin. Es gefriert, sobald es austritt. Wozu also abdichten?"

„Und wie sollen wir die anderen befreien? Etwa bei minus 260 Grad? Wollen Sie die Sauerei überall?"

„Scheiße."

Wheeler machte einen sanften Eindruck, als schliefe er noch immer. Susannah aktivierte das Licht in der Kammer, damit sie das Loch besser erkennen und abkleben konnte. Doch die Beleuchtung machte das Grauen nur noch deutlicher, als es ihr lieb war. Auf der Höhe des Unterleibes war der Körper fast vollständig durchtrennt worden. Der tiefe, hellrote Spalt führte tief ins Gewebe der starren Leiche hinein. Glücklicherweise war das Glas dermaßen zersplittert, dass sie nicht mit erkennbaren

Details konfrontiert wurde. Nur kurze Zeit später begann sich das Gel aufzuklaren. Das Blut wurde sichtbar weicher, während das Kryogel immer schneller an einigen kleinen Stellen hindurchfloss, um gleich darauf an der Außenseite des Glases zu gefrieren.

Als sie mit der Versiegelung fertig war, trat sie einige Schritte zurück.

„Großer Gott!", stotterte Braun, als er begriff, was sich gleich abspielen würde. Entsetzt betrachteten beide das blutige Schauspiel in der Kryokammer.

Langsam sank der abgetrennte Unterleib im nun flüssigen Gel nach unten, während der Oberkörper festgeschnallt verharrte. Das Blut hatte seine normale Konsistenz zurück erlangt und breitete sich in einer schaurig weichen Wolke ungehindert nach unten aus. Die gesamte Flüssigkeit färbte sich, bis schließlich die ganze Kammer rot leuchtete.

Angewidert vom furchtbaren Anblick, griff Braun nach seinem Gürtel, zog sein Messer und kappte die Energiezufuhr oberhalb der Kammer. Das Licht erlosch und verbarg das rötliche Grauen hinter einem gläsernen Deckmantel schwarzer Dunkelheit.

Langsam steckte Braun das Messer zurück und wandte sich traurig ab. Sie konnte seinen Schmerz direkt sehen.

„Colonel. Es tut mir leid. Ich dachte nicht, dass..."

„Spielt keine Rolle mehr. Kommen Sie! Sehen wir uns noch Halle III an."

Dann verließen sie die Sektion durch das Loch, durch das sie gekommen waren. Ein beklemmendes Gefühl beschlich sie, während sie sich in Richtung Heck vortasteten. Sie wollten die Ungewissheit, wie es den restlichen sieben Besatzungsmitgliedern ergangen war, endlich hinter sich bringen. Schlimmer als das, was sie gerade erlebt hatten, konnte es kaum noch kommen. So hofften sie zumindest.

Kryohalle III, Achtersektion, C-Deck

Funkelnd überdeckte ein kalter Mantel perfekter Symmetrie den Boden der dritten Sektion. Schwerelosigkeit ließ anders als auf der Erde die kuriosesten Eiskristalle entstehen. Vom blauen Licht der Kryokammern durchleuchtet, herrschte hier die kühle Atmosphäre eines schönen arktischen Wintertages. Die Luft war trocken, eisig und ruhte in Grabesstille.

Kryokammer III5 überdeckte eine hauchdünne Eisschicht, wie alles in diesem Schiff. Bone schlief tief und fest. Laut Protokoll sollte die Besatzung der Sektion III bei einem Notfall als Erste geweckt werden. Ein Trugschluss, wenn der Computer versagte. Mehr noch, schien es wahres Glück gewesen zu sein, dass nach dem Versagen sämtlicher Systeme und der Beschädigung von Sektion II überhaupt jemand aus dem Kälteschlaf erwacht war.

Gegenüber befand sich die Notschleuse sechs, in der sich plötzlich Leben regte. Licht schien durch die dicken kleinen Bullaugen hindurch.

Zischend begann das Lebenserhaltungssystem die Luft zu regulieren und besserte auch hier den Sauerstoffgehalt auf. Dann öffnete sich die Innentür der Schleuse und ein greller Lichtstrahl huschte durch den Raum, der vielmehr Ähnlichkeit mit einer stillen Krypta hatte.

Langsam betraten zwei schwarze Gestalten im blendend hellen Gegenlicht die Sektion und schwenkten ihre Lichter prüfend durch die Sektion.

„Sieht gut aus. Sauerstoff okay, Druck stabil bei 0,9", erklang Brauns Stimme dumpf aus dem Inneren seines Raumanzuges.

„Gott sei Dank", antwortete Susannah erleichtert. Sie konnte keinerlei Verwüstungen erkennen. Sektion III schien von der Katastrophe verschont geblieben zu sein. Alle acht Kryokammern glitzerten unversehrt vor sich hin. Braun befreite diverse Kammern von ihrer zarten Eisschicht und blieb an der letzten Kammer stehen.

„Alle wohlauf."

„Prüfen wir ihre Vitaldaten. Ich möchte sicher gehen."

Einige Minuten später hatten sie Gewissheit. Sie sahen sich an und lächelten. Endlich ein Grund zur Freude. Beide hatten mit weiteren Verlusten gerechnet. Mit einem Klick an einem Sicherungsterminal schaltete Susannah die Hauptstromversorgung an und auch dieser Abschnitt des Schiffes erwachte zum Leben.

„Ersparen wir ihnen unsanfte Erinnerungen. Ich leite die normale Weckprozedur ein. Wir haben Zeit."

Gleichzeitig fuhren alle Kryokammern, die während der gesamten Reise bisher in der Wand verankert waren, ein Stück vor und senkten sich dann in die Horizontale. Wie schon beim Commander errichteten sich nun vollwertige Krankenstationen, die ein Höchstmaß an medizinischer Versorgung erlaubten. Diese Prozedur war wesentlich langwieriger und schonender. Besonders Admiral Cartright und Professor Arkov würden diese Verfahrensweise, ihrem Alter entsprechend, dankend zur Kenntnis nehmen.

Susannah nahm ihren Helm ab, atmete vorsichtig ein und legte ihn auf eine Anrichte.

„Setzen Sie den Helm wieder auf! Die Luft ist noch zu kalt. Wir brauchen sie gesund."

„Vielleicht haben Sie Recht."

Zwei Stunden vergingen, ehe die Ersten aus ihrem Tiefschlaf erwachten und die Glaskanzeln geöffnet werden konnten. Inzwischen trugen beide keine Helme mehr. Eis schmolz und Kondenswasser begann mehr und mehr von der Deckenverkleidung zu tröpfeln. Endlich nahm die Temperatur erträgliche Werte an. Erleichtert öffnete Susannah einen Com-Kanal am Arm ihres Raumanzuges.

„Chad? Bitte kommen." Endlich konnte sie etwas Hoffnung schöpfen und lächeln. Nur eine Sache bohrte in ihrem Herzen und duldete keinen Aufschub.

„Ja, ich höre?", schnaufte er deutlich. Es war unüberhörbar, dass er schweißtreibende Arbeiten im Wartungskanal betrieb.

„Gute Arbeit, Chad! Ich denke, Sie haben sich eine Pause verdient."

„Ja, ich hoffe die Systeme halten stand, bis wir mit den Reparaturen fertig sind. Wie sieht es hinten aus? ... Hat es viele erwischt?", fragte Barrow plump.

Einen kurzen Moment zögerte sie mit der Antwort und blickte zum Colonel hinüber, der den Verlust seiner Männer nur schwer verkraftet hatte. Er konnte jedes Wort mithören.

„Wir haben drei Verluste in Sektion II. Der Rest ist wohlauf. Das hoffe ich jedenfalls ... Wie geht es Steven?"

„Keine Veränderung. Caren kümmert sich um ihn. Wir machen uns wieder an die Arbeit. Es gibt noch viel zu tun."

„Verstanden. In 30 Minuten sind wir wieder da. Ende."

Während sich die letzten Glaskanzeln öffneten, erhoben sich die beiden weiblichen Marines und streiften sich die kalten, durchnässten „Schlafanzüge" vom Körper.

Susannah lehnte sich über Admiral Cartright, der bereits sein Bewusstsein zurückerlangt hatte und checkte seine Daten. Leise und unauffällig teilte sie ihm die Situation mit. Mühsam beugte er sich auf und umarmte sie tröstend.

„Alles wird gut."

In einen grauen Bademantel gehüllt, stand Professor Arkov am Fenster und schaute abwesend in den Weltraum hinaus. Vielleicht konnten seine Augen etwas sehen, was andere nicht sahen.

Colonel Braun kümmerte sich indessen um seine beiden weiblichen Schützlinge. Lieutenant Natascha Pasczekowski und Med-Tech-Spezialist Isabella Rivetti, die gerade ihre Kleidung anlegten und die Haare zu trocknen versuchten. Beide Frauen waren Anfang Dreißig und trugen zivile Kleidung.

„Ohne Uniform hätte ich Sie fast nicht erkannt. Die Kleidung steht Ihnen beiden gut", meinte Susannah ehrlich. „Wie geht es Ihnen?"

„Könnte schlimmer sein. Danke", antwortete die kleinere dunkelhaarige der beiden Frauen.

Wüsste Susannah nicht, welchen wahren Zweck sie an Bord erfüllten, geschweige welche Profession ihnen lag, könnten sie sogar zur Crew oder zum Team der Wissenschaftler gehören. Auch wenn die Größere bisher keinen Ton von sich gegeben hatte, wirkten beide sehr sympathisch.

Außerhalb der Explorer

Einige Stunden waren vergangen. Inmitten des Sternenmeeres funkelte die schattige Oberfläche der Explorer in kurzen, unregelmäßigen Abständen. Ihre Fenster waren hell erleuchtet, im Inneren regte sich wieder Leben, doch noch immer war das Schiff außer Kontrolle und rollte unaufhaltsam dem Unbekannten entgegen. Funkensprühend blitzte das Elektronenstrahlschweißgerät auf und versiegelte das klaffende Loch, das bereits zwei Menschen ausgespuckt hatte.

Plötzlich unterbrach Funkverkehr die schweigsame Unendlichkeit des Alls. Glasklar gefiltert und deutlich erschöpft, schnaufte Barrow in sein Intercom. Jeder an Bord konnte hören, wie sehr er E.V.A.s hasste. Und doch ließ er es sich nicht nehmen, die Außeninspektion selbst durchzuführen. Er musste es einfach selbst sehen.

„So, das wäre geschafft. Sektion II sollte wieder dicht sein. Jetzt können Sie die letzten Überlebenden bergen, Doktor."

„In Ordnung. Versuchen wir Druck aufzubauen", antwortete Susannah über Funk. „Es klappt. Druck steigt. Sehr gut."

„Super, noch mehr von den harten Jungs." Sadlers Begeisterung hielt sich in Grenzen.

„Die werden sich freuen. Mal sehen, wie die drauf sind."

„Gute Arbeit da draußen!", erklang eine ältere, vertraute Stimme. Es war Admiral James Cartright.

„Kommt langsam wieder rein! Euer Sauerstoff geht zur Neige." James überwachte über Video jeden Griff der Außenreparatur.

„Die Pause muss noch warten. Hier sind noch jede Menge Löcher zu stopfen. Wir bewegen uns nun zum Bug vor", entgegnete Barrow ernst.

Nichts würde er lieber tun, als zur Schleuse zurückzukehren, um endlich diesem stickigen Anzug abzustreifen. Ein heißes Bad nehmen, die Füße hochlegen und Rockmusik hören. Jetzt nur nicht hochsehen, dachte er sich. Mühsam hangelten Sadler und Barrow Meter um Meter die Reling entlang. Die ständige Rotation des Schiffes verlangte ihnen einiges ab. Sicherung war das A und O. Natürlich taten ihnen die Schäden nicht den Gefallen, sich nur entlang der Trasse zu befinden. Abseits des sicheren Pfades schützte sie nur ein langes Kabel. Ohne den sicheren Stand ihrer Stiefel wäre die Arbeit bei Rotation sogar unmöglich.

„In Ordnung. Ihr habt noch knapp 50 Minuten. Achtet auf eure Sauerstoffanzeigen. Wir sehen uns in der Messe."

„Verstanden. Kommen in 40 Minuten rein. Wir freuen uns auf die gute warme Stube. Stellt heißen Kaffee für uns bereit. Ende", antwortete Sadler für Barrow, der sich einzig auf den Rumpf konzentrierte.

„Warme Stube ist gut. Ich schwitz schon wie Sau", keuchte Barrow mit jeder neuen Armlänge, die er vorwärts kam. „Nicht zu den Sternen schauen!", flüsterte er sich selbst zu. Er konnte den nächsten Schaden schon erkennen.

„Los, weiter! Ich will hier draußen nicht übernachten. Immer schön auf den Rumpf schauen."

„Lange halt ich das nicht mehr aus", stöhnte Barrow wieder und sah kurz zu den fliegenden Sternen empor.

Alles drehte sich.

Zusammenkunft

Die Zeit schien still zu stehen. Die runde silberne Analog-Uhr an der Wand der Messe hatte schon vor langer Zeit ihren Dienst quittiert. Selbst der schlaue Bordcomputer hatte keinen blassen Schimmer, wie spät es tatsächlich war. Niemand an Bord wusste auch nur im Entferntesten, welchen Tag, welchen Monat oder welches Jahr sie hatten. Genau genommen, wussten sie gar nichts. Van Heusens Nervosität vertrug die Stille nicht, also nahm er sich der Uhr an und begann sie zu zerlegen.

Messe, Mittelsektion, B-Deck
Wie dem Rest des Schiffes, mangelte es auch der Messe an Gemütlichkeit. Wer gern in Luxus lebte, war hier fehl am Platz. Von Männern entworfen, entsprach die Inneneinrichtung der Explorer den allgemeinen Richtlinien. Platz für Schnickschnack gab es nicht, obwohl dem Schiff eine dezente Farbgebung gut getan hätte.

Lediglich die persönlichen Kabinen der Crew auf dem D-Deck besaßen einen Hauch von Individualität und galten als revolutionär. Noch nie hatte es ein separates Wohndeck gegeben. Welches je gebaute Raumschiff konnte sich Platzverschwendung leisten? Früher hatte es nur drei oder vier Schlafkojen gegeben, die sich die gesamte Crew in Schichten teilte. Die meisten Räumlichkeiten waren stets multifunktional eingerichtet und dienten verschiedenen Zwecken. Das war damals so und galt noch heute.

Die Messe der Explorer bildete keine Ausnahme. Aluminium, Stahl, überall Metall, weißer Kunststoff - so typisch, wie eine Kantine eben auszusehen hatte. Sie glich einer kleinen Kopie der Raumstation, nur dass hier sämtliche Möbel am Fußboden befestigt waren. Die Messe wurde von zwei langen, parallel verlaufenden Metalltischen mit 24 bequemen Drehstühlen dominiert. In die Wände eingelassen, befanden sich sämtliche Gerätschaften der Kombüse sowie eine Vielzahl an Lademagazinen randvoll mit halbwegs genießbaren Instant-Nahrungsmitteln.

Zentral unter der Decke befand sich ein weiteres bizarres Gebilde, das sich kurz „Virgel" nannte. Virgel war ein viel zu großes, klobiges High-Tech-Bündel, das alle bekannten Präsentationstechniken von der Projektion bis hin zur plastischen Holografie beinhaltete und für Meetings verwendet wurde. Aktiv ausgefahren, hing Virgel tief über dem breiten Mittelgang und stach jedem Betrachter normalerweise direkt ins Auge. Dieses Ding passte so gar nicht an seinem Platz. Wer zu groß war und nicht aufpasste, konnte sich schnell den Kopf stoßen.

Verschwiegen und in Gedanken vertieft, hatte sich indessen die verbliebene Besatzung in der Messe eingefunden und wartete. Es war eine Mixtur aus Furcht, Nervosität und Hunger. Während einige ihre leeren Mägen füllten, bohrte Ungewissheit den Übrigen Löcher in die Bäuche.

Auf seine lauwarmen Essensreste starrend, saß Wullf in seinem Stuhl, die schwarzen Armeestiefel auf den Tisch gelegt und spielte nervös mit einer goldenen Kette um seinen dicken Hals. Noch immer tropfte es vereinzelt von der Decke. Es musste offensichtlich wärmer geworden sein, denn Wullf erweckte nicht den Eindruck, als würde er in seinen dünnen Kleidungsstücken frieren. Nur mit einer Armeehose und einem weißen Unterhemd bekleidet, zeichneten sich gewaltige schwarze Muskelberge ab, deren markanteste Fixpunkte sein Stiernacken und seine Glatze bildeten. Vielen seiner Einheit war Wullf ein großes Rätsel. Nicht einmal die Akten verrieten seine ursprüngliche Herkunft. Vermutlich Afrika, aber er schwieg über seine Vergangenheit. Seine kämpferischen Fähigkeiten, waren jedoch über jeden Zweifel erhaben, als wäre er als Krieger geboren.

Mittlerweile war auch der Kaffee vollends verdorben. Das Wasser, das von der Decke in seinen Alubecher tropfte, machte die miese, kalte Plörre kaum besser. Langsam beugte er sich vor, nahm den Becher und kippte sich die Brühe in den Hals.

Vandermeer sah Wullf herablassend an und blickte um sich. Aus seiner Laune heraus, tat er, was Wullf am meisten hasste. Nach einem tiefen Lungenzug blies er ihm den stinkenden Qualm direkt entgegen. In seiner anderen Hand ließ er sein bestes Stück tanzen. Sein Kampfmesser. Es war seit Jahren eine scheinbar natürliche Verlängerung seiner Hand. Es gab keinen Tag, an dem er nicht damit herumspielte und irgendwelche Kunststücke übte. Ohne hinzusehen, balancierte er die schwere, scharfe Klinge auf seinem Zeigefinger. Offensichtlich hatte er die Lage noch nicht richtig erkannt und wusste nichts vom Unglück seines Captains. Fassungslos blickte Weißberg zu Vandermeer und Wullf, der seinen Becher emotionslos auf dem Tisch abstellte.

„Bäähh, wie kriegst du diesen Suff nur runter?", fragte er, der blass wie nie und vor Nervosität zitternd, eine Beruhigungspille auf nüchternen Magen einnahm. „Was würd ich jetzt für eine Coke geben."

Unbeeindruckt erhob sich Wullf zu seiner vollen Größe, so dass nicht viel Spielraum zwischen ihm und der Decke übrig blieb. Mit nahezu zwei Metern Größe war er das derzeit wohl größte Lebewesen an Bord der Explorer. Vielleicht würden ihm eines Tages einige pflanzliche Vertreter auf Deck D diesen Platz streitig machen. Doch solange sie nicht am Ziel angekommen waren, schliefen die Samen der Biosphäre im ewigen Kryoschlaf.

„Wo zum Teufel bleiben die alle? Weißbrot, geh und sieh nach, wo der Captain und die Anderen bleiben!", meckerte Vandermeer vor sich hin. Sein Rang lag über Davids.

Weißberg konnte ihm unmöglich die Wahrheit sagen. Nicht im Traum würde es ihm einfallen, den Trottel zu spielen, der Viktor die Todesnachricht seines hochgeschätzten Captains überbrächte. Des Mannes, der Viktor auf den rechten Weg gebracht und ihm mehrfach den Arsch gerettet hatte. Seinen Mentor. Also tat er so, als hätte er nichts gehört.

„Weißbrot! Muss ich dir erst Beine machen?", wiederholte sich Vandermeer ungern.

„Sehe ich wie dein Butler aus? Warum gehst du nicht selbst?", antwortete Weißberg gereizt, der sich zu oft mit diesem Spitznamen beleidigt sah.

„Weil ich es dir gesagt habe", fuchtelte Viktor mit dem Messer herum.

Wullf drehte sich in diesem Moment um, ohne hoch zu blicken und knallte mit seinem mächtigen Schädel wie vorprogrammiert gegen Virgel. Nun konnte sich niemand mehr das Schmunzeln verkneifen, am allerwenigsten Vandermeer, der schallend lachte.

Mit aufgesetztem Grinsen drehte sich Wullf zu ihm um. Dann erstarrte sein Gesicht voller Ernst. Wieder einmal maßen sie ihre Kräfte mit den Blicken, als Wullf blitzschnell in Viktors Gesicht griff und ihm die Zigarette aus dem Mund nahm. Ohne mit der Wimper zu zucken und ohne eine Regung des Schmerzes, schloss er seine Hand zu einer Faust und zerknüllte die glühende Zigarette, um sie anschließend auf dem Boden zu schleudern. Vandermeer sprang wütend auf.

„Was soll der Scheiß, Mann? Die gibt's hier nicht grad um die Ecke!"

Das hämische Grinsen in Weißbergs Gesicht ließ Vandermeer fast explodieren, doch er zügelte seine Wut. Vorsichtig trat er einen Schritt zurück. Blut lief langsam aus der kleinen Platzwunde an Wullfs rechter Stirnseite herab. Er hatte sich unglücklich an einer spitzen Kante verletzt. Vandermeer sah ihn abwertend an.

Etwas abseits, schüttelten Kowski und Rivetti verständnislos die Köpfe. Männer! So sehr sie auch in einige von ihnen vernarrt waren und versuchten, sie zu verstehen, manchmal waren sie ihnen schleierhaft.

Auch der alte Professor am Fenster war ihnen ein Rätsel. Verwundert hielt Kowski ihren Müsliriegel im Mund und nickte zu Rivetti, damit sie sich umsah.

„Ja, ich weiß. Er steht schon die ganze Zeit dort", musterte sie ihn mit einem fremdartigen Gefühl. „Seltsamer Vogel."

Wie schon zuvor, kurz nach dem Kryoschlaf, galt Arkovs Interesse erneut den Sternen. In seinen Händen trug er ein flaches Pad, in dem er in regelmäßigen Abständen irgendwelche Daten eingab. Neugierig trat Rivetti einige Schritte zum nächstgelegenen Fenster und blickte hinaus. Kowski folgte ihr. Schon allein der Anblick der tanzenden Sterne, die am Fenster vorbei huschten, ließ beide schwindelig werden.

„Wie will er da draußen etwas erkennen? Wenn ich mal so senil werde, erschieß mich bitte", scherzte Rivetti, ohne darüber lachen zu können. Sie wusste bereits mehr, als ihr lieb war. Auch Kowski schwieg und schob sich das restliche Ende des Riegels in den Mund. Der Tag war sowas von versaut.

Die Stille war erdrückend. Alle warteten mehr oder weniger geduldig auf neue Informationen. Wenn überhaupt, war nur leises Geflüster zu hören, doch plötzlich übertönte japanisches unverständliches Geplapper den Raum.

Beinahe unbeschwert in eine Diskussion vertieft, betrat nun das zweite Ehepaar des Schiffes die Messe. Erst als sie in die ausdruckslosen Gesichter der Kantinengäste blickten, stoppte ihre rege Unterhaltung.

Kira und Hiroto Yoshimura waren zwei typisch lächelnde Asiaten. Schmächtig, klein und dürr. Einmal gesehen, würde man ihre Gesichter unter Millionen von ihnen nie wieder finden. Für die Mehrheit an Bord sahen die meisten Japaner und Chinesen gleich aus. Im Gegensatz zu Hiroto, war Kira sogar recht ansehnlich und attraktiv. Doch es ging hier nicht ums Aussehen, sondern um ihr emsiges Talent, fremdes Leben zu suchen und Schriften zu entziffern.

Die Yoshimuras gehörten zu den besten S.E.T.I.-Jägern und Kryptologen, die man finden konnte. Ihre Erfolgsgeschichte war lang und konnte in dieser Mission von größter Bedeutung sein. S.E.T.I., die Suche nach außerirdischer Intelligenz, hatte in Japan nie aufgehört zu existieren und verdankte den Yoshimuras gewaltige Erkenntnisse. Horchte die bekannte Organisation anfänglich nur alle Strahlungsbandbreiten der Sterne ab, um ungewöhnliche Signale zu filtern, ging es im neuen Jahrhundert verstärkt um Exo-Planeten.

Es war wie immer Tragik und Ironie des Schicksals, dass erst eine Katastrophe geschehen musste, ehe sich die Regierungen bereit erklärten, mehr Geld in Forschung als in ihre geliebte Rüstung zu investieren. Beispiele für vernachlässigte Forschungszweige gab es etliche. S.E.T.I. war nur die Spitze des Eisberges und stand lange Zeit ganz hinten an. Viele hielten es lange für Spinnerei, genau wie die Kryonik.

Inzwischen boomte die Suche und führte zur Katalogisierung aller neu entdeckten Planeten. Es waren Tausende. Täglich kamen neue hinzu. Dabei waren die kleinsten der Klassen F, K, L, M und N am schwierigsten zu entdecken und gleichzeitig potenzielle Kandidaten für extrasolares Leben. Neue mögliche Erden wie zum Beispiel aus der Kepler- und Gliese-Reihe trafen erstmals ins Herz des öffentlichen Bewusstseins. Manche dieser Planeten besaßen vielleicht erdähnliche Bedingungen und möglicherweise alle Voraussetzungen für die Entstehung von einfachem Leben. S.E.T.I. war wieder im Rennen.

Worüber sich die beiden Japaner unterhielten, konnte wohl niemand verstehen, außer Arkov vielleicht, der so einige Sprachen beherrschte. Kira und Hiroto setzten sich an den Tisch, an dem auch Sadler, Barrow, Caren und Bone saßen. Während sich die Crew mit den Wissenschaftlern mischte, saßen die Marines in ihrer eigenen Ecke. Bis auf wenige Ausnahmen hatten sich nun alle Überlebenden in der Messe versammelt.

„Ich hab die Schnauze voll, hier zu warten. Ich such den Captain. Ihr könnt mich ja rufen, wenn es soweit ist", motzte Vandermeer, stand auf und ging auf den Ausgang zum Fitnessbereich zu.

„Viktor, bleib hier", rief ihm Van Heusen nach.

„Nein, ich hab keinen Bock, hier rumzuhocken und die Reisfresser anzugaffen."

Sofort blickten sich beide Japaner um und ärgerten sich über die offensichtlich rassistische Bemerkung. Vandermeer grinste und bemerkte nicht, wie sich hinter ihm die Tür öffnete.

„Wenn Sie wirklich Besseres zu tun haben, Sergeant, wird Sie niemand aufhalten. Aber gehen Sie mir aus dem Weg!", erklang die ernste, tiefe Stimme des Admirals. Vandermeer trat zur Seite und ging neugierig auf seinen Platz zurück.

Gesenkten Hauptes blieb Admiral Cartright in der Mitte der Messe stehen, während sich Susannah und Colonel Braun setzten. Sichtlich betroffen und in Gedanken bei seinem Sohn, begann er zu sprechen.

„Leider zwingen mich die Umstände, sowohl für Ihren Commander als auch für Ihren Captain zu sprechen. Ich wünschte, es wäre nicht so. Reden wir Klartext. Unsere Situation ist ernst. Wie Sie alle schon wissen, sind wir nicht dort, wo wir eigentlich sein sollten." Er sprach langsam und machte viele Pausen.

„Unser Schiff ist schwer beschädigt und leider hat es auch mehrere Verluste gegeben."

„Was?" Viktor horchte plötzlich auf.

„Commander Cartright, mein Sohn, liegt im Koma. Captain Wheeler, unser Bordingenieur Gordon Miller, Corporal Carter und Sergeant Eric Stone sind tot."

„Wovon reden Sie da, Mann?", sprang Vandermeer auf. „Was redet er da für einen Bullshit? Was ist mit dem Captain? Wie... Das ist nicht wahr!"

49

„Setzen Sie sich, Soldat!", versuchte James den völlig überraschten Marine zu beruhigen und wunderte sich gleichzeitig, dass dieser noch nicht über den Tod der Kammeraden informiert worden war.

„Der Captain? Eric und Carter sind tot und ihr sagt mir das nicht? Verfluchte Scheiße! Wie konntet ihr... FUCK!"

„Wir wollten es dir längst sagen", näherte sich sein bester Kumpel Van Heusen langsam.

„FUCK YOU! Ihr habt es mir verheimlicht. Wieso? O Gott!"

„Hat es ihm keiner gesagt?", fragte der Admiral in die Runde. Rivetti stand am Nächsten.

„Das ist komplizierter als Sie denken", antwortete sie und konnte Viktor verstehen. Dem Admiral platzte jedoch der Kragen.

„Kann ihn jemand beruhigen? Sergeant Vandermeer. Nehmen Sie wieder Platz und Sie werden alles erfahren!"

Wütend rammte Vandermeer sein Messer durch die dünne Metallplatte des Tisches und schleuderte seine halbvolle Kaffeetasse zu Boden.

„Beruhige dich, Viktor", sagte Rivetti leise zu ihm.

„Ich will mich nicht beruhigen! Verdammte Scheiße noch mal, wie konnte das passieren? Wo sind sie? Ich will sie sehen!", tobte Vandermeer los.

„Viktor. Beruhige dich bitte! Carter und Eric sind weg", versuchte es Van Heusen.

„Was heißt, sie sind weg? Wo sind sie?"

„Das Schiff wurde von einer Explosion aufgerissen. Die Kryokammern ihrer Kameraden wurden herausgerissen. Und Captain Wheeler wurde in seiner Kammer getötet. Und nun setzen Sie sich endlich hin!"

Verzweifelt raufte sich Vandermeer die Haare. Seine heile Welt stürzte in diesem Moment zusammen.

„Ich tappe wie Sie alle im Dunkeln. Wir können nur mutmaßen, was passiert ist und wir werden Zeit brauchen, bis wir weiterfliegen können." Admiral Cartright holte Luft und blickte jedem Einzelnen in die Augen. Vandermeer murmelte immer noch vor sich hin und wollte sich nicht beruhigen lassen.

„Ach, lass mich! Scheiße! Das ist alles gequirlte Scheiße! Ich glaub das nicht! Das kann nicht wahr sein."

„Ich sehe Ihre Trauer, Ihren Zorn. Sie alle haben mein Mitgefühl. Auch ich habe einen guten Freund verloren und habe Angst um … uns alle. … Wir dürfen jedoch nicht aufgeben und vergessen, warum wir hier sind. Wir alle wussten, worauf wir uns eingelassen haben."

„Jedenfalls nicht für diese Scheiße!", brüllte Vandermeer laut.

„Genau", stimmte Weißberg zu.

„FUCK, FUCK, FUCK!"

„Beruhigen Sie sich! Wir alle kannten die Risiken. Nun wird jeder von Ihnen gebraucht, damit wir alle aus dieser Situation herauskommen!"

Während die Mehrheit der Anwesenden die Ernsthaftigkeit begriff, übte die Ignoranz Vandermeers Missmut auf alle Beteiligten aus. Viktor konnte im entscheidenden Moment nie das Maul halten.

„Bla bla bla, hören Sie auf mit Ihrer Predigt. Erzählen Sie uns lieber was Brauchbares!"

„Halten Sie sich zurück, Soldat!", antwortete der Admiral streng und warf dem Marine einen grimmigen Blick zu.

„Schon gut, schon gut. Ich wollte ja nur wissen, wie VERDAMMT NOCH MAL DAS ALLES PASSIEREN KONNTE!", wurde Vandermeer viel lauter. Er schäumte vor Wut und sprang erneut auf.

„Setz dich hin und halt dein Maul!", drohte Wullfs mit tiefer Stimme, jederzeit bereit, über den Tisch zu langen.

„Du kannst mich! Ihr alle!" Vandermeer starrte in ernste Gesichter. „Elende Heuchler! Kein Schwanz hatte den Schneid, es mir zu sagen."

„Jeder von uns teilt den Verlust", rief Wullf laut.

„Nicht so wie ich. Keiner von euch!"

51

Niemand erkannte den Holländer mehr wieder. Es war, als sei eine fremde Person in ihm erwacht. Admiral Cartright trat näher heran.

„Reißen Sie sich zusammen! Noch so ein Ausbruch und ich sperre Sie dauerhaft weg! Haben Sie verstanden?"
Vandermeer verstummte und setzte sich widerwillig zurück an den Tisch.

Dankbar über die neu gewonnene Aufmerksamkeit, blickte der alte Mann in die Augen derer, die ermutigende Worte und Klarheit suchten. Einen Anstoß, wie es nun weiter gehen sollte. Doch die Worte waren so ernüchternd wie realistisch.

„Sehen wir unsere Lage mal optimistisch. Wir hatten Glück. Wir alle hätten tot sein können. ... Essen Sie was! Stärken Sie sich!"

James blickte zu Van Heusen, der die reparierte Uhr auf 0:00 Uhr stellte. Wie passend, dachte James und sprach weiter.

„Nun… Die Beisetzungen finden in zwölf Stunden statt, also um 12:00 Uhr. Gleichen Sie Ihre Uhren ab! Danach werden wir uns um die Lösung unserer Probleme kümmern. Bis dahin verlange ich nur eines von Ihnen: Halten Sie zusammen und helfen Sie, dieses Schiff wieder funktionstüchtig zu machen! Das wäre dann alles. Wegtreten!"

Inzwischen hatte Van Heusen die Uhr wieder an ihren alten Platz zurückgehängt. Sie zeigte 0:03 Uhr. Eigentlich war es unerheblich. Niemand kannte die wahre Zeit. Ebenso gut hätte er sie auf 20:00 Uhr stellen können. Dennoch brauchten sie eine klare Linie, etwas woran sie sich halten konnten. Alle registrierten es und stellten ihre Armbanduhren um. Von nun an läutete diese silberne Küchenuhr eine neue Zeitrechnung ein.

12 Stunden waren nicht viel Zeit für die Vorbereitung der Beisetzungen. Susannah sah sich um. Allein würde sie die furchtbare Aufgabe nicht bewältigen, die nun vor ihr lag.

Mit Bewunderung sah sie, wie der alte Mann das Kommando und die Verantwortung übernahm, was leider nicht bei jedem zu beobachten war. Es schien ihr fast, als ob ihm sein neues, letztes Kommando gut tun würde. Doch sie wusste auch, dass eine Last auf ihm lag. Es war nicht sein Kommando.

„Mister Barrow, nehmen Sie sich, wen Sie brauchen, um die nötigsten Systeme wieder flott zu machen."

„In Ordnung, Admiral."

„Und Professor? Kann ich Sie kurz sprechen? Wir müssen herausfinden, wo wir sind."

Susannah sah sich wieder um und erblickte Menschen, die ihr weitestgehend fremd waren. Besonders die führungslosen Marines, allen voran Vandermeer, stießen auf ihr Unverständnis. Zum ersten Mal konnte sie Stevens Vorurteile verstehen. Seine Warnung schien sich zu bewahrheiten. Noch immer gab Vandermeer keine Ruhe.

„Leck mich! Ich lass mir doch nicht von jedem Befehle erteilen!", pöbelte er zu Weißberg.

Je mehr sie die Marines beobachtete, fiel ihr ein Mann besonders ins Auge. Master Sergeant Aaron Wullf. Er passte mit seiner enormen Größe genauso wenig in dieses Schiff, wie in diese Truppe. Er war einer von ihnen, hielt sich jedoch abseits. Ein Mann, der sich zu behaupten wusste. Hatte sie ihre Hilfe gefunden? Mit ihm, dachte sie, könnte sie es aushalten, sich vielleicht sogar anfreunden. Musternd und neugierig ging sie langsam auf den schwarzen Riesen zu. Vielleicht würde er eine Brücke zu den anderen bilden.

„Sergeant? Ich könnte Ihre Hilfe brauchen. Sergeant Wullf?" Langsam stellte er seine Kaffeetasse auf den Tisch und sah zu ihr auf. Desinteressiert an den Bemühungen der anderen, Vandermeer bei Laune zu halten, bemühte er sich zu lächeln. Es schien ihr, als hätte sie einen Volltreffer gelandet.

„Wobei kann ich Ihnen helfen, Doc?", antwortete er ebenso freundlich. Langsam erhob sich der Riese.

„Es ist keine schöne Aufgabe, aber Sie sehen aus, als ob Sie es könnten. Folgen Sie mir! Ich erkläre Ihnen die Einzelheiten unterwegs."

„Natürlich, Ma'am."

Amen

Obwohl nur die Hälfte der Opfer einer Glaubensrichtung angehörte, gab es keine Diskussion über eine christlich angelehnte Bestattung. Nur wer sollte die Rede halten?

Frachtraum 3, Backbordschleuse, Mittelsektion, C-Deck

„... in Ewigkeit. Amen."

Halbherzig erklang der schwache Nachruf unter den Anwesenden. Nicht jeder an Bord glaubte an ein höheres Wesen. Andere begannen zu zweifeln. Das gemeinsame Amen wurde von der Angst erdrückt, bald selbst diese letzte Reise anzutreten.

Weißberg trat zurück und wischte sich den Schweiß von seiner Stirn. Innerlich schwor er, dass es seine letzte Rede sein sollte. Wer würde sich schon die Mühe machen, an seiner Stelle oder gar für ihn selbst diese Aufgabe zu übernehmen. Unruhig über die Resonanz seiner Rede und innerlich bestürzt über den Abschied, schritt Weißberg langsam zur rechten Seite der großen Frachtschleuse. Zögernd hob er seine Hand zur Konsole der Steuerung.

„Möchte noch jemand etwas sagen?" Weißberg sah in die langen Gesichter, doch niemand wandte seine Augen von dem ab, was sich im Inneren der offenen Schleuse befand.

Aufgebahrt auf vier provisorisch festgeschraubten Tischen, lagen vier in weißblauem Flaggentuch eingewickelte Raumanzüge. Nur zwei von ihnen bargen die Leichen von Wheeler und Miller. Die anderen ohnehin beschädigten Anzüge waren leere Hüllen für Carter und Stone.

„Oh Miller, du Idiot", schniefte Sadler und blickte voller Schmerz in die Schleuse. „Ich schaff das nicht allein."

„Wir alle unterstützen dich, Beth. Du bist nicht allein", versuchte Susannah sie zu trösten.

Nur notdürftig war der Frachtraum vom Chaos und Gerümpel der letzten Flugjahre und Turbulenzen befreit worden. Zahllose Kisten und technische Anlagen füllten den Raum, fest verzurrt, teilweise schwer beschädigt. Frachtschleuse C-3 führte direkt auf die Backbordtragfläche der Deltaflügel hinaus und war für schwere, sperrige Lasten konzipiert.

Im Halbkreis versammelt, starrten alle auf die weit geöffneten horizontalen Schleusentore.

„Falls es mich erwischen sollte, erspart mir das Gesülze", unterbrach Vandermeer die surrende Stille der Schleuse, auch wenn er sich Mühe gab, dass es nicht alle hörten.

„Wenn ich dran glauben sollte, dann wenigstens im Kampf und nicht so sinnlos", fügte Van Heusen leise hinzu.

Es waren leere Worte von Soldaten, die den Wert des Lebens nicht verstanden. Nichts war sinnloser als Krieg. Nur einer der anwesenden Marines hatte diese Lektion bereits gelernt. Colonel Braun, der schweigend neben der zierlichen Rivetti stand, ignorierte die Bemerkung. Zu tief brannten die Wunden und Erinnerungen an einen längst verdrängt geglaubten Ort.

Auch Wullf starrte mit seiner typisch ausdruckslosen Miene aus Schmerz und Wut auf jenen Teil der Truppe, mit dem er sich am besten verstanden hatte.

„Das war gute Arbeit. Ich wollte ihnen dafür danken", flüsterte ihm plötzlich Susannah anerkennend ins Ohr.

„Nicht dafür", erwiderte er knapp.

„Ich weiß, es war nicht leicht."

„Es ist nie leicht, Ma'am."

Stimmt, dachte sie sich und war dankbar, dass Steven noch lebte und nicht auf einem dieser Tische lag. Ein Teil von ihr war stets bei ihm, auch jetzt.

Wieder sah Susannah zu Aaron Wullf auf, der ihr bei den Vorbereitungen behilflich war und sich rührend von seinem Freund verabschiedet hatte.

In halbwegs manierliche Kleidung gehüllt, sah Wullf tatsächlich wie ein anständiger Mensch aus. Dieser Mann steckte voller Überraschungen und besaß Eigenschaften, die sie von keinem Marine erwartet hätte. Susannah betrachtete ihren neuen Freund eingehend von der Seite. Sie mochte ihn.

Gegen ihn wirkte sie wie eine kleine Schwester, nur dass ihre Hautfarben nicht zueinander passten. Aber sie hatte auch nie einen Bruder oder eine Schwester besessen. Nicht mal eine richtige Familie, noch eine Kindheit.

Das dumpfe Aufschlagen der Schleusentore riss sie wieder in die Wirklichkeit. Rotes Licht einer Warnleuchte blitzte in ihren Augen. Nur noch wenige Sekunden, bis die Leichname in der Leere der Unendlichkeit verschwanden. Ein Schauer lief ihr eiskalt den Rücken runter. Vakuum, Nulldruck, alles erstarrende Kälte. Der Tod lauerte überall. Draußen und drinnen. Sie fror nicht. Vielmehr war es eine schleichende Angst, die in ihrem Leib emporkroch. Sie dachte wieder an Steven. Sie durfte ihn nicht verlieren. Einen Moment lang wünschte sie sich ein anderes behütetes Leben, das sie selbst nie gehabt hatte. Kinder, Steven, eine Heirat ganz in Weiß. Ein hübsches Haus im Grünen. Alles Schöne, nur nicht hier auf diesem kalten Schiff. Irgendwie hatte sie sich diese Reise anders vorgestellt. Wie konnte das nur geschehen? Und während sie weiter auf das geschlossene Schott der Schleuse starrte, kroch die Angst noch ein Stückchen höher. Vier waren tot. Es würden nicht die Letzten sein. Das wusste Susannah nun ganz genau.

Hier draußen im All, wo auch immer sie waren, würden sie sicher weitere Gelegenheiten bekommen, ihre nackte Haut zu retten, damit der Tod sie nicht zu weiteren gefrorenen Statuen verwandelte. Und wieder kreisten ihre sorgenden Gedanken um ihren Mann. Nur er zählte noch.

Leises Zischen verkündete das Ende des Druckausgleichs. Alle Marines salutierten und erwiesen ihren letzten Respekt. Zentimeter für Zentimeter schoben sich die äußeren Tore auseinander.

Der präzise gewählte Restdruck ließ die lose ruhenden Körper von ihren Tischen in die lichtlose Schwärze treiben. Bald würden sie aus der schwachen Beleuchtung des Schiffes im Nichts verschwinden.

In Tradition früher maritimer Beisetzungen des vergangenen Jahrtausends hinterließ diese ein seltsames Gefühl der Bewunderung. Unter Ausschluss einer kosmischen Kollision würden diese Leichname sicher Jahrtausende oder gar Jahrmillionen unbeschadet überdauern und Teil des kosmischen Lebenszyklus werden. Weißberg blickte andächtig hinaus. Ob auch ihm eines Tages diese Ehre gebührte?

Die Körper waren verschwunden. Nur die fest verschraubten Tische standen noch an ihren Plätzen. Schleuse C-3 gähnte vor Leere, als sich die Tore wieder zu schließen begannen.

„Es war doch richtig so, oder?", stellte Susannah die Beisetzung plötzlich in Frage. Sie sah besorgt aus und blickte zu Bone.

„Es war die richtige Entscheidung. Vor allem für die Moral. Es wäre sinnlos, sie an Bord aufzubewahren. Alle Reserven, die wir haben, werden wir noch für uns brauchen."

„Sie werden nicht die Letzten sein", sagte sie leise.

Seine kleinen schmalen Augen verengten sich. Alles konnte passieren. Auch das Undenkbare.

„Sorgen wir dafür, dass es nicht dazu kommt. Geh zu Steve! Er braucht dich jetzt." Tröstend legte er seine Arme um sie und hielt sie einen Moment. „Kümmere dich um ihn! Er wird schon wieder."

„Ich danke dir."

Erst als er seine Arme von Susannah löste, sah er in die von Tränen erfüllten, braunen Augen der kleinen Biospezialistin. Carens Blicke versuchten seinen auszuweichen, kehrten aber immer wieder zu ihm zurück. Begierde, Sehnsucht, Bewunderung, Liebe. Er verstand ihre Signale und mochte sie sogar, doch er hatte diese Gefühle schon vor langer Zeit begraben. Unfähig zu antworten, drehte er sich um und verließ den Frachtraum.

Nach und nach löste sich die tragische Zusammenkunft auf, als plötzlich deutlich spürbare Vibrationen das gesamte Schiff erfassten. Sie waren stark genug, sie selbst durch die Fußsohlen zu spüren. Spontan blickten alle zur Schleuse, die sich noch nicht geschlossen hatte.

„Spürt ihr das auch? Chad, ist das normal? ", wunderte sich Sadler.

„Was zur ...", stammelte Van Heusen und blickte verwirrt um sich.

„Es kommt nicht von der Schleuse. Das ist nicht gut", fügte Barrow besorgt hinzu und berührte eine Frachtkiste neben sich. Dann, so plötzlich wie die Vibrationen gekommen waren, verschwanden sie wieder. Nichts war mehr zu spüren, nichts zu hören, nichts als das Summen der Lebenserhaltungssysteme.

„Woher kam das?", rief Sadler aufgeregt.

Arkov schaute auf seine Uhr und legte einen Schritt zu. Als sei er von einer Biene gestochen worden, verließ er hastig die Abteilung.

„Was ist denn mit dem los?" Weißberg blickte dem Professor kopfschüttelnd nach.

„Leute, hier stimmt was nicht. Unheimlich nicht?" Rivetti sah schlecht aus. Müde und bleich. Die Beisetzung hatte ihr schwer zugesetzt. Auch ihre Freundin Kowski stand ratlos da und suchte nach Erklärungen.

Mit Argusaugen beobachtete Barrow, wie sich die Tore der Schleuse endlich schlossen. Butterweich, so wie es sein sollte, rasteten die Schließbolzen in ihre Vorrichtungen. Seine Hand ruhte noch immer auf der Kiste. Er konnte das ganze Schiff spüren. Er kannte jedes Geräusch, jede Vibration und jeden Ursprung.

Doch das eben war ihm völlig fremd.

Bruderhass

Schritt um Schritt näherte er sich der Messe. An der Verbindungstür angekommen, waren die lauten Diskussionen seiner Marines kaum zu überhören, doch verstand er kaum ein einziges Wort. Worüber sprachen sie? Über ihn? Die dicken Verbindungsschotts verhinderten jeglichen verständlichen Zusammenhang. Zögernd schwebte seine Hand einige Sekunden über dem Taster. Dann öffnete er die Tür und trat entschlossen hindurch.

„Wie meinst du das? Sag du …" Weißberg brach den Satz ab und starrte mürrisch zur Tür.

„Das Thema ist noch nicht vom Tisch", drohte Vandermeer und ging in die Ecke zu Van Heusen.

„Wenn man vom Teufel spricht …", flüsterte Rivetti leise zu Kowski, die zustimmend nickte.

Kaum hatte Colonel Braun den Raum betreten, verstummten die Stimmen. Da saßen und standen sie. Gleichgültig und verächtlich starrten vierzehn Augen misstrauisch auf seine Uniform und warteten darauf, wie Wölfe auf ihn loszugehen. Er kannte sie nicht gut genug, um alle richtig einzuschätzen. Wie würde jeder Einzelne in bestimmten Situationen reagieren? Wie sollte er die Sache angehen? Auf die harte Tour als Vorgesetzter oder als einer von ihnen, als Freund? Er bewegte sich auf sehr dünnem Eis direkt in die Pulverkammer. Vandermeers Streichholz brannte bereits und steckte grad eine Zigarette an.

„Rühren, Marines!" Doch niemand hatte sich zuvor die Mühe gemacht, sich zu bewegen oder gar zu salutieren. „Das Kaffeekränzchen ist vorbei! Falls Sie es vergessen haben sollten, Sie unterstehen einem Eid. Das Schiff und die Crew braucht Ihre Hilfe."

Entschlossen trat er weitere Schritte in den Raum. Niemand zeigte auch nur den Hauch einer Reaktion. Vandermeer paffte provozierend Rauchringe in die Luft. Er sollte mehr üben.

„Also gut…" Braun holte tief Luft und sah sich um. Dann ging er weiter, bis in die Mitte des Raumes, in die Mitte der Soldaten.

„Vor über 20 Jahren dienten Captain Wheeler und ich gemeinsam in derselben Einheit. Wir waren Freunde, Blutsbrüder so wie Sie. Wir hielten zusammen und gingen durch dick und dünn. Mehr als einmal hatte Thomas meine Haut gerettet, daher trifft mich sein Verlust ebenso wie Sie. Vielleicht glauben Sie mir nicht, wenn ich Ihnen sage, dass es keinen sinnvollen Tod gibt. Die große Ehre im Kampf zu fallen … sie ist mir nie begegnet. Doch heute muss ich gestehen, dass ich nie einen sinnloseren Tod gesehen habe."

Braun sah in verächtlich anmutende Gesichter. Es würde eine schwere Zeit voller Misstrauen auf ihn zukommen. Vielleicht führte ein anderer Weg zu mehr Kommunikation.

„Corporal Weißberg. Danke für Ihre Ansprache vorhin. Ich weiß Ihre Worte sehr zu schätzen und denke, es hätte auch Ihrem Captain gefallen. Zu meinem Bedauern kann ich nicht sagen, dass ich Carter und Stone gut kannte. Kann mir jemand etwas von ihnen erzählen?"

Über die Verluste zu sprechen, traf den wunden Nerv. Niemand zeigte eine Regung. Alle schwiegen.

„Nun dann…"

Rivetti trat einen Schritt vor und nahm ihre Jacke vom Stuhl.

„Sie waren tolle Typen. Ich weiß nicht, wie es euch ging, aber Carter brachte mich immer zum Lachen. Ich … ich kann mich nicht mehr an seinen letzten Witz erinnern."

„Die Nonne in der Bar", half Wullf ihr auf die Sprünge.

„Ja, richtig", erinnerte sich nun auch Rivetti und lächelte.

„Vielleicht erzählen Sie ihn mir mal, wenn die Zeit des Trauerns vorüber ist. Ich habe viele gute Männer unter meinem

Kommando verloren, daher weiß ich, wie Ihnen in diesem Moment zu Mute sein muss."

„Schwachsinn!", erwiderte Vandermeer aggressiv. „Sie wissen einen Dreck!"

„Tolle Leistung, so viele Männer zu verlieren", meldete sich auch Van Heusen mit scharfer Zunge zu Wort.

„Das waren andere Umstände. Tatsache ist aber, Ihr Captain ist tot und ich übernehme das Kommando. Finden Sie sich damit ab, bis wir die Mission beendet haben!"

„Und was, wenn nicht? Ihre Befehle interessieren uns einen Scheiß!", sprach Vandermeer gereizt für alle.

Colonel Braun ging eine Runde auf und ab, passierte Vandermeer, Van Heusen und den Rest der Truppe.

„Ich habe nur einen Befehl für Sie alle. Helfen Sie der Besatzung, wo Sie können. Mehr verlange ich im Augenblick nicht von Ihnen. Wenn wir unser Ziel erreicht haben, fahren wir wie geplant mit der Mission fort."

„Schieben Sie sich Ihren Befehl in den Arsch! Ich lasse mir von Ihnen nichts sagen! Ist das klar? Und hier gibt es auch kein Militärgefängnis. Also, was wollen Sie jetzt tun, Colonel?"

„Ich habe nichts dergleichen vor, Soldat. Es widerstrebt mir auch, mich als Arschloch aufzuführen!"

Vandermeer kam ganz nah an Colonel Braun heran und blickte ihm auf gleicher Höhe voller Verachtung direkt in die Augen.

„Oh doch, Sir. Genau das sind Sie, Sir!", erwiderte er provozierend, während seine kalten Blicke erneut die Grenze jeglicher Vernunft überschritten.

„Das reicht jetzt, Viktor! Setzt dich!" Van Heusen trat vor, schob Vandermeer zurück und übernahm die Führung der Marines.

„Wie ich sehe, gibt es doch noch Mut und Vernunft in dieser Truppe!"

„Darf ich offen für alle sprechen, Sir?", fragte Van Heusen.

Wenn der Leitwolf seine Schergen zurückrief und katzenfreundlich wurde, sollte man auf der Hut sein. Colonel Braun machte sich auf alles gefasst.

„Bitte. Reden Sie ganz offen", erwiderte er knapp.

„Wie Sie unschwer erkennen können, mögen wir Sie nicht besonders. Sie kennen uns nicht und wir wollen Sie nicht kennen. Uns ist egal, was Sie auf der Erde für eine große Nummer waren. Hier und jetzt sind Sie niemand. Und geben Sie sich nicht als einer von uns aus. Sie gehören nicht zu uns."

„Nun, wenn das die Meinung aller ist. Da Sie so viel Mut besitzen, Lieutenant, möchten Sie wohl die Truppe führen?"

„Dazu wäre ich durchaus im Stande."

„Gut. Ich befördere Sie hiermit zum Captain. Sie sind nun der neue Truppführer."

Ohne in seiner Tasche zu kramen, als hätte er nur darauf gewartet, hob Braun seine rechte Hand und öffnete sie. Van Heusen war sprachlos und schwieg über das, was er sah.

Damit hatte er nicht gerechnet. Beförderungen waren weder vorgesehen noch geplant gewesen, also gab es auch keine Abzeichen an Bord. Jeder wusste, von wem diese Streifen stammten. Colonel Braun steckte ihm jeweils zwei goldene Streifen an jede Kragenseite. Der Plan schien aufzugehen. Die Abzeichen erfüllten ihren Zweck. Selbst Van Heusen wusste, dass er diese Streifen nicht verdient hatte. Das Erbe, das er unerwartet antrat, wog viel zu schwer. Er konnte seinem Vorgänger nicht im Entferntesten das Wasser reichen.

„Versuchen Sie mich zu bestechen? Die Streifen ändern nichts an Ihrer Position."

„Keine Bestechung, nur Vernunft. Einer muss die Truppe zusammenhalten. Sind Sie da anderer Meinung? Sieht das irgendjemand von Ihnen anders?"

Colonel Braun wandte sich von Van Heusen ab und appellierte mit kräftiger Stimme an die Vernunft aller Marines.

„Wenn Sie meinen, dass Sie durch Rumsitzen wieder nach Hause kommen, irren Sie sich. Solange dieses Schiff beschädigt ist, fliegen wir nirgendwo hin. Unsere Reserven werden nicht ewig reichen. Es liegt also an Ihnen, ob Sie leben oder sterben werden. Wollen Sie wieder nach Hause? Dann helfen Sie der Crew, wo Sie können! Um mehr bitte ich Sie alle nicht. Captain, nun sind Sie dran." Braun klopfte Van Heusen symbolisch auf die Schulter.

Noch vor wenigen Stunden zierten die Streifen den Kragen des wahren Captains. Van Heusen schien in Gedanken versunken und suchte nach dem rechten Weg. Braun trat wieder näher an ihn heran.

„Ich weiß, Sie sind ein guter Mann. Tragen Sie diese Streifen in Ehren! Erinnern Sie sich daran, wer Sie sind und fragen Sie sich, warum wir hier sind."

„Ich weiß nicht mehr, warum wir hier sind. Wissen Sie es? Oder können Sie uns sagen, wie das alles passieren konnte?", erwiderte Van Heusen und sah Colonel Brauns Anspannung ins Gesicht gemeißelt. „Was immer Sie tun, das macht Sie zu keinem von uns", fügte Van Heusen deutlich hinzu.

Die Erkenntnis, weder dazuzugehören noch akzeptiert zu werden, ließ sein Lebenswerk wie ein Kartenhaus zusammenfallen. Doch Braun ließ sich nichts anmerken.

„Lassen Sie das meine Sorge sein. Sie kennen den Befehl", erwiderte er kühl und kehrte Van Heusen den Rücken zu.

Gerade als er zum Ausgang der Messe hinausgehen wollte, packte Wullf seinen Arm. Sein Griff war bestimmend, aber nicht schmerzhaft. Was der Riese sagte, war nur für Brauns Ohren bestimmt.

„Sie haben sich den falschen Mann ausgesucht."

Der Colonel starrte auf die Tür.

„Vielleicht", meinte Braun ruhig. Mit einem Ruck versuchte Braun einen Schritt weiter zu gehen, doch sein Arm wurde noch immer festgehalten.

„Gibt es noch etwas, Mister Wullf?", fragte er und sah nun zu Wullf herauf. Er sah keinen Hass. Erstaunlicherweise sah er eine Mixtur aus Freundschaft und Loyalität in den tiefbraunen Augen. Wullf lockerte seinen Griff.

„Nicht alle denken so. Die beiden reden öfter solchen Mist. Sie haben auch Freunde an Bord und können auf mich zählen", erwiderte Wullf, während seine Hand den Arm des Colonels wieder freigab. „Ihr Versuch war gut. Sie haben's nur versaut."

„Ich komme darauf zurück."

Mit gemischten Gefühlen verließ Colonel Braun die Messe.

„Endlich ist der Wichser weg", murrte Vandermeer. Freundschaftlich klatschte er dem neuen Anführer in die Hände. Die goldenen Streifen funkelten in seinen Augen.

„Captain, ich fass es nicht. Sieh mal einer an!"

„Mir reicht's!" Rivetti stand empört auf. „Ich hab die Schnauze voll von eurem pubertären Verhalten. Dieses ewige Kräftemessen. Seid ihr Männer oder Kinder? Ihr merkt die Wahrheit nicht mal, wenn sie euch ins Gesicht schlägt. Wir sitzen alle im selben Boot und wir sollten was tun!"

Vandermeer sah mit scharfem Blick zu Rivetti, als wollte er sie für den Spruch bestrafen.

„Spar dir deinen beschissenen Blick, Viktor! Es reicht!"

„Also gut, Ladys", rief Wullf und erhob sich. „Ihr habt's gehört! Helfen wir, wo wir können."

„Ja, ich hab die Nase voll, hier nur rumzusitzen", entgegnete Weißberg und nickte Wullf zustimmend zu.

„Hey, hey, wow. Ich habe euch überhaupt keinen Befehl erteilt", posaunte Van Heusen als neu gebackener Captain.

„Wie lange sollen wir denn warten?", fragte Weißberg genervt. „Ich muss Colonel Braun nicht mögen, aber er hat vollkommen Recht."

„Halt dein Maul, Weißbrot! Niemand interessiert sich dafür, was du zu sagen hast!", pöbelte Vandermeer laut.

Vor Wut schäumend, drehte sich Weißberg um, als Wullf ihn zurückhielt.

„Lass gut sein, David. Er muss sich erst mal abreagieren. Das ist es nicht wert."

„Verpisst euch!", grölte Vandermeer lauthals.

„Moment, immer langsam. Niemand geht! Wir sind noch nicht fertig", rief Van Heusen bestimmend.

„Und ob wir fertig sind!", erwiderte Wullf schroff. „Du kannst dir die Abzeichen sonst wo hinschieben! Du hast sie nicht verdient. Ich gehe nach oben und werde der Besatzung helfen. Es wäre ratsam für euch, dasselbe zu tun." Wullf blickte abwertend auf Van Heusen herab.

„Hey, hört auf damit!", rief Rivetti empört und stellte sich zwischen die Fronten. „Was ist bloß los mit euch? Merkt ihr nicht, was hier passiert? Wir sind ein Team! Zumindest waren wir das mal. Wir sollten zusammenhalten. Reißt euch gefälligst zusammen!"

„Reg dich nicht auf! Wir sind alle ganz cool", ging Van Heusen beruhigend auf sie ein.

„Nein, das seid ihr nicht. Euer Gehabe kotzt mich an! Versteht ihr nicht, was hier los ist? Colonel Braun hat Recht. Denkt nach! Ihr seid so mit euch selbst beschäftigt, dass ihr nichts mehr merkt. Ich halt es nicht mehr aus. Ich gehe."

„Ruhig … ist ja gut", flüsterte Van Heusen besänftigend.

„Ach…" Rivetti wollte gehen.

„Baby, Baby, nun warte doch mal." Van Heusen umarmte Rivetti und hielt sie fest, doch in ihrer Wut riss sie sich von ihm los.

„Lass mich los! Ich erkenn euch gar nicht wieder", schluckte sie. Rivetti rieb sich ihr Gesicht. Für einen kurzen Moment schien sie Tränen in den Augen zu haben.

„Ich bin noch immer derselbe", sagte Van Heusen.

„Nein! Ich sehe jemand anderen. Wach auf und bändige deinen bissigen Wachhund! Er vergiftet das Klima an Bord."

„Du bist also auf deren Seite?", fragte Van Heusen Rivetti.

„Hier gibt es keine Seite. Es gibt nur uns und wir sind nicht eure Feinde. Und die Besatzung ganz sicher auch nicht. Er ist der Einzige, der hier nicht passt", zeigte sie auf Vandermeer.

„Ja. Du hast ja Recht!", beschwichtigte Van Heusen.

„Der Captain, Eric und Carter fehlen uns allen, aber deswegen dreht hier niemand so durch. Ist mir schleierhaft, wie Thomas ihn durch das Psychotraining geboxt hat", machte sich Isabell gehörig Luft.

„Pfffff. Scheiß auf Wullf und Braun! Komm, lass sie gehen."

„Du solltest dich mal reden hören", schaute Rivetti verächtlich zu Vandermeer. „Ein Jammer, dass es die anderen erwischt hat und nicht dich!"

„Dito", küsste Vandermeer ihr entgegen.

„Bei Gott, ich wünschte du wärst in deiner Kammer verreckt!"

Rivetti und Kowski drehten sich um und gingen zur Tür.

„Wenn ihr euch gefangen habt, wisst ihr, wo ihr uns findet."

„Isabell, warte!", rief Van Heusen ihnen nach, doch sie verließ die Messe zusammen mit den anderen Marines.

Unbeeindruckt aalte sich Vandermeer wieder auf seinem Stuhl und begann mit seinem Messer zu spielen.

„Vergiss die Schlampe."

„Halt's Maul, Viktor! Halt jetzt einfach nur dein Maul! Du checkst es wirklich nicht, oder? Du stachelst alle auf! Was ist los mit dir? So geht das nicht weiter!"

Van Heusen zog sich seine Jacke über und packte seine Sachen.

„Was soll das werden? Wo willst du hin?", fragte Vandermeer.

„Die Wogen glätten. Ich bring die Sache wieder in Ordnung. Du kannst ja hier bleiben."

Schadensregulierung

Vierzehn Stunden waren seit der Beisetzung vergangen. Während der Rest der Mannschaft fieberhaft an der Instandsetzung der Explorer schuftete, gab es für einige Seelen an Bord nichts zu tun, als zu warten. Zeit, um nachzudenken oder zu schlafen. Viel Zeit, die schleichende Bedrohung zu spüren, die das Schiff in scheinbar regelmäßigen Abständen heimsuchte.

Kryohalle I, Vordersektion, C-Deck
Es war schummrig und still in der Sektion. Nur leise surrten die Aggregate der aktiven Kryokammer, während die Sonden fleißig ihre Arbeit verrichteten. Steven lag regungslos auf seiner offenen Station. Nur die ruhige Atmung seines sich hebenden und senkenden Brustkorbs verriet, dass er noch am Leben war. Susannah war an seiner Seite. Allein und voller Sorgen. Ihre Hände auf seiner Brust ruhend, starrte sie mit leerem Blick auf die schwachen Werte seiner Vitaldaten. In Gedanken versunken, würde sie dennoch jede kleinste Unregelmäßigkeit seines Herzschlags spüren und blitzschnell handeln. Sie war müde. Sehr müde. Die ständigen Vibrationen kümmerten sie nicht. Auch den von hinten eintretenden Personen schenkte sie keine Beachtung. Vielleicht war sie auch zu fern in ihren Erinnerungen abgetaucht, um zu merken, dass sich ihr jemand näherte.

„Erschrick nicht, ich bin's." Admiral Cartright legte seine übergroßen Hände sanft auf ihre Schultern ab.

„Ah, James. Gibt's was Neues?", fragte sie erschöpft.

„Das wollte ich dich gerade fragen. Wie geht es ihm?"

„Unverändert", seufzte sie leise, während Steven in verringerter Schwerelosigkeit zu schweben schien.

Zu den medizinischen Besonderheiten aller Kryostationen gehörte auch das künstliche Gravitationsfeld „Dekubitus", welches dauerhaftes Wundliegen verhindern sollte. Auf diese Weise blieb jede Stelle seines Körpers durchblutet, ohne dass es zum gefährlichen Gewebetod kam. Außerdem konnte selbst die zierlichste Krankenschwester jeden noch so übergewichtigen Patienten mühelos in jede Lage wenden.

Langsam schritt der Admiral um Susannah und die Kryostation herum, während er neue Erschütterungen über seine Schuhsohlen verspürte. Steven rührte sich nicht.

„Gibt es keinen Weg, ihn aus diesem Zustand zu befreien?", fragte er besorgt.

„Nein, es sind zu viele Risiken im Spiel. Das würde ich nur im äußersten Notfall wagen. Und selbst dann stünden die Chancen nicht gut. Es gibt keinen sicheren Weg."

„Was wirst du tun? Er kann doch nicht ewig so liegen bleiben."

Susannah blickte in die sorgevollen Augen seines Vaters, der diesen Anblick kaum ertragen konnte.

„Es tut mir leid. Wir können nichts tun, als abzuwarten. Ich will ihn genauso wenig verlieren wie du."

„Das weiß ich. Es ist nur ... Alle, die mir was bedeutet haben, sind gegangen. Alle bis auf euch."

„Hab Geduld, James. Im Koma zu liegen, bedeutet noch lange nicht, dass er nicht wieder aufwachen wird. Wir haben doch Zeit ... oder etwa nicht?"

Langsam kam noch eine Person aus dem dunklen Eingangsbereich der Sektion hervorgetreten. Es war Professor Arkov.

„Zeit ... Zeit ist relativ", sprach er geheimnisvoll, als wüsste er mehr, als er zugeben wollte.

„Professor ... was meinen Sie?", stutzte Susannah verwundert.

„Einstein, Hawking, Mienströme, diese Namen kennen Sie doch, oder Doktor?"

70

„Natürlich. Setzen Sie sich bitte, Professor. Ich hatte noch gar keine Gelegenheit, Sie zu untersuchen." Susannah griff nach einem medizinischen Messinstrument.

„Wenn Sie was wissen, dann raus damit!", meinte auch James.

„Haben Sie die merkwürdigen Vibrationen in den letzten Stunden nicht bemerkt?", fragte Arkov.

„Doch, natürlich. Das hat wohl jeder", antwortete James.

Susannah half den Professor auf die sich parallel befindliche Kryomedstation.

„Legen Sie sich hin, Arme zur Seite und halten Sie bitte den Atem an. Okay ... und nun bitte für zehn Sekunden nicht bewegen, Professor."

„Sie haben sich nichts dabei gedacht?", fragte Arkov noch und hielt dann wie gefordert die Luft an.

„Schon, aber ich glaubte, das wäre normal. Die Vibrationen sind so regelmäßig", entgegnete James neugierig. „Ich dachte, es wäre vielleicht der Antrieb?"

Der Professor blickte zu Susannah.

„Fertig, atmen Sie nun bitte dreimal tief ein. ... Okay ... Bleiben Sie noch liegen. Ich möchte noch einige Tests machen."

„Der Antrieb ist außer Betrieb. Und die Regelmäßigkeit gilt vielleicht für das ungeübte Auge. Beinahe regelmäßig trifft es eher. Um es genau zu sagen, die Abstände werden kürzer. Und die Vibrationen werden immer stärker." Arkov schaute erneut auf seine Uhr. „In wenigen Sekunden wird es wieder passieren. Momentan alle 52 Sekunden."

„Diese Vorstellung gefällt mir nicht. Was hat das zu bedeuten?", brannte James vor Neugier. „Ist das Schiff in Gefahr?"

„Ich weiß es noch nicht. Ich kann nur Vermutungen anstellen und will niemandem Angst einjagen. Ohne die Hauptsensoren komme ich nicht voran", seufzte Arkov so seltsam wie mysteriös. „Da war es wieder. Haben sie es gespürt?", fragte er.

71

„Es war schwächer als sonst", bemerkte James.

„Richtig beobachtet, alter Freund. Die Intensität schwankt."

„Können Sie denn nichts Genaueres sagen?", wurde Susannah nervöser und unterbrach kurz die Untersuchung.

„Ich bin Wissenschaftler, junge Dame. Ich rate genauso wenig wie Sie. Vermutung, Analyse, Beweis. Bis ich mehr weiß, bleibt es meine Theorie."

„Wie sieht es mit unserer Position aus? Haben Sie schon herausgefunden, wo wir uns befinden?"

„Die Fluglage ist zu instabil, um Genaues sagen zu können. James, ich hoffe, dass die Sensoren und Antennen oberste Priorität besitzen."

„Die Besatzung arbeitet hart und gibt ihr Bestes. Sie erfahren es als Erster, wenn es soweit ist. Bis dahin…"

„Bis dahin werde ich sehen, was ich tun kann. Sind Sie fertig mit dem Check, Doktor?", fragte Arkov selbstsicher.

Susannah legte den Analyser verblüfft auf den Tisch.

„Allerdings. Ich konnte nichts Ungewöhnliches finden. Sie sind in ausgezeichneter Verfassung. Respekt, Professor!"

„Ich habe auch nichts Geringeres erwartet. Dafür hab ich viel getan. Danke für die Untersuchung." Arkov knöpfte das Hemd über seiner behaarten Brust zu und ging zur Tür. Dann stoppte er kurz. „Lassen Sie sich nicht so viel Zeit. Draußen ist etwas", rief er warnend und verließ die Sektion.

„Schon ein komischer Kauz, findest du nicht?"

„Das gefällt mir nicht. Er weiß mehr, als er uns sagen will. Wir sollten mit Chad und Beth sprechen.", erwiderte James.

Wie vom Professor vorhergesagt, vibrierte das ganze Schiff. Dieses Mal wieder etwas stärker. Beide hörten ein leichtes metallisches Knarren, als würde sich der Rumpf ein wenig biegen. Selbst die Kontrolltafel von Stevens medizinischer Überwachung begann zu flimmern.

„Tatsächlich." Sie schaute erschrocken zu James. „So stark war es vorhin nicht. Vielleicht hat er Recht. Wir sollten uns beeilen." Susannah ging auf Nummer sicher und aktivierte die Notstromversorgung für die Kammer ihres Mannes.

„Nur für den Fall."

Außerhalb der Explorer, Achtersektion, Haupttriebwerke

Winzig und verloren, schien die Explorer wie ein kleiner weißer Punkt inmitten eines schwimmenden, seltsam schimmernden Sternenmeeres. Wieder reichten ihr die elektromagnetischen Wellen des klar gefilterten Intercoms weit voraus.

„Ja, Admiral, wir haben die Erschütterungen auch gespürt. Die Reparaturen am Triebwerk sind beinahe abgeschlossen. Dann sollten wir endlich eine Lagekorrektur vornehmen können."

„Gute Arbeit, Chad. Kommt zurück an Bord, wenn ihr fertig seid!", erwiderte der Admiral über Funk.

Näher betrachtet, offenbarte der helle Punkt ungleich verteilte Licht- und Schattenzonen, auf deren Oberdeck ein Teil der Crew versuchte, der Schäden Herr zu werden.

Noch immer trudelte das Schiff gefährlich. Noch immer konnte jeder Kontaktverlust mit der Außenhülle den sicheren Tod bedeuten.

Schweißtreibend tauschten Sadler und Barrow die beschädigten Segmente des linken Haupttriebwerkes aus. Sadler starrte kurz zu den Sternen und versuchte reflexartig, den Schweiß auf ihrer Stirn abzuwischen. Natürlich machte ihr das Helmvisier einen dicken Strich durch die Rechnung. Auch ihr Puls und ihre Atmung waren zu schnell. Sie musste sich beruhigen.

„Diese Hitze. Ich zerfließe in diesem fürchterlichen Anzug." Sie musste auf andere Gedanken kommen. Ein Sprung in den Pool. Das wäre genau das Richtige. Dann sah sie zu den Sternen auf. „Wow! Haben Sie schon einmal so helle Sterne gesehen? Wahnsinn!"

„Kommen Sie! Dafür haben wir nachher noch Zeit. Jetzt ganz vorsichtig, ganz langsam einsetzen! … Reichen Sie mir die Bolzen rüber", schnaufte Barrow ebenso erschöpft.

„Wenn wir fertig sind, schulden Sie mir einen Drink. Nun raste endlich ein, du Scheißding!"

„Das war's. Sieht soweit ganz gut aus. Triebwerk eins sollte wieder laufen." Barrow richtete sich stolz auf.

„Am besten wir stoßen das ganze Ding ab. Ich möchte nicht dabei sein, wenn das Flickwerk hier zündet", zweifelte Sadler, die sich wie immer zu große Sorgen machte.

„Ach, Beth. Ich weiß doch, dass Sie ein goldenes Händchen haben." Barrow klopfte mit den Handschuhen auf das Triebwerk seines Schiffes. „Sie ist bis hier hergekommen, sie bringt uns auch wieder nach Hause."

„Mit den Marines geht es mir genauso. Machen Sie die Jungs nicht auch nervös?" Sadler trank einen Schluck Wasser aus ihrem internen Schlauch.

„Die bereiten mir keine Sorgen. Ist doch kein Wunder, dass die Jungs so mies drauf sind, wenn die so sinnlos sterben. Aber ich glaube, das war die beste Entscheidung, die sie je getroffen haben, mit dieser Mission mitzufliegen. Auf der Erde wären sie doch im nächstbesten Schützengraben draufgegangen. Wahrscheinlich wären sie längst alle tot."

„Ich mag sie trotzdem nicht. Insbesondere diesen, wie heißt er noch …"

Große Schatten huschten durch ihr Sichtfeld, als Sadler plötzlich erkannte, wie sich Personen von hinten näherten. Als sie sich umblickte, erstarrte sie fast. Visier an Visier stand sie ihm gegenüber. Sein finsterer Blick bohrte sich durch ihre Gedanken. Hatte er das zuvor geführte Gespräch etwa mitbekommen? Der nackte Angstschweiß benetzte ihr Gesicht, als ihr klar wurde, wer da vor ihr stand.

„Zu Ihren Diensten, Miss", meldete sich Vandermeer mit einem für sie unidentifizierbaren Gesichtsausdruck. Ein kleines Grinsen, der schräge Mundwinkel und seine zufriedene Haltung

74

verrieten deutlich, dass er jedes einzelne Wort der Unterhaltung mitbekommen hatte. Es sah sogar so aus, als ob er ihre Angst genoss.

„Oh, da sind Sie ja", antwortete Sadler mit auffallend stockender Stimme. „Wir … wir haben gerade über Sie gesprochen."

„Ist das so?", spielte Vandermeer mit. Der Mann hinter ihm, Van Heusen, sagte nichts.

„Nett von Ihnen, dass Sie sich doch noch zu uns gesellen und uns helfen wollen", rettete Barrow sie aus der Klemme.

„Das tun wir doch gerne", antwortete Vandermeer verlogen.

„Mit diesem Triebwerk sind wir fertig", fuhr er fort, als er plötzlich erneute Vibrationen spürte. Sofort fiel sein Blick auf den Schraubenschlüssel, der magnetisch an der Außenhülle haftete, jedoch von den Vibrationen zu wandern begann. Für einen Moment starrte er auf das spukende Werkzeug, das sich eigentlich nicht bewegen durfte. Auch die beiden Marines sahen es mehr als deutlich.

„Ist das normal?", rief Van Heusen unsicher.

„Nein. Ganz und gar nicht. Wir sollten uns beeilen. Irgendwas stimmt hier nicht", wurde Barrow unruhig.

„Hey", deutete Sadler Richtung Bug. „Das kam von Mittschiffs."

„Also gut. Wir teilen uns auf und gehen den gesamten Schiffsrumpf ab. Achtet auf jeden noch so kleinen Schaden, denn er kann sehr schnell unser Ende bedeuten. Hier! Nehmen Sie die Strukturscanner mit!" Barrow reichte jedem ein flaches, transparentes Gerät. Abgeschaltet sah es fast wie ein einfacher Bilderrahmen aus.

Cockpit, B-Deck
Zur gleichen Zeit am anderen Ende des Schiffes. Während Aaron Wullf das Loch in der Cockpitscheibe von außen mit Vakuumpads verschloss, überprüfte Bone den steigenden Innendruck und die verbliebenen Instrumente.

Noch immer erweckte das Cockpit einen chaotischen Eindruck. Zu stumm und dunkel waren große Bereiche, die nach wie vor ihren Dienst verweigerten, während andere Anzeigen in allen Warnfarben dominierten.

„Druck ist stabil. Gute Arbeit" sprach Bone zufrieden zu Wullf und gab ihm mit dem Daumen ein Handzeichen.

„Kommen Sie wieder an Bord!"

„Verstanden!"

Erste akustische Signale und das Brummen der Lebenserhaltung vermischten sich zunehmend mit Geklapper unterhalb des Cockpits. Aus der geöffneten Bodenluke hinter den Pilotensitzen drang plötzlich ein gleißender Lichtblitz hervor, dicht gefolgt von einem hysterischen Fluchen.

„Alte! Willst du mich Grillen? Fuck!", brüllte Weißberg und sprang von dem Kabelwirrwarr zurück, als hätte er gerade einen elektrischen Schlag samt Brandwunden erlitten.

„Idiot!", schrie Kowski, die ebenfalls Deckung suchte. „Kannst du nicht einmal was richtig machen? Ich denk, du bist so ein begnadeter Technikfreak", motze sie ihn erneut an.

„Also wenn, dann heißt es Computerfreak. Ich bin doch kein beschissener Elektriker", erklärte Weißberg eindringlich.

„Stromkreis oder Schaltkreis, ist doch beides dasselbe", sagte sie sauer. „Nun mach schon, komm her! Ich will endlich raus hier!", befahl Kowski ungehalten.

„Ich fass die Scheiße nicht nochmal an. Hast du eine Ahnung, wieviel Saft da durchgeht? Da schützt nicht mal der Anzug."

„Ach, mach Platz!" Da sie den Stromschlag hören konnte, prüfte sie kurz den Kabinendruck und nahm dankend ihren Helm vom Kopf. „Alles muss ich allein machen."

Die Zange zwischen die Zähne geklemmt, machte sich Kowski selbst an die Arbeit. Obwohl sie Pilotin völlig anderer Schiffsklassen gewesen war, glichen sich die Systeme sehr. Entschlossen packte sie ein Kabelbündel und verlegte es hinter einer Platte.

Nacheinander steckte sie Kabel für Kabel in ein unüberschaubares Gewimmel an gelb leuchtenden optischen Ports.

„Komm her! Du musst mir helfen. Halte das!"

„Dafür hab ich mich nicht freiwillig gemeldet", fluchte Weißberg und warf seinen Schaltplan in die Ecke. „Moment mal. Spürst du das auch?" Weißberg zuckte von den Erschütterungen zusammen.

„Halt das fest, du Memme! Wir sind gleich fertig... Der Stecker da. Er muss richtig einrasten ... Los, jetzt! Beeil dich endlich!", forderte sie ihn auf.

„Ich mach doch."

Eine Weile später drückte sie die Verkabelung in die Wand und schloss die Tür.

„Das war's. Mal sehen, ob das Baby nun wieder schnurrt."

Sie ging zum Sicherungskasten, klappte zwei schwere Schalter nach oben und das Cockpit begann wieder zu leben. Die Computer fuhren hoch und waren nach wenigen Sekunden einsatzbereit.

„Klingt wie Musik in meinen Ohren."

„Na wurde aber auch Zeit. Nichts wie raus hier", freute sich Weißberg, endlich aus der Enge entfliehen zu können.

„Spinner! Geh mir aus dem Weg, Weißbrot!", knurrte Kowski und stieß ihn beiseite.

Außerhalb der Explorer

An der Außenhülle der Explorer öffneten sich an der Ober- und Unterseite mehrere Sensorenschächte. Ähnliches spielte sich am Bug ab, wo sich drei Klappen öffneten und eine lange speerartige Metallspitze herausfuhr. Auch die eng anliegenden Tragflächen, die für planetare Landungen vorgesehen waren, fuhren zu Testzwecken vollständig aus dem Rumpf heraus.

„Was geht denn jetzt ab?", rief Van Heusen überrascht, unterbrach die Suche und sah sich um.

„Sehr gut", registrierte Barrow die gute Neuigkeit. „Alles in Ordnung. Ist nur ein Systemcheck. Der Bordcomputer ist wieder online. Beachten Sie das nicht! Die fliegen schon nicht ohne uns."

Cockpit, B-Deck

„Klettere hoch, Kowski, ich will raus hier!"

„Ein Zitteraal versteht mehr von Elektronik als du. Wir hätten schon vor einer Stunde damit fertig sein können, wenn der Herr nicht alles überlastet hätte."

Kowski kletterte zuerst aus der Luke zum Cockpit. Als sie bemerkte, dass sich Colonel Braun und der Professor unterhielten, beendete sie den deutlich hörbaren Streit mit Weißberg.

„Colonel", schnaufte sie schweißgebadet.

„Berichten Sie! Sieht so aus, als hätten Sie die Lage unter Kontrolle bekommen", lobte er Kowski und sah sich im Cockpit um.

„Die Systeme laufen wieder. Die Sonden auch, Sir", fügte Weißberg hinzu. Kowski sah ihn strafend an.

„Sie brauchen hier draußen nicht salutieren. Wir arbeiten zusammen. Das war richtig gute Arbeit."

„Danke", antwortete Kowski knapp und wischte sich mit einem dreckigen Lappen die Stirn trocken.

„Sie sind dran, Professor. Finden Sie heraus, wo wir sind und was hier los ist."

„Colonel, was sind das immer für Erschütterungen?", wollte Weißberg wissen.

„Das werden wir gleich herausfinden", räusperte sich Arkov kurz und machte sich an einem Terminal zu schaffen.

Außerhalb der Explorer, Mittelsektion

Zu langsam und zeitaufwendig war die Suche nach strukturellen Schäden. Mühsam schoben Barrow, Sadler und die beiden Marines ihre Scanner über den schier endlosen Rumpf.

„Das ist Zeitverschwendung. Hier ist nichts." Vandermeer atmete hastig. Er konnte nichts entdecken.

Auch Van Heusen zoomte immer wieder stichprobenweise in die Hülle des unverwüstlichen Metalls hinein. Mikroskopisch aufgelöst, zeigte der Strukturscanner überall das gleiche Bild, parallele orange durchleuchtete Lamellenverstrebungen. Alles völlig normal.

„Ich kann auch nichts finden. Hier hinten ist soweit alles okay. Könnt Ihr …" Van Heusen wurde unterbrochen.

„Mister Barrow, wie weit sind Sie mit der Reparatur?", unterbrach Admiral Cartright über Funk.

„Wir untersuchen die Hülle nach möglichen strukturellen Schäden. Bisher haben wir noch nichts gefunden."

„Schön zu hören. Kommen Sie alle unverzüglich an Bord, damit wir die Lagekorrektur durchführen können!"

„Ich fürchte, das muss noch warten. Ich hab hier was gefunden!", rief Sadler mit ernster Stimme dazwischen.

„Was haben Sie gefunden?" Barrow klang besorgt.

Die Ingenieurin blickte auf die schroffen Risse, die sich vor ihr auf dem Display in tausendfacher Vergrößerung boten. Direkt neben dem Display schien die Oberfläche so makellos und jungfräulich, wie bei der Taufe des Schiffes.

„Risse. Jede Menge Risse in der Außenhülle", antwortete sie mit noch ernsterer Stimme. „Das muss der Grund sein, weswegen wir aus dem Tiefschlaf geweckt wurden. Sieht nicht gut aus."

„Ich hab mich da wohl gerade verhört", antwortete Van Heusen entsetzt.

„Brecht die Suche ab und kommt wieder rein! Die Lagekontrolle hat Priorität. Arkov hat die ersten Daten ausgewertet. Um die Schäden kümmern wir uns im Anschluss."

„Einen Moment noch", hielt Sadler inne und schien auf etwas Bestimmtes zu warten.

„Keine Zeit!", drängte James erneut. „Kommt sofort rein!"

„Verstanden. Okay, wir brechen hier ab. Das muss reichen."

„Hoffentlich ist das eine gute Idee." Sadler schaltete den Scanner aus. „Wir sollten besser so viel wie möglich versiegeln."

Gerade als sie sich aufrichtete und zur Einstiegsluke begeben wollte, begannen die Vibrationen wiederholt das Schiff zu verzerren. Schnell schaltete sie ihr Gerät wieder ein.

„Hört ihr mich?" Beth stockte der Atem. „Ich weiß nicht, wie ich es sagen soll. Wir haben ernste Probleme."

Auf dem Display dehnten sich die Risse weiter aus und verließen den Zoomabschnitt, so dass sie die Vergrößerung verringern musste. Entsetzt sah sie der langsamen Zermürbung des Schiffes zu, ohne etwas dagegen tun zu können.

„Das solltet ihr euch ansehen! Empfangt ihr die Daten?" Sadler übertrug die Bilder direkt zum Hauptcomputer.

Sensorenphalanx & Hauptcomputer, B-Deck

„Zum Teufel! Was geschieht hier?" Fassungslos blickten alle auf den Monitor, der die angehende Katastrophe in brillanter Schärfe zeigte. Immer weiter zogen sich die kleinen Haarrisse quer durch den Titanmantel. Dieses Material bildete in seiner unlängst veredelten Superlegierung einen Großteil der kompletten Außenhülle. Die fantastischen Eigenschaften dieses Elementes, von denen die meisten noch künstlich mit Wolfram verfeinert wurden, hatte man schon früh für die Raumfahrt entdeckt. Titan war sehr leicht, extrem beständig und gleichzeitig dehnbar. Wolframs ultrahohe Schmelztemperatur von 3422 Grad Celsius sowie die legendäre Festigkeit dieses Elements, perfektionierten das Material. Zusammen verliehen beide Metalle der Explorer eine besondere Flexibilität und den nötigen Spielraum für die Extreme des Weltraums.

Dennoch war sie nur die Haut des Schiffes. Eine Schutzschicht ähnlich einer Farbe, die Eisen und Stahl vor Korrosion schützte. Das Schiff war nicht unzerstörbar. Titan war keinesfalls als weiches Element zu verstehen. Was immer diese Risse hervorrief, war äußerst gefährlich.

„Seht ihr das?", fragte Sadler angespannt.

80

„Ja, wir empfangen die Übertragung", bestätigte James. „Mister Barrow soll sich das genau ansehen, ob es die Schiffsintegrität gefährdet. Vielleicht beschränkt sich das nur auf die Außenhülle."

„Nur? Was schützt uns denn noch, wenn nicht die Hülle?", wirkte Bone irritiert.

„Wir sollten etwas unternehmen. Und zwar schnell!", forderte Colonel Braun. „Es ist nur noch eine Frage der Zeit, bis das Schiff auseinanderbricht."

„James, ich benötige endlich eine stabile Lage!", drängte Arkov ungeduldig.

„Ihr habt es gehört. Kommt sofort rein! Es wird Zeit für Antworten."

Vordersektion, B-Deck, Schleuse vier

Aaron blickte durch das dicke Glas in die Schleuse. Vandermeer, Van Heusen, Sadler und Barrow drängelten sich auf engstem Raum. Sie schienen sich über das Intercom ihrer Raumanzüge zu unterhalten.

„Alle wieder an Bord", meldete er der Brücke.

Mit dem Zischen des Druckausgleiches ertönten die ersten Stimmen.

IVI: „Innendruck hergestellt." Signalfelder wechselten zur Farbe Grün. Wullf öffnete die Tür und die Insassen traten aus der Schleuse heraus.

„… für die Hilfe. Vielleicht kommen wir darauf zurück", bedankte sich Barrow bei den Marines. „Kommen Sie, Beth. Wir fahren inzwischen den Reaktor hoch. Das dauert eine Weile."

„Ist noch jemand draußen?", fragte Wullf sicherheitshalber.

Sadler schüttelte ihren Kopf, während er Platz machte. Hastig entledigten sich alle ihrer Raumanzüge, als Bone die Sektion betrat.

„Wie schlimm ist es?"

„Schwer abzuschätzen. Wir müssen so schnell wie möglich wieder raus. Wie lange brauchen Sie für das Manöver?" fragte Barrow den Piloten.

„Wenn Sie soweit sind, ein paar Minuten", antwortete Bone.

„Sie haben beide Triebwerke. Aber seien Sie sanft zu ihnen!"

Cockpit, B-Deck

Bone betrat das Cockpit und setzte sich in den Pilotensitz. Zu seiner Verwunderung waren bereits alle Vorbereitungen für die Kurs- und Lagekorrektur von Kowski getroffen worden. Er lächelte ihr anerkennend zu, dass alles in Ordnung schien und er beeindruckt war.

„Ich war so frei. Kann losgehen, wenn Sie soweit sind", schlug Kowski vor. Bone nickte zufrieden.

„Fahren Sie die Flügel ein! Wir brauchen sie nicht."

Kowski betätigte mehrmals die richtige Taste, doch nichts passierte.

„Mist, die reagieren nicht. Da muss was klemmen."

„Egal, also los. Bringen wir sie unter Kontrolle. Chad, wir versuchen es erst mal mit Hilfsdüsen und Steuertriebwerken."

„Peildrohnen sind startbereit."

Erneut blickte Bone zu Kowski und grinste.

„Sie können wohl meine Gedanken lesen?", sagte er. Bone sah hinaus. Unkontrolliert rollte die Explorer um mehrere Achsen durch den Raum, als vier kleine Objekte aus den Sensorenschächten in alle Richtungen ins All geschossen wurden. Bone blickte auf das Radar, das nun endlich Bezugspunkte zur Lagekontrolle bot. Die Punkte auf dem Schirm erschienen ebenso verrückt, wie der Tanz der Sterne hinter dem Glas der Fenster. Entschlossen griff er zur Steuerung und begann das Schiff zu bändigen.

Viele kleine Steuerdüsen gaben Schub, um die unkontrollierten Rollbewegungen auszugleichen und das Schiff in Flugrichtung zu drehen. Langsam und behutsam begann er die Explorer zu stabilisieren.

„23 Grad achtern Backbordseite, Steuerbord Bug 12. Längsachse 07 Grad. Wir haben es fast." Kowski sah hinaus. Die scheinbar drehenden Sterne beruhigten sich zusehends.

„2,5 Grad nach rechts", korrigierte sie ihre Angaben.

„Ich wünschte, ich könnte sie jetzt landen", dachte Bone. Bewirkte der Ausblick aus den Fenstern vor wenigen Minuten noch Schwindel und Übelkeit, erstreckte sich vor ihnen nun ein ruhig wanderndes Sternenmeer.

„Wenn die Anzeigen stimmen, fliegen wir parallel auf Kurs."

„Schon viel besser." Bone blickte hinaus und auf das Radar. Die Drohnen bewegten sich keinen einzigen Meter und flogen als externe Sensoren in allen Himmelsrichtungen konstant Seite an Seite mit der Explorer.

„Alle Achtung. Sie kennen sich ziemlich gut aus. Wo haben Sie das gelernt?", fragte Bone überrascht.

„Eine Maschine ist wie die andere. Alle aus einem Guss", prahlte Kowski, wohl wissend, dass es nicht so war. Ihre helle weibliche Stimme schien dabei in keinem Verhältnis zu ihrem fast männlichen Körper zu stehen. Sie streckte ihre Hand aus.

„Tascha."

Bone zögerte nicht und schlug ein.

„William oder Bone, wie Sie möchten. Sie fliegen also die Arche."

„So ist es. Ist mir eine Freude!", schien Kowski zu flirten.

Während sich beide ins Gespräch vertieften, bemerkten sie nichts von dem, was draußen geschah.

Die Lage der Explorer schien stabil, die Sterne zogen vorüber, als das Schiff plötzlich eine Kehrtwende machte. Gleich einem Reißschwenk einer Kamera, zogen neue Sterne ins Sichtfeld des Cockpits.

„Wirklich? Sogar die Venture Star?", staunte Bone.

„Ja wenn ich es Ihnen doch sage. Glauben Sie mir nicht?"

„Doch. Donnerwetter. Ein wahrer Oldtimer. Die wäre ich auch gerne mal geflogen. Eine beachtliche Flugkarriere. Dann weiß ich ja, wen ich rufen kann, wenn wir Hilfe brauchen. Okaaaay. Testen wir die Triebwerke?", fragte er zufrieden.

„Hey, Sie Weiberheld", rief plötzlich jemand. „Sie scheint Sie zu mögen. Madame Kowski ist sonst etwas mundfaul. Mit uns redet sie kaum ein Wort", unterbrach Van Heusen das muntere Pilotenduo. Auch Weißberg und Caren betraten das Cockpit. Beschäftigt wandte sich Bone wieder seinen Instrumenten zu.

„Hören Sie nicht auf den Dummschwätzer. Aus seinem Mund kommt gern mal gequirlter Scheiß, nicht wahr?"

„Wahre Worte", stimmte Weißberg Kowski zu und fiel Van Heusen in den Rücken.

„Gehen wir die Checkliste durch", versuchte Bone abzulenken, als das Schiff erneut zu ächzen begann.

„Hört euch das an! Das klingt nicht gut."
Doch dieses Mal waren nicht die Erschütterungen allein, die Bone aufhorchen ließen. Ein anderes unterschwelliges Geräusch weckte sein Interesse, als zeitgleich mehrere teure Forschungssonden gestartet wurden. Mit einem Stückpreis von siebzehn Millionen Euro, donnerte gerade ein kleines Vermögen ins All.

„Arkov, was machen sie da?", ärgerte sich Bone über die maßlose Verschwendung ihrer Ressourcen. Wütend sprang er auf und ging schnurstracks zur Station, von wo Arkov die Sonden gestartet hatte. Gleich drei Stück. Nicht zu fassen, dachte er.

„Sind Sie noch bei klarem Verstand? Sie haben grad unsere Asse verspielt. Wir brauchen sie vielleicht noch."

Arkov hielt den Zeigefinger vor seinen Mund, als ermahne er ein kleines Kind, leiser zu sein.

„Kommen Sie her und beobachten Sie!"
Mürrisch trat Bone näher und betrachtete den Schirm, der beinahe die gleiche Sicht bot, wie der Radarschirm im Cockpit. Selbst die Peildrohnen hielten exakt ihre Position. Schnell und gleichmäßig bewegten sich die Sonden mit rasender Geschwindigkeit aus dem Rand des Bildschirmes, so dass

Arkov den Maßstab anpassen musste. Der Ausschnitt änderte sich, wobei die Explorer einen kleinen Punkt im Zentrum bildete. Mit hoher Geschwindigkeit schossen die Sonden in 3:00, 9:00 und 0:00 Uhr der momentanen Flugrichtung davon. Mit den Uhrzeiten wurden seit Beginn der Fliegerei die Richtungen bezeichnet. 0:00 Uhr war direkt voraus, während 6:00 Uhr achtern bedeutete.

Fadenkreuz und konzentrische Kreise teilten den Schirm in Sektoren auf, so dass die Entfernungen besser einzuschätzen waren.

„Ich verstehe nicht, was das soll, Professor. Was bezwecken Sie damit?", fragte Bone verwirrt.

„Beobachten Sie weiter!"

Während Bone langsam an der Zurechnungsfähigkeit Arkovs zweifelte, beobachte er desinteressiert den Bildschirm. Gerade als er sich umdrehen wollte, bemerkte er eine Veränderung auf dem Schirm. Alle drei Sonden schienen ihre Geschwindigkeit zu ändern. Mit genauerem Blick beobachtete Bone jetzt die Entfernung zu den einzelnen Sonden.

„Haben Sie die modifiziert?", fragte er überrascht.

„Nein. Alle drei fliegen mit exakt der gleichen Geschwindigkeit", antwortete Arkov, wissend, dass sich seine Theorie gerade bewahrheitete.

Sekunde um Sekunde schien sich die Entfernung und die Geschwindigkeit der einzelnen Sonden zunehmend zu verändern. Langsam begriff Bone die Absicht des Experimentes. Sein Gesicht versteinerte sich, als wüsste er, was allen an Bord bevorstand.

„Verstehen Sie nun? Was sehen Sie?", fragte Arkov begierig.

Sonde eins fiel zurück und begann immer mehr zu beschleunigen, bis sie den Bildschirmausschnitt rasant in 8:00 Uhr Position verließ.

Sonde zwei behielt zwar ihre konstante Geschwindigkeit bei, änderte jedoch ihre Flugrichtung von 0:00 auf 1:00 Uhr. Kurze Zeit später sogar auf 2:00 Uhr.

Die dritte schien inzwischen auf 4:00 Uhr immer langsamer zu werden. Obwohl sie den dichtesten Abstand zur Explorer vorwies, nahm ihre Signalstärke zusehends ab. Bone musste schwer schlucken. Was dann folgte, war noch seltsamer. Sonde zwei vollzog eine 130 Grad Kehrtwende, während Sonde drei wieder zu beschleunigen begann, nur in die falsche Richtung. Während er dieses Schauspiel eine weitere Minute beobachtete, nahm die Signalstärke kontinuierlich ab, bis sich der Kontakt verlor. Das Schiff bebte wieder. Kein Signal. Bone sah den Professor an und überlegte.

„Ich würde sagen, Ihr Experiment war ein voller Erfolg."

„Leider ja", antwortete Arkov eiskalt. Seine Begeisterung hielt sich in Grenzen.

Obwohl Bone die Antwort auf seine Frage bereits ahnte, stellte er sie trotzdem.

„Sind das schlechte oder ganz schlechte Nachrichten?"

Arkov fragte sich, ob ein Pilot das verstehen würde, was er gerade beobachtet hatte.

„Ja...", zögerte er und leckte seine trockenen Lippen. „Kommt darauf an."

Arkov schaltete auf Sonde eins um, vergrößerte den Maßstab erneut, doch sie war bereits aus dem Sensorenbereich der Explorer verschwunden. Bone trat ans nächste Fenster und starrte hinaus.

„Wissen Sie? Gute Nachrichten verwöhnen uns nur. Schlechte treiben mich immer zur Höchstform. Finden Sie so viel heraus, wie Sie können. Ich gewähre Ihnen vollen Zugriff zu allen Systemen." Dann ging er.

„Ich mach mich sofort an die Arbeit." Arkov schaute Bone erstaunt nach, der sich wieder zum Cockpit begab. Er hatte mit mehr Widerstand gerechnet.

„Es wird Zeit, dass Sie alle aufklären. Lagebesprechung, sobald Sie bereit sind", rief Bone zurück.

Er machte kleine Schritte, beobachtete wie ein Fuß vor den anderen trat und kehrte abwesend ins Cockpit zurück. Erst als er sich in seinen Sitz zurücklehnte und entspannt zu den Sternen hinaussah, hörte er eine leise Stimme. Es war Caren.

„Will? William." Caren stieß ihn leicht an. „Hey, alles in Ordnung? Was ist los?", fragte sie besorgt.

„Nichts. Es geht mir gut."

„Was hat er gesagt? Wozu hat er die Sonden abgeschossen? Hier ist doch nichts."

„Nein, nichts. Nur wir … und es."

Seine Blicke schärften sich und beobachteten die Sterne. Sie schimmerten strahlend hell. Er sah nach Steuerbord. Angestrengt suchend, fand er eine kleine Sternenformation, von denen sich einzelne Begleiter zu biegen schienen. Dann wanderten sie plötzlich aus ihrer festen Position über die Scheibe, als würde sie jemand aus ihrem angestammten Platz des Universums herausreißen. Sie teilten und spiegelten sich förmlich. Nach und nach verschwand die Formation aus seinem Blickfeld. Aber eines hatte er von Arkov gelernt. Geduld zahlte sich aus. Je länger er den schwarzen Hintergrund betrachtete, desto mehr „wandernde Sterne" konnte er ausmachen. Sie kamen näher. Auch die widerkehrenden Kehrtwenden der Explorer blieben ihm nicht mehr verborgen. Alles ganz regelmäßig. Alles kam ihm vor wie ein böser Traum.

„Spinn ich? Kneifen Sie mich mal! Es sieht so aus, als ob wir eine Kurve fliegen. Die Sterne. Sie drehen sich weg", starrte Kowski verwirrt hinaus und überlegte.

Die Triebwerke waren aus. Niemand änderte den Kurs. Entweder spann das Radar, oder sie konnte ihren eigenen Augen nicht mehr trauen. Sogar die Peildrohnen flogen noch immer Seite an Seite. Sie hatten ihren Platz nicht verändert. Plötzlich überholte ein Objekt das Schiff in nur zwei Kilometern Entfernung an der Steuerbordseite.

„Da! Was ist das?", blickte Kowski aufs Radar. Das Peilsignal war eindeutig. Es war Sonde zwei. Erneut flog sie geradewegs davon. „Wie ist das möglich?"

Bone konnte die Ungläubigkeit direkt aus Kowskis Gesicht ablesen. Er wusste, was sie gerade dachte. Jedes Kind lernte diese einfache Regel der Physik in der Schule. Antriebslose Schiffe flogen im freien Weltall immer geradeaus. Und doch sah seine Co-Pilotin dasselbe, was auch er längst erkannt hatte.

Es gab nur eine Kraft im Universum, die schwerelose Objekte aus ihrer geraden Bahn in eine Kurve zwang. Gravitation.

„Seht Ihr das auch? Was ist das?" Kowski beugte sich über die Armaturen des Cockpits und sah voller Neugier hinaus.

Wenn es auch andere sahen, konnte es keine Einbildung sein.

Es war da.

Der kosmische Zensor

Von Neugier getrieben und vom letzten Schock erschüttert, versammelten sich alle in der Messe, um neue Hiobsbotschaften zu empfangen. Erschöpft und müde von den stundenlangen Reparaturen an Rumpf und Maschinen, saßen die meisten der Crew und der Marines still auf ihren Stühlen. Es war eine drückende unheilvolle Stille, fast so, als wüssten alle, was ihnen bevorstand. Bone stand am Fenster, blickte in erschöpfte Gesichter und sah hinaus. Der Boden vibrierte so gleichmäßig, dass es schon zur Gewohnheit geworden war. Niemanden schien es noch zu interessieren. Sie hatten nicht die geringste Ahnung.

„Hoffentlich gibt's diesmal bessere Neuigkeiten. Die Computersysteme laufen alle. Ich will endlich Antworten." Van Heusen hatte sichtlich Mühe, Vandermeer bei Laune zu halten und gab ihm eine starke Zigarette.

„Danke, Mann." Vandermeer zündete sie sich sofort an, atmete den Rauch tief ein und lehnte sich entspannt zurück. Offenbar erreichten die Drogenbeisätze innerhalb weniger Sekunden seinen zerebralen Cortex. „Das tut gut."

„Mich interessiert vor allem, wie lange wir schon hier draußen sind. Ich hab die Warterei satt", nörgelte auch Sadler, der es sichtbar schlecht ging. Susannah setzte sich neben sie und untersuchte ihren Körper.

„Beth, du gehört ins Bett. Du hast 39,2 Fieber."
Blass und klatschnass geschwitzt, ließ sie sich nicht davon abbringen, bei der Versammlung dabei zu sein. Energisch schüttelte sie den Kopf.

„Du meinst, ich soll wieder in die Kammer steigen? Nein, danke. Davon hatte ich bereits genug. Ich will wissen, was hier los ist!"

„Okay. Aber nachher gebe ich dir ein Beruhigungsmittel und du kommst auf die Station, verstanden?"

„Wir werden sehen", antwortete sie schlapp.

Professor Arkov betrat die Messe und ging direkt auf Virgel zu, um es zu aktivieren.

„Na endlich", raunte es ungeduldig aus einer Ecke.

Alle drehten sich aufmerksam zu ihm hin. Wahrscheinlich fiel den Letzten erst in diesem Moment auf, wie wenig Arkov einem Wissenschaftler ähnelte. Mit seinen zu einem Pferdeschwanz gebundenen grauen Haaren, entsprach er eher einem Künstler oder Designer.

„Sind alle da? Kann ich anfangen?" Arkov sah sich um und zählte die Anwesenden. Es waren 16 Personen, ihn eingeschlossen.

„Fehlt nicht jemand? Ich dachte, wir wären 17", stutzte er.

„Das sind wir auch", korrigierte Susannah schnell.

„Oh. Entschuldigen Sie. Ich vergaß Commander Cartright." Schwermütig erhob sich nun Admiral Cartright von seinem Stuhl und ging in die Mitte.

„Nun, da wir alle hier sind, wollen wir Sie nicht länger auf die Folter spannen. Ich weiß, sie alle brennen auf Antworten. Die Zahlen unserer Berechnungen werden Ihnen nicht gefallen. Sie sollten sich setzen."

„Niemand hier glaubt mehr an Briefe aus der Heimat. Wie schlimm kann es schon sein?", versuchte Van Heusen die Befürchtungen herunterzuspielen.

„Sehr schlimm. Doch zuerst die bessere Nachricht, die wahrscheinlich niemanden trösten wird. Wenn unsere Analysen stimmen, haben wir inzwischen das Jahr …"

Eine unbehagliche Ruhe entstand, als er plötzlich verstummte. Alle warteten auf den Rest des Satzes.

„Spucken Sie's schon aus! Wir werden es verkraften", verlangte Rivetti eine klare Aussage.

„2215. Plus/minus ein, zwei Jahre."

„Was? Unmöglich!", stockte Rivetti der Atem. Ihr Hals schnürrte sich zu.

„Das ist ein Scherz!", antwortete Vandermeer verstört.

„Sie müssen sich irren", konnte es selbst Kira nicht glauben.

„Wir müssen davon ausgehen, dass es die Wahrheit ist."

Alle schwiegen fassungslos. Sadler rechnete noch immer und hustete. Mit einem Schlag wurde sie noch blasser.

„Das sind über 120 Jahre! In der Zeit hätte es doch so was wie eine Rettungsmission geben müssen."

„Wir sind zu weit von unserem Kurs abgekommen, oder? Wahrscheinlich hat uns niemand gefunden", sagte Hiroto Yoshimura kühl, als hätte er es geahnt.

„Blödsinn, sie haben uns gar nicht gesucht!", brüllte Vandermeer zurück.

„Vielleicht hielt man uns einfach für tot", bot Kira die wohl bisher naheliegendste Lösung.

„Absolut möglich. Sie alle könnten Recht haben. Leider bringt uns das nicht weiter", meinte James. Natürlich konnte er den Unmut der Mannschaft verstehen.

„Admiral? Können Sie uns verraten, warum das zur Hölle die gute Nachricht sein soll?" Jetzt war Viktor neugierig.

„Weil wir noch am Leben sind."

Einige Personen brachten vor Fassungslosigkeit kein Wort mehr heraus. Sie überließen anderen die unangenehmen Fragen. Caren saß geschockt auf ihrem Stuhl und wusste nicht mehr, wie ihr geschah. 1000 Fragen gingen ihr durch den Kopf. Wenn das die gute Nachricht war: Was war dann erst die schlechte?

„Wie kommen Sie auf diese Jahreszahl? Woher wollen Sie wissen, wie lange wir schon hier draußen sind?", fragte Braun.

„Wir haben alle gängigen Methoden abgeglichen. Körperscans, Haarwachstum unter Kryobedingungen, Zerfallsraten, Halbwertzeiten und Sternkarten. Ziemlich eindeutige Werte, die sich leider decken. So schmerzlich es ist, die Daten stimmen."

Admiral Cartright gab Arkov ein Zeichen, Virgel zu starten.

„Übernehmen Sie, Jaros! Zeigen Sie es ihnen!"

„Virgel, starte Arkov Sequenz eins!"

Automatisch verringerte sich die Beleuchtung in der Messe und Virgel begann, eine holografische Simulation im Raum aufzubauen.

„Diese Ausgangssituation kennen Sie alle. Das war unser geplanter Missionskurs."

Alle blickten gebannt auf den blauen Planeten und den vergangenen lang zurückliegenden Start. Die Simulation zoomte von der Erde aus dem Sonnensystem und zog den blauen Faden des ursprünglichen Kurses durch den interstellaren Raum bis zum System Capri Solaris, um dort beim vierten Planeten zu enden.

Arkov stoppte die Simulation und Admiral Cartright übernahm wieder das Wort.

„Wie Sie wissen, kam es zum Unfall mit teils erheblichen schiffsweiten Schäden. Glücklicherweise können nach Mister Barrows Ansicht wohl alle wichtigen Systeme repariert oder ersetzt werden." James schaute fragend zum Konstrukteur der Explorer. Er musste es am besten wissen.

„So ist es." Chad räusperte sich und klopfte stellvertretend für die Explorer auf den Tisch. „Sie hat ein paar Kratzer im Lack. Aber dank der großartigen Hilfe ist das Schiff wieder weitestgehend dicht. Solange uns nicht die Ersatzteile ausgehen, müssen wir uns keine Sorgen machen. Die Umweltkontrolle spinnt noch ein bisschen und die Trägheitsabsorber laufen im ersten Backup. Keine Sorge, wir haben noch ein zweites."

„Sehr beruhigend", meine Braun.

„An alle: Gute Arbeit!", sprach James weiter. „Leider ist es nicht gelungen, die Aufzeichnungen vom Start zu rekonstruieren. Die Daten des Videostreams sind unbrauchbar. Was die Ursache betrifft, tappen wir also alle im Dunkeln. Sicher ist, dass es eine schwere Explosion in nächster Nähe während des Hauptimpulses gegeben haben muss. Allein vom Timing her, müssen wir davon ausgehen, dass es sich um einen

Anschlag gehandelt hat. Die Auswirkungen, Schäden und Verluste sind ihnen ja bekannt."

„Sehr freundlich, uns ständig daran zu erinnern", reagierte Van Heusen gereizt. Wie ein Dorn bohrte Admiral Cartrights Aussage in frische Wunden, die noch längst nicht verheilt waren.

„Entschuldigung. Sie haben Recht. Das war unnötig." Erneut gab James ein Zeichen an Arkov, der die eingefrorene Simulation zurücksetzte.

„Noch einmal zur Startposition."
Vom Planeten Capri zurückzoomend, verschaffte die Simulation nun einen besseren Überblick vom ursprünglichen Missionskurs und allen benachbarten Sternen. Als Nächstes zog Arkov einen zweiten roten Faden mit einem abweichenden Winkel von 27 Grad immer weiter von der Erde und schräg vom geplanten Kurs in den leeren Raum. Gebannt starrten alle in die transparente Holografie.

„Gott, bleib endlich stehen", betete Sadler leise. Der Weg führte immer tiefer in den interstellaren Raum hinein. Dann stoppte der rote Kurs endlich und die Simulation fokussierte die Explorer.

Weit und breit war kein Planetensystem zu sehen. Lichtjahre von der Erde und Capri entfernt, sanken mutlose Köpfe in ihre Hände nieder. Ebenso betroffen wie stark sammelte Admiral Cartright seine Stimme und machte weiter.

„Das ist unsere aktuelle Position. 8,3 Lichtjahre oder 78,5 Billionen Kilometer von der Erde entfernt. Mitten im Niemandsland."

„Acht!? Acht Lichtjahre?" Caren schloss die Augen.

„Bis zu unserem eigentlichen Ziel Capri Solaris sind es fast 12,6 Lichtjahre."

„Meine Dienstzeit ist längst vorbei. Zum Kotzen", fluchte Weißberg leise vor sich hin.

„Das kannst du ruhig lauter sagen, Weißbrot! Warum flippst du nicht mal richtig aus so wie ich! Ich hätte jetzt richtig Lust, die Wand einzutreten!"

„Solange die Mission nicht abgeschlossen ist, sitzen wir alle im selben Boot. Also regt euch endlich ab! Euer Gejammer geht mir auf den Sack!", mahnte Wullf erzürnt.

„Acht Lichtjahre irgendwo im Nichts. Sorry, dass wir uns da aufregen." Weißberg wirkte sauer und verzweifelt zugleich.

„Hätten wir in der ganzen Zeit nicht viel weiter fliegen müssen? Von dem Punkt aus gesehen, haben wir noch Glück gehabt, dass wir nicht 20 Lichtjahre über das Ziel hinaus geschossen sind", meinte Rivetti analytisch.

„Ja super. Was haben wir doch für ein Glück, hier zu sein. Hast du 'ne Ahnung, wie lange wir für den Rückweg brauchen werden? 78 BILLIONEN Kilometer mit konventionellem Antrieb ist kein Zuckerschlecken, Baby! Es sei denn, du versüßt ihn mir", ranzte Vandermeer Rivetti an.

„Halt die Klappe, Viktor!", antwortete sie genervt.

„Sind Sie fertig?", drohte Colonel Braun gereizt.

„Admiral, Sie sagten, das war die gute Nachricht. Was verschweigen Sie uns noch?", fragte eine leise, aufmerksame Stimme aus der hinteren Ecke. Es war Kira Yoshimura.

„Ach, ich vergaß. Das war ja die gute Nachricht. Was kommt jetzt? Ist uns etwa unser Klopapier ausgegangen?", maulte Vandermeer weiter.

Als wenn man vom Teufel sprach, begann im selben Moment das Schiff erneut zu beben.

„Ja, das war leider noch nicht alles. Ich fürchte unsere Situation hat sich dramatisch verschlechtert", gestand er ein.

„Stellen diese Erschütterungen eine Gefahr für uns dar?", fragte Kira erneut.

„Ja, das tun sie. Professor? Sie sind dran", sagte James.

„Es sieht so aus, als ob wir uns in einem Orbit bewegen."

Van Heusen sah ungläubig zum Japaner hinüber.

„Unmöglich, wir sind im interstellaren Raum. Wir waren draußen. Da ist nichts."

„Und die ständigen Erschütterungen, die Risse in der Schiffshülle? Was glauben Sie, woher die kommen? Nur weil man etwas nicht sieht, heißt es nicht, dass da auch nichts ist", stimmte Bone dem Japaner zu und trat vom Fenster weg. „Arkov. Sagen Sie es Ihnen!"

Alle blickten wie gelähmt zum Professor.

„Ihre Augen wurden leider getäuscht. Der Kontrollverlust der Explorer hat es verschleiert. Wenn Sie die Sterne aufmerksam beobachten, können Sie unseren Orbit deutlich erkennen. Das ist auch der Grund, warum wir nicht so weit gekommen sind. Wir wurden vor vielen Jahren eingefangen."

„Von wem oder was denn eingefangen? Ein Orbit worum?", stutzte Van Heusen verwirrt. Er kapierte gar nichts mehr.

„Wir befinden uns in der Umlaufbahn eines extremen Schwerkraftfeldes, einer Singularität!", antwortete Arkov.

Die meisten realisierten es immer noch nicht.

„Einer was? Ich versteh nicht. Werden Sie deutlicher, Mann!", verlangte Van Heusen klare Worte.

„Er meint ein Schwarzes Loch", sprach Bone die Bedrohung unmissverständlich aus, während es Arkov mit einem Nicken bestätigte. Sofort wurde auch den Letzten klar, in welch großer Gefahr sie sich befanden. Jeder horchte auf.

„Was? Sie scherzen doch!"

„Na wunderbar. Das wird ja immer besser." Vandermeer stand auf und ging zum Fenster. „Aber wir waren doch alle draußen. Da ist nichts. Keiner von uns hat etwas gesehen."

„Es ist da, glauben Sie mir", versicherte Arkov.

„Wie groß ist es?", wollte Braun wissen.

„Schwer zu sagen, ohne echte Bezugspunkte. Ich schätze es auf eine Größenordnung von Pluto bis Charon. Groß ist also das falsche Wort. Dennoch haben wir es mit einer mittelschweren Singularität zu tun. Eigentlich unbegreiflich in dieser Region. Man hätte sie längst entdecken müssen", grübelte er innerlich.

„Moment. So groß wie ein Planet? Ich dachte, solch große Löcher gäbe es nur in Zentren von Galaxien?", fragte Susannah verwundert.

„Schwarze Löcher sind keinesfalls selten und nur auf Zentren der Galaxien beschränkt. Es gibt sie überall in unserer Milchstraße, selbst in den Spiralarmen und Randbereichen. Das ganze Universum könnte voll von ihnen sein. Unentdeckt und unsichtbar. Es wurden schon viele nachgewiesen, nur nicht so nah. Dieses hier ist äußerst unscheinbar und mir völlig unbekannt."

„Pluto ist ein Zwergplanet. Sie meinen sicher seinen Mond Charon, nicht wahr? Beide sind Winzlinge", unterschätzte Braun die Größe offenbar.

„Sie irren sich. Sie denken in Kilometern und das ist ihr Fehler. Sie müssen in Sonnenmassen denken", berichtigte Arkov und wartete auf die eigentlich interessanten Fragen, deren Antworten er endlich loswerden wollte.

„Sonnenmassen? Von wie vielen Sonnenmassen sprechen wir hier?" Dem Colonel wurde langsam mulmig zu Mute.

„Hunderte. Hängt von der Größe ab."

„Sie übertreiben doch maßlos", glaubte Braun kein Wort.

„Ein Beispiel? Unsere Sonne kann niemals zu einem Schwarzen Loch werden. Sie ist zu klein. Könnte sie es rein theoretisch doch, hätte sie einen Durchmesser von ungefähr sechs Kilometern und ein Volumen von etwa 110 Kubikkilometern. Ein Schwarzes Loch in der Größe des Mondes Charon besäße mit 1200 Kilometern Durchmesser eine Masse von… Lassen sie mich nachrechnen." Arkov schloss kurz die Augen, um etwas im Kopf zu berechnen. „Ja, etwa 200 Sonnen."

„Heilige Mutter." Rivetti untertrieb.

„Das ist doch ein einziger Albtraum", kam Weißberg der Sache schon näher.

„Wie nah sind wir schon dran?"

„DAS, Colonel Braun, ist die entscheidende Frage. Alles was ich bisher kann, ist schätzen."

„Dann schätzen Sie!", forderte Braun ihn erneut auf.

„Fünfzigtausend Kilometer, vielleicht deutlich weniger. Es schwankt sehr stark."

Kein einziges Wort vermochte mehr zu trösten oder die Lage zu beschönigen. Und als hörten alle nicht schon genug, kehrten auch die beängstigenden Erschütterungen zurück. Auf einmal ergab alles einen Sinn.

„Es passiert immer, wenn wir uns dem Ding annähern, oder? Bedeutet es nicht, dass wir eine elliptische Umlaufbahn eingenommen haben müssen?", folgte Chad seinen fachlichen Kenntnissen als Ingenieur.

„Absolut richtig, Mister Barrow", antwortete Arkov.

„Professor. Was ist mit der Erde? 8,3 Lichtjahre erscheinen mir recht nah. Kann es …?", stockte Susannah selbst.

„… die Erde bedrohen? Ich würde es nicht auszuschließen. Die starke Anziehungskraft könnte unser gesamtes Sonnensystem beeinflussen."

„Großer Gott!" Barrow und auch alle anderen waren sprachlos.

„Gott wird uns hier nicht herausholen. Er war schon immer ein Arschloch!", stieß Bone voller Hass aus. Van Heusen klatschte langsam und laut.

„Das stimmt. Zum ersten Mal höre ich keinen Bullshit."

„Wie konnte es solange unentdeckt bleiben? Ich dachte, ihr Wissenschaftler kennt jeden Furz von Komet und könnt jede Anomalie in Millionen von Lichtjahren orten. Da geht euch so ein Monster direkt vor unserer Haustür durch die Lappen? Sie wollen uns doch wohl nicht erzählen, dass Sie nichts davon gewusst haben?", regte sich David ordentlich auf.

„Na endlich, Weißbrot. So gefällst du mir! Auf die Antwort bin ich auch gespannt." Vandermeer sah wie alle anderen neugierig zum Professor.

„Es ist mir ehrlich vollkommen unbekannt", versicherte Arkov erneut. Nicht jeder glaubte seinen Worten.

„Ach kommen Sie! Wie können Sie nichts davon wissen? Der große Professor Arkov", spottete Van Heusen.

„Weil es nicht mein Fachgebiet ist. … Angesichts der Brisanz, die eine solche Entdeckung haben würde, kann ich mir nur vorstellen, dass dieser Fund geheim gehalten wurde. Streng geheim. Stellen Sie sich die Panik und Angst vor."

„Das müssen wir uns nicht vorstellen. Capri löste all das aus."

Der Punkt ging an James. Das gab es wirklich schon.

„Alles möglich", warf Bone ein. „Dennoch könnte es jeder halbwegs professionelle Hobbyastronom entdecken. Dürfte schwer fallen, ein solches Geheimnis zu wahren."

Arkov schüttelte energisch den Kopf.

„Nein. Ein solch kleines Objekt ist nur mit richtig großem Spezial-Equipment zu entdecken. Nur wenige haben Zugang zu solchen Anlagen. Trotz der enormen Masse ist es viel zu klein, besitzt weder einen solaren Partner noch eine Akkretionsscheibe. Viele Verifikationsverfahren greifen hier nicht. Erinnern Sie sich! Selbst Sie haben es vor wenigen Minuten nicht gesehen oder geglaubt. Dabei ist es direkt vor ihrer Nase."

Was der Alte sagte, hatte Hand und Fuß. Niemand konnte widersprechen. Keiner kannte sich mit der Materie besser aus.

„Es muss schon ewig hier draußen sein. Möglicherweise handelt es sich um eine besondere Form einer primordialen Singularität", sprach er weiter. „Dann würde es wahrscheinlich seit der Entstehung der ersten Sterne existieren und sich sehr langsam durch unsere Galaxie bewegen. Oder es war ein extrem massereicher Hyperriese, der sich in ein stellares Schwarzes Loch verwandelt hat. So oder so muss es im Lauf der Zeit unzählige andere Sterne verschlungen haben."

„Ich hab noch nie ein Schwarzes Loch gesehen. Wie sieht sowas genau aus?", wollte Braun wissen, der wie die meisten anderen am Fenster stand und im Wirrspiel der Sterne nach dem Schwarze Loch suchte. Manchmal glaubte er etwas zu erkennen, doch im nächsten Moment war es wieder weg.

„Niemand hat je eins zu Gesicht bekommen. Sie kennen Schwarze Löcher wahrscheinlich nur aus Büchern und Filmen. Wirbelsturmartiges Gebilde oder mit einem anderen Stern und einer gemeinsamen Akkretionsscheibe. Dieses hier ist Single. Allein und ohne nahen Begleitstern ist es nahezu unsichtbar. Was wir ständig spüren, sind die Auswirkungen von Gravitationskraft und Geschwindigkeit. Und das ist erst der Anfang. Es wird schlimmer. Viel schlimmer."

„Erklären Sie es genauer, Jaros. Ich denke, es interessiert jeden hier im Raum", sprach James ruhig, während viele wieder Platz nahmen. Arkov nickte zustimmend, nahm sein Pad zur Hand und reaktivierte Virgel.

„Eines vorweg. Ich kann Ihnen bisher nur Theorien und Grundwissen vermitteln. Wir müssen es viel genauer untersuchen, um Gewissheit zu erhalten, womit wir es zu tun haben. Es gibt keine praktische Forschung."

„Das wissen wir. Fangen Sie an!", drängte Braun.

„Nun gut. Es gibt mehrere Arten von Singularitäten. Virgel, starte Arkov Sequenz zwei! … Hier sehen Sie eine Simulation eines statischen Schwarzschild-Loches. Dieser klassische Typ ist kugelsymmetrisch, also eine perfekte Kugel. Es rotiert nicht und beeinflusst den Raum allein durch seine immense Masse."

Die Simulation zeigte eine einzige schwarze Kugel im leeren Raum des Weltalls. Dann begann Arkov das ganze dreidimensionale Animationsmodell samt Hintergrund zu drehen, so dass sich die Sterne um das Schwarze Loch herumbogen.

„Dieser verräterische Effekt nennt sich Kosmische Linse oder auch Gravitationslinse und ist das Einzige, was wir von diesem Typ im leeren Raum wahrnehmen können. Die Masse krümmt das Licht um das Schwarze Loch herum. Das können

Sie übrigens auch draußen erkennen, wenn Sie genauer hinschauen."

„Stimmt. Bone und ich haben es Steuerbord aus dem Cockpit gesehen. Es war unheimlich", antwortete Kowski eingeschüchtert.

„Vor vielleicht 40 bis 50 Jahren müssen wir auf unserem Weg von der Gravitation eingefangen worden sein und wurden dann in einem stark elliptischen Orbit festgehalten."

„Moment. Wir sind schon 40 oder 50 Jahre hier?", stutzte Braun geschockt.

„Das ist nur eine Vermutung. Wir wissen ja nicht, mit welcher Geschwindigkeit wir vom Kurs abgekommen sind. Angesichts unserer recht stabilen Bahn sind wir schon lange hier. Ich schätze…"

Arkov kreiste mit seinem Finger und markierte die momentan geschätzte Position. Die Bahn holte dabei weit aus, näherte sich aber immer wieder auf einen extrem bedrohlichen Abstand.

„…wir kreuzen vermutlich den äußeren Bereich, vielleicht hier. Ich kann nur raten", meinte er unsicher.

Die Simulation machte deutlich, wie das winzig kleine Schiff Jahr für Jahr immer tiefer in den Raumstrudel um das Schwarze Loch gelangt war. Es war nur eine Frage der Zeit, bis der lebensrettende Kurs der Anziehungskraft nachgeben würde, um schließlich in einer Todesspirale zu enden.

„Wie schnell fliegen wir noch?", hakte Braun nach.

„Schwer zu sagen. Zehntausend Kilometer pro Sekunde mit Sicherheit. Sonst würden wir hineingezogen. Fakt ist: Je näher wir dem Ereignishorizont kommen, umso schneller werden wir. Das Paradoxe daran: Die stetig zunehmende Geschwindigkeit zwingt uns entgegen der Fliehkraft nur noch dichter an den Ereignishorizont heran. Am Ende müssen wir immer mehr Energie aufwenden, um von hier wegzukommen. Aber es gibt noch eine Chance."

„Und die wäre?", fragte Braun. Alle waren ganz Ohr.

Arkov zoomte näher an die Singularität heran.

„Jedes Mal, wenn wir diesen Punkt passieren, sind wir am schnellsten. Sozusagen der Scheitelpunkt von Geschwindigkeit und Belastung. Hier sind die spürbaren Gezeitenkräfte am stärksten. Das geschieht momentan alle 52 Sekunden."

„Momentan?" Barrow ahnte Schlimmes. „Verändert sich das Intervall?"

„Ja, die Zeit nimmt ab. In 32 Stunden werden es nur noch 51 Sekunden sein."

„Klingt nach einem Ultimatum", meinte der Colonel.

„Wir können uns glücklich schätzen, dass unsere Sensoren uns trotz aller Schäden aus dem Tiefschlaf geholt haben", gab Admiral Cartright zu bedenken.

Vandermeer trat näher an die Simulation heran, als wolle er sie eingehend studieren. In den Bann gezogen, sah er sich das holografische Phänomen aus nächster Nähe an.

„Sie erwähnten den Ereignishorizont. Was ist das genau?" Die Neugierde des Marine schmeichelte Arkov. Immerhin hörten sie ihm zu.

„Dabei handelt es sich um die endgültige Grenze zum Schwarzen Loch. Natürlich hat es keine Oberfläche. Der Ereignishorizont ist mehr die magische Grenze, ein gewisser Radius um den Kern, ab dem nicht mal mehr das sichtbare Licht entkommen kann. Stellen Sie sich den Horizont als heliozentrische Schale vor. Die eigentliche Singularität liegt sehr viel tiefer im Inneren verborgen. Sie kann unendlich klein sein oder riesengroß bis direkt unter den Horizont reichen, bleibt Außenstehenden aber stets verborgen. Alles, was jenseits dieses Ereignishorizontes fällt, ist für immer verloren und kann nicht mehr entkommen. Ausgenommen, es fliegt schneller als das Licht."

„Und wir fliegen direkt drauf zu, wunderbar."

„Nein. Zum Glück noch nicht", verbesserte Arkov. „Wir fliegen parallel. Unsere momentane Geschwindigkeit hält uns auf dieser Umlaufbahn. Wenn auch auf keiner absolut stabilen."

Selbst Van Heusen trat dichter und zeigte Interesse an seinem Leben. Nachdenklich betrachtete er den viel zu nahen Orbit.

„Versteh ich das richtig? Wenn wir schon zu nah dran sind und die Triebwerke für den Fluchtstart nicht mehr ausreichen, kommen wir hier nie mehr weg?", fragte er.

Bone mischte sich ein und legte seine Sicht der Dinge vor.

„Nicht nur das. Irgendwann werden wir hineinstürzen. Unser Schiff wird durch die Gezeitenkräfte auseinanderbrechen. Wir werden spaghettisiert, gequetscht, komprimiert und in unsere Atome zerrissen. Keine rosige Aussicht. Stimmt das so in etwa?", dramatisierte es Bone.

Arkov nickte stumm. Die Worte des Piloten schürten Urängste.

„Nein, Mann. Das kann doch alles nicht wahr sein. So eine verfluchte …" Weißberg wurde zusehends unruhiger.

„So sieht es aus, ja", bestätigte Arkov. „Aber soweit muss es nicht kommen."

„Allerdings. Wir sollten schleunigst von hier weg. Worauf warten wir noch?", machte Vandermeer Druck, während Van Heusen anfing zu lachen.

„Was ist daran so lustig?", wurde Weißberg wütend.

„Ereignishorizont, Lichtgeschwindigkeit. Hey! Unser super Fusionsantrieb schafft keine 50.000 Kilometer. Das ist ein Sechstel. Vielleicht funktioniert er nicht einmal. Wie sollen wir hier wegkommen? Ich sag euch, wir werden hier draufgehen. DAS nenn ich mal den Witz des Tages."

„Hören Sie auf! Wir werden hier wegkommen oder geben Sie immer so schnell auf, ohne es zu versuchen?"

Susannah hatte die gleiche Angst wie alle anderen, doch sie war schon immer kämpferisch gewesen. Es war eine der Eigenschaften, die alle Cartrights an ihr liebten. Der Admiral ging zu ihr ans Fenster.

„Ist es auf dieser Seite?", fragte sie.

„Gleich ist es direkt vor Ihnen. Versuchen Sie einzelne Sterne am Rand zu beobachten. Wie gesagt, extreme

Schwerkraft krümmt die Raumzeit. Was Sie sehen können, ist eine Lichtverschiebung."

„Also ich seh da rein gar nichts", murrte Van Heusen.

„So schnell, wie wir es umrunden, ist es sogar sehr gut zu beobachten. Stellen Sie sich vor, Sie würden eine große Linse vor dem Himmel bewegen. Alles biegt sich herum."

Die Beleuchtung der Messe war zu hell und führte zu Spiegelungen im Fensterglas. Susannah regelte das Licht herunter und konzentrierte ihren Blick. Erst bei genauerer Beobachtung erkannte sie die ungewöhnlichen Bewegungen der Sterne. Manche wanderten nach oben und unten, andere Sterne verschwanden blitzschnell am Rand, so schnell wie sie gekommen waren. Mal verschwand es, dann tauchte es wieder auf. Unauffällig, aber sie konnte es eindeutig ausmachen. Die Mitte schien sternenleer zu sein.

„Also, Professor." Susannah drehte sich zu ihm um. „Sie meinten, dass es nicht soweit kommen muss und wir eine Chance haben. Wie können wir den Sturz ins Schwarze Loch verhindern, falls es nicht schon zu spät ist?"

„Ich sagte, vielleicht haben wir eine Chance. Ich brauche mehr Zeit für Untersuchungen."

„Was müssen Sie denn noch wissen? Was verschweigen Sie? Raus damit!" Van Heusen stand in fordernder Haltung vor Arkov.

„Ich weiß, Sie alle wollen so schnell wie möglich weg. Ich muss gestehen, selbst mir ist diese Distanz eine Spur zu nah. Obwohl uns nicht viel Zeit bleibt, müssen wir uns diese jedoch unbedingt nehmen. Wir müssen unsere Umlaufbahn akribisch genau analysieren. Wir müssen genau herausfinden, mit welcher Art Schwarzem Loch wir es genau zu tun haben. Unser aller Leben hängt davon ab."

„Was heißt das? Wie viele Arten gibt es denn?", wollte Susannah wissen, als Van Heusen sie unterbrach.

„Ist doch völlig egal, wie viele es gibt. Wir sollten hier endlich verschwinden, solange es noch geht."

„Hören Sie mir zu! Die Simulation, die ich bisher zeigte, war eine Sache. Wir können es aber auch mit einem Kerrschen-Loch zu tun haben. Sie sind sehr viel häufiger und damit auch wahrscheinlicher. Wenn wir nicht wissen, in welche Richtung wir entkommen können, ist jeder Fluchtversuch unkalkulierbar. Wollen Sie das Risiko eingehen?"

„Ich nehme an, diese Kerrschen-Löcher rotieren demnach stark?", zog Braun seine Schlüsse.

„Ganz genau. Wenn wir mehr Daten bekämen, könnten wir möglicherweise bereits mit einem Bruchteil unserer Triebwerke auskommen, den Katapulteffekt nutzen und mit dem richtigen Winkel eine viel höhere Fluchtgeschwindigkeit überschreiten. Das ist reine Mathematik, doch mir fehlen die Faktoren."

Arkovs Herz raste vor Aufregung. Er hatte sichtlich Mühe, seine Gedanken zu ordnen. Lange Reden lagen ihm noch nie. Dazu kam die Euphorie. Das begehrteste Forschungsobjekt der gesamten Wissenschaft lag zu seinen Füßen. So viele Fragen und so wenig Zeit. Wie konnte er die Leute nur von der gewaltigen Bedeutung überzeugen? Arkov schaltete Virgels Holografie erneut auf und holte tief Luft.

„Sehen Sie sich diese Aufnahme noch einmal zum Verständnis an. Was Sie hier sehen, ist ein statisches Schwarzes Loch nach Schwarzschild. Ich möchte nicht zu weit ausholen, aber wie Sie alle wissen, stellen Schwarze Löcher das Endstadium massereicher Sterne dar."

Die KI von IVI und Virgel arbeiteten Hand in Hand, wie eine Einheit. Während der Professor den Sachverhalt erklärte, generierte die Holomatrix simultane Animationsabläufe. Alle sahen in Zeitraffer, wie sich ein schwerer namenloser Stern in ein schwarzes Loch verwandelte. Arkov fuhr unterdessen ohne Pause fort.

„Der genaue Ablauf ist nun weniger von Bedeutung. Wie Sie sehen, können Sie hierzu hinreichende Ausführungen in der Datenbank finden. Ich komme lieber zum Kern. In der Theorie und beobachteten Praxis unterliegen sämtliche Himmelskörper vom Planeten über Sterne bis zur Galaxie einem Drehimpuls. Sie alle rotieren. Schrumpft ein Stern zu einem Schwarzen Loch, bleibt sein Drehimpuls immer erhalten. Da sich das Trägheitsmoment beim Kollaps verringert, muss die Winkelgeschwindigkeit größer werden. Daher können wir eine statische Singularität ausschließen. Wir müssten es also mit einem rotierenden Kerrschen-Loch mit Ergosphäre zu tun haben."

Als Arkov den Satz beendete, sah er in ratlose Gesichter, die nicht verstanden, worauf er hinaus wollte.

„Wären Sie so gütig, etwas verständlicher zu sein? Ich hab in Physik nie besonders gut aufgepasst", murrte Van Heusen überfordert.

Arkov ärgerte sich, blieb aber ruhig. Virgel hatte doch alles verständlich gezeigt. Hatten denn keiner hingesehen?

„Also gut, ich zeige es Ihnen." Arkov trat näher an Van Heusen heran, nahm seine Arme und streckte sie aus.

„Was soll das werden?", wunderte sich der Marine.

„Ein bisschen Physik. Nur ein kleines Experiment. Sie wollten es doch leicht verständlich. Strecken Sie ihre Arme und Beine ganz aus! Noch weiter!"

Van Heusen tat, was der Professor verlangte und hing auf dem Hocker wie ein Hampelmann.

„Ich werde Sie nun langsam drehen und immer schneller beschleunigen. Fallen Sie nicht runter." Arkov begann Van Heusens zu drehen, so dass ihn bald erste Schwindelgefühle packten.

„Wenn ich „Jetzt" sage, ziehen Sie ihre Arme und Beine so weit wie möglich heran und machen sich auf dem Hocker ganz klein." Unterdessen drehte Arkov den armen Marine immer schneller.

„Jetzt!" Van Heusen zog seine Gliedmaßen dicht an seinen Körper heran und legte ordentlich an Rotationsgeschwindigkeit zu.

„Tolles Karussell." Verlegen bremste Van Heusen die beschleunigte Drehung mit den Beinen ab. „Hätten Sie das nicht anders erklären können?"

„Das habe ich. Sie haben mir nicht zugehört", erwiderte Arkov. Die meisten Anwesenden bestätigten es nickend.

„Sind wir jetzt im Kindergarten?", schimpfte Vandermeer.

„Na schön, nun wissen wir, dass sich ein Schwarzes Loch schnell drehen kann und warum mir so speiübel ist", erwiderte Van Heusen. „Und wie bringt uns das weiter?"

„Ich müsste es genauer berechnen, aber ich denke dieses Exemplar hat entsprechend seiner Größe einen Drehimpuls von zwischen 40 bis maximal 50 Umdrehungen. Es kann sich nicht beliebig schnell drehen, sonst würde es Lichtgeschwindigkeit überschreiten. Am Horizont sind maximal 0,5c möglich. Wenn ich genau nachdenke eher einen Spin von 35 bis 40", grübelte er leise weiter und vergaß die Zuhörer.

„Brauchen Sie einen Taschenrechner, Professor? Kommen Sie endlich auf den Punkt!"

„Ich bin kein Fachmann auf diesem Gebiet. Bisher gibt es nur mathematische Theorien zu Schwarzen Löchern. Ich kann nur Vermutungen anstellen. Für genaue Aussagen brauche ich mehr Zeit und Ausrüstung", wiederholte sich Arkov.

Unterdessen versuchte er seine Gedanken zu sammeln, um niemanden noch mehr zu ängstigen.

„Quatschen Sie nicht rum! Wir haben die modernste Ausrüstung an Bord, die es gibt. Kommen Sie, Sie wissen mehr, als Sie uns weismachen wollen. Sie hatten doch schon Stunden Zeit!", rief Sadler sichtlich aufgebracht.

Colonel Braun wandte sich vom Fenster ab und fasste kurz zusammen.

„Ich denke, die meisten haben in etwa verstanden, was Sie meinen. Erklären Sie uns bitte, was eine Ergosphäre ist und wie wir uns retten können." Braun konnte seine Neugier kaum noch verbergen.

„Virgel, starte Arkov Sequenz drei." Erneut startete die Animation des Schwarzen Loches. Die holografische Simulation veränderte sich leicht und zeigte nun einen exakt kugelförmigen Raum mit sphärischem Ereignishorizont, der von einem zweiten, äußeren Horizont in Form eines Ellipsoids, einer platten Kugel, umschlossen wurde. An den Polen berührten sich beide Horizonte.

„Das ist ein rotierendes Schwarzes Loch nach Roy Kerr. Der Bereich zwischen dem äußeren und inneren Horizont ist die sogenannte Ergosphäre. Sobald wir den inneren Ereignishorizont passieren, sind wir verloren. Aber ich möchte Ihnen nichts vormachen. Die Explorer wird schon weit vor diesem Punkt auseinanderbrechen. Innerhalb der Ergosphäre ist bei dieser Größe kein stabiler Kurs mehr möglich. Mit dem maximalen Drehimpuls erreicht die Rotation am Ereignishorizont fast Lichtgeschwindigkeit. Und ab hier kommt einer der beeindruckendsten, aber auch gefährlichsten Effekte zum Tragen. Auch außerhalb des Horizontes wird die gesamte Raumzeit mitgerissen. Sie reicht inzwischen bis zu uns. Die ständigen Erschütterungen und die Risse könnten bereits ein Vorgeschmack darauf sein. Das bedeutet, dass wir entweder schon sporadisch in die Ergosphäre eintreten sind oder sie zumindest kreuzen."

Die gezeigte Animation simulierte die Ergosphäre als ringartige Ausdehnung, ähnlich einem aufgeblasenen Riesenschlauch eines Traktorreifens. Dabei war die Ausdehnung der Ergosphäre vom Polarwinkel sowie des Drehimpulses abhängig.

„Warten Sie! Ich will Ihnen das etwas verdeutlichen. Bitte sehr."

Mit etwas mehr Farbe war die Animation gleich viel anschaulicher. Da war er, der berühmte Strudel, den es eigentlich nicht gab. Jedenfalls nicht sichtbar. Der Strudel simulierte nur die zunehmende Geschwindigkeit, je näher man dem eigentlichen Horizont kam. Im Innern wurde er immer schneller. Gebannt und fasziniert zugleich lauschten alle den Ausführungen des Professors. Nur von Hoffnung war bisher keine Spur. Bisher verbreitete Arkov nur Angst.

„Worauf wollen Sie mit der Rotation hinaus? Wie hilft uns das weiter?", fragte Braun skeptisch. „Wo ist unser Ausweg?"

Bone hatte bisher kaum ein Wort gesagt. Er hielt sich zurück, hörte aufmerksam zu und suchte selbst nach Möglichkeiten eines Fluchtplans.

„Dazu komme ich gleich. Jedes Objekt, das in die Ergosphäre eintritt, wird durch die Rotation entgegen der globalen Raumstruktur mitgerissen und durch die zusätzliche Gravitation in eine Spiralbahn gezwungen. Dies könnte man durchaus als Strudel bezeichnen. Je schneller wir in diesen Raum eingetreten sind, umso größer muss die aufgewendete Energie sein, um ihn wieder zu verlassen. Gleichzeitig bedeutet es Sicherheit, da wir nicht so schnell eingefangen werden können. Wir hätten somit ein größeres Zeitfenster. Unser Problem ist es nun herauszufinden, wo wir genau sind, wie unsere Bahn verläuft und wie wir in diesen Strudel hineingeflogen sind."

„Wieso spielt die Richtung eine Rolle? Es ist doch klar zu sehen, dass wir im Uhrzeigersinn um das Ding fliegen. Ihr Schwarzes Loch ist stets Steuerbord", verstand Bone nicht das Problem.

„Richtig. Das stimmt." Arkov zeigte auf Virgel und kehrte die Animation der Ergosphäre um. „Dies ist nur eine Simulation. Wer sagt uns, ob wir mit der Rotation oder ihr entgegenfliegen? Verstehen Sie jetzt?"

James musste sich hinsetzen. Er sah nicht gut aus.

„Alles in Ordnung? Geht's dir gut?", fragte Susannah besorgt. „Hast du deine Medikamente genommen?"

„Ja. Es geht schon."

„Wirklich? Vielleicht sollte ich dich mal durchchecken."

„Später. Ich will das hören." James lauschte weiter.

„Sie meinen also, dass wir abgebremst werden könnten, wenn wir den falschen Kurs fliegen? Wir würden langsamer und langsamer, bis wir schließlich hineinstürzen." Braun sah Arkov fragend an. „Oder lieg ich falsch."

„Nein. Das wäre eine denkbare Zukunft."

„Klingt nicht mehr nach einer Chance", sagte er weiter.

„Wie lange haben wir noch, Professor?"

„Wochen, Monate. Möglicherweise nur noch Tage. Je dichter wir dem eigentlichen Ereignishorizont kommen, desto schneller werden wir mitgerissen, je häufiger und heftiger werden die Erschütterungen ausfallen, bis es uns zerreißt. Die Größe der Explorer ist unsere Achillesferse. Die Gravitation zieht an den verschiedenen Sektionen, an Bug und Heck mit unterschiedlichen Gezeitenkräften. Auch das kann die Risse verursacht haben."

„Sie sprechen von Tauziehen." Braun hatte es verstanden.

„Ganz genau. Ein vortreffliches Beispiel."

„Gibt es gar nichts Positives?", suchte der Colonel nach einem Lichtblick.

„Oh doch. Die enorme Größe dieses Schwarzen Loches hat uns wiederum das Leben gerettet."

„Wie das? Erklären Sie das."

„Ganz einfach. Große Singularitäten bieten mehr Raum für Gravitationskräfte. Ihre Schwerkraftwirkung wird viel weiter verteilt. Die Ausmaße eines Raumschiffs spielen weniger eine Rolle. Ein kleineres Loch hätte unsere zugewandte Seite schon zerrissen. Spaghettisiert, wie es Ihr Kollege vortrefflich beschrieb."

„Na super. Das hilft uns einen Scheiß! Sorry, aber ich kann da nichts Positives erkennen", kommentierte Vandermeer seinen Unmut.

„Wir leben noch. Ich denke, das ist etwas Gutes. Es gibt uns immerhin Zeit, nach Alternativen zu suchen."

„Die aber abläuft, wie wir bereits wissen. Unsere Uhr tickt, Professor. Wo ist unser Ausweg?", fragte Braun ungehaltener.

109

„Richtig, richtig. Darauf wollte ich gerade kommen. Unsere einzige Chance, von hier zu fliehen liegt in der Rotation. Wenn wir es schaffen, sie richtig zu nutzen, um dem Schwarzen Loch Beschleunigungsenergie zu entziehen, können wir uns wegschleudern lassen, ähnlich einem Katapult. Die Sache hat nur einen Haken."

Arkov fügte zwei verschiedene Kursvarianten in die Holografie hinzu. Kurs A verlief in Rotationsrichtung des Schwarzen Loches und bildete eine lange, beständige, sich aber immer enger ziehende lange Spirale. Der andere, Kurs B, begann in einer kurzen Spiralbahn, um dann von der Rotationsenergie abgebremst und umgekehrt zu werden. Die folgende Bahn war wesentlich kürzer als beim ersten Kurs und endete mit dem Sturz ins Schwarze Loch. Es war nicht allzu schwer zu erkennen, welche der beiden Varianten den klaren Vorzug beanspruchte. Während Kurs A eine Chance auf Leben bedeutete, kam Kurs B einem sicheren Todesurteil gleich.

„Um unseren Start präzise planen zu können, müssen wir unseren Eintrittskurs und unsere derzeitige Geschwindigkeit ermitteln. Erst wenn wir das wissen, können wir den Fluchtwinkel sowie die nötige Geschwindigkeit in Rotationsrichtung bestimmen."

Arkov sah sich um. Niemand beharrte mehr darauf, sofort zu starten. Hatte er die Zeit gewonnen, die er so dringend benötigte? Alle begannen sich angeregt zu unterhalten, als die Erschütterung das Schiff wieder spürbar durchrüttelte. Mehr und mehr fühlte es sich wie eine Turbulenz in den höheren Schichten der Atmosphäre an.

„Wie steht es mit den Triebwerken? Sind sie voll einsatzbereit?", fragte der Admiral in die Runde.

Barrow sah zu Sadler hinüber, als solle sie ihm antworten.

„Ja, die Triebwerke sind soweit wieder repariert. Ich hoffe, sie halten." Sadler war sich nicht so sicher. „Meinen Sie, die reichen aus?"

„Sie werden funktionieren!" Abgesehen von der Marathonreparatur der letzten Stunden, sah Barrow trotz der Fülle der vernichtenden Informationen recht zuversichtlich aus.

„Ich sagte doch schon…", merkte Arkov nochmals an. „…selbst wenn die Triebwerke nicht die Energie der nötigen Geschwindigkeit bringen sollten, nehmen wir uns den fehlenden Anteil aus der Rotationsenergie. Und noch eins: Der Fluchtstart wird nur funktionieren, wenn wir mit einer stetigen Beschleunigung entfliehen."

Bone sah nachdenklich zum Fenster hinaus. Langsam plante er die korrekte Vorgehensweise. Arkovs wertvolle Informationen hatten Sinn. Stetige Beschleunigung. Es gehörte zum Grundwissen eines jeden Astronauten. Lehrbuch Seite zehn. Er erinnerte sich daran, wie die ersten Raumschiffe der Saturn V zum Mond geflogen waren. Keine dieser gewaltigen Raketen schaffte damals nur annähernd die 11,2 Kilometer pro Sekunde, die theoretisch nötig waren, um die Erdanziehung zu überwinden. Die Fluchtgeschwindigkeit konnte durchaus auch mit geringeren Schubwerten, dafür aber mit stetiger Beschleunigung überwunden werden. Das war der Schlüssel. Außerdem wäre ein Blitzstart mit 11,2 km/s fatal gewesen. Kein Astronaut hätte einen solchen Start ohne moderne Absorber unbeschadet überlebt. Nicht damals. Bone hoffte, dass der alte Professor auch mit allem anderen Recht behielt. Den Rest würde er dann schon packen.

„Sagen Sie, Professor. Hegen Sie niemals Zweifel an Ihren Theorien?", fragte Braun, als benötigte er einen festen Glauben, um seine zu begraben.

„Das muss ich wohl. Die Wissenschaft ist meine Religion und Philosophie. Ich habe mich mein ganzes Leben dem Studium gewidmet, meine eigenen Erfahrungen und Beweise gesammelt. Sie können mir vertrauen. Die meisten Theorien stimmen. Hier liegt der kostbarste Beweis direkt vor unseren Augen. Diese einzigartige Möglichkeit, ein solches Objekt aus nächster Nähe zu beobachten, ist von fundamentaler

Bedeutung. Mehr als unsere eigentliche Mission. Verstehen Sie? Was wir hier vor uns sehen, ist eines der größten Mythen der Wissenschaft. Es birgt die Antworten auf die elementarsten Fragen unserer Zeit. Wir müssen nur noch zugreifen."

In diesem Moment stand Vandermeer auf, rotzte auf den blanken Metallboden und kratzte sich am Hintern. Er verstand es wie kein anderer, sich kürzlich erworbene Sympathiepunkte in Rekordzeit zu verspielen.

„Na, dann haben Sie sicher großen Spaß daran. Wieso holen Sie sich nicht deswegen einen runter? Ich hab genug von der Scheiße gehört." Van Heusen packte Vandermeer am Arm.

„Reiß dich zusammen, niemand kann etwas für unsere Lage! Nutz lieber deinen Kopf und denk mit!"

„Ach, lass mich! Ich will die Scheiße nicht mehr hören. Mein Leben ist mir wichtiger als dieser Bullshit."

„Dann vertritt dir die Beine und nerv uns nicht!", rief Wullf sauer.

„Im Grunde hat er ja Recht. Ich gebe zu, es ist auch für meine Befindlichkeit eine Spur zu nah", räumte Arkov ein.

„Wirklich? Applaus Leute! Dem Prof ist ein Lichtlein aufgegangen. Unglaublich!"

„Ich bin natürlich Ihrer Meinung, dass wir zuerst versuchen sollten, etwas Abstand zu gewinnen. Aber dann sollten wir das Objekt gründlich untersuchen. So etwas gab es noch nie. Noch kein Mensch hat je ein Schwarzes Loch aus dieser Entfernung zu sehen bekommen. Bedenken Sie die Bedeutung für die Wissenschaft. Allein, dass es sich in so großer Nähe zur Erde befindet. Die paar Lichtjahre sind quasi ein astronomischer Katzensprung."

„Ich kann Ihre Begeisterung leider nicht teilen." Braun drehte sich um. „Nutzen Sie die Zeit, solange wir hier sind. Wir machen hier keinen Urlaub."

„Sie schätzen unsere Lage noch immer nicht richtig ein, Colonel. Inzwischen ist unsere Mission nicht mehr aktuell.

Sehen Sie das nicht? Hier liegt ein völlig neues Missionsziel direkt vor uns. Wir könnten immer noch alle berühmt werden."

„Wir sind schon alle berühmt genug für meinen Geschmack. Man hat uns abgeschrieben. Wahrscheinlich hat man schon Schulen und Krankenhäuser nach uns benannt." Sadler verschränkte ihre Arme über den Kopf und lehnte sich erschöpft gegen die kühle Metallwand, als würde es ihre Übelkeit mildern.

„Hier liegen die Antworten auf die Fragen aller Fragen direkt vor uns. Sie warten nur darauf, entdeckt zu werden. Zusammen mit dem Verständnis über Schwarze Löcher könnten wir sämtliche Theorien der Schöpfung oder des Urknalls beweisen oder widerlegen. Denken Sie nach! Es ist nur logisch anzunehmen, dass nachfolgende Missionen unsere ursprüngliche Aufgabe längst erfüllt haben. Aber deswegen müssen wir nicht mit leeren Händen zurückkehren. Begreifen Sie das nicht?" Arkovs Euphorie schien sich im Minutentakt zu verdoppeln.

„Hören Sie auf! Das ist ja alles schön und gut, Professor. Uns interessiert aber im Moment viel mehr, wie wir hier wegkommen. Also, wie lange werden Sie für die Datenermittlung brauchen?", drängte Braun auf eine Antwort.

„Das, das kann ich nicht sagen. Ich muss erst die Computer und die Ausrüstung vorbereiten. Mister Weißberg, Sie kennen sich doch mit Computern aus, oder? Ich könnte Ihre Hilfe gebrauchen."

Der Corporal nickte zustimmend.

„Also, machen wir uns an die Arbeit. Jeder unterstützt den Professor, so gut er kann. Alle anderen bereiten den Start vor."

James wirkte geknickt.

„Das war's dann wohl mit dem großen Traum."

„Was machen wir denn, wenn wir es schaffen?" Rivetti schaute in fragende Gesichter. Abgesehen von ihr und James, hatte sich bisher niemand mit dieser Frage beschäftigt.

„Ich sag es ja nur ungern, aber die Mission ist für ‘n Arsch. Wie viele Optionen haben wir denn? Wir stecken tief in der Scheiße", vertrat Vandermeer seine klare Meinung.

„Viktor hat Recht, wir sind erledigt. Die Mission ist ein Fehlschlag."

„Sie ist kein Fehlschlag, solange wir nicht umkehren."

„Uns bleibt wohl gar keine andere Wahl." Rivetti blickte zu Wullf. „Oder wie siehst du das? Willst du wirklich noch tiefer ins Niemandsland?"

Weißberg ging nervös auf und ab, überlegte vor sich hin, als er plötzlich aufschrie.

„Ich hab eine Idee! Warum fliegen wir nicht durch das Ding hindurch, in so ein Paralelluniversum? Wie heißen die Dinger noch gleich? Wurmlöcher. Das wäre doch mal was. Dann sind wir wenigstens nicht umsonst hier."

„Hört euch den Spinner an. Das ist Science Fiction und hat nichts mit der Realität zu tun. Aber bitte, steig in die Schleuse, dann sind wir dich los." Vandermeer nutzte wie immer jede Möglichkeit, um das schmächtige Bleichgesicht zu provozieren.

„Bleiben wir bitte realistisch." Arkov versuchte die Debatte zu beenden. „Ich kann Ihnen versichern, dass es im Innern kein Tor, keine fremden Dimensionen oder dergleichen gibt. Das sind alles Märchen, Träume, Science Fiction, wie Ihr Kollege schon richtig sagte."

„Hörst du das, du Freak?", stachelte Vandermeer nach. Weißberg kehrte ihm den Rücken und hob seine Hand, um ihm seinen Mittelfinger entgegenzustrecken.

„Immer wieder gerne, Weißbrot", lachte er hämisch.

Rivetti schüttelte den Kopf. Woher kam der Hass zwischen den beiden? Das war doch früher nicht so gewesen, dachte sie.

Colonel Braun und Admiral Cartright gingen in eine Ecke, um ungestört zu reden. Was immer sie besprachen, es sollte niemand hören.

„Wenn wir nur mehr sehen könnten", sagte Susannah bedrückt zu Bone und starrte erneut hinaus. Wie sie sich doch

Mühe gab, ihre Angst nicht offen zu zeigen, dachte er. Und doch kannte er sie gut genug. Ihre Augen konnten ihren Kummer nicht verbergen. Schützend legte er ihr seinen Arm um die Schulter, drückte sie sanft und machte ihr Mut.

„Alles wird wieder gut."

„Es gibt vielleicht eine Möglichkeit, eine Theorie, wie wir das Schwarze Loch visuell sichtbar machen könnten", warf Arkov seine Überlegungen in den Raum. Augenblicklich drehte sich Bone um, als er die Worte des Professors hörte. Sein Interesse war geweckt.

„Wie?", fragte er neugierig.

„Das sichtbare Licht ist nur ein kleiner Bestandteil des elektromagnetischen Spektrums. Es umfasst nur die Spanne von 750 bis 380 Nanometer. Vielleicht können wir das Schwarze Loch in einem anderen Spektralbereich sehen. Niemand hatte je auch nur die Chance gehabt, es aus so naher Entfernung zu prüfen. Es könnte uns die nötigen Daten verraten. Vielleicht widerlegen wir auch manch falsche Theorie. Es ist auf jeden Fall einen Versuch wert."

„Was schlagen Sie vor, wo wir anfangen?", antwortete Bone.

„Viele Schwarze Löcher wurden insbesondere durch ihre intensiven Röntgenstrahlungen entdeckt. Vielleicht sollten wir danach suchen."

„Röntgenstrahlung? Werden wir nun etwa auch noch verstrahlt?", fluchte Weißberg und fasste sich schützend in den Schritt.

„Hast wohl Angst um deine Eier, was?", lachte Vandermeer wieder dreckig aus seiner Ecke.

„Nein, ohne Akkretionsscheibe wird niemand verstrahlt. Bei den intensiven entdeckten Röntgenquellen handelte es sich um Zentren von Galaxien oder Doppelsternsysteme, von denen einer zu einem Schwarzen Loch wurde. Dabei zieht das Loch Materie vom anderen Stern ab, wobei sich eine flache Akkretionsscheibe bildet. Diese extrem beschleunigte Materie wird dabei durch Reibung so heiß, dass sehr energiereiche

115

Röntgenstrahlen und bei großen Löchern auch noch ultraharte Gammastrahlung freigesetzt wird. Aber das trifft hier nicht zu. Selbst wenn dem so wäre, sind wir durch unser EM-Feld geschützt. Dennoch ist nicht auszuschließen, dass wir minimale Strahlung beobachten können."

„Ich halte es für sehr unwahrscheinlich, dass wir etwas erkennen werden", gab Yoshimura zu bedenken. Alle blickten sich zu dem Japaner um, der nun das Wort ergriff.

„Soweit ich weiß, gehören Schwarze Löcher zu den kältesten Objekten im Weltraum. Zumindest, was man von außen beurteilen kann. Im Innern mag die Hölle herrschen und jedes Naturgesetz brechen, aber sie geben weder Infrarot, noch Ultraviolett, Mikrowellen oder irgendeine andere elektromagnetische Strahlung ab. Die einzige Bestimmung ist Absorption. Fressen."

„Richtig. Die Temperaturen dürften ziemlich nah am Nullpunkt liegen. Wahrscheinlich sogar unterhalb der kosmischen Hintergrundstrahlung. Allerdings sprechen wir hier immer nur von aufgestellten Theorien. Und manche von ihnen sind widersprüchlich und nicht exakt bewiesen. Sollten wir im Spektrum nichts finden, könnten wir vielleicht noch eine andere Sache prüfen, die direkt mit der Strahlung am Ereignishorizont zu tun hat."

„Meinen Sie etwa Hawkings Theorien?", fragte Yoshimura misstrauisch.

„Ja, genau", stimmte Arkov erstaunt zu.

„So weit ich weiß, bezeichnete er sie in seinen letzten Jahren als Graue Löcher oder Graue Strahler."

„Das ist der springende Punkt. Denken Sie nur an die gewaltigen Strahlungsjets inmitten jeder Galaxie. Wenn sie Strahlung emittieren, können sie nicht schwarz sein. Schwarz bedeutete doch lediglich, dass kein Licht reflektiert wird."

„Und was bedeutet das nun wieder? Was für Strahlung?", murmelte Vandermeer überfordert.

„Das ist etwas komplizierter zu beschreiben. Sie hängt mit der Quantenphysik und der allgemeinen Relativitätstheorie zusammen und beschreibt Vorgänge direkt am Horizont."

„Versuchen Sie es!" Braun hatte schon sichtlich Mühe, all dem Fachwissen zu folgen. Langsam aber sicher übermannte ihn die Müdigkeit. Er gähnte.

„Schwarze Löcher verlieren mit der Zeit an Masse und Größe. Das ist bekannt. Also emittieren sie Energie in Form von Strahlung. Im Vakuum bilden sich kurzeitig spontane Paare von virtuellen Teilchen und Antiteilchen. Beide sind unterschiedlich geladen. Wenn sich diese gegenseitig vernichten, entsteht eine messbare Strahlung. Geschieht dies zu nah am Ereignishorizont, könnte es laut Hawking passieren, dass ein negativ geladenes Teilchen in das Schwarze Loch fällt, während das andere als reales positives Teilchen entkommt und dem Schwarzen Loch so Energie und Informationen entzieht, um weiter zu bestehen. Auf längere Sicht gesehen, könnte ein Schwarzes Loch so zerstrahlen und sogar verschwinden. Dieser Vorgang ist sehr, sehr schwach, soll aber bei kleineren Löchern umso intensiver sein. Vielleicht können wir diese Hawkingstrahlung hier zum ersten Mal direkt beobachten und nachweisen. So oder so. Falls das Schwarze Loch strahlt, werden wir es herausfinden."

„Unser EM-Ablenkungsfeld müsste auf Antimaterie-Teilchen reagieren", schlug Bone vor.

„Genau das hatte ich auch im Sinn", freute sich Arkov.

„Worauf warten wir dann noch?", fragte Bone und hatte eine Idee.

„Hawkingstrahlung, Röntgenstrahlung, Spektrum. Wozu soll der Schwachsinn gut sein? Mir platzt gleich der Kopf. Ich dachte, Sie benötigen nur den Kurs, damit wir endlich verschwinden können." Die Mehrheit der Versammelten stimmte Van Heusen zu.

Arkov ärgerte sich über das mangelnde Interesse an Wissenschaft und Forschung. Wie sehr er doch Soldaten verabscheute. Sie begriffen einfach nicht den Wert dieser Entdeckung. Warum waren sie überhaupt an Bord? Dies war eine Forschungsmission.

„Wollen Sie denn nicht sehen, womit wir es hier zu tun haben?", antwortete Arkov beherrscht. „Wenn wir einen Weg finden, wie wir es direkt beobachten können, bekommen wir auch die nötigen Anhaltspunkte für unseren Start. Sie sollten kooperativer sein!"

Bone näherte sich dem Professor und stellte seinen leeren Teller auf den Tisch.

„Kommen Sie! Mir fällt da was ein. Ich muss Ihnen etwas zeigen."

Die Besprechung hatte so lange gedauert, dass der Zyklus der Vibrationen kaum noch auffiel. Es war fast so, als wäre er versiegt. Vielleicht waren aber auch alle zu sehr damit beschäftigt, den wissenschaftlichen Zusammenhang Arkovs zu verstehen. Doch plötzlich war es wieder da und rief die unliebsame Zukunft ins Gedächtnis zurück. Das schien der Zeitpunkt zu sein, endlich zu handeln. Admiral Cartright stand auf.

„Okay, das war's dann, meine Damen und Herren. Jeder weiß jetzt Bescheid, worauf es ankommt. Machen wir uns an die Arbeit. Wir alle wollen am Leben bleiben."

Alle kannten ihre Aufgaben. Während sich die Crew, die Ingenieure und einige Marines zusammenschlossen, um den Start vorzubereiten, machten sich die Wissenschaftler und Offiziere daran, die nötigen Daten zu sammeln.

Jeder an Bord spürte die Bedrohung. Jeder wollte weg. Nur Arkov nicht. Obwohl er die Gefahren kannte, wie niemand sonst, witterte er die bedeutendste Chance seines Lebens. Er sah Wahrheit und Antworten. Vielleicht glitzerte schon die verlockende Aussicht auf den wohlverdienten Nobelpreis in seinen Augen. Arkov konnte nicht anders.

Er hatte einen Plan.

Das Experiment

Im Cockpit herrschte wieder Chaos. Es war noch gar nicht lange her, dass Bone, Wullf, Kowski und Weißberg die Reparaturen an der Technik und der Versiegelung des Druckmantels abgeschlossen hatten. Nun lag die Steuerbordseite der Com-Station in ihren Einzelteilen auf den restlichen Armaturen des Cockpits verteilt. Bone und Barrow krochen in den Eingeweiden der Explorer umher. Nur undeutlich konnte man ihre Stimmen aus dem Zwischendeck vernehmen. Und während Weißberg an den neonfarbenen optischen Leiterplatten der Bildmatrix des Bordcomputers herumexperimentierte, inspizierte Arkov voller Faszination einen der Kampfhelme der Marines. Ein weiterer lag demontiert neben dem Professor auf dem Sitz des Co-Piloten.

„Schon erstaunlich, was sich alles in diesem unscheinbaren Ding versteckt."

Arkovs Aktionsradius war begrenzt, da der Helm über ein blaues Lichtleiterkabel mit einer Konsole verbunden war. Wieder und wieder wendete er voller Begeisterung den Helm, der wenige Monate zuvor, oder waren es doch schon 120 Jahre, noch ein strenggeheimer Prototyp gewesen war.

Militärisches High-Tech-Equipment brauchte eben seine Zeit, bis es in die heimische Küche kam und dem Rest der Welt zugänglich gemacht wurde. Natürlich hatten die Mächtigen der Welt dann wiederum neues Spielzeug vom Allerfeinsten. Wer wusste schon, was noch alles in der Top-Secret-Kiste schlummerte.

Arkov legte den Helm ab und schaute den kompetenten Männern über die Schulter. Sie wussten ohne Zweifel, was sie taten. Vom Innenleben der filigranen Technik hatte er keine Ahnung.

Innerlich spürte er schon wieder das haltlose Kribbeln der Ungeduld. Er konnte noch nie besonders gut warten. Gerade in der Wissenschaft galt das als große Schwäche.

Noch immer hatten sie keine Verbindung hergestellt und überall lagen technische Bauteile herum. Offensichtlich musste er noch eine Weile warten, bis sie das Experiment starten konnten.

„Wird es noch lange dauern?", fragte Arkov nervös.

„Leider ja. Es gibt einige Probleme. Vielleicht können Sie uns zur Hand gehen? Wissen Sie, was das hier ist?", meinte Barrow neugierig und hielt eine kleine transparente Platte hoch.

„Ich fürchte nicht", gab Arkov ehrlich zu.

„Dann werden Sie sich woanders nützlich machen müssen. Wir rufen Sie, wenn wir so weit sind", fügte Bone freundlich an.

„Wie Sie meinen." Arkov sah sich um. Irgendwas musste er tun können. Nichts war schlimmer, als tatenlos rumzusitzen. Langsam kehrte er dem Cockpit den Rücken und wanderte zur Sensorenphalanx im hinteren Teil des Brückenbereichs.

Sensorenphalanx & Hauptcomputer, B-Deck

Colonel Braun und Admiral Cartright besserten gerade ihr Allgemeinwissen auf. Gespannt spitzte Arkov seine Ohren.

„Computer. Wie entsteht ein Schwarzes Loch? Erklärung bitte stark vereinfacht", forderte Colonel Braun.

IVI: „Bitte warten. Lege neue Datei an. Schwarze Löcher entstehen als Resultat sehr massereicher ..."

Arkov trat näher und lauschte den Ausführungen. Lehrbuchhaft erklärte der Computer den Tod der Sterne.

„ ... Ist der gesamte stellare Brennstoffvorrat erschöpft, kann der Strahlungsinnendruck der immensen Eigengravitation nicht mehr standhalten. Der Stern kollabiert, wobei die äußeren Schichten des aufgeblähten Roten Riesen abgestoßen werden. Zurück bleibt der schwere Kern. Massearme Sterne unterhalb der Chandrasekhar-Grenze von 1,44 Sonnenmassen, also auch die Sonne, enden im Stadium der sogenannten „Weißen

Zwerge". Dabei handelt es sich um komprimierte, dicht aneinander gepackte Atomkerne schwerer Endprodukte der letzten möglichen Fusionskette. Kohlenstoff, Sauerstoff und Eisen. Leichtere Elemente fehlen ganz. Massereichere Sterne oberhalb der Chandrasekhar-Grenze von 1,44 Sonnenmassen bis hin zur Tolman-Oppenheimer-Volkoff-Grenze von über drei Sonnenmassen enden als deutlich kleinere Neutronensterne mit einem typischen Durchmesser von nur 20 Kilometern. Die Fusionskette verläuft länger, als die von masseärmeren Sternen. Sobald sich Nickel und Eisen im Kern des Sterns angereichert haben, ist keine Kernfusion mehr möglich. Damit nimmt der Strahlungsdruck ab, welcher der Gravitation entgegenwirkt. Im Verlauf des Sternkollapses werden die Elektronen in die Atomkerne gepresst, so dass sich Elektronen und Protonen zu Neutronen verbinden. Die Neutronen verdichten sich weiter, bis sie einen sogenannten Entartungsdruck aufbauen, der die Kontraktion schlagartig stoppt. Durch die Emission von Neutrinos und des darauffolgenden Neutronenschauers, werden die umgebenden Schichten des Sterns so stark aufgeheizt, dass es zu einem Hüllenbrand kommt, in dessen Folge der Stern seine äußeren Schichten in einer Explosion davonschleudert. Während dieses Prozesses bewirkt der Neutronenschauer auch die Bildung schwererer Elemente bis über die höchsten Bindungskräfte hinaus. Alle bekannten Elemente des Universums, die schwerer als Eisen sind, wurden entweder in Supernovae oder in den Helium verbrennenden Schichten von Roten Riesen erzeugt. Noch massereichere Sterne oberhalb der Tolman-Oppenheimer-Volkoff-Grenze von über drei Sonnenmassen enden als Schwarzes Loch. Der Kollaps dieser schweren Sterne übergeht hierbei sämtliche anderen Stadien. Dabei verdichtet sich die gesamte vorhandene Materie auf einen einzigen kleinen Punkt, den man als Singularität bezeichnet. Die genauen Vorgänge im Innern der Singularität sind nach wie vor unbekannt und Gegenstand aktueller Forschung und Theorien. Sicher ist nur, dass während

121

des Entstehungsprozesses alle uns bekannten atomaren und subatomaren Grenzen überschritten werden. Obwohl die Singularität meist sehr klein ist, werden Schwarze Löcher im Allgemeinen am Ereignishorizont bemessen, der …"

„Computer, stopp. Das hatten wir ja schon. Das kann ich mir alles kaum vorstellen", wirkte Braun überfordert.

„Es sind Mächte, die wir nicht verstehen. Kräfte, die weit über die unseren reichen", antwortete Arkov.

„Ach, Jaros. Vielleicht können Sie uns etwas erhellen?", empfing James den Professor mit einladenden Armen.

„Gern. Was möchten Sie wissen?", freute er sich über das wachsende Interesse. Wenn er es richtig anstellte, konnte er die Mission genau dorthin führen, wo er sie haben wollte.

„Wussten Sie, dass die Erde als Schwarzes Loch gerade einmal die Größe eines Tischtennisballs hätte?", fragte Braun ungläubig.

„Das ist mir bekannt. Genauer gesagt, hätte sie nur einen Durchmesser von weniger als neun Millimetern."

„Ausgerechnet neun Millimeter? Wer will das ausrechnen und messen können? Wissen Sie wie hart Stahl oder Gestein ist? Ich meine, waren Sie jemals Bergsteigen? Wir sprechen hier von ganzen Gebirgen, Meeren, Land, dem Erdkern. Und das alles soll kleiner als neun Millimeter sein? Für mich ist das alles Blödsinn. Unvorstellbar!" Braun schüttelte den Kopf.

„Sie können es sich nur nicht vorstellen. Aber es ist durchaus realistisch."

„Auch mir fällt das schwer zu glauben. Erklären Sie es so, dass wir es verstehen", bat James höflich.

„Einen Moment. Ich müsste nur dringend mal auf Toilette."

Arkov verschwand für eine Weile, dann kehrte er zurück.

„Nehmen Sie das!", sagte er zum Colonel.

„Eine weitere Kindergartendemonstration?", beäugte Braun den gelben Schwamm in seiner Hand. Er war trocken und weich.

„Drücken Sie ihn zusammen! Mehr will ich nicht", sagte Arkov ruhig. Braun tat, was Arkov verlangte und presste den Schwamm in seiner Faust zusammen.

„Und? Ich merke nichts Besonderes. Was soll das bedeuten?"

„Sagen Sie es mir?", antwortete der Professor mit einer Gegenfrage.

Braun verstand nicht, worauf er hinaus wollte.

„Was hat sich am Schwamm verändert?", fragte Arkov weiter.

„Das Volumen. Es hat sich verringert."

„Korrekt! Und hat sich auch die Masse verändert?"

Jetzt verstand er, worauf Arkov abzielte.

„Nein." Braun grinste.

„Also, was ist in ihrer Hand alles passiert?"

„Ich habe die Luft herausgedrückt und die Masse des Schwamms auf ein geringeres Volumen komprimiert."

Admiral Cartright schien vergnügt. So machte Physik Spaß.

„Exakt! Genau das ist passiert. Sie haben die Hohlräume zusammen gedrückt."

„Okay. Die Erde ist ein Schwamm. Und weiter?", meinte Braun und sah ihn neugierig an.

„Und nun stellen Sie sich die Sterne vor. Sie vollziehen diesen Prozess in astronomischem Maßstab auf atomaren und subatomaren Ebenen."

Arkov betätigte den Computer, durchsuchte die Datenbank und öffnete das Periodensystem der Elemente.

„Stahl, sagten Sie?", blickte er zum Colonel und öffnete das Element Fe 26. „Das ist Eisen, wie Sie es kennen. Übrigens ist dies ein bildhafter Maßstab." Er zoomte auf atomare Ebene heran.

„Natürlich", nickte Braun.

Alles war größer dargestellt. Die regelmäßige Gitterstruktur verlieh den einzelnen Atomen Stabilität und Härte. Soweit kannten es die Meisten aus der Schule. Der Professor fuhr fort.

„Wie Sie schon sagten, ist es ziemlich schwer, dieses Eisenmolekül mit bloßen Händen zu verändern. Die starken Abstoßungskräfte in der molekularen Bindung sind weit stärker als jede rein menschliche Kraft, die Sie oder ich ohne Hilfsmittel aufbringen könnten. Um nun diese einfachste Bindungskraft des Universums zu spalten, reicht es, das Eisen zu schmelzen oder es mit Sprengstoff zu zerlegen. Sie könnten aber auch eine Säge oder einen Hammer nehmen. Nichts anderes tun Sprengstoffe wie C4 und TNT. Sie spalten Moleküle. Sie können die Struktur teilen oder die Atome verschieben. Die Herstellung von Schwertern oder Schmuck wären vortreffliche Beispiele. Das Volumen ändern sie dabei aber nicht."

Braun folgte der Erklärung des Professors. Dann änderte Arkov den Bildausschnitt und näherte sich einer einzelnen Kugel der Gitterstruktur.

„Sehen wir uns mal ein Eisenatom etwas genauer an."

Ein räumliches Modell erschien. Ähnlich wie in einem Planetensystem, umkreisten 26 dicke Elektronen den großen Atomkern, wobei sich jedes Elektron wie ein Kreisel um sich selbst drehte.

„Auch dies ist ein sehr grober Maßstab, denn in Wirklichkeit verhalten sich die Masse und das Volumen eines einzigen Atoms so."

Die Elektronen und der Atomkern wurden immer kleiner, bis sie nicht mehr zu erkennen waren. Nur die Umlaufbahnen der Elektronen verrieten ihre ungefähre Position. Dazwischen lag weiter luftleerer Raum. Arkov zoomte weit in die Elektronenschale hinein, ehe wieder ein Elektron auszumachen war.

„Jedes Atom ist aus mehreren Elektronenschalen aufgebaut, in denen die Elektronen mit unterschiedlichen Energiezuständen um den winzigen Atomkern kreisen. Diese Elektronenschalen können Sie mit dem ganzen Volumen unseres Sonnensystems vergleichen, während die Elektronen

124

gleich große Planeten von der Größe der Erde darstellen. Die Sonne stellen Sie sich als Atomkern vor, in dem sich die Protonen und Neutronen befinden. Auch zwischen ihnen bestehen große Abstoßungskräfte, die Coulombkraft. Dieser Kraft wirkt jedoch eine weitere Kraft des Kerns entgegen, die Kernkraft."

Arkov zoomte nun auf den Kern zu, durchbrach die hypothetische Grenze und befand sich nun inmitten einer weiteren Kugel. Ganz klein schwirrten dort die Protonen und Neutronen umher.

„Zweites Beispiel. Stellen Sie sich den Atomkern nun einmal bitte als Fußballstadion im Zentrum von London vor. Und in diesem Stadion liegen nun sowohl 26 rote Kirschen als Protonen und 26 grüne Kirschen als Neutronen. Und außerhalb des Stadions in allen Stadtbezirken Londons verteilt, kreisen nun noch 26 blaue Elektronen-Kirschen. Jetzt haben Sie eine ungefähre Vorstellung von der Größe- und Masseverteilung eines einzelnen Atoms."

„Dass da so viel leerer Raum enthalten ist, wusste ich nicht." Braun sah überrascht aus und starrte auf den scheinbar schwarzen Bildschirm, der noch immer das Atom darstellte.

„Auf atomarer Ebene besteht so gut wie alles aus leerem Raum. Darüber machen sich die Wenigsten Gedanken. Deshalb fehlt Ihnen auch die Vorstellung, was alles möglich ist. Vorausgesetzt man besitzt die nötige Kraft."

„Das ist sehr interessant. Ich ahne, wohin Sie wollen", meinte Braun und sah zum Admiral, der stillschweigend folgte.

„Nur weiter, Jaros." James streichelte seinen silbernen Bart.

„Also gut. Sie werden mir beide sicher Recht geben, wenn ich behaupte, dass die gesamte Masse eines Atoms nur in den Protonen und Neutronen steckt. Zusammen bilden Neutronen und Protonen 99 Prozent der Masse des sichtbaren Universums. Elektronen hingegen sind beinahe masselos. Colonel Braun, können Sie mir sagen, wie Neutronen und Protonen aufgebaut sind?"

Braun überlegte kurz. Gänzlich unwissend war er nicht.

„Jeweils aus drei Quarks, soweit ich weiß. Die kleinsten bekannten Elementarteilchen", antwortete er selbstsicher.

„Nicht die kleinsten, aber Sie sind nah dran. Und wie Sie sich nun vorstellen können, gibt es innerhalb der Protonen, Neutronen und Elektronen neben den Quarks wieder viel leeren, ungenutzten Raum. Die Quarks beinhalten jedoch zusammen nur fünf Prozent der Masse eines Protons und eines Neutrons. Die Masse steckt nämlich in der letztlich vierten und stärksten uns bekannten Kraft des Universums. Die Wechselwirkung zwischen den Quarks und den sie umgebenden Gluonen. Darüber hinaus, weiß nur Gott, welche unbekannten Kräfte es noch im Teilchenzoo geben mag."

„Das ist wirklich ein interessantes Fachgebiet", sagte Braun beeindruckt.

„Ich komme gleich zum Kern. Sie entschuldigen? Ich muss nur was trinken."

Arkov ging kurz in die angrenzende Sektion und kehrte mit einer Flasche Wasser zurück.

„Ich bin nicht mehr der Jüngste", schmunzelte Arkov und trank einen Schluck.

„So langsam versteh ich, was Sie uns erklären wollen", meinte Braun.

„Dann verstehen Sie jetzt, wieso die Erde auf neun Millimeter schrumpfen könnte?"

„Schwer vorzustellen, aber ja."

Plötzlich betrat Bone den Raum.

„Professor Arkov? Wir sind soweit. Die Verbindung ist stabil. Wir können jetzt anfangen."

„Sehr gut. Ich bin gleich bei Ihnen. Nur zehn Minuten. Ich muss nur noch etwas beenden."

„Ich bin ganz Ohr", gesellte sich Bone zu den aufmerksam lauschenden Zuhörern und nahm Platz.

„Ist ja wie im Hörsaal hier. Erinnert mich an meine beste Zeit. Also gut, warum nicht. Passen Sie auf! Nun zeige ich Ihnen das am großen Modell eines Sterns."

Arkov war in seinem Element. Er hatte die wichtigsten Leute an der Angel.

„Versiegt der Strahlungsdruck der Kernfusion eines massearmen Sterns unterhalb der Chandrasekhar-Grenze, kollabiert der Stern unter seiner eigenen Gravitation und überschreitet sowohl die schwächste Kraft der Molekülverbindungen als auch nächststärkere Kraft der Atome. Die größten Platzhalter der Atome, die Elektronenschalen, werden aufgehoben. Elektronen und Atomkerne liegen nun dicht beieinander. Der Stern stürzt in sich zusammen, verringert seine Größe auf ein Millionstel des Sonnenvolumens auf Planetenniveau, behält dabei jedoch den größten Teil seiner Masse."

„Es entsteht ein weißer Zwerg", erwiderte Braun wissend, was Arkov mit einem Nicken bestätigte.

„Korrekt. Die Fluchtgeschwindigkeit steigt dramatisch an. Beträgt sie auf der Oberfläche der Sonne circa 617 Kilometer pro Sekunde, steigt sie beim Weißen Zwerg auf nun mehrere Tausend. Oberhalb der Chandrasekhar-Grenze von 1,44 Sonnenmassen bis zu drei Sonnenmassen passiert nun Folgendes: Die Elektronen durchbrechen den Atomkern und verbinden sich mit den Protonen zu Neutronen. Im Gegensatz zu masseärmeren Sternen geht einem Neutronenstern kein Roter Riese voraus. Die Veränderungen im Kern geschehen ohne äußerliche Anzeichen. Der Stern stürzt in seinem Innern zusammen. Die Hüllen der Atomkerne brechen auf, wodurch der nun entstandene Neutronenstern auf 20 Kilometer geschrumpft ist. Es folgt der Hüllenbrand und letztlich die Supernovae. Wieder ist leerer Platz innerhalb der Atomkerne verschwunden. Die Masse hat sich noch mehr verdichtet. Die Fluchtgeschwindigkeit steigt weiter an und erreicht gefährliche Werte. Um von der Oberfläche eines Neutronensterns entfliehen zu können, benötigt man den ungeheuren Schub mehrerer zehntausend Kilometer pro Sekunde bis zu einem Drittel der Lichtgeschwindigkeit. Also 100.000 Kilometer pro Sekunde."

„Wow. Wenn das schon für Neutronensterne gilt, dann nichts wie weg hier", meinte Bone scharf.

„Diese Werte gelten stets nur für die unmittelbare Nähe der Oberfläche. Mit etwas Abstand sieht das alles anders aus."

„Wie beruhigend."

Arkov ließ sich nicht aus seinem Konzept bringen.

„Alle massereichen Sterne jenseits der Tolman-Oppenheimer-Volkoff-Grenze von über drei Sonnenmassen stürzen endlos in sich zusammen. Die Neutronen brechen auf, Quarks packen sich dicht aneinander. Die stärkste bekannte Kraft des Universums wird geknackt wie eine Nuss. Was dann passiert, ist nicht bekannt. Vielleicht brechen noch weitere Grenzen auf. Die Masse des Sterns stürzt immer weiter in sich zusammen, bis das Volumen so stark abgenommen hat, dass die Fluchtgeschwindigkeit die Lichtgeschwindigkeit einholt und überschreitet. Von nun an hält der Ereignishorizont jedes abstrahlende und reflektierende Licht zurück. Aus dem kollabierenden Stern ist ein Schwarzes Loch geworden. Weiter im Innern bildet sich eine Singularität von unendlich hoher Materiedichte. Ihre Oberfläche besitzt theoretisch eine unendlich hohe Fluchtgeschwindigkeit."

„Nun, das war doch sehr informativ, nicht wahr, Colonel?", bat der Admiral um Anerkennung.

„Außerordentlich. Danke für die Präsentation, Professor", meinte Braun ehrlich. „Nun bin ich besser im Bilde."

„Die Kräfte, die hinter dem Ereignishorizont ruhen, stehen auf einer Stufe mit denen des Urknalls. Wenn wir mehr darüber erfahren könnten, werden wir alle in die Geschichte eingehen."

„Erstmal sollten wir uns etwas entfernen, meinen Sie nicht?", entgegnete Braun. „War es nicht Zeit für ein Experiment?"

„In der Tat. In der Tat. Sie haben Recht."

Arkov drehte sich um.

„Lief doch gar nicht so schlecht, Jaros", klopfte ihm James auf die Schulter. „Ich denke, Sie haben den Colonel überzeugt. Wir werden sicher noch ein Weilchen in der Nähe bleiben."

„Das hoffe ich. Es ist das Bedeutendste, worauf wir treffen konnten. Viel wichtiger als Capri. Ohne Sie zu kränken, alter Freund."

Arkov verließ die Sektion und ging zum Cockpit. Nun war es Zeit für das Experiment. Mal sehen, welche Geheimnisse der kosmische Staubsauger preisgab.

„Viel Glück", rief James ihm nach. „Viel Glück."

Cockpit, B-Deck

„Okay Professor. Schalten Sie den Helm ein. Wir überspielen nun die Software in den Hauptcomputer. Drücken Sie die Daumen, dass es klappt."

Mit zwei kleinen Handgriffen fuhr das Programm der hochentwickelten Technik im Innern des Helmes hoch. Vorbei waren die Zeiten, in denen technische Kinderkrankheiten den Tag vermiesen konnten. Computer waren endlich erwachsen geworden. Inkompatibilitäten, Abstürze oder Blue Screens gehörten ebenso der Vergangenheit an. Arkov sah ein kurzes Aufblitzen im Hudvisier des Helmes. Weißberg signalisierte, dass alles funktionierte und Kontakt bestand.

„Da haben wir dich ja. Transfer läuft... und ist abgeschlossen", sagte er zufrieden.

„Und das funktioniert? Meinen Sie, Sie bekommen das hin?", fragte Arkov interessiert.

„Sie machen wohl Witze. Wenn es etwas gibt, was ich kann, dann das hier. Gleich kommen wir zum Feintuning. Professor, das ist Ihr Part." Weißberg, der erbarmungslos auf die Tasten des Terminals einhämmerte, hatte endlich seine Berufung gefunden. Vielleicht würden jetzt auch die letzten Zweifler zugeben müssen, wie unentbehrlich Computerwissen war.

Sogar Arkov galt als Dinosaurier unter seinesgleichen. Zwar wusste er die Vorzüge und Leistung durchaus zu schätzen, konnte sich jedoch nie wirklich mit den Kisten anfreunden. Natürlich wusste er durchaus damit umzugehen. Wenn es sich jedoch vermeiden ließ, errechnete er es lieber selbst. Es war also eher eine Frage des Müssens und Wollens. Das hielt den Geist fit. Manchmal ging es sogar schneller.

„Bereit, Professor", sagte Weißberg. Gerade als dieser aus dem Pilotensitz aufstehen wollte, hielt Arkov ihn fest und drückte seine Schultern wieder in den Sitz.

„Geben Sie die Daten ein. Ich diktiere sie." Während er die Daten aus seinem Kopf an Weißberg weitergab, betraten Colonel Braun und Admiral Cartright die Sektion.

„Berichten Sie, Commander! Wie weit sind sie vorangekommen?", fragte Colonel Braun interessiert.

Bone schaute ernst und gestresst, während er Barrow dabei half, die optischen Platten wieder an ihren Platz zu stecken.

„Ihr kommt genau richtig. Wir sind fast fertig", antwortete er kurz.

Die beiden Bordältesten konnten sich die Hände reichen, wenn es darum ging, mit der hochtechnisierten Welt zu agieren. Beide waren Relikte vergangener Tage. Vielleicht war es ein Generationsproblem, das sich stets wiederholte. Die Älteren konnten nur selten mit der rasanten Entwicklung mithalten, bis sie den Anschluss verloren. Es war schon immer so.

James hatte keinen blassen Schimmer, mit was sie gerade experimentierten. Alles ging viel zu schnell.

„Woran bastelt ihr hier genau, Will?", wollte er dennoch wissen. Bone hob einen Helm der Marines auf und wandte sich dem Admiral zu.

„Dieses kleine Schmuckstück brachte mich auf eine Idee. Wir nutzen den neuartigen Spektralanalyser aus diesem Baby und koppeln es mit der leistungsstärkeren Sensorenphalanx des Hauptcomputers. Wenn wir unsere Bildmatrix in den Frontfenstern anpassen, können wir das komplette elektromagnetische Spektrum durchschalten und das Schwarze Loch vielleicht live beobachten."

„Im Grunde upgraden wir die vorhandene Technik der Explorer mit Hilfe unserer modernen Anzüge", ergänzte Weißberg stolz.

„Wie ich sehe, leben wir doch nicht ganz hinter dem Mond. Colonel, haben Sie noch mehr Asse im Ärmel, von denen wir wissen sollten? Ich denke es wäre gut, wenn Sie uns besser einweihen würden", meinte James erstaunt.

Doch Braun hielt sich bedeckt und wollte offensichtlich nicht auf die Frage antworten. Stattdessen antwortete er mit einer Gegenfrage.

„Wie lange wird es noch dauern?"

„Der Professor arbeitet gerade an den Feineinstellungen und gibt die fehlenden Frequenzen ein. Das dürfte nur noch ein paar Minuten dauern."

„Darf ich den Helm ausprobieren?", fragte der Admiral.

„Natürlich, hier." Bone reichte den Helm weiter.

„Warten Sie, ich helfe Ihnen hinein", fügte Braun hinzu.

Vorsichtig setzte er den Helm auf den Kopf des Admirals und aktivierte ihn. Das Gesicht war vollständig vom Hudvisier des Helmes verdeckt, das in einer Mischung aus silberschwarzem Glas glänzte. Noch immer war das Kabel mit der Konsole verbunden und versorgte den Helm mit der nötigen Energie, die sonst aus der Atomzelle des Anzuges bezogen wurde. Auch die integrierten Lampen des Helmes schienen in einem seltsamen kühlen Licht zu strahlen.

„Fantastisch", schwärmte Cartright und drehte seinen Kopf, um den Raum zu inspizieren. Nach und nach schaltete er die verschiedenen Bereiche des Spektrums durch. Einen Moment lang beobachtete er die bekannten Gesichter in warmen Tönen der colorierten Infrarotstrahlung und kam sich vor, wie ein außerirdischer Predator. Deutlich konnte er die wärmsten Partien in den Gesichtern und seiner Umwelt erkennen. Dann wechselte er die Sicht. Langsam, fast unsicher, ob es seine

131

eigenen waren, hob er seine Hände und betrachtete sie eingehend in dem fremden, trostlosen Farbenspiel einer ihm unbekannten Spektralfrequenz.

In welchem Teil des Spektrums sehe ich gerade?", wollte er wissen.

„Beschreiben Sie, was Sie sehen können", forderte Braun.

„Er befindet sich genau bei 318 Nanometer Wellenlänge. Das ist der UV-A-Bereich des Spektrums", antwortete Arkov sicher, der die Daten und die Sicht des Helmes auf dem Terminal vor seinen Augen hatte. Die Übertragung sah befremdlich aus. Nur schemenhaft, anders als im Infrarotbereich, konnte man ansatzweise zwischen Mensch und Technik unterscheiden. Als der Admiral eher zufällig in Richtung Cockpitfenster nach draußen blickte, sah er nur schwarze Fenster.

„Die Fensterfront ist dunkel. Sind die UV-Filter aktiv?

„Ja, einen Moment." Bone deaktivierte den Filter.

Plötzlich erstrahlten die Sterne als helle, weiße Punkte. Sie schienen deutlich UV-Strahlung zu emittieren.

„Erstaunlich. Sind die Sterne hell. Überstrahlen sie nicht alles, was wir uns vom Schwarzen Loch erwarten? Sie sagten doch, dass die Strahlung extrem gering sei", meinte James.

„Ja, das stimmt, aber Mister Weißberg meinte, wir könnten die Sterne mit dem Computer ausblenden und die mögliche Strahlung verstärken."

„Okay, wir sind soweit", unterbrach Weißberg.

„Ich schlage vor, behutsam mit der Bildmatrix umzugehen. Fangen wir klein an."

James nahm den Helm ab.

Skeptisch und gebannt zugleich, starrten alle Augen durch das dicke Glas der Frontscheiben, darauf wartend, dass sich das geheimnisvolle Tor der Erkenntnis endlich öffnen würde und einen Blick auf die Antworten für den Ausweg aus dem Schlamassel offenbarte. Doch die Bildmatrix zeigte wenig Brauchbares.

Das erkennbare Bild, das sich allen bot, schien fast immer das gleiche zu sein. Sterne, nichts als Sterne.

Das Schiff flog seine gewohnte Bahn. Ein langer Bogen, um dann in einer langen Rechtskehre zurück zu fliegen. Nur schwach ließ sich die Bedrohung ausmachen, auf die sie nun genau zuhielten. Dann wurde es größer.

„Da ist es", deutete Arkov wie verwandelt hinaus.

Eine leere Region ohne Sterne, welche in dieser Dunkelheit kaum Bedeutung besaß. Je näher sie kamen, desto mehr Bewegung kam ins Spiel. Der Kurs führte links vorbei, während das Schwarze Loch an Steuerbord vorüber zog. Die schnelle Geschwindigkeit ließ die Sterne schwanken. Sie bogen sich um das Loch herum.

„Ist das die Gravitationslinse?", fragte James neugierig.

„So ist es. Wunderschön nicht wahr?", antwortete Arkov voller Bewunderung. Seine Augen leuchteten. Er konnte es noch immer kaum glauben, dass er diese kosmische Gewalt mit eigenen Augen aus dieser Distanz sehen durfte. Was für ein Geschenk.

In diesem Augenblick verstrich der Moment der dichtesten Annäherung. Das Schiff begann wieder zu ächzen.

„Auf die Sekunde", stoppte Arkov die Zeit.

Das Schiff beschleunigte und zog um das Schwarze Loch herum. Es war ganz nah. Steuerbord. Die Sterne wischten nur so am Fenster vorüber. Der nächste Umlauf begann.

Arkov schaltete die verschiedensten Spektralsichten durch. Lediglich Farbe und Intensität der Sterne veränderten sich abwechselnd. Manchmal verschwanden Sterne, da sie bestimmte Strahlungen einfach nicht emittierten oder schlicht zu weit entfernt waren. Die nächste hüllte das gesamte Fenster in Dunkelheit.

„Dieser Wellenbereich kann visuell nicht dargestellt werden", beruhigte Arkov.

Nach und nach schob sich der Indikator von einem Ende zum anderen Ende des gesamten Spektrums, wobei sich

Weißberg immer schneller durch die Frequenzen bewegte und zu wenig Leistung auf die Sensoren verlagerte.

„Viel ist nicht zu sehen. Enttäuschend", meinte Braun.

„Verstärken Sie das Signal!", forderte Arkov.

„Vorsichtig, Corporal!", warnte Bone eindringlich. „Sonst schmelzen Sie sämtliche Schaltkreise und wir fliegen in Zukunft blind."

„Verstanden. Ich werde die Sterne entfernen." Weißberg begann die Parameter zu ändern, als ihn der Professor unterbrach.

„Nein, warten Sie! Die Sterne bleiben. Sie zeigen uns doch genau das, was wir sehen wollen. Nämlich das, was wir nicht sehen können."

„Ich verstehe nicht. Sprechen Sie nicht in Rätseln!", antwortete Admiral Cartright verwirrt.

Arkov sah in die ahnungslosen Gesichter, beugte sich zu Weißberg und reichte ihm einen handgeschriebenen Zettel mit Notizen.

„Nehmen Sie diese Parameter. Aber Vorsicht! Sie haben den Commander gehört. Beachten Sie die Reihenfolge!"

Weißberg tat, worum ihn Arkov bat. Zuerst regelte er die Helligkeit des Sternenfeldes fast auf null, erhöhte den Kontrast und verstärkte die Leistung schließlich um 10.000 Prozent.

„Wechseln Sie auf 2,8 Nanometer. Und nun, langsam mehr Helligkeit, mehr Kontrast. Mehr!"

Schimmernd erstrahlte nun der gesamte Weltraum in der Spektralsicht der Röntgenstrahlung. Besonders helle, fast weiße Punkte und Regionen zeigten deutliche Quellen von Röntgenstrahlung. Vermutlich waren es besonders starke Quellen wie Quasare, Pulsare, sehr große oder sehr nahe Sterne. Andere Regionen leuchteten nur schwach und waren deutlich dunkler, tiefblau und schwarz. Doch noch immer absorbierte das Objekt zu ihrer Rechten jegliche Strahlung und entzog sich ihren neugierigen Blicken. Gleichzeitig wurde Colonel Braun die Absicht des Professors bewusst.

Vor dem gesamten bläulich schimmernden Hintergrund der Sterne zeichnete sich eine schwarze Kugel ab. Langsam zog sie wieder vorbei.

„Oh mein Gott, seht euch das an", verstand auch Susannah und starrte dem Schwarzen Loch hinterher.

„Wir fliegen immer näher heran", erkannte auch Bone entsetzt.

„Das ist unsere elliptische Umlaufbahn", versuchte Arkov zu beschwichtigen und blendete eine virtuelle Linie ins Sichtfenster ein.

Kleine Variationen der Wellenlänge ließ das eben noch bläulich schimmernde Sternenbild nun grünlich, dann gelb und letztendlich rötlich schimmern. Arkov ließ nichts unversucht, um dem kosmischen Zensor eine Oberflächenstruktur zu entlocken. Natürlich wusste er, dass ein Schwarzes Loch keine Oberfläche besaß. Vielmehr hoffte er, dass er dem nahen Raum des Ereignishorizontes irgendeine verräterische Strahlung abjagen konnte. Doch so sehr sie danach suchten, konnten sie keine nachweisbare Hawkingstrahlung ausmachen.

„Schalten Sie diese Frequenz hinzu."

Der Weltraum wurde immer heller und bunter. Das Schwarze Loch hob sich mehr und mehr vom Rest des Universums ab.

„Versuchen wir es am Pol. Zoomen Sie dort ran, Corporal. Direkt hinein!"

Weißberg folgte jeder Aufforderung.

„Erhöhen Sie um Faktor 1.600. Konzentrieren wir uns nur auf diesen Sektor. Maximale Interpolation. Machen Sie schon!"

Die Minuten verstrichen. Ganz gleich, wie sehr sie sich bemühten, die Sensoren konnten der Gravitationskraft, die sämtliche Strahlungsarten verschluckte, einfach nichts entgegensetzen. Keine Theorie ließ sich nachweisen, jedenfalls nicht ohne den defekten Hauptspiegel. Es spielte keine Rolle, wie heiß oder kalt es war, wie viel Röntgenstrahlung, UV- oder IR-Strahlung das verfluchte Ding im Innern produzierte.

Sämtliche Strahlungen unterlagen der Lichtgeschwindigkeit und blieben jenseits des Horizontes verborgen.

„Wir brauchen mehr Leistung", wirkte Arkov immer verzweifelter. Ihm war bewusst, wie wenig Zeit ihm die restliche Mannschaft für die Erforschung gewähren würde.

Colonel Braun starrte währenddessen auf das Unbekannte und trat einige Schritte näher zum Glas. Er wusste, was zu tun war.

„Tut mir leid, dass Ihr Experiment nicht so lief, wie Sie es sich erhofft hatten. Ich habe jedenfalls genug gesehen."

„Was meinen Sie damit?"

„Ich bleibe keine Stunde länger. Wir starten sofort!"

Arkov sprang aufgebracht auf. Das hatte er schon seit Minuten befürchtet.

„Sie scheinen es nicht zu begreifen, Colonel. Sehen Sie hinaus! Wir benötigen den richtigen Fluchtwinkel und unsere genaue Geschwindigkeit. Wir wissen nichts über die Rotation. Wir haben noch gar nichts!"

Braun trat näher an den Professor heran.

„Dann finden Sie es heraus! Eine Stunde! Keine Minute mehr. Dann starten wir. Mit oder ohne Ihren Daten!"

Arkov fluchte und wandte sich den Anderen zu.

„Eine Stunde? Was soll ich in einer Stunde …? Das ist Wahnsinn! Wollen Sie leben oder sterben?"

„Wir wollen von dem Ding da draußen weg", antwortete Van Heusen für den Rest der Anwesenden.

Selbst Bone begann mit der Startvorbereitung und befestigte den Helm. Offenbar rechnete er mit härteren Flugmanövern. Auf einem Bildschirm liefen bereits Kursberechnungen.

„Sie begehen alle einen großen Fehler", stotterte Arkov.

„Mag sein." Braun griff zum Intercom und drückte die Taste für den schiffsweiten Notfall. Ein lauter Ton erklang.

IVI: „Achtung! Eine Durchsage."

„Alle herhören!" Braun ergriff die Initiative. „Wir beginnen mit den Startvorbereitungen. Sobald alle Systeme laufen, verschwinden wir von hier. Braun Ende."

Frustriert und voller Wut packte der Professor seine Unterlagen und stürzte zum Terminal der Sensorenphalanx. Cartright folgte ihm, um ihn zu beruhigen.

„Das ist viel zu wenig Zeit! So eine bedeutende Möglichkeit und Sie nutzen sie nicht. Ohne diese Informationen sind wir alle tot."

„Beruhigen Sie sich, Jaros. Ich werde mit ihnen reden. Wir werden nicht vorher starten."

„Ja, sprechen Sie mit ihm. Mir hört ja keiner zu."

„Jaros, Sie leisten hervorragende Arbeit! Sammeln Sie die Daten. Ich werde Sie dabei unterstützen und helfen, wo ich kann."

Mühsam versuchte Arkov mit dem Terminal klarzukommen. Er hatte es vor einigen Stunden schon einmal versucht, jedoch ohne Erfolg. Vergeblich versuchte er die Kontrolle der Hauptantennen sowie des Radiospiegels zu erlangen.

„Fahr schon aus! Mach schon!", beschimpfte er den Computer.

IVI: „Fehlfunktion, Einheit E7 defekt", antwortete die Stimme des Bordcomputers.

„Gottverflucht! Ich brauch den Spiegel", murmelte er leise und checkte die im Raum anwesenden Crewmitglieder. Wer konnte ihm nur dabei helfen? Seine Wahl fiel auf Barrow, den Ingenieur des Schiffes.

„Mister Barrow, ich brauche dringend ihre Hilfe, um den Hauptspiegel auszufahren. Die Antenne scheint was abbekommen zu haben. Wir brauchen unbedingt diese Daten!"

„Nicht jetzt Professor. Keine Zeit! Darum müssen wir uns später kümmern."

„Es gibt nichts Wichtigeres!" Verständnislos schüttelte Arkov seinen Kopf.

Dann fiel sein Blick auf Wullf, den schwarzen Muskelprotz. Er schien gerade nichts von Bedeutung zu tun zu haben und die ideale Lösung zu sein.

„Nun gut. Dann muss ich wohl selbst ran", sprach er mit sich selbst und ging entschlossen auf den Marine zu.

„Sergeant? Ich brauche Ihre Hilfe. Admiral Cartright meinte, Sie seien der richtige Mann. Kommen Sie mit!"

Sein Ton hatte sich verändert. Er hatte begriffen, dass bitten nichts half.

E.V.A.

Arkovs Faszination und Bewunderung vor dieser kosmischen Gewalt schien ungebremst. Er konnte es tatsächlich spüren. Ein seltsames, komisches Bauchgefühl. Die Gravitationskraft zog auch an seiner Materie. Glücklicherweise besaß menschliches Gewebe mehr Flexibilität als Titan oder Stahl.

Obwohl auch er so etwas wie Angst empfand, zwang ihn seine unstillbare Neugierde zum ersten Mal seit langer Zeit, in die Enge eines Raumanzuges zu schlüpfen. Zwar war es nicht sein erster Spaziergang im All, jedoch lag der letzte viele Jahre zurück. Der Weg zur Antenne war lang und beschwerlich.

Die Zeit drängte und raste. Wie ein Uhrwerk passierte ihn das Schwarze Loch zu seiner rechten Seite. Alle 52 Sekunden. Immer wieder sah er flüchtig hin, während er sich respektvoll an der Reling entlang zog.

Die absolute Schwärze war vollkommen. Auch sonst war die Dunkelheit rund um die Explorer erdrückend. Der sternenlose Ausblick ins Zentrum der Singularität verlieh ihm einen düsteren Vorgeschmack auf eine weit, weit entfernte Zukunft, in der alle Sterne des Universums längst erloschen waren und absolute Finsternis über das gesamte Weltall herrschte. Doch ein Trost, eine Hoffnung blieb bestehen. Irgendwann, nach dem Tod aller Sterne, würde das Universum in der Masse seiner sterblichen Überreste in sich zusammenstürzen und neue Welten erschaffen. Vielleicht entflammte der Kreislauf des Lebens dann von neuem.

Minute um Minute verging, bis sie endlich die Antennen sahen. Ungeschickt, ja fast tollpatschig, hangelte Arkov an der Außenhülle der Explorer entlang und versuchte den geschmeidigen Bewegungen Wullfs zu folgen.

Nur die magnetischen Stiefel und eine dünne Sicherungsleine gaben beiden den nötigen Halt.

„Wie weit ist es denn noch?", schnaufte Arkov angestrengt.

„Etwa 30 Meter. Der Parabolspiegel liegt auf dem Kamm", antwortete Wullf bemüht. „Wozu brauchen Sie die Radio-Schüssel überhaupt? Meinen Sie, die kann uns helfen?"

„Vertrauen Sie mir. Nur sie wird uns weiterhelfen. Wir müssen sie manuell ausfahren und ausrichten. Beten Sie, dass sie nicht zu sehr beschädigt wurde."

An der Oberseite über dem A-Deck angekommen, erblickten beide die eingelassene und sehr mitgenommene Radio-Kommunikationsantenne.

Mehrere kleine Trümmertreffer hatten tiefe Furchen in die Rückseite des Parabolspiegels gerissen. Die gesamte Oberseite dieser Sektion sah schwer verwüstet aus, fast so, als wäre sie mitten im Inferno dabei gewesen.

„Grundgütiger! Was ist bloß beim Start passiert." Arkov hangelte näher heran. Auch die Verschlussmechanik und der Motor des Spiegels wiesen Spuren der Zerstörung auf. Der Anblick der zerschundenen Oberfläche verschleierte die wahre Größe des Spiegels. Tief eingelassen im oberen Kamm der Explorer, verbarg die Außenhülle einen zwölf Meter großen Radioparabolspiegel. Obwohl er vorrangig für Langstreckenkommunikation ausgelegt war, konnte er auch diverse andere Frequenzbereiche abdecken.

„Sieht nicht so aus, als könnten wir ihn noch gebrauchen", meinte Wullf nüchtern.

„Wir müssen es versuchen. Helfen Sie mir, den Verschluss zu entriegeln." Schon der erste interne Versuch von der Phalanx hatte nicht funktioniert. Der zweite hier draußen auch nicht.

Wullf stellte seinen Werkzeugkoffer ab und öffnete ihn. Angesichts der Fehlermeldung und der anderen Schäden am Schiff hatte er diesen gleich vorsorglich mitgenommen. Man konnte ja nie wissen.

„Was haben Sie denn damit vor?" Arkov blickte entsetzt auf das grobe Brecheisen, das Wullf dem Koffer entnahm.

„Was glauben Sie, wie ich die Verriegelung sonst aufbekommen soll?"

„Aber ganz vorsichtig! Wie ein rohes Ei. Beschädigen Sie sie nicht noch mehr!"

„Immer mit der Ruhe, Professor. Vertrauen Sie mir."

Wullf setzte das Eisen an und ließ seine Muskeln spielen. Kein leichtes Unterfangen in Schwerelosigkeit. Ohne Halt konnten solche Anstrengungen auch leicht nach hinten losgehen.

„So wird das nichts. Moment." Um eine Lektion reicher, regelte er seine Magnetstiefel auf maximale Leistung. In dieser Einstellung vermochte kein Mensch die Stiefel von der Außenhülle zu trennen. Nun konnte er sich auf seine eigene Kraft konzentrieren und zerlegte die erste der vier Verriegelungen in ihre Bestandteile.

„Beeindruckend. Ich wusste, ich hab mir den Richtigen für den Job ausgesucht", nickte Arkov zufrieden.

Tatkräftig setzte Wullf das Eisen bei der nächsten Verriegelung an. Der Professor inspizierte indessen die kleinen, scharfkantigen Löcher mit seinen Fingern. Dabei scherte er sich nicht um seine eigene Sicherheit. Es waren nicht die Handschuhe, die Wullf beunruhigten. Das Material des Raumanzuges bestand aus mehreren Lagen und konnte nicht so schnell durchtrennt werden. Doch fern ab jeder Vernunft hangelte Arkov frei schwebend über der Antenne. Er hatte seine Sicherung gelöst.

„Professor. Klinken Sie sich wieder ein oder aktivieren Sie Ihre Boots!"

„Machen Sie sich nicht so viele Gedanken. Es ist nur ein halber Meter. Sie sind nicht für meine Sicherheit verantwortlich." Wie sollte er die Schäden sonst begutachten?

„Wie Sie meinen. Ich bin gleich soweit. Aber sollte die Antenne beim Zünden der Triebwerke nicht eingefahren sein? Werden wir sie so nicht verlieren?"

„Sie sehen doch, dass die Motoren beschädigt sind. Lassen Sie das meine Sorge sein. Sie wird ihren Dienst verrichten, solange es nötig ist." Eine wichtigere Aufgabe würde sie sowieso nie mehr bekommen, dachte er sich.

Cockpit, B-Deck

Barrow hatte inzwischen das Chaos im Cockpit beseitigt. Bone und Kowski nahmen ihre Plätze ein.

„Dann fahren wir mal den Antrieb hoch. Starte NavCom, Reaktor: Online. Antrieb erst bei 18 Prozent. Das soll wohl ein Witz sein."

„Damit kommen wir nicht weit", stimmte Bone zu.

Nach und nach erwachten die letzten Systeme aus ihrem Tiefschlaf, sämtliche Kontrolllampen, die noch funktionstüchtig waren, bestätigten die Bereitschaft der verschiedensten Systeme. Magisch angezogen starrte Bone durch das Fenster und bemerkte nicht, dass links von ihm eine kleine, unscheinbare Warnlampe blinkte.

„Alles klar bei ihnen?", fragte Kowski.

Bone schreckte kurz aus seinen Gedanken und betätigte drei Schalter an der Konsole. Plötzlich fuhr eine manuelle Steuerkontrolle aus dem Cockpit heraus. Kowski sah erneut zu Bone.

„Was soll das werden?", fragte sie neugierig.

Sie wusste, dass Schiffe dieser Größe auf Grund der Häufigkeit menschlichen Versagens grundsätzlich von Computern gesteuert wurden. Doch sie wusste auch, dass die Computer im Eigenschutz keine Risiken eingehen würden.

„Wir fliegen manuell! Keine Sorge, ich bin der Beste."

„Und ich dachte, dass wäre ich.", antwortete sie kess.

Beide schmunzelten.

Reaktorraum, Achtersektion, D-Deck

Vorbei waren die Zeiten ohrenbetäubenden Lärmes in den Maschinenräumen. Leise, beinahe angenehm, surrten die elegant verkleideten Antriebsaggregate im Reaktorraum. Nur wenige Pipelines und Rohre verrieten, wo man sich an Bord befand. Maschinenwartung war saubere Arbeit geworden. Kein Schmutz, kein Öl. Die übliche Arbeitsbekleidung wich vielmehr steriler Krankenhausoptik oder wie in einer Computerfabrik für Nanotechnik. Das Tragen eines lästigen Mundschutzes blieb hier jedem zum Glück erspart.

Am auffälligsten jedoch war die deutliche Trennung des Strahlungsbereiches. Inmitten der Sektion führte eine massive T-Wand aus unverwüstlichem Panzerglas quer durch den Raum, die nur durch zwei ovale Glasschleusen betreten werden konnte. Dahinter befanden sich zwei schlichte, aber wirkungsvolle Fusionsreaktoren, deren Energieproduktion selbst für New York reichen würde.

Der klinische Untergrund bedurfte größter Voraussicht. Nicht dass er wirklich glatt wäre. Nein, das Gegenteil war der Fall. Ein feuerhemmender Schutzbelag machte den Boden so stumpf, dass jeder aufpassen musste, um nicht zu stolpern.

Mit einem schicken gelben Strahlungsanzug bekleidet, checkte Sadler die beiden Reaktoren und suchte mit ihrem Tiefenscanner sorgfältig nach Rissen. Sie prüfte alles, selbst den Fußboden, die Wände und jedes Rohr. Immer wieder quietschten ihre Schuhe.

„Also das nervt jetzt wirklich", meinte Sadler selbst.

„Haben Sie schon was gefunden?", rief Barrow nebenbei.

„Nein. Soweit alles in Ordnung. Ich kann nichts finden. Machen wir mit Punkt drei der Checkliste weiter", sprach sie durch ihr Intercom. Derweil schloss Barrow die Prüfung am zentralen Kern des Hauptcomputers ab und machte sich an den Treibstoffreserven des Heliums zu schaffen.

„Zum Teufel! Nicht das auch noch", fluchte er lauthals.

Die aufgescheuchte Art und Weise, mit der Barrow hinter dem starken Panzerglas umherlief, gefiel Sadler nicht.

„Was ist los?", fragte sie nach.

Barrow reagierte kurz mit einem Handzeichen, dass er verstanden hatte und lief weiter zur Kontrolleinheit des zweiten Treibstofftankes. Sie verstand gar nichts.

„Wo liegt das Problem?" Sadler stürzte durch die Schleuse und missachtete jede Sicherheitsvorschrift. Hastig nahm sie ihren Helm vom Kopf und streifte den Anzug ab.

„Das wird Ihnen nicht gefallen. Schauen Sie sich Tank drei und vier an!"

„O nein!"

„Probleme ohne Ende", überlegte Barrow.

„Haben wir ein Leck? Wir müssen etwas übersehen haben."

„Wenn wir keinen Weg finden, die Heliumtanks wieder aufzufüllen, werden wir es kaum bis zur Erde schaffen."

Nur die Anzeige von Tank zwei lag bei 100 Prozent, Tank eins war bereits auf 71 runter. Tank drei und vier gähnten vor Leere, ohne jeden Druck. Offenbar hatte sich der Treibstoff durch diverse Lecks in den Weltraum verflüchtigt.

„Wir werden einiges für den Start benötigen", meinte Sadler beunruhigt. Ihr missfiel der Gedanke, in die Untiefe einer Singularität gezogen zu werden. Ohne genügend Treibstoff für beide Haupttriebwerke konnte der Start nur in einem Desaster enden.

„Murphies Gesetz lässt grüßen."

Sadler und Barrow kannten diesen Fluch nur all zu gut. Alles, was schief gehen konnte, ging auch schief. Irgendwann. Genau jetzt und hier.

„Dann bleibt uns nur der EM-Trichter. Dafür hab ich ihn konzipiert", dachte Barrow laut nach. „Wenn wir einen geeigneten Planeten in kürzerer Reichweite finden, könnten wir mit einem Atmosphärenrandflug genügend Helium fördern."

Sadler schüttelte den Kopf.

„Pfffff, wo zum Teufel sollen wir hier Helium finden, im Nirgendwo. Und selbst wenn… in unserem momentanen Zustand könnte das ganze Heck abreißen. Sie wissen genau, dass die Explorer nicht unzerstörbar ist. Sie haben sie gebaut. Es grenzt schon an ein Wunder, wenn wir heute überleben."

Barrow nickte und wusste sich keinen Rat. Natürlich hatte Sadler Recht. Die Explorer war robust, aber nicht endlos belastbar. Plötzlich ertönte Bones Stimme über das Intercom.

„Chad, kommen Sie sofort nach vorn! Ich brauche Sie hier."

„Das Problem behalten wir noch für uns, verstanden? Ich muss zum Cockpit. Ich schicke Ihnen jemanden. Versuchen Sie die Lecks von drei und vier zu finden."

Sadler blieb allein zurück und suchte Halt, als die Vibrationen das Schiff von neuem zu dehnen begannen. Es klang furchteinflößend. Der Angstschweiß perlte von ihrer Stirn, während ihre Hand über die heftig zitternden Schalttafeln strich.

„Lange geht das nicht mehr gut. Gott, steh uns bei!"

Außerhalb der Explorer, Mittelsektion

Unter schwerster körperlicher Anstrengung richteten Wullf und Arkov den tonnenschweren Parabolspiegel auf, der bereits schräg zum Rumpf emporragte.

„Stemmen! Stemmen Sie! Mann, ist der schwer", stöhnte Wullf, der die meiste Kraft aufbrachte. Nur unter Bedingungen der Schwerelosigkeit war es überhaupt möglich, ein derart schweres Objekt, das leicht das zehnfache Gewicht Wullfs übertraf, zu bewegen. Vermutlich hätte Wullf sogar die Explorer selbst drehen können, wenn er mit seinen Magnetstiefeln an einem noch schwereren Objekt befestigt gewesen wäre. Nur Masse konnte Masse bewegen. Dabei bestimmte die größere stets die unterlegene. Ein Naturgesetz. Nur noch wenige Grad fehlten, bis der Spiegel endlich in der vertikalen Position einrastete und den Boden leicht erschüttern ließ.

„Sieht gut aus. Das könnte klappen." Arkov untersuchte die Sende- und Empfangseinheit des Spiegels und schloss einen tragbaren Transmitter an den Transponder an. Sofort begann er mit einem Systemcheck des Spiegels.

„Wir haben nicht viel Zeit. Können Sie bitte diese Klappe öffnen? Dahinter sollte die Notstromversorgung liegen. Wir müssen den Spiegel reaktivieren."

„Hoffentlich lohnt sich der ganze Aufwand", schnaufte Wullf und tat, worum ihn der Professor gebeten hatte. Arkov schloss das Notstromaggregat an den Spiegel an.

„Sehen Sie? Die Servosteuerung ist nur blockiert", erkannte Wullf den Schaden und behob den Fehler.

„Einen Moment. Das müsste ich hinkriegen."

Gesagt, getan. Wenige Sekunden und pure Muskelkraft später funktionierte der Spiegel wieder.

„Großartig! Sie haben der Wissenschaft einen großen Dienst erwiesen", lobte Arkov überschwänglich.

„Beeilen Sie sich lieber", antwortete Wullf mit einem unbehaglichen Gefühl. „Ich würd gern wieder rein."

„Natürlich." Arkov richtete die Antenne aus.

Langsam schwenkte der Parabolspiegel in Richtung des Schwarzen Loches.

„Wird's noch lange dauern, Professor?"

„Einen kurzen Moment noch."

Cockpit, B-Deck

„Antriebsenergie jetzt bei 89 Prozent. Sind alle bereit?"

Bone zurrte seine Gurte fest und stellte seinen Sessel auf eine höhere Sitzposition ein. Normalerweise saß hier Steven, der noch immer im Koma lag. Nun war er der Commander. Bone hielt einen Moment inne und kramte in seiner linken Brusttasche. Langsam zog er ein abgegriffenes Foto von Jane aus seiner Tasche, nahm seinen Kaugummi aus dem Mund und heftete es vor sich an die Konsole zwischen zwei Monitore.

Einen Moment verlor er sich in ihr wunderschönes Lächeln, als ihn Kowski anstieß.

„Hey, jetzt nicht einschlafen, Cowboy. Sind Sie soweit?"

Bone prüfte die Armaturen und Anzeigen, bemerkte jedoch noch immer nicht das kleine rote Licht, das sich links abseits seines Sichtfeldes vergeblich um Aufmerksamkeit bemühte. Niemand bemerkte die Warnanzeige der offenen Schleuse.

„Okay. Los geht's. Wir haben beide Triebwerke Online. Plasmakraftstoffleitungen eins und zwei noch geschlossen, RCS bei 44, IMU aktiv, gehen wir schon mal auf Kurs. Drehen wir sie um 96 Grad nach Steuerbord. 32,4 Grad vorlastig. Die Triebwerke liegen oberhalb und erzeugen so mehr Schub."

„Sind Sie sicher? Woher haben Sie die Daten?", fragte Kowski skeptisch. „Arkov sagt..."

„Piloten können selbst rechnen. Sie etwa nicht?"

„Sie sind der Boss", antwortete Kowski und gab die Daten für die Kurskorrektur ein. „32,4 Grad vorn, 96, rechts. Ausrichtung 265, 185. Und das manuell?" Kowski blickte zu Barrow und Caren, die sich auf den hinteren Sitzen im Cockpit befanden.

„Was machen wir, wenn wir nicht schnell genug sind?", fragte Caren besorgt und sah auf das Bild von Jane. Warum konnte es nicht ihr Bild sein, das dort hing? Bone drehte sich um, lächelte sie ermutigend an und reichte ihr seine Hand, die sie dankend festhielt.

„Wir schaffen das, okay?" Dann griff er nach oben und betätigte ein Display. Rotes Licht hüllte das Cockpit ein, so dass sich die Sicht nach draußen verbesserte. Er öffnete einen Com-Kanal.

„Ladys und Gentleman, stellen Sie bitte das Rauchen ein und bringen Sie ihre Sitze in die aufrechte Position. Wir werden in Kürze mit dem Start beginnen." Er lächelte. „Das wollte ich schon immer mal sagen."

Doch Caren war nicht nach Lachen zumute.

147

„Also, drehen wir sie in Startposition. Nur Schubdüsen?",
fragte Kowski nochmals. Bone nickte zustimmend.

„Bereithalten. Drei, zwei …"

Außerhalb der Explorer, Mittelsektion

Es war zwecklos den sturen, alten Mann über
Sicherheitsvorschriften aufzuklären. Wullf beobachtete Arkov
bei seinen letzten Eingaben am Empfangsteil im Zentrum der
11 Meter großen Parabolantenne.

„Sind sie bald fertig?", fragte er genervt, als ihn plötzlich
etwas an seinen Beinen nach unten zog.

„Wooooh, was geht hier ab?" Erschrocken blickte er hinab,
doch da war nichts zu sehen. Dennoch zwang ihn eine Kraft
nach unten und kippte ihn auf den Rücken. Erst jetzt begriff er,
was sich gerade abspielte.

„Manöver abbrechen! Manöver sofort abbrechen! Wissen die
denn nicht, dass wir hier draußen sind?"

Entsetzt blickte er zum Professor, der hilflos rudernd den
Halt verloren hatte. Seine Hände versuchten vergeblich die
Antenne zu greifen, die sich vor ihm nach unten entfernte.

„Schnell, Professor, halten Sie sich fest!"

Wullf versuchte sich mit den Armen seitlich abzustützen und
aufzurichten. Doch die Kraft des absackenden Rumpfes zog ihn
unweigerlich nach hinten. Mit seinen M-Boots an der
Außenhülle haftend, musste er mit eingeknickten Knien hilflos
ansehen, wie sich der Professor Meter um Meter vom
Schiffsrumpf entfernte.

„Tun Sie was, um Gottes willen! Sergeant, helfen Sie mir!"

„Benutzen Sie ihre Booster! Ihr Jet-Pack!"

„Wie denn? Ich weiß nicht wie", rief Arkov verzweifelt.

„Warum haben Sie nicht auf mich gehört? Halten Sie aus! Ich
komme gleich zu Ihnen."

Kleine Sünden bestraft der liebe Gott sofort. Arkovs
Nachlässigkeit hatte ihn den sicheren Halt zur Explorer
gekostet.

Wullf wusste, dass dies erst der Anfang vom Wahnsinn war. Einen Start würden sie hier draußen unmöglich überleben können. Panisch versuchte er eine Verbindung herzustellen.

„Warum starten die jetzt? Abbruch! Explorer! Hört Ihr mich? Wir sind hier draußen. Manöver abbrechen! Ich wiederhole: Manöver abbrechen! Ein Irrsinn. Hört mich einer? Brecht den Start ab!", rief er immer wieder.

Plötzlich spürte er den abbremsenden Gegenschub, der die Bewegung stoppte. Ein Vielfaches seines eigenen Gewichtes zwang ihn zu Boden. Nun war der Zeitpunkt gekommen, zu reagieren oder sie beide waren so gut wie tot.

Hastig deaktivierte er seine M-Boots, drehte sich um und hangelte sich so schnell er konnte zum Professor.

Noch bevor er Arkov erreichen konnte, startete plötzlich die zweite Lageveränderung. Mit unmenschlicher Kraft rollte sich die Explorer um ihre eigene Längsachse Richtung Schwarzes Loch.

Ohne direkten Kontakt, polterte Wullf nun über die Deckaufbauten zur Tragfläche. Jede noch so kleine Erhebung, jede Reling, die er traf, hatte die Wucht eines Knochenbrechers. Nun war er ebenso hilflos wie Arkov, dem ein unheilvolles Schicksal bevorstand. Wullf sah es noch vor Arkov selbst.

„Professor, Achtung, passen Sie auf!", doch es war schon zu spät.

Arkov blickte sich um.

„Mein Gott!", schrie er, als er den riesigen bedrohlichen Schatten sah, der sich schnell auf ihn zubewegte. Sekunden. Zu wenige, um zu reagieren. Der verheerende Zusammenprall stand unmittelbar bevor. Seine Augen waren weit aufgerissen, während sein Visier das näher kommende Verderben spiegelte.

So langsam die Drehbewegung am Rumpf auch aussah, der Verbund des Rumpfes zu den ausgefahrenen Tragflächen erhöhte die Drehgeschwindigkeit an deren Spitzen um ein Vielfaches.

„Weichen Sie aus!", schrie Wullf machtlos.

„Ich kann nicht! Neeeeiiin!", schrie der Alte kurz auf, als ihn das Ende der Tragfläche mit der Wucht eines Zuges traf und ihn unkontrolliert in den Raum direkt auf das Schwarze Loch zu schleuderte.

„Professor!", rief er dem leblos trudelnden Körper hinterher. Er antwortete nicht mehr. Wullf konnte nicht ausmachen, ob der Professor tot oder bewusstlos war. Zu schnell entfernte sich dieser, bis er in der lichtlosen Weite verschwand.

„O nein! Aaaaaah!" Wullf versuchte seinen Kopf zu schützen. Machtlos schlug er gegen einen der vielen Feldgeneratoren, rutschte unkontrolliert auf die Tragfläche zu und drohte ebenfalls als beschleunigtes Geschoss in den Weltraum katapultiert zu werden. Ob er nun über den Rand der Tragfläche rutschte oder die Explorer ihr Manöver abbremste, war völlig egal. Nur Schmerzen und eine Leine konnten ihn noch vor dem sicheren Tod bewahren. Ihm blieb genau ein Versuch und wenige Sekunden, um sein Leben zu retten. Alles was er hörte, war sein schneller, schnaufender Atem.

Hastig verschraubte er einen Karabinerhaken seines Gurtes an den Handgriff der Harpune, die an seinem Werkzeuggürtel hing. Entschlossen schoss er den messerscharfen Dreizack der Harpune in die Außenwand. Wenig später rutschte er über die Kante der Tragfläche hinaus.

„Bitte halte!", betete er und schaute zur Seilwinde, die sich rasend schnell abspulte.

Das lange elastische Kunststahlseil spannte sich und zerrte mörderisch am Gürtel seines Raumanzuges, so dass er kaum noch Luft bekam. Die wirkenden Fliehkräfte glichen einer Zentrifuge. Wullfs eigene Körpermasse verstärkte die Fliehkraft. Während das Schiff die Ausrichtung um die eigene Längsachse vollzog, schleuderte Wullf in einem weiten Bogen um die Explorer herum.

Mit dem Gegenschub des Bremsmanövers endete die Rotation der Explorer. Nicht jedoch Wullfs Martyrium.

Erst Sekunden später, als sich das Seil um das halbe Schiff geschlungen hatte, sah er den Schmerz kommen.

„Nein, nein, nein, nein!" Abwehrende Stützhaltungen brachen nur jeden Knochen. Wullf verschränkte die Arme vor seinem Körper. Dann schlug er mit voller Wucht auf dem Mitteldeck auf. Die Explorer kam zum Stillstand. Seiner Sinne beraubt, schwebte Wullf regungslos an der äußeren Kante der Tragfläche.

Null-Linien

Susannah rannte durch das ganze Schiff. Deck um Deck, Sektion für Sektion hechtete sie mit nur einem Gedanken zur Kryohalle I, zur medizinischen Station.

Ein schrilles, unüberhörbares Alarmsignal schmerzte ihr im Ohr, ein grauenhaftes Gefühl drückte im Bauch und eine schreckliche Vorahnung durchbohrte ihre Gedanken. Steven. Dieser Alarm konnte nur eines bedeuten.

„Was ist los, Sue? Was hat der Alarm zu bedeuten?", rief ihr Caren besorgt nach. Barrow, Braun und Rivetti folgten Susannah, der die Angst ins Gesicht geschrieben stand.

„Vielleicht ist es nur ein Fehlalarm", sagte Barrow besorgt. Susannah schüttelte den Kopf und öffnete die Verbindungstür zur Kryohalle. Unermüdlich trieb ihr Herzschlag ihren Blutdruck in schwindelerregende Höhe. Doch alles schien in bester Ordnung. James beugte sich in diesem Moment über Steven, um seinen Zustand zu überprüfen.

„Ist er okay?", keuchte Susannah aufgeregt und kam dichter herangelaufen.

„Ja, was ist denn los? Was hat der Alarm zu bedeuten?", fragte Stevens Vater aufgebracht.

„Ich dachte, es wäre was mit ihm." Susannah fing sich wieder, als sie zum nächsten Gedanken sprang. „Irgendetwas stimmt…"

Susannah rannte zu nächstgelegenen Konsole und aktivierte die Sensoren der Biochipimplantate, die jeder an Bord in sich trug.

„Komm schon!", rief sie ungeduldig. Mit einem Blick überflog Susannah die 21 Datenblätter der Besatzungsmitglieder. In tabellarischen Anordnung und medizinischer Präzision zeigte ein großer Monitor sämtliche

Vitaldaten aller Menschen an Bord. Ein Blick genügte, um sich an vergangene Ereignisse zu erinnern. Längst waren sie nicht mehr vollzählig. Zu viele Null-Linien beherrschten das Zentrum des Bildschirmes. Miller, Wheeler, Carter, Stone.

Aber es waren nicht nur vier, es waren schon fünf Menschen, die keine Lebenszeichen mehr von sich gaben.

„Seht! Der Professor!", schrie Caren auf und hielt sich voller Entsetzen die Hände vor den Mund.

„Das muss ein Fehler sein", beharrte Barrow. „Ich hatte ihn vorhin …" Plötzlich erinnerte sich Barrow. „Dieser Idiot!"

Susannah schaltete den markdurchdringenden Alarm ab. „Computer, lokalisiere Professor Arkov, Jaros Kaspar. Identitätsnummer AJK19."

IVI: „Scann negativ. Signalkontakt negativ. Professor Arkov befindet sich nicht an Bord der Explorer."

„Was? Wo ist er?" Caren sah zu Barrow, der sich einem Fenster näherte.

„Wie hoch ist die Reichweite der Biochips?", fragte Braun mit rauer Stimme.

„Hier draußen praktisch unbegrenzt. Das sind Hochleistungssender. Irgendetwas muss sein Signal stören", meinte Susannah aufgebracht.

„Das glaub ich nicht." Braun hatte eine Vorahnung. „Es wird nicht gestört. Es wird verschluckt. Ich weiß, wo er ist."

„Das kapier ich nicht! Wo soll er sein?", fragte Susannah.

„Er ist draußen", sagte Barrow kurz und leise. Alle sahen ihn an und wussten, dass er Recht hatte. Braun nickte, denn er ahnte, dass es stimmen musste.

„Er hatte mich um Hilfe gebeten, den Hauptspiegel auszufahren. Ich dachte nicht, dass er … Ich meine, woher sollte ich wissen, dass er …"

„Herrgott! Warum haben Sie uns das nicht gesagt?", wütete Rivetti los. „Die Antenne, stimmt's? Dieser Narr! Das konnte er doch unmöglich allein …"

„Fehlt sonst noch jemand?", fragte Braun schnell und sah sich um. Plötzlich ertönte ein neuer Alarm, Wullfs Vitaldaten blinkten.

„Oh nein, Aaron!" Rivetti machte sich große Sorgen.

„Wo ist er?", rief Susannah und starrte auf sein Datenblatt, das allen Grund zur Beunruhigung zeigte. Sein Blutdruck sank rapide.

Das EEG schloss auf Bewusstlosigkeit hin, es zeigte nur noch minimale Hirnstromaktivitäten.

„Er muss in der Nähe sein", rief Braun und rannte zum nächsten Fenster an Steuerbord. Rivetti lief zur anderen Seite.

„Computer, lokalisiere Wullf, Aaron. Identitätsnummer WAB09", hatte Susannah eine bessere Eingebung.

„Scann positiv. Signalstärke 97 Prozent. Master Sergeant Wullf befindet sich nicht an Bord der Explorer." Eine Schiffsgrafik zeigte die genaue Position des Marines.

„Er ist auf der Backbordseite, mittschiffs an der Tragfläche", rief Susannah und rannte zum nächsten Fenster der betreffenden Seite.

„Da, ich sehe ihn", rief Rivetti aufgebracht und zeigte hinaus. „Das sieht nicht gut aus. Wir müssen ihn sofort reinholen."

„Sie hätten uns Bescheid sagen müssen, was Arkov vorhatte!" Brauns kühle Kritik war direkt, als sei das Schicksal Wullfs und Arkovs schon beschlossene Sache.

„Woher sollte ich wissen, wie weit er gehen würde?", versuchte sich Barrow zu verteidigen. Doch Braun sagte vermutlich die Wahrheit. Diese kleine Nachlässigkeit hatte vielleicht zwei neue Opfer gefordert.

Frachtraum 1, Steuerbordschleuse, Mittelsektion, C-Deck
Im Frachtraum war die Hölle los.

„Schnell, die Trage hierher!", rief Rivetti und traf sämtliche Vorbereitungen zur Reanimation. Der Boden war gesäumt von diversem medizinischem Plunder. Container, Kisten, Decken, Defibrillator.

Rivetti prüfte die Medikamente und legte fertige Spritzen und Infusionen bereit.

„Wieso waren die da draußen, zum Teufel? Wer hat das angeordnet?", fragte Bone aufgeregt, als er begriff, dass er den Unfall verursacht hatte.

„Fragen Sie das lieber Mister Barrow. Oder Arkov, wenn er noch lebt", antwortete Rivetti gereizt.

Bone schaute durch die Schleuse hinaus und beobachtete zwei Gestalten, die eine dritte von der Tragfläche bargen.

„Wer ist da draußen?"

„Braun und Van Heusen", antwortete Rivetti.

„Und wer ist der Dritte?"

„Wullf! Tun Sie nicht so, als wüssten Sie es nicht längst!"

Rivetti stand auf und blickte Bone verächtlich in die Augen, als sei er schuld an dem Debakel.

„Ich wusste es nicht! Wir hatten keine Ahnung, genauso wenig wie Sie! Okay? Also regen Sie sich ab und sagen Sie mir, was los war!"

„Arkov hat die Hauptantenne ausgefahren, um mehr Daten vom Schwarze Loch zu empfangen. Den Rest können Sie sich doch selbst vorstellen."

„Wieso hat er nichts davon gesagt? Er wusste doch, dass wir uns startklar machen: Hier kann doch nicht jeder machen, was er will! Wo ist der verrückte Spinner?"

„Was denken Sie denn? Den haben Sie auf dem Gewissen!"

Bone sah in Rivettis weit aufgerissene Augen. Ihr Blick war so endgültig, voller Trauer. Erst jetzt realisierte er, was Arkov widerfahren war. Bone schaute abermals hinaus und schluckte.

„Verdammt! Lebt er noch?"

„Woher soll ich das wissen. Sein Biochip sendet nicht mehr."

Sensorenphalanx & Hauptcomputer, B-Deck

Von Schuldgefühlen geplagt, versuchte Barrow verzweifelt, die Leistung der Sensoren zu verstärken. Caren sah ihm über die

Schulter, konnte jedoch nicht nachvollziehen, was er da in den Konfigurationssystemen des Schiffes trieb.

„Was tun Sie da?", fragte sie neugierig.

„Wir müssen ihn finden. Wir brauchen ihn oder wir kommen hier nie mehr weg." Barrow wechselte rasch von einer Station zur nächsten. Über ein Sternensuchraster horchte er nach und nach die einzelnen Frequenzen ab. Planquadrat für Planquadrat. Seine Bemühungen schienen aussichtslos, doch er kämpfte, als ginge es um sein eigenes Leben. Lärm erfüllte die Sektion, so dass man es schon am ganzen Körper spüren konnte. Obwohl nur lautes Rauschen zu hören war, tanzte der Lautstärke-Pegel bereits am Schmerzlimit. Caren sah auf den Masterregler, der auf maximale Power stand. Das kleinste Signal, ganz gleich ob kosmisch oder menschlich, konnte in dieser Signalstärke zu dauerhaften Hörschäden führen. Noch ein paar Dezibel mehr und Schallwellen könnten sogar töten.

„Wollen Sie uns umbringen?" Caren regelte die Lautstärke auf ein erträglicheres Maß herunter.

„Wir müssen ihn finden." Barrow meinte es ernst und war sichtlich verbittert. „Das wollte ich nicht."

„Wir werden ihn finden, aber mit anderen Mitteln.", machte sie ihm Mut. „Warum nutzen Sie nicht die Computer? Das geht doch viel schneller."

„Das hab ich schon. Das System konnte nichts finden. Vielleicht kann ich ihn hören. Ich weiß, er ist noch nicht tot. Ich habe gute Ohren." Barrow wandelte am Rand der Verzweiflung.

„Nicht mehr lange, wenn Sie so übertreiben. Jeder macht Fehler. Diesen hat Arkov begangen, nicht Sie." Caren machte ihm keine weiteren Vorwürfe und versuchte ihn zu beruhigen. „Sagen Sie mir, wie ich helfen kann. Wir sollten den Scan wiederholen."

Caren blickte zu den Biochips an der gegenüberliegenden Wand. Die Anzeigen waren eindeutig und ließen kaum Grund zur Hoffnung.

Arkovs Vitaldaten zuckten keinen Millimeter, keine Amplitude, kein Herzschlag, nur Null-Linien. Auch Wullfs Zustand war äußerst kritisch. Wenn er nicht sofort medizinisch versorgt würde, käme auch für den sanften schwarzen Riesen, den sie von allen Marines am meisten mochte, jede Hilfe zu spät.

Frachtraum 1, Steuerbordschleuse, Mittelsektion, C-Deck
Ungeduldig warteten alle, dass sich endlich die Tore schlossen. Gleichmäßig huschte ein greller, roter Lichtblitz über die angespannten Gesichter. Es war die Signalleuchte der offenen Schleuse, die eine fast hypnotische Wirkung besaß. Dann endlich traten Braun und Van Heusen in die Schleuse und legten Wullfs regungslosen Körper ab.

Es war wohl Braun, der kurz gegen das Glas des inneren Schleusenfensters schlug und ein Handzeichen gab. Bone zögerte nicht lange und schloss das äußere Tor, um sofort mit dem Druckaufbau zu beginnen.

„Wie ist sein Zustand? Sind Verletzungen zu erkennen oder ist sein Anzug beschädigt?", fragte Rivetti über das Intercom.

„Wir können nichts erkennen", antwortete Van Heusen. Der Druckausgleich begann mit einem zunehmend lauten Zischen. Luft füllte den leeren Raum der Schleuse und die künstliche Schwerkraft zerrte wieder an ihren Gliedern. Nun waren Wullfs stolze 125 Kilogramm nicht mehr so leicht zu bewegen.

„IVI, Schwerkraftfaktor 0,3", keuchte Bone ins Intercom.

IVI: „Bestätigt. Schwerkraft verringert."

„Legt ihn vorsichtig auf der Trage ab."

„Mann ist der immer noch schwer", stöhnte Van Heusen. Auch Bone und Vandermeer packten mit an, um seinen Rücken gerade zu halten. Alle waren der verringerten Gravitation dankbar.

Rivetti schlängelte sich durch die großen Männer, die mit ihren Raumanzügen noch größer wirkten, als sie es von Natur aus schon waren.

Schnell scannte sie Wullfs Lebenszeichen und verglich sie mit den Daten des Biochipsensors.

„Die Daten sind korrekt. Nehmt ihm vorsichtig den Helm ab!"

Vorsichtig entfernte Braun den Helm, während Van Heusen seinen Kopf stabilisierte und nach hinten legte.

„Er ist bewusstlos. Wir müssen den Anzug öffnen und den Gürtel lockern. Macht seinen Oberkörper frei!" Rivetti beobachtete die Daten, die sich langsam zu normalisieren begannen.

„Was ist mit ihm?", fragte Braun besorgt, als auch Susannah den Frachtraum betrat. Sofort machten alle Platz und traten einen Schritt zurück.

„Wie ist sein Zustand?", fragte sie mit fachlicher Neugier.

„Gut, soweit ich erkennen kann. Er ist bewusstlos. Bis auf einige Blessuren und eine Quetschung an der Hüfte hat er Glück gehabt. Keine ernsten Verletzungen", antwortete Rivetti erleichtert.

„Was für ein Muskelberg. Ich staune jedes Mal wieder. Wäre er nicht so kräftig gebaut, wäre es vielleicht anders ausgegangen." Susannah scannte ihn auf innere Verletzungen.

„Er war schon immer hart im Nehmen", freute sich Isabell.

„Wir sollten ihn zur Beobachtung auf die Station bringen", fügte Susannah hinzu. Braun stockte kurz und hielt sie fest.

„Warten Sie! Können Sie ihn wecken? Wir müssen wissen, was passiert ist."

„Gut. Es spricht nichts dagegen. Isabell, wecken Sie ihn auf!", stimmte Susannah zu.

Rivetti griff zu einer Packung und entnahm ein kleines gelbes Röhrchen, knickte es mit den Fingern und hielt es an seine Nase. Es war eines dieser neurotoxischen Zaubermittel mit positivem Nebeneffekt, das sogar Elefanten aus der Narkose erwecken konnte.

Betrübt sah Susannah zu, wie schnell Wullf wieder zur Besinnung kam. Wenn es doch nur immer so einfach wäre.

Ihre Gefühle fuhren erneut Achterbahn, während ihre Augen ins Leere entgleisten. Sie dachte an Steven, wie so oft. Komata ließen sich nicht so einfach behandeln.

Plötzlich erwachte Wullf so heftig wie unerwartet, griff sich zielsicher Bone und zog ihn zu sich heran. Völlig überrumpelt, sah sich Bone einer unkontrollierten Kraft ausgesetzt. Entschlossen ballte Wullf seine Hand zu einem Vorschlaghammer und wollte gerade ausholen, als Braun und Van Heusen seinen Arm packten. Die Hilfe kam zur rechten Zeit. Wullfs roher Gewalt vermochte Bone nichts entgegenzusetzen.

„Immer mit der Ruhe, Sergeant. Beruhigen Sie sich! Alles ist in Ordnung", stemmte sich Braun über den Riesen.

„Aaron, du hast uns vielleicht einen Schrecken eingejagt", unterstützte ihn Rivetti schnell und hoffte die Situation zu entspannen. „Du kannst ihn jetzt loslassen!"

Doch noch immer hielt Wullf Bones Kragen fest und lies keinen Anschein einer Amnesie aufkommen. Er konnte sich an alles erinnern.

„Was sollte das Manöver? Wollten Sie uns umbringen? Hatten Sie das vor?" Wullf knurrte förmlich und schloss seine Hand noch fester. Mit finsterem Ausdruck starrte er Bone in die Augen, bereit, jeden Moment zuzuschlagen.

„Sergeant! Halten Sie sich zurück! Das war keine Absicht. Niemand wusste, dass Sie draußen waren", stellte Braun klar.

„Bullshit! Tun Sie nicht so, als hätten Sie es nicht gewusst!", schrie Wullf Bone voller Wut ins Gesicht.

„Hey, es tut mir leid. Es war weder meine noch Ihre Schuld! Sie sollten sich beim Professor bedanken."

„Das stimmt, Aaron. Lass ihn los! Er sagt die Wahrheit", rief Rivetti ihn zur Räson. Sie war schon immer Wullfs innerster Ruhepol gewesen. Nur zögerlich trennten sich die kräftigen Finger vom Hals des stellvertretenden Commanders. Vermutlich wäre es Wullf ein Leichtes gewesen, seine Kehle mit nur einer Hand zu zerquetschen.

„Was ist mit Arkov? Wo ist er? Konnten Sie ihn retten?",
fragte Wullf unsicher. Doch ein einziger Blick in die langen
Gesichter verriet ihm, was er schon ahnte. „Also nicht", seufzte
er kurz.

„Was hatten Sie da draußen zu suchen? Was ist passiert?",
forderte Braun eine Erklärung.

„Was denken Sie denn? Die Tragfläche hat ihn voll erwischt.
Er wurde weggeschleudert. Ich konnte mich in letzter Sekunde
mit der Harpune retten, sonst wäre ich auch erledigt. Der Alte
hatte nicht die geringste Chance. Er war nicht mal angeleint."

„Er war nicht gesichert?" Rivetti verstand es nicht.

„Verdammte Scheiße!", fluchte Wullf verbittert „Er wollte
nicht auf mich hören. Er wollte nicht…"

Niedergeschlagen, erschöpft und mit starken Schmerzen in
der Seite schämte sich Wullf sichtlich, dass er den alten Mann
nicht hatte retten können. Er sah in Vandermeers Augen, die
ihn ohne ein einziges Wort verurteilten.

„Was!", brüllte Wullf. „Sag laut, was du denkst! Keiner von
euch war da draußen. Ich habe keine Schuld!"

„Ich hab doch gar nichts gesagt!", bäumte sich Viktor
verteidigend auf.

Erneut versucht Rivetti den schwarzen Riesen zu beruhigen
und mäßigte Vandermeer mit einem einzigen strafenden Blick.
Sie beugte sich nieder.

„Niemand macht dir Vorwürfe. Alles kommt wieder in
Ordnung. Wir finden ihn schon." Rivetti sah sich um und
hoffte auf zustimmende Gesten. „Wir müssen ihn finden.
Vielleicht lebt er noch."

„Barrow ist schon dran. Er versucht sein Signal zu orten."

„Bringen wir ihn auf die Krankenstation. Wir können
momentan nichts für den Professor tun. Können Sie laufen,
Sergeant?" Susannah streckte ihm den Arm aus. Wullf zog sich
mühsam hoch, während ihn Rivetti und Braun stützten.

„Ich verstehe nicht, warum er niemandem Bescheid gesagt hat. Warum hat er das getan?", fragte Wullf. Immer wieder spielten sich die verhängnisvollen Bilder in seinem Kopf ab.

„Er dachte wohl, wir würden es nicht mehr zulassen, was auch immer er vorhatte, und starten", dachte Braun laut.

„Und, hatte er recht?" fragte Wullf leise.

Braun nickte achselzuckend. Er wusste die Antwort selbst nicht mehr.

„Wenn wir bleiben, werden wir sterben."

„Das werte ich als ein Ja. Dann haben Sie ihn auf dem Gewissen."

Irgendwo draußen im Weltraum
Bewegungslos schoss Arkov seinem Ende entgegen. Schon seit gut zwei Stunden näherte er sich lautlos dem unwiderstehlichen Giganten, der fortlaufend an seinem Körper zog. Vermutlich konnte er sich keinen schöneren Tod vorstellen, war es doch der Traum eines jeden Wissenschaftlers, solch ein Objekt aus dieser Nähe direkt spüren zu können. Doch es sollte noch viel schlimmer kommen, als er es sich hätte vorstellen können. Heftige synaptische Nervenimpulse, starke innere Schmerzen durchzuckten seinen Körper und entrissen ihn nach und nach aus der friedlichen Bewusstlosigkeit. Es war schwer zu sagen, ob er den Wachzustand oder die Bewusstlosigkeit bevorzugt hätte, wüsste er, was ihm noch bevorstand. Jeder Knochen schmerzte. Nur vage konnte er sich an den Hieb der Tragfläche erinnern. Seine Augen brannten wie Feuer.

Nur mühsam öffneten sich die faltigen Augenlider und gaben die Sicht auf die Leere frei. Seine einst strahlenden, stahlblauen Augen waren einem Mischmasch aus blassem Blau und Grau gewichen. Er war nicht der eitle Typ und hatte sich schon lange nicht mehr im Spiegel betrachtet, doch in dem Moment, als er seine Augen öffnete, starrte er in sein fahles, verzerrtes Ebenbild.

Vom Aufprall mit der Tragfläche schwer beschädigt, flimmerte die innere Helmbeleuchtung auf nervtötende Weise in unregelmäßigen Abständen. Blendend hell beleuchtete sie sein blutverschmiertes Gesicht und spiegelte es im angesprungenen Glas des Schutzvisiers. Wäre er nicht im Weltraum, sondern stattdessen in 500 Meter Tiefe im Meer, hätte ihm der Druck längst den Helm zermalmt. Wenn es die Tragfläche schon nicht vollends vollbracht hatte, das Visier zu zerstören, so würde es der niedrige Druck in seinem Anzug auch nicht schaffen. Noch hielt das Glas.

Hilflos ruderte er mit den Armen, als er zunehmend begriff, wo er sich befand. Angestrengt versuchten seine Augen den Hintergrund jenseits des Glases zu fokussieren, doch da war nichts. Nur ab und zu huschte ein helleres, verschwommenes Sternenbild vorüber.

Als er wieder in sein Gesicht blickte, erkannte er, wie schlecht es um ihn stand. Schmerzverzerrt, blass und blutverschmiert starrte er in seine eigenen riesigen Pupillen.

„Aaaargh", schnaufte er mühsam. „Mayday! Hört mich jemand?"

Arkov würgte, als er spürte, wie sich seine Speiseröhre langsam mit seinen Magensäften füllte. Der Pegel stieg von Sekunde zu Sekunde. Die Bewusstlosigkeit, das Schwindelgefühl, die inneren Verletzungen und die brutalen Kräfte, die seinen Körper streckten, spielten ihm einen gefährlichen Streich. Ehe er sich versah, erbrach er seinen gesamten Mageninhalt in einer schmierig sauren, blutigen und widerlichen Konsistenz in seinen Helm. Solch ein Missgeschick bedeutete höchste Lebensgefahr, da er an seinem eigenen Erbrochenen zu ersticken drohte. Sofort pumpte ein Notsystem die angerichtete Sauerei ab. Das ohnehin eingeschränkte Sichtfeld wurde von der stinkenden Brühe nur noch trüber. Er würgte erneut.

„Orgh, zum Kotzen. So ein Mist", röchelte der Professor und versuchte vergeblich, das Visier mit seinen Händen zu säubern.

„Visier reinigen!", beauftragte er den Computer seines Anzuges, doch es tat sich nichts. Dann tastete er seinen Arm ab, um den Anzug über die Steuereinheit manuell zu bedienen.

Angestrengt versuchte er, die viel zu kleinen Anzeigen auf dem Display zu entziffern. Sein Alter und die verschmierte Sicht machten es nicht einfacher, die richtigen Einstellungen zu treffen. Ein falscher Handgriff könnte seinen Sauerstoffvorrat oder sein Jetpack ausklinken.

„Verflucht, wo ist dieser verdammte Knopf?" Nicht raus sehen! Nicht übergeben! „Reiß dich zusammen!", dachte er laut.

Plötzlich klarte sich die Sicht vor seinen Augen. Das Reinigungsprogramm arbeitete wie befohlen und säuberte sein Visier. Es war ein kleiner Triumph.

Arkov konnte sich ein kurzes Lächeln nicht verkneifen.

„Kommt schon, holt mich zurück! Nur nicht wieder schwindelig werden. Wie funktioniert das verflixte Teil?"

Mühsam experimentierte Arkov mit den Schubdüsen seines Jetpacks, um dem Trudeln ein Ende zu bereiten.

„Nein, nein, nein … zu viel … nach links ... wie dreh ich mich? Also entgegengesetzter Schub. … Und stopp."

Nach mehreren Versuchen hatte Arkov seine Bewegung endlich unter Kontrolle. Ein prüfender Rundumblick versetzte ihn gleich den nächsten Schock. Von der Explorer war weit und breit keine Spur. Ohne helle Außenlichter oder eine strahlende Sonne war sie praktisch unsichtbar. Sie konnte überall sein. Stattdessen schien sich das ganze Universum um ihn herum zu drehen.

„Oh Gott, wo seid Ihr? Schon so weit weg." Dann schwieg er. Er wusste, was bald geschehen würde und wo er sich befand. Die Sterne zogen schon zu schnell an ihm vorüber. Das konnte nur eins bedeuten.

Er war kurz davor, in die Ergosphäre einzutreten und begann die weite elliptische Umlaufbahn der Explorer zu verlassen. Er war allein.

Dann kehrte er seine Sicht in Fallrichtung. Vor ihm erstreckte sich vollkommene Finsternis ohne einen einzigen Bezugspunkt.

„Großer Gott! Denk nach! Denk nach!" Erneut prüfte er seine Steuereinheit und checkte den verbliebenen Treibstoff und Sauerstoff. Er holte tief Luft und hielt den Atem an.

„Das war's dann wohl."

Sensorenphalanx & Hauptcomputer, B-Deck

Die Gemeinschaft schien in zwei Lager gespalten. Was konnte der Grund dafür sein, dass man das eigene Leben über das eines anderen stellte? Zu groß war die Angst vor dem Tod, wenn doch eine Chance bestand, ihm zu entfliehen. Warum also einen Schritt auf den Sensenmann zugehen, wenn man auch zurücktreten konnte? Laute Stimmen durchdrangen das halbe Schiff, so dass jeder an Bord die Diskussion hätte verfolgen können. Nicht jeder war ehrlich mit sich selbst. Die Meinungen der Diskussion waren durchtränkt von Egoismus, Vernunft, Angst und Menschlichkeit. Welche Seite hatte Recht? Welche Seite sollte über das Schicksal der anderen bestimmen. Eine Entscheidung stand bevor, keine geringere als die Wahl zwischen Leben oder Tod.

Auf Deck B in Sektion I wurde es eng. Noch immer gab Barrow alles Mögliche, um die Position des Professors ausfindig zu machen. Auch Bone, Caren und der Admiral halfen bei der Suche, wo sie nur konnten. Die Opposition meuterte indessen mit verschränkten Armen. Wahrscheinlich hätte Arkov nichts anderes von den Marines erwartet. Besonders Weißberg machte seiner Angst entschieden Luft.

„Der Alte hat sich die Scheiße selbst eingebrockt. Wenn wir ihn holen, gehen wir alle drauf! Sehen Sie das endlich ein!"

165

Bone ignorierte die Worte und suchte unbeirrt weiter, als Colonel Braun näher trat. Er ging es etwas ruhiger an.

„Arkov hat es selbst gesagt. Mit jedem Kilometer, den wir uns dem Schwarzen Loch nähern, vergrößert sich die Fluchtgeschwindigkeit, die wir aufbringen müssen, um zu entkommen. Das waren seine Worte. Das Risiko ist zu groß!"

„Darüber diskutieren wir nicht, Colonel! Niemand wird im Stich gelassen. Das ist mein letztes Wort!"

Barrow wurde immer nervöser und verzweifelter.

„Ich weiß nicht, wo ich suchen soll. Er kann überall sein. Vielleicht suchen wir an der falschen Stelle."

„Suchen Sie weiter! Er muss da draußen sein. Wir finden ihn.", sprach ihm Admiral Cartright Mut zu. Braun schüttelte verständnislos den Kopf, kniff die Augen zusammen und wurde deutlicher.

„Admiral, sagen Sie etwas dazu! Das können Sie nicht zulassen! Sie können das Leben eines Einzelnen nicht über das von uns allen stellen! Herrgott, es gibt nicht mal ein Lebenszeichen."

„Er ist doch schon längst erledigt. Was glaubt Ihr denn, welche Chancen er hat. Sein Sauerstoff wird nicht ewig reichen."

Vandermeer sprach es mit nüchterner Brutalität aus, was auch andere dachten. Seine Zeit lief erbarmungslos ab, ob sie wollten oder nicht. Doch Barrow war anderer Meinung.

„Sie sollten einsehen, dass wir es versuchen müssen. Falls er noch lebt, werden wir alles tun, um ihn zu retten."

„Dann kann ich nur hoffen, dass Sie nichts finden."

Vandermeer setzte sich und ignorierte die verächtlichen Blicke, die er erntete. Er hatte seinen Standpunkt unmissverständlich klargemacht.

„Ich sag es ungern, aber ich denke genauso", stimmte Braun Viktor vollkommen zu.

„Von dem bin ich nichts anderes gewohnt. Aber von Ihnen, Colonel. Ich hätte Sie anders eingeschätzt." Bone klang maßlos enttäuscht.

„Tja, dann hab ich Sie wohl genau richtig eingeschätzt", fügte Susannah abwertend hinzu, als sei ihr die Existenz des Colonels ebenso egal. „Wie würden Sie reagieren, wenn es einer Ihrer Männer wäre? Ich dachte, Sie hätten ihre Lektion schon gelernt." Susannah erwartete eine Antwort.

„Dann würde ich genauso handeln. Diese Umstände erfordern besondere Maßnahmen. Ich würde jeden zurücklassen, wenn es um das Überleben der gesamten Truppe geht. Freunde, Brüder, jeden! Sogar mich selbst! Sie sollten den Unterschied erkennen, was möglich ist und wo das reinste Himmelfahrtskommando beginnt."

„Genau! Das ist glatter Selbstmord!", bekräftigte Weißberg seine Meinung, der schlichtweg Angst um sein Leben hatte. Auch Van Heusen und Vandermeer stimmten Weißberg ausnahmsweise zu.

Braun hingegen vertraute seinem Instinkt und darauf, dass auch die restliche Mannschaft zur Vernunft kommen musste. Er hatte gelernt, Gefahren richtig einzuschätzen.

„Um noch einmal auf Ihre Frage zurückzukommen. Gewöhnlich lassen wir niemanden zurück. Wenn ICH jedoch den Fehler selbst verschuldet hätte, würde ich es ganz allein versuchen, diesen Mann zu retten. Das wäre in diesem Fall IHR Part, Mister Roddam", blickte er dem stellvertretenden Commander vorwurfsvoll entgegen. Bone schwieg.

Plötzlich hob Barrow aufgeregt seine Hand.

„Kommt her! Ich hab hier was. Es ist schwach, aber er könnte es sein." Alles rannte zu seinem Platz und beobachtete den Bildschirm, auf dem sich schwache Signale abzeichneten.

„Entfernung?", rief Bone gefasst.

„Das Signal fluktuiert. Es scheint ein Echo zu geben. Die Signalstärke ist nicht stark genug", antwortete Barrow.

„Dann verstärken Sie das Radar. Maximale Leistung!"

„Wir sind bereits auf Maximum."

„Holen Sie alles raus, was Sie können! Woher wussten Sie, dass er dort ist?"

„Ich dachte mir, es kann nicht schaden, wenn ich das Suchfeld erweitere. Wenn Arkov schon dichter dran ist, muss er eine engere Umlaufbahn besitzen. Jetzt kommt es klarer rein! Entfernung, Moment … 28 Grad Steuerbord und 362 Kilometer voraus."

„Chad, versuchen Sie die Sensoren zu bündeln. Vielleicht können wir die Biodaten auslesen oder Funkkontakt herstellen."

„Moment mal." Barrow hielt inne. „Das kann nicht sein. Die Masse des Kontaktes beträgt 1,8 Tonnen."

„Tssssss. Na toll, Sie haben das alte Triebwerk im Visier. Geben Sie's auf! Er …" Vandermeer versuchte wie alle an Bord seine Müdigkeit zu verdrängen und rang um Luft. Keiner hatte die letzten 24 Stunden Zeit zum Schlafen gefunden. Übermüdet gähnte er und konnte seinen Schlafmangel nicht mehr verbergen. „Er ist längst tot."

„Sind Sie nun zufrieden?", fragte Bone erschöpft und blickte zum Colonel auf.

„Sie irren, wenn Sie denken, dass ich Arkov den Tod wünsche. Ich wünschte, er wäre an Bord, und zwar lebend. Dann könnten wir endlich mit dem russischen Roulette aufhören und uns in Sicherheit bringen. Mehr will ich nicht."

„Dann setzen Sie sich ans Steuer und fliegen uns hier raus. Ich rühre keinen Finger, solange wir nicht wissen, ob er noch lebt oder tot ist. Suchen Sie weiter, Chad!"

Minuten vergingen. Die Atmosphäre im Raum war so angespannt, dass ein kleiner Funke ausgereicht hätte, die Luft zu entzünden. Alle warteten, dass Barrow ein weiteres Signal empfing. Die Stille wurde unerträglich. Die mühsame Suche schien ewig zu dauern und das Piepen und Surren der Sensoren zerrte an allen Nerven.

Vandermeer plagte ein schlechtes Gewissen. Geistesabwesend ging er auf und ab. Als es niemand mehr erwartete, sprang Barrow vom Stuhl.

„Ich hab ihn! Neuer Kontakt. Das muss er sein!"

Irgendwo draußen im Weltraum

Arkov raste unter dessen immer schneller seinem Untergang entgegen. Seine glasigen Augen starrten leer und verloren in die eigene Vergangenheit. Er atmete flach. Tief in Gedanken versunken, erinnerte er sich an die schönsten Momente seines Lebens. Mathilda. Zu lange hatte er sie nicht mehr gesehen. Sie war die Liebe seines Lebens gewesen, bis…. Er lächelte kurz, blinzelte und blickte auf die Steuereinheit. Schmerzen zerrten ihn aus dem Delirium.

„Mayday, hört mich einer? Wo seid ihr?", unternahm er einen weiteren Versuch, auf sich aufmerksam zu machen. „Mayday, könnt ihr mich hören?" Seine Kräfte schwanden. Er musste sie schonen. Erneut drifteten seine Gedanken ab.

Eigentlich sollte er sich nicht beklagen. Je länger er sein Leben Revue passieren ließ, umso friedlicher wurde sein Wesen. Was hatte er nicht alles erreicht, ausgiebig in vollen Zügen gelebt und geliebt. Mathilda. Sie war sein Sommer, sein Sonnenschein. Er gehörte zu den obersten 10.000. Keine Tür war ihm verschlossen geblieben. Er hatte Privilegien genossen, von denen andere Menschen nur hatten träumen können. Seine Forschung und sein Name würden für alle Zeiten bestehen. Und nun stand ihm ein krönender, phänomenaler Abgang bevor, mehr als er sich je erträumt hatte. Wie oft hatte er schon über den Tod und den passenden Ort seiner verwehenden Asche nachgedacht. Schon als er 30 Jahre alt war, damals, als er promovierte und seinen dritten Doktor machte, vielleicht sogar weit früher als Kind. Zeiten, in denen er Angst hatte, die Zeit würde ihm zu schnell davonlaufen, ohne seine Träume erfüllt zu haben. All das war schon lange her.

Arkov war zufrieden mit seinem Leben und sah der Gefahr mit einer gewissen Faszination entgegen.

Welcher Mensch konnte schon von sich behaupten, in ein Schwarzes Loch gefallen zu sein. Okay viele. Aber in eine echte Singularität? Er konnte sich auch andere jämmerlichere und finsterere Todesursachen vorstellen. Sinnloser, banaler. Wie oft war er nur knapp einem Unfall entronnen? Im Auto oder bei einem seiner zahlreichen Experimente. Es gab heimtückische Krankheiten, die den körperlichen und seelischen Ruin bedeuteten. Er hatte viele Frauen geliebt, gut gelebt und noch mehr riskiert. Dieser Tod, sein Tod, war ein Geschenk und seiner würdig.

Doch so sehr er sich anstrengte, seiner Situation etwas Gutes abzugewinnen, stellte sich ein bitterer Nachgeschmack ein. Nein, es war mehr als nur das. Er war wütend, wütend auf sich selbst.

Er hatte die bedeutendste Möglichkeit seines Lebens verspielt. Warum hatte er nur einen so folgenschweren Fehler begangen? Wer sollte nun die Aufzeichnungen machen? Offenbar wussten die anderen nicht einmal, was passiert war, sonst wäre er jetzt nicht in dieser deprimierenden Situation. Seine Gedanken brachten ihn fast um den Verstand. Ein Meer von Fragen tat sich vor ihm auf, denen allen er eine Antwort schuldig war. So viele Fragen, so wenig Zeit.

Erneut blickte er auf seine Anzeigen. Der tiefe Fall ins Schwarze Loch nahm kein Ende. Vermutlich würde er eher ersticken, bevor die eigentliche Show begann. Oder wie Spaghetti in die Länge gezogen, wie es andere Wissenschaftler vermuteten. So wollte er nicht enden.

„Mayday, könnt ihr mich hören?", versuchte er nochmals über Funk. Sein Hals schmerzte schrecklich. Er wusste, dass Sprechen seine Zeit nur verkürzen würde, doch das Schweigen entsprach ihm nicht. Gerade als er seinen letzten Beschluss fasste, knackte es in seinem Ohr. Das Rauschen wurde von vertrauten Geräuschen abgelöst.

Die Stimmen klangen verzerrt und erreichten ihn in einem viel zu schnellen Tempo, als würden sie in einer zu hohen Frequenz übertragen.

„Professor, hören Sie uns? Wir haben Sie auf dem Schirm. Können Sie uns hören, Arkov? Bitte, antworten Sie", rief eine männliche Stimme, die er kaum erkennen konnte.

Arkov nahm seine letzten Kräfte zusammen, überwand die Schmerzen und wollte gerade antworten, als er wieder Stimmen hörte. Sie ließen ihn nicht mal zu Wort kommen.

„Jaros, melden Sie sich! Antworten Sie! Wir haben Sie auf dem Bildschirm. Kommen Sie, alter Freund."

Die Stimmen klangen fremd, doch nun wusste er, wer zu ihm sprach.

„James. Ich höre Sie. Wurde auch Zeit. ... Wo seid Ihr? Geht es Sergeant Wullf gut?", fragte Arkov mit geschwächter Stimme.

Sensorenphalanx & Hauptcomputer, B-Deck
Die Euphorie über das empfangene Lebenszeichen hielt sich in Grenzen. Noch immer hatten sie keine eindeutige Nachricht vom Professor erhalten. Besorgt beobachtete Susannah die Lebensdaten des Biochips. Das Signal war schwach, doch es war aufschlussreich genug. Er lebte.

„Jaros, melden Sie sich! Antworten Sie! Wir haben Sie auf dem Bildschirm. Kommen Sie, alter Freund!" Admiral Cartright legte das Mikrofon ab und richtete sich auf. Alles wartete auf eine Antwort.

„Offenbar kann er uns nicht hören. Er könnte bewusstlos sein", meinte Braun.

„Nicht bei der Herzschlagfrequenz. Die ist viel zu hoch", war sich Susannah sicher. „Es muss einen anderen Grund geben."

„Wir können ihn nicht retten. So sehr ich es wünschte, es ist zu spät! Wir müssen endlich weg!"

„Halten Sie den Mund!", warnte ihn Susannah eindringlich. „Nichts ist zu spät!"

Rhythmisch pulsierte der Gigant immer schneller, während das Schiff unentwegt eine engere Bahn einschlug. Der Umfang der elliptischen Flugbahn nahm Kilometer für Kilometer ab. Erneut erreichte die Explorer den Scheitelpunkt der größten Annäherung. Das Schiff begann zu beben, dass es nur so klapperte. Unerwartet zuckten alle zusammen, als sich zudem das laute Hintergrundrauschen plötzlich in eine überlaute, tiefe und langsame Stimme verwandelte.

„James. Ich höre Sie. Wurde auch Zeit. … Wo seid Ihr? Geht es Sergeant Wullf gut?", fragte Arkov, dessen Schmerzen über die gequälte tiefe Stimme physisch spürbar wurden.

„Ja. Er lebt", klatschte Admiral Cartright erfreut in die Hände. Allen fiel ein Stein vom Herzen.

„Gott sei Dank", seufzte Barrow erleichtert.

„Kriegen wir das besser rein?"

„Einen Moment, Admiral. Ich versuch es zu kompensieren."

Nur Susannah und Bone konnten sich nicht über diesen kleinen Erfolg freuen.

„Er hat Schmerzen. Vielleicht hat er innere Verletzungen."

„Können Sie die Signalfrequenz noch weiter verstärken?", wollte Braun wissen, der trotz seiner Meinung sichtlich froh war, dass Arkov noch am Leben war.

„Ich versuche es. Seltsam, es kommt so rein", rief Barrow. Bone entschied für den Rest der Crew, fackelte nicht lange mit der Antwort und betätigte die Sendetaste.

„Wullf geht es gut. Er ist an Bord. Wie geht es Ihnen? Over." Gespannt warteten alle auf eine Antwort.

„Wie es scheint, gibt es Funkverzögerungen", meinte Barrow unsicher und runzelte die Stirn. Bone fuhr fort.

„Hören Sie, Professor. Wir holen Sie zurück. Haben Sie gehört? Wir kommen Sie holen. Versuchen Sie mit ihrem Jetpack die Geschwindigkeit zu drosseln und halten Sie Position. Bestätigen Sie!"

„Nein! Er darf seine Eigengeschwindigkeit auf keinen Fall reduzieren", warf Barrow ein.

172

„Ich meinte die Annäherung, nicht die Geschwindigkeit seiner Umlaufbahn."

„Das ist hirnverbrannter Wahnsinn! Wir riskieren unser Leben für den Alten, der abnibbelt, bevor wir ihn an Bord nehmen können", fluchte Van Heusen. „Er ist viel zu weit weg."

„Es sind nur ein paar Kilometer", stellte Bone mit schroffem Ton überdeutlich klar.

Barrow hatte die Kontaktdaten inzwischen in den Hauptcomputer übertragen und aktivierte eine Liveanimation der errechneten Umlaufbahnen. Der Colonel trat näher heran. Was er sah, gefiel ihm nicht. Es war eindeutig zu erkennen.

„Sein Signal wird wieder schwächer. Er bewegt sich auf einer viel engeren Umlaufbahn. Damit handelt es sich wohl eher um ein paar tausend Kilometer", legte Braun klare Fakten auf den Tisch.

„O Mann. Ich fürchte, Sie haben Recht, Colonel. Wir entfernen uns rapide. Sein Signal verschwindet. Er passiert möglicherweise die Rückseite", bestätigte Barrow die grausame Wahrheit. Deutlich war der Unterschied zu erkennen. Während die Explorer in einer weiten Ellipse ausholte, hatte sich Arkovs Umlaufbahn deutlich verkleinert.

„Damit ist er unerreichbar. Wir fliegen nicht mehr parallel zueinander. Sehen Sie hin!"

„Mit der Arche sollte das zu schaffen sein", hielt Bone blindlinks an seiner Meinung fest. „Wir holen ihn so schnell es geht und verschwinden dann."

„Und wenn Sie es nicht schaffen? Dann versucht der Nächste, Sie zu retten. Wer soll dann die Explorer fliegen? Am Ende sterben alle."

Die Vitaldaten fluktuierten. Immer wieder riss der Kontakt zum Biochip ab. Während die Explorer noch immer 52 Sekunden für einen Umlauf brauchte, reduzierte sich Arkovs Bahn bereits auf 27.

„Tu es nicht." Susannah sah Bone an. „Es ist zu riskant."

Er hatte genug gehört. Als er sich aufrichtete, um zur Hangarbucht der Arche zu eilen, stellte sich Braun in den Weg.

„Ich kann das nicht zulassen."

„Gehen Sie mir aus dem Weg!"

Dann geschah etwas Unerwartetes.

„Ich versteh das nicht. Was tut er da?", rief Chad plötzlich.

„Was ist los?", wollte Bone erschrocken wissen.

„Der Professor, er entfernt sich. Irgendwie verkürzt sich der Radius seiner Bahn", antwortete Barrow überrascht und deutete auf seinen Kurs.

„Arkov, Sie sturer, alter Idiot! Was haben Sie vor? Er fliegt direkt darauf zu. Was will er damit beweisen?" Bone kochte vor Wut. Er wusste, was Arkov tat, doch er wollte es nicht akzeptieren. Er konnte der edlen, selbstzerstörerischen Heldentat nichts abgewinnen.

„Verdammt, antworten Sie! Will er nicht oder kann er nicht antworten? Hört er uns überhaupt?" Ungeduldig warteten alle ab, doch eine Antwort blieb aus.

Eine Sekunde nach der anderen verstrich, als das Schiff wieder bebte.

„Wann war das letzte Mal?", Cartright sah auf seine Uhr und nahm die Zeit.

„Wir holen ihn jetzt!" Bone lief durch das nächste Verbindungsschott, als Arkovs Stimme durch das Schiff hallte. Sie klang noch verzerrter als zuvor.

„Ja, ich höre Sie und Sie haben vollkommen Recht. Es war mein Fehler. Ich muss dafür die Konsequenzen tragen. Deshalb bin ich weder verrückt, noch ein Narr!" Arkov hustete entsetzlich und rang quälend um Luft. Schmerzerfüllt sprach er weiter. „Glauben Sie mir. Ich wäre viel lieber bei Ihnen. Dann hätte ich weit mehr Zeit gehabt, dieses Schauspiel zu bewundern. Mir bleibt ..." Rauschen.

„Signalverlust. Er ist wieder weg."

Bone stand am blanken Schott, lehnte seine Schulter am kühlen Metall an, ließ den Kopf hängen und wartete auf die Worte des alten Wissenschaftlers. Niemand wagte es, die letzten Worte des sterbenden Mannes zu unterbrechen. Vielleicht hätte es auch niemand gekonnt.

„… zulassen, dass Sie meinetwegen das Schiff, die Arche und alle in Gefahr bringen. Ich nehme Ihnen eine schwierige Entscheidung und jede Verantwortung ab. Folgen Sie mir nicht und unternehmen Sie keinen Rettungsversuch, sonst kommen Sie nie…"

Alles schwieg. Es dauerte ein paar Sekunden, bis sein Signal wieder da war.

„…ziehung am ganzen Körper. Es ist sehr nahe. … Warten Sie mit Ihrem Fluchtstart nicht zu lange, sonst wird es zu spät sein."

„Da hört Ihr es", rief Weißberg. „Es ist seine Entscheidung. Er will es so. Er weiß, dass er sterben wird und wir wissen es auch. Hauen wir endlich ab! Sofort!"

„Das können wir nicht zulassen", schluchzte Caren.

Langsam drehte sich Bone zu Caren um und schaute in den Raum zurück, dem er gerade entfliehen wollte. Caren blickte ihm mit tränenerfüllten Augen entgegen. Arkovs Worte klangen beinahe erlösend. Er nahm die Schuld von seinen und Barrows Schultern. Offenbar war es die einzig vernünftige Lösung. Es kam ihm fast vor, als würde Arkovs Stimme mit jedem Satz weiter in die Ferne rücken, tiefer und tiefer, immer langsamer und verzerrter. Was passierte nur mit ihm?

Erschüttert über den bevorstehenden Tod eines Freundes, senkte auch James seinen Kopf, bis er bemerkte, dass Braun einen Com-Kanal dauerhaft aktiviert hatte. Auf frischer Tat ertappt, stand Braun selbstsicher und entschlossen neben der Konsole und hielt die Hand fest über dem Knopf, so dass Arkov seit Minuten jedes einzelne Wort an Bord verstehen konnte. James starrte ihn an, als er begriff, worum es ging.

„Er sollte selbst entscheiden. Und er hat seine Wahl mit Vernunft getroffen", sagte er leise zum Admiral.

„Sie haben ihm keine andere Wahl gelassen."

„Was sollen wir jetzt machen?", klagte Susannah traurig.

„Wir werden tun, was er sagt", entschied James schweren Herzens und starrte auf den gedrückten Knopf, wissend, dass Arkov auch in diesem Moment jedes gesprochene Wort hörte. Braun hatte Recht. Arkov hatte selbst entschieden. Es wäre Wahnsinn gewesen, jeden Mann und jede Frau an Bord für ein einziges Leben zu opfern. Nun verstand er Brauns Absicht, der eine Eskalation und den Massenselbstmord zu verhindern versuchte.

James trat näher heran, um deutlich ins Mikro sprechen zu können.

„Hörst du mich, alter Freund? Wir …" Noch bevor er seinen Satz beenden konnte, wandelte sich das Rauschen und Arkov ergriff das Wort. Nur langsam wechselten die stark verzerrten und kaum verständlichen Worte. Jeder versuchte mühsam, dem Zusammenhang seiner letzten Sätze zu folgen. Auch Bone trat wieder näher heran und lauschte.

„Bevor ich sterbe, habe ich noch eine Bitte... Ich hab nie an übernatürliche Phänomene geglaubt. Viele glauben, ein Schwarzes Loch sei das Tor zu einer anderen Dimension. Ich werde beweisen, dass dem nicht so ist und der Wissenschaft einen einzigar..." Wieder kehrte Stille ein. „... mich mit den Sensoren. Nun bin ich die Ratte im Labyrinth. Beobachten Sie mich so lange wie möglich und zeichnen Sie alles auf, dann ist mein Tod nicht umsonst... Folgt mir nicht! Es wäre Euer sicheres Ende."

Bone wandte sich wütend vom Colonel ab, dem er gerade am liebsten einen Kinnhaken verpasst hätte. Langsam trat er hinter Barrow und legte seine Hände auf dessen Schultern.

„Du hast ihn gehört. Es ist seine Entscheidung. Richte alles aus, was wir haben und bleib an ihm dran."

176

„Wir müssen was tun! Wir sollten ihn jetzt in diesem Augenblick zurückholen", begann Susannah zu weinen.

Bone starrte zu Braun, der ebenfalls nickte.

„Ja, das sollten wir. Ich täte nichts lieber", antwortete Bone deprimiert. „Chad, tu uns einen Gefallen und schalte die Lautsprecher ab. Nimm alles auf, was er noch sendet!"

„Okay." Es war nur ein kleiner Handgriff, der den Kontakt zum Professor abschnitt. Das laute Rauschen verstummte und wich einer beängstigenden Stille, die nur von dem Surren der Computerkonsolen übertönt wurde. Für einen kurzen Moment lang herrschte eine andächtige Schweigeminute.

Admiral Cartright blickte auf seine Uhr und wartete auf das vertraute Beben des Schiffes, das sie seit Stunden begleitete. Präzise wie ein Uhrwerk begann sich das Schiff zu schütteln.

„52,3."

„Jeder auf seine Station! Nichts wie weg hier", rief Bone und verließ die Sektion.

Nur Barrow und James saßen noch da und betrachteten den Schirm. Irgendjemand musste doch noch kommunizieren. Arkov war noch nicht tot.

„Möchten Sie noch was sagen?", fragte Barrow den Admiral.

„Ja. Öffnen Sie den Kanal."

James nahm einen Kopfhörer, setzte ihn auf und lauschte der Unendlichkeit. Barrow stellte den Kontakt wieder her.

„Alter Freund. Hören Sie mich?"

Es dauerte eine Weile, ehe er eine letzte Antwort bekam.

Jenseits der Grenze

Blutschaum quoll aus seinem Mund. Die Augen weit aufgerissen und starr vor Schmerzen, rang er der Gravitation Minute für Minute seines Lebens ab. Seine Lippen rieben aneinander. Er hasste den Geschmack von Blut.

Der Gigant spielte Tauziehen mit seinem kleinen Körper. Wie lange würde er es noch ertragen können? Arkov kämpfte ums blanke Bewusstsein. Er wollte unter allen Umständen bis zum Ende wach bleiben und sehen, was mit ihm geschah. Selbst wenn er lebendig auseinander gerissen würde. Er musste wissen, was noch passierte. Mühsam zog er unter größter Anstrengung seinen Arm hoch, um ein letztes Mal auf die Anzeigen zu sehen. Es kam ihm vor, als fiele er schon seit Stunden. Sowohl die Treibstoffanzeige als auch die Sauerstoffanzeige zeigten rote Zahlen. Alles war leer. Er atmete nur noch heiße Luft und hoffte innerlich, dass sich die Anzeigen irrten. Seine Schmerzen nötigten ihn, hastig nach Luft zu schnappen. Flache kontrollierte Atmung, die sein restliches Leben möglicherweise einige Minuten verlängern könnte, war unmöglich geworden. Er steckte zudem in einem Dilemma. Er musste berichten, was er sah. Gleichzeitig verkürzte er damit jedoch die Zeit, die ihm noch blieb. Entschlossen nutzte er die kostbaren Minuten.

„Meine Zeit ist bald abgelaufen. Das Atmen fällt mir schwer, meine Brust schmerzt. Ich werde solange weiter reden wie möglich. Ihr werdet schon bald nichts mehr von mir empfangen. Hört Ihr mich noch? Ich kann die Gezeitenkräfte deutlich spüren. Wenn ich nur mehr Zeit hätte."

Die Temperatur innerhalb seines Anzuges stieg auf ein unerträgliches Maß an, so dass seine Poren riesige Schweißperlen absonderten. Durstig leckte er die salzige Flüssigkeit von seinen spröden Lippen.

Der Wert eines einzigen Schluckes kühlen Wassers stieg ins Unermessliche. Nie hatte er sich mehr danach gesehnt als in diesem Augenblick. Wasser.

„Diese Hitze. Ich habe entsetzlichen Durst."

Weitere Minuten vergingen, in denen er sich fragte, was er eigentlich noch atmete. Wieviel Luft war noch in seinem engen Anzug? Die Sterne begannen spürbar schneller an ihm vorüber zu ziehen. Er wusste, was das bedeutete.

„Meine Rotation nimmt dramatisch zu. Ich scheine die statische Grenze zur Ergosphäre überschritten zu haben."

Inzwischen raste Arkov mit unmessbarer Geschwindigkeit auf den Ereignishorizont zu. Der rotierende Raum, der ihn unbarmherzig mitriss, beschleunigte ihn immer mehr.

„Diese Stille. Empfange keine Signale mehr. Meine Scanner zeigen nichts an. Ich hoffe, ihr schafft es. Sonst werdet ihr mir bald folgen. Die Rotation zieht mich immer tiefer. Es gibt kein Zurück mehr. Eines wollte ich euch noch sagen. Wenn ihr nach Hause fliegt, wird euch so manche Überraschung erwarten."

Als er bemerkte, dass sein Anzug von hinten hell erleuchtet war, wurde er neugierig. Beinahe wäre ihm das Spektakel seines Lebens entgangen. Sofort versuchte er sich mit den Schubdüsen zu drehen. Natürlich blieben sie stumm. Er hatte vergessen, dass sein gesamter Treibstoff längst aufgebraucht war. Zu lange starrte er bereits in die trostlose Schwärze, die sein gesamtes Sichtfeld ausfüllte.

„Was zum Teufel ist das?", fragte er, ohne mit einer Antwort zu rechnen. Und wenn es das Letzte war, was er sah. Er musste sehen, was hinter ihm geschah.

Instinktiv versuchte er seinen Körper mit einem kräftigen Ruck in leichte Rotation zu bringen. Es gelang. Langsam drehte er sich vom Schwarzen Loch weg und blickte über den Horizont in unzählige, blendend helle Lichtbögen, die sich rasend schnell zu gewaltigen Kreisen ausbreiteten, um sich schließlich an zwei Polen zu bündeln.

Sterne im Zenit seiner Position strahlten mit unfassbarer Intensität, als wären sie viel näher.

„Unglaublich! So etwas sieht man nicht alle Tage. So helle Sterne. Fantastisch. Darum wird mich jeder beneiden", flüsterte er leise vor sich hin. Magisch, vom Lichtspiel der Sterne in den Bann gezogen, entspannten sich die Muskeln in seinem Gesicht.

Plötzlich ereignete sich in seinem linken Gesichtsfeld eine riesige, gewaltige Explosion, gleißend hell und von immenser Zerstörungskraft.

„Waaaas …" Vom Blitz erschrocken, hielt sich Arkov schützend die Hände vor die Augen. Blitzschnell, wie in Zeitraffer, bog sich auch das Licht der Druckwelle in alle Richtungen davon. Runde um Runde verzerrte sich die Explosion mehr. Dann verschwand sie, so schnell, wie sie gekommen war. Das ganze Schauspiel dauerte keine acht Sekunden, als schließlich eine zweite, schwächere Explosion erfolgte. Noch während er vom Anblick der zweiten Detonation geblendet wurde, erfasste ihn die Druckwelle der ersten und schleuderte ihn noch tiefer in das Schwarze Nichts.

„Gott, was war das? Sie sind explodiert", würgte Arkov, spuckte Blut und erbrach wieder pure Magensäure gegen das Visier. Eine große Platzwunde klaffte an seiner Stirn, der Riss im Glas hatte sich verdreifacht. Doch das war ihm längst egal. Mittlerweile würde er es fast begrüßen, wenn das Glas endlich brach.

„Mach schon!"

Die Schmerzen waren kaum mehr zu ertragen. Warum war er noch nicht im Schockzustand, dachte er sich. Alles drehte sich. Er hatte jegliche Kontrolle verloren. Dieses Mal half ihm sein Jetpack nicht mehr.

„Bring es endlich zu Ende!", röchelte er unverständlich in den Äther.

Eine dritte helle Explosion blitzte durch sein Sichtfeld. Keine fünf Sekunden später war auch dieser Feuerball samt seiner gewaltigen Druckwelle verschwunden.

Was mochte nur mit ihnen passiert sein. War das Schiff zerbrochen oder der Fusionsreaktor explodiert?

Völlig entkräftet vermochte Arkov der unkontrolliert zunehmenden Drehung, den starken zerrenden Kräften und dem nun unausweichlichen Ende nichts mehr entgegenzusetzen. Alles um ihn herum schien zu brennen. Die strahlend hellen Sternenbögen überfluteten das Schwarze Loch mit ihrem Licht der Zeit. Die Gravitation bog alles Licht der Sterne ins Innere. Nichts konnte ihr mehr entrinnen.

Plötzlich blitzte einer von ihnen auf und verschwand, kurze Zeit später ein zweiter. Die Sterne begannen sich in Zeitraffer aufzulösen. Sie starben. Wie im Wirbel drehten sie, zogen unterschiedliche Kreise, verschwanden spurlos und verschwammen schließlich im unübersehbaren Chaos. Das Licht von Jahrhunderten, Jahrtausenden oder gar Millionen traf gebündelt auf seine Augen. Wohin er blickte, alles war strahlend weiß. Nur die Singularität stach in ihrer pechschwarzen Endgültigkeit bedrohlicher denn je hervor. Arkov wurde mitgerissen, drehte sich und ließ alles über sich ergehen.

Der Übergang vom endlosen Weiß zum alles verschlingenden Schwarz glich einer brodelnden Turbulenz, einem Gebiet, dass sich nicht entscheiden konnte, was es war. Himmel oder Hölle. Fiel er nun direkt ins Fegefeuer? Arkov hatte nie an Gott geglaubt. Noch immer waren seine Gedanken viel zu klar. Seine Zweifel wollten nicht weichen.

Obwohl die Streckung bereits begonnen hatte, hielt sein Anzug viel zu lange und pumpte ihn mit Medikamenten voll. Arkov schnaufte schwer, kämpfte mit der unbarmherzigen Belastung seines vielfachen Körpergewichtes und versuchte krampfhaft heiße Luft zu atmen, die endlich seine Lungenbläschen zerstörten. Der letzte Überlebenskampf hatte begonnen. Er fand weder seine Arme noch seine Hände, um das grelle Licht abzuhalten. Würde er doch endlich erblinden. War es die Strafe für seine Hochmütigkeit? Längst hatten seine Leiden jede erträgliche Schmerzgrenze überschritten.

Der Anzug riss unterhalb seiner Taille. Verzweifelt öffnete er die Augen. Sein ganzer Körper stand in Flammen. Die Augenlider verschmolzen mit der Hornhaut. Barbarische Schmerzen mündeten in seinen letzten Schrei.

Dann verstummte der strahlend helle Körper, der wie ein Feuerball brannte und einen Schweif hinter sich her zog. Obwohl keinerlei Reibung herrschte, wirkte sein Anzug wie der glühender Schutzschild altvergangener Raumkapseln, die sich ihren Weg durch die Erdatmosphäre bahnten. Vielleicht gab es doch kleinste Teilchen, Elektronen, Photonen oder Antiteilchen, die mit Arkovs Körper kollidierten und sich an ihm rieben. Der Anzug verglühte, bis der Überdruck seiner leeren Kanister die sterblichen Überreste in tausend Einzelteile zersprengte.

Das Sternenchaos verdichtete sich schließlich, bis alles im vollkommenen Weiß endete. Von allen Seiten absorbierte die Singularität die abgestrahlte Energie ganzer Galaxien, aller Zeitepochen aus der prähistorischen Vergangenheit bis weit in die Zukunft. Nur der unheimlich schwarze Kern, tief im Inneren, würde sein Geheimnis nie preisgeben.

Arkov hatte die Grenze überschritten. In seine Elementarteilchen gespalten, sollten seine Überreste nun in alle Ewigkeit Teil des Schwarzen Loches sein. Für immer. Wirklich für immer?

Nun, nicht wenn Stephen Hawkings genialer Verstand Recht behielt.

Fluchtstart

Gravitation, ein unsichtbares Gummiband. Unbarmherzig schleuderte sie das Schiff Runde um Runde näher an den Rand des Verderbens. Je schneller die Explorer wurde, umso tiefer fielen sie. Ein Paradoxon. Ursprünglich hatte Mutter Natur die Naturgesetze anders geschrieben. Doch sie hatte die Rechnung ohne Schwarze Löcher gemacht.

Die Geschwindigkeit nahm Minute für Minute zu, ebenso wie die mikroskopischen Risse im Schiffsrumpf. Arkov voraus, würden vielleicht auch bald alle anderen folgen. Niemand ahnte, wie schnell sich das Karussell schon drehte. Wie hätte es auch gemessen werden sollen, gab es doch keine Bezugspunkte. Bisher.

Reaktorraum, Achtersektion, D-Deck

Gelb. Eine leuchtende, freundliche Farbe. Es war die Farbe der Sonne am Himmel. Doch es war auch eine Farbe, die in dieser stählernen, sterilen Umgebung fremder kaum sein konnte.

Hastig stülpte sich Doktor Hiroto Yoshimura den gelben Strahlungsschutzanzug über und hörte den Anweisungen Sadlers zu, die ihm mit routinierter Stimme letzte Instruktionen gab. Der Anzug passte dem schlanken Japaner wie angegossen, wie eine zweite Haut. So dünn die vier einzelnen Schichten waren, blockten sie selbst härteste Gammastrahlung ab. Es war der gleiche Schutz, der auch die Explorer und E.V.A.s vor gefährlicher Strahlung bewahrte.

Entschlossen, ohne eine Spur von Angst, schloss Yoshimura seinen Anzug. Kernfusion war für ihn so alltäglich und simpel wie das Anzünden einer Kerze. Es war schließlich nicht das erste Mal, dass er einen Reaktor inspizierte.

Inzwischen rannte Sadler die einzelnen Konsolen ab und bereitete die Triebwerke für die sanfte Zündung vor. Angestrengt kniff Hiroto seine ohnehin schmalen Augen zusammen, um die kleinen Anzeigen bei Sadler zu erkennen. Innerlich verfluchte er seine leichte Kurzsichtigkeit.

„Wir sind bei 86 Prozent", half ihm Sadler beim Ablesen. Sie grinste. „Sie haben wohl ihre Brille vergessen."

Obwohl die beiden Fusionsreaktoren lautlos arbeiteten, versetzten die Energiespulen der Aggregate die gesamte Sektion in Schwingungen. An diesem Ort konnte man den Unterschied der zerrenden Kräfte nicht mehr voneinander unterscheiden. Das Panzerglas zitterte sichtbar, wölbte sich vor und zurück, so dass der Reaktorraum zu flimmern schien. Ehrfürchtig legte Hiroto seine Hand auf die Scheibe.

„Ich kann das Schiff spüren. Es fühlt sich an, als ob es lebt!"

Sadler ignorierte seine Worte. Stattdessen prüfte sie eine weitere Anzeige, die ihr sagte, dass es Zeit wurde, Hiroto in die Schleuse zu schicken. Bone kam ihr wie immer über Intercom zuvor.

„Noch drei Minuten. Wir sind soweit, wenn ihr es seid! Wie sieht es bei euch unten aus?" Seine Stimme klang blechern und undeutlich aus dem kleinen Lautsprecher im Reaktorraum. Die Verbindung zum Cockpit war nie besonders gut.

„Wir sind gleich soweit. Gib uns zwei Minuten. Start auf dein Zeichen!", rief Sadler ins Intercom und drehte sich wieder zu Yoshimura um, der fertig umgezogen auf seinen Einsatz wartete. Sie lächelte kurz, doch als ihre Augen auf das kleine Namensschild des ursprünglichen Eigentümers traf, erstarrte ihr Blick. Sie hatte es beinahe verdrängt. Es war Gordon Millers Anzug.

„Was ist los? Sie schauen, als hätten Sie einen Geist gesehen."

„Alles in Ordnung. Ist nichts.", murmelte Sadler, der es unangenehm war, dass man ihre Gedanken an ihrem Gesicht ablesen konnte. Den Moment überspielend, trat sie an Hiroto heran und überprüfte seinen Anzug. Schnell, aber sorgfältig. Dann schloss sie seinen Helm hermetisch ab, prüfte die Sauerstoffzufuhr und regulierte seine Atmung. Sie klappte das Mikro ihres Headsets runter.

„Können Sie mich hören?"

„Zu laut und deutlich", antwortete Yoshimura knapp, dessen gefilterte Stimme nun über die Lautsprecher des Intercoms erklang.

„Also gut. Wir starten ohne Computer, manuell. Deshalb müssen wir den Treibstoff von Hand zuführen. Wenn ich Ihnen das Zeichen gebe, schieben sie die Hebel der Ventile nach unten, beide gleichzeitig, so wie ich es Ihnen gezeigt habe. Soweit alles klar?"

Yoshimura signalisierte mit erhobenem Daumen, dass er verstanden hatte.

„Sie machen das schon", gab ihm Sadler ermutigend mit auf den Weg und klopfte ihm auf dem Helm.

Yoshimura ging zu Schleuse A. Ein Druck auf den Knopf und die gläserne Schleusentür schob beiseite. Er war kaum eingetreten, als ihn ein unerwartet dumpfer Ton aufhorchen ließ. Seine Frau Kira klopfte gegen das Glas, durch das man von der sicheren Seite in die Schleuse blicken konnte. Sie lächelte ihm zu.

„Wir starten gleich. Was machst du hier?", rief Hiroto seiner Frau in der Hoffnung zu, dass sie ihn durch das dicke Glas hören konnte. Mit einem Fluch riss sich Sadler ihr Headset von den Ohren.

„Ich wollte sehen, was du hier machst", schrie Kira zurück.

„Und wonach sieht es aus?", fragte er, mit unüberhörbarem Stolz in der Stimme.

„Hören Sie, Kira", unterbrach Sadler das eheliche Geplänkel. „Setzen Sie sich und schnallen Sie sich an! Es kann gleich ziemlich ungemütlich werden. Und setzten sie die hier auf, dann brauchen sie nicht so zu schreien."

Sie reichte ihr ein eigenes Headset, bevor sie sich abwandte, um mit den Augen zu rollen. Geflirte war das Letzte, was sie hier gebrauchen konnte.

„Ich helfe gern. Was kann ich tun?", fragte Kira und blickte mit nunmehr verantwortungsvoller Miene zu Sadler. Die Ingenieurin überlegte kurz. Jede helfende Hand war ihr recht, sodass sie nicht lange überlegen musste.

„Na gut. Sie könnten sich an diese Konsole setzen und den Druck der Treibstoffleitungen überwachen. Achten Sie auf diese beiden Anzeigen", wies sie ihre unerwartete Hilfskraft kurz ein und tippte mit den behandschuhten Fingern auf die entsprechenden Anzeigefelder. „Melden Sie mir alles über 180!"

Kira signalisierte mit einem Nicken, dass sie verstanden hatte, setzte sich auf den vor der Konsole verankerten Sessel und schnallte sich fest. Dann sah sie erwartungsvoll zu ihrem Geliebten, der ihr in diesem Moment einen Handkuss zuhauchte.

„Du machst das schon", freute sich Hiroto sichtlich.

„Commander? Wir sind soweit", meldete Sadler, fertig den Countdown einzuleiten.

„Verstanden. Das waren aber mehr als zwei Minuten", schallte es aus dem kleinen Lautsprecher zurück.

„Sorry, ich musste erst den Turteltauben Aufgaben erteilen", antwortete sie genervt.

„Verstehe. Start auf drei", antwortete Bone knapp.

Hirotos Hände umklammerten die beiden schweren Hebel, während seine Augen auf das entscheidende Zeichen Sadlers warteten.

„Drei, zwei, eins, Zündung! Öffnen Sie nun die Ventile für die Plasmakraftstoffleitungen!", rief Sadler und gab das vereinbarte Zeichen. „Jetzt!"

Auf diesen Moment hatten alle seit Stunden gewartet. Endlich weg hier. Die Daumen entriegelten die Sperren, dann zog er beide Hebel gleichmäßig herunter. Ein brummendes

Geräusch durchfuhr die gesamte Sektion. Das Plasma strömte kraftvoll durch die Leitungen zu den Triebwerksaggregaten.

Außerhalb der Explorer,
Achtersektion, Haupttriebwerke
Machtvoll ruhten die beiden ausgefahrenen Fusionstriebwerke in ihrem Heck. Sie warteten nur darauf, ihre ungezügelte Kraft zu entfesseln. Fast noch jungfräulich, liefen sie während ihrer Testphase nur wenige hundert Millionen Kilometer. Einmal um den Block namens Erde. Bald jedoch mussten sie zeigen, aus welchem Holz sie wirklich geschnitzt waren.

Bis vor 75 Jahren nutzten alle Weltraumorganisationen noch die Mutter aller Antriebe: Chemische Feststoff-Triebwerke. Ab 2020 folgte die erste echte Revolution. Gute 30 Jahre später hatten Ionenantriebe ihre chemischen Vorfahren erfolgreich verdrängt und ermöglichten es, lange Distanzen mit effizienter Leistung zu bewältigen. Den wahren Durchbruch, zwei Dekaden später, brachten aber erst die Fusionstriebwerke von Airbus. Sie kombinierten Power mit Geschwindigkeit, ein Minimum an benötigter Stützmasse mit dem Maximum an elektrischer Feldenergie. Ein bahnbrechender Erfolg.

Am eigentlichen Vorgang würde sich jedoch nie etwas ändern. Es war das gute, alte Rückstoßprinzip. Seit mehr als 200 Jahren brachte es Menschen von A nach B. Nur die Technik hatte sich seit den Anfängen erheblich verändert. Heute war alles kleiner, schneller und besser. Dem Fusionsantrieb gehörte die Gegenwart.

Doch genau an diesem Tag und an diesem Ort reichte selbst das nicht mehr aus. Vielleicht war die Zeit reif, für eine neue Antriebsart, die keine Jahrzehnte benötigte, um wenige Parsec zu überwinden. Doch von dieser Alternative war die Explorer im Moment genau 8,3 Lichtjahre entfernt. Sie musste mit dem auskommen, was sie hatte.

Gleich einer Iris öffnete sich der Verdichter im Innern der Triebwerke und ermöglichte einen letzten, tiefen Einblick. Es war, als blickte man in riesige, dunkle Augen. Sekundenbruchteile später blitzte das rechte Triebwerk auf und zündete mit voller Kraft.

Cockpit, B-Deck

Der kräftige Schub presste sämtliche Insassen der Explorer in ihre Sitze. Doch es war nur die halbe Kraft, derer die Explorer fähig war, die sie nun vorantrieb.

„Die Absorber arbeiten asynchron", bemerkte Kowski die ungemütliche Zündung.

„Was Sie nicht sagen. Kriegen Sie das hin?"

Bone checkte die Daten und runzelte die Stirn.

„Wo bleibt der Schub? Das kann doch nicht alles sein. Maschinenraum! Was ist los bei euch?", murrte er.

„Was ist passiert?", fragte Caren mit besorgter Stimme.

„Keine Reaktion vom linken Triebwerk, wir driften ab."

„Das ist noch nicht alles? Also mir reicht es schon! Was bedeutet die rote Lampe?", wollte Caren achtsam wissen.

„Nur eine kleine Störung. Nichts, was wir nicht hinkriegen. Maschinenraum, bitte kommen!"

„Eine Störung? Na klasse." Caren lehnte sich zurück, packte ihre Armlehnen und ließ den Start über sich ergehen.

„Beth, ich brauch mehr Leistung. Was ist los?", fragte Bone erneut.

Reaktorraum, Achtersektion, D-Deck

„Ich weiß auch nicht. Es sollten beide Triebwerke laufen. Meine Anzeigen sind in Ordnung." Sadler überprüfte die Anzeigen und Konsolen wieder und wieder. Auch Kira beobachtete ihre Anzeigen mit einem Hauch von Nervosität. Nichts.

„Was ist los? Stimmt was nicht?", fragte sie besorgt und blickte durch das dicke Panzerglas zu ihrem Mann.

„Wieso läuft das linke Triebwerk nicht?", wollte auch Hiroto wissen, als die Sektion plötzlich von starken Vibrationen erschüttert wurde.

„Ich schwöre, ich habe nichts Falsches angefasst", rief er panisch, während sich jäh ein Gefühl der Angst in ihm breit machte.

„Kira, was zeigen Ihre Daten?", fragte Sadler, als erneut starke Erschütterungen auftraten.

Sekunden der Unaufmerksamkeit, konnten schwere Folgen haben. Kira löste ihren besorgten Blick von ihrem Mann und blickte zurück zur Anzeige. Viel zu spät erkannte sie, dass die Druckanzeige bereits die Skala sprengte. Entsetzt blickte sie auf.

„324 und steigend!"

„Gott! Schließen Sie sofort Ventil eins!", brüllte Sadler. Nun galt es, schnell zu handeln. Doch bevor Yoshimura auch nur den Hebel betätigen konnte, brach schon eine der dicken Pipelines, die an der Decke entlangführten.

„Raus da!", brüllte Sadler ins Intercom. Es war zu spät. Ohnmächtig mussten sie und Kira mitansehen, wie Hiroto in einer wabernden Masse orangen Ionenplasmas verschwand, die aus der gebrochenen Leitung auf ihn herabstürzte. Das Intercom übertrug das explosionsartige Zischen und den berstenden Knall, bevor sich Hirotos erschrockener Aufschrei schlagartig in einen markerschütternden Schmerzensschrei verwandelte.

„Hirotoooooooooo", kreischte nun auch Kira, löste hastig den Gurt, der sie am Sessel festhielt und stürzte zum Sichtfenster.

„Mein Gott, das Plasma!" Sadler blieb wie angewurzelt stehen. Zu unfassbar und entsetzlich war der Anblick, der sich ihren Augen bot.

Ein Meer aus kochenden Flammen hatte binnen eines Lidschlags den gesamten Reaktorraum überflutet und senkte sich wegen der hohen Dichte schnell zu Boden.

„Neeeeiiiiiiiiiin!", schrie Kira hysterisch aus und begann, mit den Fäusten gegen das Glas zu trommeln, das sie von ihrem Mann und dem Inferno, welches auf der anderen Seite tobte, trennte.

Hirotos Gestalt, vor einer Sekunde noch von den lodernden Flammen verborgen, tauchte panisch um sich schlagend wieder auf. Sein Todesschrei, der nicht enden wollte, lähmte die entsetzten Zuschauer, drang gellend durch die Lautsprecher an ihre Ohren und verhinderte jede rettende Handlung. Obwohl der Anzug härteste Strahlung zu blocken vermochte, kroch die infernalische Hitze durch jede Pore des Materials. Der unzureichende Schutz vor solchen Temperaturen, wie sie nun im Inneren der Schleuse herrschten, zögerte den Todeskampf seines Trägers nur hinaus. Innerhalb weniger Sekunden begann der Anzug zu schmelzen und sich vor ihren Augen förmlich zu verflüssigen. Schreiend brach Hiroto zusammen und tauchte in die alles verzehrende Flammenhölle ein. Wogend schwappten immer neue Wellen des heißen Plasmas über ihn hinweg und prallten gegen das dicke Glas. Alles schmolz. Sein Anzug, sein Headset, seine ganzes Gesicht. Er konnte seine Frau weder sehen noch hören, obwohl ihn nur wenige Zentimeter von der heilen Welt der Sicherheit trennten.

„Neeeeiiiiiiiiiiiiiiin! Hirotooooo!" Kira trommelte gegen das immer heißer werdende Glas. Flammenformationen stiegen bis zur Decke auf und züngelten dort an den anderen Pipelines, als wollten sie auch diese zum Bersten bringen. Der Druck stieg stetig an und drohte, den Reaktor zu vernichten. Immer mehr Ionenplasma schoss aus dem gebrochenen Rohr hervor.

Hirotos gellender Schrei hallte noch in ihren Ohren nach, als von seiner Gestalt, die in diesem Meer aus Flammen ertrank, nichts mehr zu sehen war. Die Lichter des Reaktorraumes barsten. Auch vor der Schleusentür stieg die Temperatur drastisch und schnell an.

„Tun Sie was! Holen Sie ihn da raus! Hirotooo!", schrie Kira hysterisch, weinte und schlug auf Sadler ein.

192

Noch immer geschockt, riss sich Sadler ihr Headset vom Kopf, löste sich endlich aus ihrer Starre und hechtete zum Notfallsystem. Hastig kippte sie das Sicherheitsglas hoch und schlug auf den roten Schalter. Sofort saugte das Notsystem die restliche Luft und das siedende Plasma aus dem Reaktorraum in den Weltraum hinaus. Dann herrschte plötzlich Ruhe.

Außerhalb der Explorer,
Achtersektion, Haupttriebwerke
Der weißblaue Ionenstrahl erlosch, als sich der Antrieb abschaltete. Nun fuhren beide Triebwerke in ihre Versenkung zurück, wobei das rechte noch lange nachglühte. Autonom verschloss sich das Heck um die Triebwerke. Ein Notfallmechanismus, der sich nicht mehr aufhalten ließ.

An der Backbordseite des Hecks, an der Stelle des Rumpfes, wo tief im Inneren der Reaktorraum verborgen lag, schlugen orangerote Flammen in den Weltraum hinaus. Wenige Sekunden später erlosch das mordende Feuer.

Das Herz der Explorer hatte aufgehört zu schlagen. Der rettenden Antriebsenergie beraubt, blieb ihr nur noch der unaufhaltbare Sturz ins Schwarze Loch.

Reaktorraum, Achtersektion, D-Deck
Der grausame Spuk war vorüber. Keine Vibrationen, kein Brummen der Aggregate. Nichts als Stille. Sadlers Einleitung der Notabschaltung beider Reaktoren, der einzige Weg, einen Gau zu verhindern, hatte die Explorer zu antriebslosem Schweigen verdammt. Nur das Rauschen des einströmenden Luftgemisches war zu vernehmen. Rasch baute sich wieder atembare Atmosphäre auf. Zu spät, dachte Sadler.

„Notfall im Reaktorraum! Wir brauchen sofort Hilfe!", keuchte sie hilferufend ins Intercom. Der Schock saß tief und ihre Stimme klang schmerzlich. Obwohl sie sich in dieser Sektion auskannte, wagte sie kaum, einen Schritt zu machen. Sie konnte kaum fassen, was gerade geschehen war.

Nur eins wusste sie gewiss: Es gab keinen Zweifel, dass Hiroto aufs Grausamste verbrannt sein musste.

An der Panzerscheibe, auf die Knie niedergesunken, weinte Kira und suchte in der Dunkelheit nach ihrem Mann. Sie rief nach ihm, doch in ihrem Innersten wusste sie, dass er ihr nie wieder antworten würde.

Die Hitze hatte jegliche Beleuchtung zum Bersten gebracht. Noch blieb Kira das grausame Bild erspart. Sekunden vergingen, bis endlich die übrige Notbeleuchtung ansprang und mit ihrem diffusen Licht versuchte, den Raum zu erhellen. Überall stieg Rauch auf. Die Luft flimmerte.

„Hiroto", jammerte Kira immer wieder vor sich hin.

Die Zeit verstrich wie die Unendlichkeit. Es dauerte eine gefühlte Ewigkeit, bis weitere Crewmitglieder in den Reaktorraum angerannt kamen.

Sadler griff zur Taschenlampe, nahm allen Mut zusammen und trat an die Schleuse heran. Der Strahl ihrer Lampe durchschnitt die Schwärze hinter der Glasscheibe und beleuchtete das Zentrum der Katastrophe. Nun erblickte sie den regungslosen Körper des verbrannten Japaners. Vom leuchtenden Gelb des Anzugs, der sein Leben schützen sollte, fehlte jede Spur. Vielmehr war alles mit seiner übrigen Kleidung zu einer schwarzen, unkenntlichen Kruste verschmolzen, die zu gewissen Teilen auch organische Hautfetzen vereinte. Der deformierte, unförmige Klumpen, der zuvor Hirotos Körper dargestellt hatte, rauchte noch immer.

„Neeeeiiin!", schrie Kira entsetzt auf, als sie den verbrannten Körper am Boden liegen sah.

„Es tut mir so leid, Kira. Es tut mir so leid."

Mitfühlend legte Sandler ihr die Hand auf die Schulter, wollte sie vom grausigen Anblick abwenden. Doch Kira konnte die Berührung nicht ertragen, gab der anderen Frau in diesem Moment die gesamte Schuld an ihrem untragbaren Leid.

Hasserfüllt und von seelischen Schmerzen gezeichnet, stürzte sich Kira auf Sadler, presste sie gegen das heiße Glas und schlug auf sie ein.

„Warum!? Warum waren Sie nicht dort? Wieso er? Wieso, wieso nicht Sie?" Kira prügelte immer heftiger, bis sie schließlich erschöpft zusammenbrach. „Warum nicht Sie?"

„Es tut mir so leid. Ich konnte es nicht ahnen."

„Es tut ihnen leid?"

Kira brach weinend auf den Boden zusammen.

Langsam wagten die ersten Crewmitglieder, ihre Atemschutzmasken fest vors Gesicht gepresst, die Schwelle zum Reaktorvorraum zu überschreiten.

„Bericht! Wie ist die Strahlung?", fragte Bone, während Barrow nach Sadler sah und sofort die Konsolen checkte.

„Der Reaktor scheint unbeschädigt. Keine bedenklichen Werte", prüfte Barrow erschüttert und sah sich um. „Ich öffne die Schleuse."

Die Glastüren öffneten sich, so dass sich der Geruch von verbranntem Fleisch, Haut und giftiger Plastik über das ganze Deck verbreitete. Ein penetranter, widerlicher Gestank, den kaum jemand ertragen konnte.

Sadler trat als Erste ein, sank zu Boden und kauerte sich neben die Tür. Kreidebleich und den starren Blick auf den toten Körper gerichtet, verfiel sie in einen bewegungslosen Schockzustand. Was vor ihr auf dem Boden lag, sah keinem Menschen mehr ähnlich.

„Großer Gott, wer war das?", fragte Admiral Cartright und trat vorsichtig durch die Schleuse.

„Wie entsetzlich." Rivetti, die keine Atemschutzmaske ergattern konnte, verdeckte den Mund mit einem Stück ihres Ärmels und hielt den Atem an.

„FUCK!", schrie Weißberg, der als Erstes realisierte, was geschehen war. „Sie hat die Reaktoren abgeschaltet. Ohne Triebwerke sind wir erledigt." Wie gewohnt fluchte er. „Was haben Sie getan?"

„Halt die Klappe, du Freak!", brüllte ihn Vandermeer an und rempelte ihn zur Seite. „Sie hat einen Schock, siehst du das nicht?"

„Machen Sie Platz! Beiseite", rief Susannah, die eilig die Schleuse betrat und sofort wieder zurückschreckte. Zu schrecklich war der Anblick, der sich ihren Augen bot.

„Um Gottes willen! Wie furchtbar!"

Doch das Grauen hatte damit noch nicht seinen Höhepunkt erreicht, denn das Drama war noch nicht zu Ende. Ein röchelndes Keuchen drang aus dem leblos geglaubten Körper am Boden hervor. Niemand konnte fassen, dass Hiroto noch lebte.

„Leute seht! Ich glaub er lebt noch", rief Rivetti entsetzt.

Dann bewegte sich das, was einst Hiroto war und zog ein Bein an den Körper heran. Ein unmenschlicher Schrei ging mit der Bewegung einher. Er musste höllische Schmerzen leiden. Blutverschmiert klebte die abgerissene Kruste seiner Haut am Boden, während das rohe Fleisch seines Beines in rosarotem Glanz schimmerte. Die Schreie waren kaum zu ertragen.

„Oh nein!" Verstört wandte Sadler ihren Kopf zur Seite und betete um seinen schnellen Tod. „Gott, mach dem ein Ende!"

„Wir brauchen eine Trage", rief Colonel Braun ebenso erschüttert. Er kannte diese Bilder zu genau.

„Das sieht schlimm aus." Susannah stellte ihren Koffer ab, trat dichter an Hiroto heran, während Vandermeer den Körper mit einer Taschenlampe punktuell erleuchtete. Viel zu detailliert wurde das Schreckensszenario sichtbar. Susannah wandte ihren Kopf ab, holte tief Luft. Der Gestank war kaum zu ertragen.

„Colonel. Ich brauche Ihre Hilfe", bat sie eindringlich, als sie sich wieder gefasst hatte.

„Was soll ich tun?", fragte er, unsicher, ob er ihrer Bitte nachkommen konnte.

„Heben Sie ihn vorsichtig an. Vorsicht! Der Anzug hat noch viele Hitzeherde. Wir müssen ihn auf die Station bringen. Nur dort können wir ihn retten."

Susannah blickte über den verkohlten Körper, selbst zweifelnd, ob sie glauben sollte, was sie gerade gesagt hatte. Sie wusste kaum, wo an dem verbrannten Körper sie noch helfen sollte. Fleisch- und Hautfetzen hingen überall herab.

„Ihn retten?" Hilflos suchte Braun eine Stelle, an der er den restlos verbrannten Leib anpacken konnte. Er fand keine. Zitternd versuchten seine Hände die Beine zu packen, doch er konnte es nicht. Aus früheren Kriegen kannte er jene entsetzlichen Momente, die ihm seither nie aus dem Kopf gegangen waren. Bilder von verbrannter Haut, die auf dem blanken Fleisch wegschmierte, weil sie keinen festen Halt mehr zum Gewebe hatte. Doch abgesehen von seinen nächtlichen Alpträumen, schien es eine Ewigkeit her, dass er sich der Bewältigung solch entsetzlicher Aufgaben stellen musste.

„Bitte, Colonel! Helfen Sie mir!", flehte Susannah ihn an.

„Ich kann nicht!", antwortet Braun still, dessen Augen sich mit Tränen füllten. Susannah sah es in seinem Gesicht, dass er sich nicht überwinden konnte und nickte. Sie blickte weiter um sich, suchte jemand, der ihr helfen würde, als sich Bone neben sie hockte.

„Er ist längst tot. Er wird es nicht schaffen. Niemand kann ihn retten", flüsterte er leise.

Im gleichen Moment versuchte Susannah Hiroto auf den Rücken zu drehen. Wieder schrie er, unsagbare Schmerzen erleidend, so dass sie von ihm abließ und zurückwich.

„Es tut mir leid", flüsterte sie ihm zu. Was hatte sie gerade getan? Sie musste ihn umdrehen, doch gleichzeitig fühlte sie sich völlig hilflos.

„Wie hält er das nur aus? Wie grausam!" Vandermeer schluckte.

Susannah suchte sein Gesicht, doch es war kaum noch als solches zu erkennen. Das Visier war mit seinem Gesicht verschmolzen. Es grenzte schier an ein Wunder, dass er noch am Leben war.

„Hätte er bloß das heiße Plasma eingeatmet. Das wäre am schnellsten gegangen!" Rivetti konnte nicht mehr hinsehen und wandte sich ab. Selbst Vandermeer, der schon alles gesehen hatte, war sichtlich schockiert.

„Scheiße, Mann! So sollte es niemanden treffen!"

„Hirotooooo! Neiiiin! Helft ihm! So helft ihm doch, bitte!" Kira schrie immer hysterischer, weinte und versuchte, sich aus Van Heusens und Wullf festem Griff zu lösen, welche versuchten, sie zurückzuhalten, als sie zu ihrem Mann stürzen wollte.

„Er leidet nur." Bone stand auf, trat zurück und reichte Susannah den medizinischen Koffer.

Kiras Hysterie war schließlich nicht mehr zu halten. Wie ein wildgewordenes Tier begann sie um sich zu schlagen. Van Heusen knallte mit dem Kopf gegen die Wand. Wullf gelang es mit aller Kraft, die Japanerin mit einem festen Griff um die Brust zu halten, doch sie wehrte sich mit Händen und Füßen.

„Hiroto!", schrie sie weiter. „Mein Gott, was tut ihr? Was habt ihr vor? Lasst mich zu meinem Mann! Bitte! Bitte, tut das nicht!"

„Schafft sie hier raus!", befahl Susannah traurig und kämpfte selbst um Fassung.

Als könnte Hiroto sie ohne Ohren noch hören, begann auch er sich zu bewegen. Gewebe riss, markerschütternde Schreie und unverständliche Laute hallten durch den Raum.

„Kira!" Ihr Name entrang aus seiner Kehle. Immer wieder schrie er den Namen seiner geliebten Frau.

„Hiroto! Lasst mich los! Ich will zu ihm! Hiroto, ich liebe dich!", hallte es aus den angrenzenden Räumen. Wullf und Van Heusen brachten sie, obwohl sie sich noch immer aus Leibeskräften wehrte, in die angrenzende Sektion. „Bitte! So helft ihm doch!"

Susannah öffnete den Koffer und überschaute die medizinischen Möglichkeiten, ihn schnell und sanft einzuschläfern. Sie griff zu einem starken Schmerzmittel, zog das Fünffache der sonst üblichen Dosis auf, war schon dabei, die Spritze anzusetzen, legte sie jedoch wieder aus der Hand. Was sie tun wollte, aus Mitgefühl und Gnade heraus, wiedersprach ihrem Eid, den sie vor langer Zeit geleistet hatte. Sie beugte sich über Hiroto.

„Sagen Sie mir, was ich tun soll", flüsterte sie Hiroto leise zu.

„Tö ... ten ... Sie mich! ... Bitte! ... Beenden Sie es!"

Hiroto konnte nicht sehen, wie Susannah kopfschüttelnd aufstand. Er konnte auch nicht sehen, wie Braun ihr seine geladene Luger anbot. Ihr Eid und Gewissen verbot es ihr, einen Menschen zu töten. Selbst in so ausweglosen Momenten.

„Nein! Ich kann das nicht. Tun Sie es!", flüsterte sie unhörbar. Nur ihre Lippen sprachen zu Braun. Hiroto sollte es nicht hören. Braun senkte seinen Arm. Auch er brachte es nicht über sich, den Abzug zu drücken.

„Tun Sie es!", röchelte Hiroto schmerzklagend, darum flehend, dass ihn endlich jemand erlöste.

Braun kämpfte mit seinem inneren Schweinehund, dem Mann, der einst fähig war, rücksichtslos abzudrücken oder Befehle zu erteilen, so dass es andere taten. Er war schon lange nicht mehr dieser Mann.

Plötzlich riss jemand die Waffe aus seiner Hand, zog den kurzen Schlitten nach hinten, zielte auf den verkohlten, blutverschmierten Kopf und drückte den Abzug. Alle zuckten zusammen. Der Knall erklang durch das halbe Schiff. Rauch quoll aus dem Lauf der Luger hervor. Die Waffe zitterte ebenso, wie die faltige Hand, die sie hielt. Der alte Mann, der als einziger den Mut besessen hatte, zu tun, was getan werden musste, senkte die antike Pistole, die sogar noch älter war als er selbst und gab sie Braun zurück.

„Sie gehört Ihnen", sprach er stockend und wollte gehen.

„James!", rief Susannah mitfühlend. „Warte!"

„Zwingt mich nie wieder dazu!", antwortete Admiral Cartright.

Sadler kauerte noch immer auf dem Boden und schlug die Hände über dem Kopf zusammen.

„Ich hätte in den Reaktor sollen. Gott, er würde noch leben, wenn ich ihn nicht da rein geschickt hätte."

Besorgt musterte Susannah das Häufchen Elend zu ihren Füßen.

„Sie braucht Ruhe. Sie hat einen Schock."

„Den haben wir alle, Doc", sagte Braun gedämpft.

„Stützen Sie sie unter den Arm! Wir bringen sie auf ihre Krankenstation", forderte Susannah Braun auf und griff nach der am Boden Kauernden. Sadler stieß Susannah kraftvoll zurück, so dass diese hinstürzte.

„Fasst mich nicht an!", brüllte Sadler laut.

„Bleiben Sie vernünftig, Elisabeth! Es war nicht Ihre Schuld!"

„Es hätte jeden treffen können. Auch uns. Sie haben uns allen das Leben gerettet", versuchte Barrow sie zu beruhigen.

„Einen Scheiß hab ich getan! Das Triebwerk war zu beschädigt. Das hätte nicht passieren dürfen", wiederholte sich Sadler und brach zusammen.

„Es war nicht das Triebwerk. Der Unfall war unvorhersehbar", redete Chad auf seine einzig verbliebene Ingenieurin ein.

Susannah kramte unterdessen im Koffer, holte ein dunkelblaues, großes Tuch heraus und breitete es über Hiroto aus. Dann gab sie Sadler ein Beruhigungsmittel, die sich nun nicht mehr wehrte. Dankbar und erschöpft ließ sie nun zu, dass man ihr half und schloss ihre Augen, aus denen noch immer dicke Tränen quollen.

„Bringen wir sie weg von hier", sagte Susannah, als der Zyklus der Vibrationen mit berechenbarer Präzision zurückkehrte und das Schiff aufs Neue erschütterte.

„Was ist mit dem Reaktor? Wie schnell können wir ihn reaktivieren?", fragte Braun besorgt. „Wir müssen es noch einmal versuchen."

„Ohne mich!", weigerte sich Sadler weinend.

„Sie braucht Ruhe. Sie kann das nicht", meinte Susannah.

„Es wird Stunden brauchen, ihn wieder hochzufahren. Die Notabschaltung lässt sich nicht rückgängig machen! Eine Sperre verhindert es", erklärte Bone aufgebracht.

„Stunden, die wir nicht haben! Wer hat diesen Mist eingebaut? War ja eine super Idee!", murmelte Braun.

„Und was sollen wir jetzt tun?", fragte Caren gefasst.

Bone, Susannah, der Admiral, Braun und die anderen schwiegen betreten und versuchten nachzudenken. Alle starrten noch immer auf das ausgebeulte, blaue Tuch.

„Am besten geben wir uns alle die Kugel. Ich will jedenfalls nicht so enden. Und wenn ihr mich fragt, ich sage euch, wir gehen hier alle drauf." Rivetti verließ den Maschinenraum.

Minuten vergingen, ohne dass jemand einen Ton von sich gab. Niemand kümmerte sich mehr um den bestialischen Gestank des Todes oder nahm ihn auch nur wahr. Mit der Zeit gewöhnte man sich an alles.

Eine offene Intercomverbindung hallte plötzlich durch das ganze Schiff. Kampfgeräusche, Schreie, Poltern. Verschiedene Stimmen riefen wild durcheinander.

„Hören Sie auf! … Kommen Sie mir nicht zu nahe oder ich schieße! … Das hat doch keinen Sinn. Das bringt ihn nicht zurück. … Hören Sie auf, mich zu belügen! Keinen Schritt weiter oder …" Mehrere Schüsse eines Sturmgewehres knatterten, dann brach die Verbindung zusammen.

„Zum C-Deck! Schnell, wir müssen nach oben …", reagierte Bone ohne zu zögern. Ein schrilles Alarmsignal ertönte und Warnleuchten flammten im ganzen Schiff auf.

„Feuer!", schrie Caren panisch. „Es brennt!"

„Was ist hier nur los?" Alle rannten sofort nach oben. Jedem an Bord war klar, dass eine unkontrollierte Feuersbrunst der größte Feind auf Raumschiffen war.

Frachtraum 1, Steuerbordschleuse, Mittelsektion, C-Deck

Es gab keinen Rauch und kein Feuer. Glasscherben lagen auf dem Boden. Rivetti hatte in ihrer Ratlosigkeit den Feueralarm ausgelöst. Der Druckausgleich war bereits eingeleitet. Jeder Moment zählte. Schweißgebadet schlug Wullf mit dem Gewehrkolben auf die Schaltwand ein, in der Hoffnung den entscheidenden Kurzschluss zu verursachen, um den Wahnsinn zu beenden. Es spielte keine Rolle mehr, welche Schäden er mit dem Gewehrkolben anrichtete. Er hatte kein anderes Werkzeug, mit dem er es sonst versuchen könnte.

Die durchlöcherte Schaltwand sprühte Funken. Wullf hebelte verzweifelt mit dem Lauf umher. Es war unmöglich. Kira hatte ganze Arbeit geleistet, aber weder Aaron noch Rivetti gaben auf. Unentwegt sprach Isabell auf die Asiatin ein.

„Kira, bitte! Öffnen Sie die Schleuse! Seien Sie doch vernünftig! Das ist keine Lösung! Das mit Hiroto war ein Unfall. Er würde das nicht wollen, was Sie gerade tun. Um Himmels willen, machen Sie die Tür auf! Bitte. Kira, hören Sie auf damit!"

Geistesabwesend saß die Japanerin auf dem Boden der weißen Schleuse, beugte sich vor und hielt die Hände zum Gebet. Vor ihr lag ein Sturmgewehr der Marines. Die Schläge gegen die Wand und die dumpfen Rufe scherten sie nicht. Das Intercom war ausgefallen. Selbst wenn jemand ihre Landessprache verstand, so hätte niemand ihre leisen, weinenden Worte des Abschiedes und des Willkommens verstehen können.

„Aaron, bitte beeil Dich! Wir können sie nicht sterben lassen", flehte ihn Rivetti vor der Schleuse an.

Mit dem Schrei „Wo ist das Feuer?", stürmte Braun, den einsatzbereiten Feuerlöscher fest im Griff, in diesem Moment herein. „Kein Feuer?" Er sah zur Schleuse.

Nun kam auch Susannah in die Sektion gerannt.

„Was ist passiert?", keuchte sie atemlos.

„Kira! Sie ist völlig durchgedreht. Sie hört nicht mehr auf uns."

„Holen Sie sie da sofort raus!" Fassungslos starrte Susannah durch das kleine Fenster in die Schleuse. Wütend, schlug sie mit der Faust gegen das Glas. Schrecklich genug, dass sie Hiroto verloren hatten. Das hier durfte einfach nicht geschehen.

„Kira, bitte, wir brauchen Sie! Wenn Sie das tun, erfahren Sie nicht mehr, was mir Hiroto gesagt hat", erhoffte sie die Aufmerksamkeit der Selbstmordkandidatin. Es war ein Bluff, doch er wirkte. Kira blickte sich um und lächelte.

Wullf fluchte und gab auf. Der Countdown auf dem kleinen beschädigten Display näherte sich unaufhaltsam seinem Ende.

„Der Vorgang ist nicht aufzuhalten, Doktor. Ich kann von hier nichts tun."

„Nein! Das darf nicht geschehen. Bone!", rief sie ins Intercom. „Schalt sofort die Energie von Sektion II ab! SCHNELL!!"

„Okay, ich bin dran", antwortete er prompt.

Susannah sah in die Schleuse. Kiras Lippen formten noch die Worte „Es tut mir leid", als sich nur Sekunden später das äußere Schott öffnete. Das beschädigte System missachtete die Reihenfolge und führte keinen Druckausgleich aus. Millimeter um Millimeter öffneten sich die äußeren Tore und entfesselten einen chaotischen Sturm, dem die kleine zierliche Japanerin nicht lange standhielt. Ihre ordentlich hochgesteckte Frisur zerriss als Erstes, so dass ihre schwarzen Haare wie in einem Tornado tanzten. Kein Schrei, nur ein lautes Getöse quälte die entsetzten Ohren. Dann schlug Kira gegen das Schott.

Susannah wandte sich ab, verdeckte das kleine Fenster mit ihrem Körper und blickte traurig und erschöpft zu Boden. Sie wollte sich den unfairen Todeskampf nicht ansehen. Sie konnte keine weiteren Bilder des Grauens mehr verkraften. Bilder, die sie ihr restliches Leben nicht mehr vergessen würde. Sie wusste, was ein kleines Loch in einem Raumschiff anrichten konnte.

Auf der Columbusstation hatte es mehrere solcher Vorfälle gegeben. Menschen verschwanden durch winzige Öffnungen. Schlampigkeit, die Risse hervorriefen, platzende Nähte, Minimeteore oder Schrottteile, die kleine Löcher in die Wand schlugen.

„Neeiiin!", schrie auch Wullf und warf das verbogene Gewehr quer durch den Raum. „Warum?" Wie ein wildgewordener Boxer schlug er mit seinen blanken Fäusten gegen die Wand.

Susannah konnte nachvollziehen, warum Kira das getan hatte. Sie überlegte kurz, was sie wohl tun würde, wenn alles aus den Fugen geriete und es den für sie wichtigsten Menschen nicht mehr gäbe. Sie versuchte an etwas anderes zu denken und presste ihre Hände gegen die Ohren. Einige Augenblicke später war es vorüber.

Es war totenstill geworden und kostete sie unglaubliche Überwindung, sich wieder umzudrehen. Sie schloss ihre geröteten Augen, nahm all ihren Mut zusammen und tat es. Was würde sie sehen? Als sie ihre Lider öffnete, blickte sie in die leere saubere Schleuse, deren äußere Tore weit geöffnet waren. Kein Blut, keine Spuren. Die strahlend weißen Wände glänzten beruhigend. Doch der schwarze Tod des offenen Alls stach ihr mitten ins Herz. Das Schicksal schien sie endgültig einzuholen. Sie begriff: Nacheinander würden sie alle sterben.

Dann schaltete sich alles ab. Mit einem Schlag erlosch das Licht des ganzen Decks. Zu spät.

„Neeiiin! Kira!" Schreiend brach Sadler erneut zusammen und fiel weinend zu Boden. Immer wieder schrie sie ihren Namen.

„Bringt sie weg! Passt auf sie auf und lasst sie nicht aus den Augen!" Susannah holte tief Luft und versuchte, die in ihr aufsteigenden Tränen zu unterdrücken. Tapfer blieb sie am Fenster stehen und ertrug den leeren Anblick der Schleuse. Niemand sollte sie so sehen. Doch es gelang ihr nicht, die Fassung zu wahren.

Mehr und mehr Tränen brachen aus ihr heraus, einem Sturzbach gleich, der sich durch nichts mehr aufhalten ließ.

Während die anderen die völlig aufgelöste Ingenieurin auf ihre medizinische Station brachten, trat Bone langsam an Susannah heran. Seine Hände tasteten sich vorsichtig um ihre Schultern. Er drehte sie um, weg vom Ort des Schreckens und nahm sie in die Arme. Sie spürte seine Wärme und wünschte sich sehnsuchtsvoll, es wäre Steven, der sie so hielt. Dennoch tat die Berührung gut. Genau das hatte sie gebraucht. Zitternd klammerte sie sich an ihn.

„Ich weiß", sagte Bone mitfühlend, streichelte sanft ihren Rücken und rang selbst nach Worten. Auch seine Nerven lagen blank. „Du musst die Last nicht allein tragen."

„Die Situation gerät außer Kontrolle. Ich schaff das nicht mehr", resignierte Susannah mit tiefer Stimme. Ihre Stimmbänder und Lippen bebten. Langsam ließ sie ihren Kopf auf seine Schultern niedersinken.

„Pssst. Nicht reden. Du trägst nicht die Verantwortung für alles. Es gibt Dinge, die wir nicht kontrollieren können."

„Wir hätten es verhindern müssen. Wie viele werden noch sterben? Wer wird der nächste sein? Bone, ich hab solche Angst!" Er konnte fühlen, wie sich ihr Körper wie Espenlaub zu zittern begann. Also zog er sie noch näher an sich heran, hielt sie fester, so dass seine Arme sie wie eine Mauer umschlossen und versuchte, ihr den Schutz und Trost zu spenden, der ihr zur Zeit verwehrt blieb. Dann sah Bone zu Caren, die sich leise weinend ihre Hände vor den Mund hielt.

„Ich bring uns hier alle raus, Sue!", versprach er und versuchte, seine Stimme selbstsicher klingen zu lassen, als hätte er bereits einen Plan. Er nahm ihr Gesicht sanft in beide Hände, hielt es fest und schaute ihr entschlossen in die Augen.

„Ich schwöre dir, ich bring uns hier heil heraus!"

„Aber wie? Wie willst du das anstellen?", fragte sie pessimistisch. Was soeben geschehen war, hatte ihr jede Hoffnung geraubt.

„Hör zu! Ich will dass du Steven aus dem Koma aufweckst. Das ist wichtig. Weck ihn auf, egal wie! Es gibt nur noch einen Weg, uns vom Schwarzen Loch zu befreien."

„Ich kann ihn nicht so einfach aufwecken! Was hast du vor?" Susannah blickte verwirrt, unsicher ob er es ernst meinte.

„Kann ich dir nicht sagen. Vertrau mir! Du musst ihn jetzt aufwecken! Das ist lebenswichtig für ihn. Für uns alle. Okay?"

„Ich weiß nicht wie. Das könnte ihn töten."

Susannah sah ihn fragend an. Ihr war klar, dass sie hier weg mussten, aber sie brauchte viel mehr Zeit.

„Er hat nur diese Chance. Du musst es riskieren. Ich weiß, du kannst es. Du schaffst es doch immer."

„Das braucht Zeit. Sag mir bitte, was du vorhast!"

Bone wollte keine Panik schüren, also flüsterte ihr seinen Plan ins Ohr. Susannah schreckte einen Moment zurück.

„Verstehst du jetzt?", fragte er. Sie nickte verängstigt und wischte sich die Tränen aus dem Gesicht.

„Geh jetzt und mach, was ich gesagt habe!"

Susannah stand auf, ging langsam zu Caren, nahm ihre Hand und zog sie vom Boden hoch.

„Komm mit, Caren! Du musst mir helfen."

„Was hat er vor?"

„Steh auf! Ich erzähl es dir später. Jetzt komm! Wir haben viel zu tun", antwortete sie, zog Caren mit sich und verließen gemeinsam die Station.

Schlafentzug

Schlaf, ein Zustand der Ruhe. Ruhe, die jeder Körper brauchte, um sich zu erholen, seine Reserven zu erneuern, seine Organe in Einklang zu bringen, die innere Uhr auf null zu schalten. Genetisch programmiert, war es nur eine Frage der Zeit, bis sich jeder Körper nahm, wonach er verlangte.

Schlaf half dabei, neue Erfahrungen einzuordnen und positive wie negative Erlebnisse in Form von Träumen zu verarbeiten. Psychologen schätzten, dass ein Mensch nach zu langer Zeit ohne ausreichenden Schlaf gefährdet war, dem Wahnsinn zu verfallen.

Diese kratzende, garstige Stimme, der schleimige Latinobart, der Gestank aus dem Rachen des kolumbianischen Drogenschlächters. Dieses miese Folterschwein hörte einfach nicht auf. Gelbbraun, modrige Zahnruinen versuchten in sein Gehirn einzudringen, seinen Willen zu brechen. Doch sie brannten sich nur tiefer ein und erzeugten genau das Gegenteil: Hass.

Ein stinkendes Maul wechselte das andere ab. Der Brechreiz stieg ins Unerträgliche. Es war das gleiche Gesicht, oder doch nicht? Die Ausdauer des Foltermeisters war erdrückend. Es schien, als würde er stets ausgeschlafen haben und doch war immer etwas anders. Diese Zähne. Da war etwas mit den Zähnen.

Sie hatten schon die verschiedensten Methoden ausprobiert. Stromschläge, glühende Nadeln und mehrere Finger von den Händen abgetrennt. Aber was sie auch taten, sie wollten ihn noch nicht umbringen oder hielten sich zurück.

Stunde um Stunde hielten sie ihn wach, ohne dass er sich aus seiner erbärmlichen Lage befreien konnte.

Die wundgescheuerten Hände spürte er schon lange nicht mehr. Drogen linderten seine Schmerzen und versuchten ihn gefügig zu machen. Lange würden die Schultergelenke die schwere, hängende Last seines Körpers nicht mehr halten können.

„Reden Sie!", rief die Stimme permanent in sein Ohr.

„Antworten Sie! Wer hat Sie geschickt?"

Betäubt starrte er auf den Mund, der die Frage wieder und wieder stellte.

„Möchten Sie einen Schluck Wasser?", grinsten die Zähne.

„Ooooooh. Sie werden reden. Jeder redet."

Wasser, unendlich leckeres Wasser quoll zwischen den kariesverseuchten Stümpfen hervor, lief an seinem Kinn hinab, dann den Hals hinunter und tränkte das verschwitze, blutbefleckte Hemd über dem fetten Schmierbauch.

„Es kann alles vorbei sein, wenn Sie wollen. Jederzeit. Sie brauchen nur zu sagen, was ich wissen will."

Zu Tode erschöpft und müde, wanderte sein Blick zum grünen Blattwerk des Regenwaldes. Weiche Palmenblätter filterten das strahlende Licht der Sonne wie im Paradies. Es war nicht die verlassene Plantage, die allen zum Verhängnis wurde. Es war ein Camp mitten in der grünen Hölle. Endstation. Mehrere getarnte Häuser versteckten sich im Unterholz, dazwischen mehrere Erdlöcher und Gitter. Selbst mit Hubschraubern war dieses Camp aus der Luft nicht auszumachen. Wärmebildkameras könnten es entdecken. Doch es würde nur wie eines von vielen Dörfern der Eingeborenen aussehen. Es gab hier nichts Besonderes, was sich verräterisch auf Satellitenaufnahmen zeigen würde. Keine Fahrzeuge, keine Technik, Antennen oder dergleichen. Kein elektrisches Feld, das die Position des Kartells verriet. Selbst „Big Eye", das neueste Interferometer-Netzwerk aus unzähligen Spionagesatelliten, welches durch große Ausdehnung dreidimensionale Oberflächenbilder aus unterschiedlichsten

Blickwinkeln ermöglichte, würde hier nichts Auffälliges entdecken können. Die Tarnung war perfekt.

Wandernd bewegten sich seine Blicke durch das Camp, obgleich er schon lange nichts mehr richtig erkennen konnte. Berauscht von unzähligen Wahrheitsdrogen, blinzelte er angestrengt. Alles was er sah, erschien ihm unscharf und verschleiert. Blutige Hände hingen aus einem benachbarten Erdloch über den Bambusgittern. Sie hatten aufgehört, an ihren Fesseln zu zerren. Er kannte diese Hände und die Uhr, die am linken Handgelenk hing. Ash. Ob er noch lebte?

Ein angenehm frischer, warmfeuchter Wind zog über sein Gesicht, um gleich darauf vom ausströmenden, stinkenden Atem überdeckt zu werden. Er schloss seine Augen, um sich auszuruhen und zu vergessen, als ihn plötzlich ein weißer Knall wachprügelte. Das halbe Gesicht schmerzte und schwoll an. Er fühlte den Puls in der frischen Wunde pochen. Warmes Blut quoll aus Mund und Nase, das er deutlich schmecken konnte. Vor ihm stand dieses Schwein, den Schlagstock noch fest in der Hand umklammert. Das Ende des Stockes tropfte. Es war sein Blut. Nein, es war zu viel, zu alt, um allein von ihm zu sein. Er würde sich daran erinnern.

„Hören Sie mich? O ja, Sie hören mich."

„Sie Wichser! Was wollen Sie von mir?"

Lachen drang in sein Ohr. Alle lachten.

„So hat mich schon lange niemand mehr genannt. Gut, gut. Wir kommen voran."

Hinter dem auf und ab wandelnden Schatten stand ein ganzer Tisch voller Folterutensilien.

„Aha, Sie sehen sich all meine Spielsachen an. Gut. Ja, schauen Sie sich alles genau an! Wir haben viel Zeit, um den Rest auszuprobieren. Ganz wie Sie wünschen."

Langsam trat er näher, so nah, dass sein Gaumen innerhalb der faulen Höhle unerträglich greifbar war.

„Wenn Sie nicht kooperieren, werde ich einen nach dem anderen töten. Haben Sie verstanden? Ich werde alle ihre

209

Kameraden liquidieren, ganz langsam. Jeden Einzelnen. Und Sie werden dabei zusehen. Solange, bis ich am Ende auf ihre Leichen pisse!"

Dann schlug er wieder zu. Der Moment der Ohnmacht schien nur Sekunden anzudauern, bis er von einem Eimer heißen Urins in die Realität gespült wurde. Der bestialische Gestank würde ewig an ihm haften. Die Augen brannten, der salzige Geschmack brachte ihn zum Kotzen. Er wusste nicht einmal, ob es menschlicher Urin war. Es dauerte ein wenig, bis er begriff, wo er war und was nun folgen würde. Offenbar war er länger nicht bei Sinnen gewesen.

Lautes Gelächter drang in seine Ohren. Umgeben von sechs Söldnern, lag er im Schlamm eines kleinen Käfigs, kaum größer als ein Hundezwinger. Er erhob sich und versuchte mehr Einzelheiten zu erkennen, doch er sah schon wieder doppelt. Er konnte kaum seinen Augen trauen. Es gab sie tatsächlich zweimal. Zwillinge? Diese miesen Sadistenschweine. Er hatte es gewusst, dass da etwas faul war an den Zähnen.

An der gegenüberliegenden Wand stand der klägliche Rest seiner Truppe. Angekettet, gefesselt und schwarze Stoffsäcke über die Köpfe gestülpt. Auch wenn er ihre Gesichter nicht erkennen konnte, so wusste er genau, wer dort stand. Travis, Jones, Vaskez, Ohura, Jansen, Gavin, DiAngelo, Ash und Karl. Die Hand aus dem Gitter. Die Uhr war verschwunden. Dort, wohin Ash und die anderen gehen würden, brauchte niemand eine Uhr.

Er musste auch nicht groß rechnen, um zu wissen, dass über zwei Dutzend Männer seiner Einheit bereits auf der Plantage gefallen waren. Je mehr Zeit er aufwandte, darüber nachzudenken, was jetzt geschehen sollte, umso endgültiger wurde die Lage. Ihm waren die Optionen ausgegangen. Es war ziemlich egal, was er sagen würde. Sie würden ihn trotzdem töten.

Er hatte seine Befehle. Diesmal würde es keinen Ausweg geben. Die Regierung und das Oberkommando würden jegliche

Aktionen leugnen. Die Hoffnung auf Unterstützung war vergebens. Es würde keine Hilfe kommen.

Einer der Zwillinge trat an das Gitter und hauchte mit leisem, tödlichen Atem:

„Haben Sie Ihre Meinung geändert? Werden Sie kooperieren?"

Warum war ihm der leichte unterschiedliche Akzent nie aufgefallen. Jetzt machte alles Sinn.

„Bringt es endlich zu Ende!"

„Ihre Entscheidung."

Der andere Zwilling nahm eine Machete vom Tisch, schärfte sie demonstrativ am Schleifstein, holte weit aus und schlug die Machete tief in den Brustkorb von Travis. Der Brustkorb knackte entsetzlich und dem geknebelten Schrei unter dem schwarzen Sack folgte ein kurzer, heftiger Todestanz. Die Symphonie des Schreckens hatte begonnen. Sekunden später hing er mit blutgetränktem Hemd in seinen Ketten, blutete aus, wie ein Schwein auf der Schlachtbank.

Nacheinander wurde ein Mann nach dem anderen ermordet. Es schien den Zwillingen Spaß zu machen. Nach jedem Mord wechselten sie sich ab. Ihr Werk sollte Urängste schüren, das Ende fast vorhersehbar. Entweder würde er als Letzter getötet oder sollte den Rest seines Lebens mit der Pistole in der Hand verbringen, um sich eines Tages selbst das Hirn wegzublasen.

„Sagen Sie, wenn wir aufhören sollen!", rief einer von ihnen amüsiert und ganz in seinem Element.

„Also gut, hören Sie auf! Bitte", keuchte er geschwächt. Noch waren vier Männer am Leben. Sie lauschten, was nun passierte. Karl schüttelte den Kopf, als wollte er etwas sagen, ihn aufhalten. Die Befehle. Zur Hölle mit den Befehlen, wenn er ihre Leben retten konnte.

„Hören Sie auf!", flehte er nochmals. „Ich erzähle alles."

„Zu spät", riefen die geistesgestörten Schlächter und besiegelten die letzten vier Leben mit Pistole und Machete.

Dabei überboten sich beide in einer Gewaltspirale des Blutrausches. Während einer sein ganzes Magazin in DiAngelos Hirn und Augen schoss, hackte der andere die Extremitäten eines Mannes ab, dessen Identität nicht mehr zu erkennen war. Manchmal gelang es ihm mit einem einzigen Schlag. Ein anderes Mal waren bis zu drei Hiebe notwendig. Irgendwann hackten beide wie im Rausch auf die Männer ein. Die Schreie verstummten. Schließlich enthaupteten sie jeden der hängenden Kameraden. Was blieb, war das schaurige Bild ausblutender Torsos.

Als beide fertig waren, drehten sie sich zum Käfig um, als warteten sie auf den tosenden Beifall.

„Wie hat es Ihnen gefallen?", fragte einer voller Euphorie.

Dass sie keine Antwort bekamen, machte sie nur noch rasender. Vielleicht würden sie ihn dann endlich erlösen.

Kranke! Perverse! Beendet es endlich, dachte er sich!

„Los, bringt mich um! Tut es!", rutschte es ihm heraus.

„Nein, noch nicht", rief einer, grinste und zwinkerte einem der Söldner zu. „So leicht kommen Sie nicht davon."

Die Fäuste um die Gitter geballt, starrte er auf die toten Körper seiner Untergebenen. Er hatte kläglich versagt.

Dann brannte und zischte plötzlich sein Körper, dass er sich fast die Zunge abbiss. 50.000 Volt beendeten die Bekanntschaft mit den Zwillingen. Was blieb, waren unvergessliche Bilder von leblosen Stümpfen, Blut und Fleisch. Grauenvolle Visionen, die fast seinen Verstand kosteten.

Seine Augen rollten wild unter den Lidern umher, sahen wiederholt das Grauen, tief eingebrannter Erinnerungen.

„Wachen Sie auf!", rief jemand und schüttelte Colonel Braun, bis er seine entkräfteten, müden Augen öffnete.

„Mann, Sie sehen vielleicht fertig aus. Wovon haben Sie denn geträumt?", fragte Van Heusen.

„Das wollen Sie nicht wissen, glauben Sie mir. Sollte ich noch einmal einnicken, wecken Sie mich auf!", antwortete Braun erledigt.

„Sie sehen aus, wie ich mich fühle. Wir alle sollten endlich mal Ruhe finden." Van Heusen konnte sich ein Gähnen nicht verkneifen.

„Hey, das steckt an! Diese verdammten Erschütterungen. Wie lange mag das Schiff das noch aushalten? Da kann man ja gar nicht schlafen!", kämpfte auch Vandermeer mit seiner Müdigkeit.

„Warum haben Sie mich geweckt?", fragte Braun.

„Hätte ich fast vergessen. Das sollten Sie sich unbedingt selbst ansehen. Sie werden es mir sonst nicht glauben."

Braun folgte Van Heusen von Sektion zu Sektion, stieg die Leiter vom B-Deck bis zum D-Deck hinunter, während er flüchtig einen Blick auf den Rest der Crew warf. Alle arbeiteten bis zur völligen Erschöpfung, um das Schiff startklar zu machen.

„Wo führen Sie mich hin? Was ist hier unten?"

„Das werden Sie mir nicht glauben. Der ist total irre! Achtung, Kopf einziehen!", rief Van Heusen aufgeregt.

Die Gänge wurden immer enger und Braun erahnte langsam das Ziel der Besichtigungstour. Ein Zwischendeck der Explorer, irgendwo zwischen dem C-Deck und D-Deck, nahe am Bug. Es war das Waffenmagazin. Hier konnte man allenfalls geduckt gehen. Die Deckenhöhe betrug gerade einmal 150 Zentimeter. Warum das so war, wusste nur Barrow allein. Als Braun die Luke zum Waffenmagazin erreichte, sah er schon Bone über einem Torpedotubus am Boden arbeiten.

„Da wären wir. Ich hab einen Gast mitgebracht."

Braun blickte sich um. Obwohl er noch nie hier unten gewesen war, kam es ihm vor, als kenne er diesen Ort. Beklemmend, bedrohlich, gleichzeitig hell und steril. Wohin er blickte: Titanverkleidungen, Ladeluken, High-Tech-Paneele, Kabelschächte, Revolvermagazine. Dieser Raum war für manuelle Notfälle, Munitionsverladung und Wartungen vorgesehen. Es sah fast so aus, wie in einem Panzer der Goliath-Klasse. Sein Unterbewusstsein kannte die Feuerkraft der Explorer, die von diesem Raum ausging. Zivile Schiffe besaßen keinen solchen Raum. Was sich hinter diesen Verkleidungen versteckte, konnte das Gesicht eines Planeten verändern.

Langsam wandte er sich Bone zu, der sich an einem Sprengkopf zu schaffen machte.

„Wie ich sehe, basteln wir ein wenig? Was haben Sie damit vor, Commander?" Braun sah zum Revolvermagazin hinüber, wo der Sprengkopf entnommen wurde und noch weitere vier deponiert waren. Er trat näher an das Magazin heran und tastete mit seiner Hand über Kerben, Kratzer und Furchen in der Wandverkleidung, die nur einen Schluss zuließen. Bone hatte den 80 Kilogramm schweren Brocken allein aus dem Magazin auf den Boden geschmettert. Zu seinen Füßen fühlte er noch die Dellen im Boden. Hatte der Wahnsinnige die Bombe etwa fallen lassen? Ohne verringerte Schwerkraft?

„Keine Ahnung, was Sie mit den Dingern vorhatten, aber das sind unsere Fahrkarten nach Hause." Bone drehte sich zu Braun hin. „Es ist doch offensichtlich, was ich beabsichtige, oder nicht?"

„Allerdings. Wie ich sehe, haben Sie einige Grundkenntnisse über diese Art von Sprengköpfen gesammelt. Woher ..."

„Woher ich wusste, dass diese Babys an Bord sind?", fuhr Bone dazwischen. „Dachten Sie, ich wüsste nicht, was an Bord meines Schiffes los ist? Sie kennen dieses Schiff lange nicht so gut wie ich. Ich bin über alles bestens informiert."

„Ihr Schiff?"

„Verfluchte Scheiße! Was ist das für ein Sprengkopf? Von wie viel Megatonnen reden wir hier?" Van Heusen wurde ganz nervös und hielt respektvollen Abstand.

„Was, Sie wissen es nicht?", reagierte Bone überrascht. „Nicht mal ihre eigenen Leute wissen davon?" Bone schüttelte fassungslos den Kopf. „Ich vermute mal, in Megatonnen lässt sich dieses Schmuckstück nicht mehr errechnen. Klären Sie uns auf, Colonel!"

„Man kann jede Bombe in Megatonnen berechnen, wenn die Zahl hoch genug ist. Ich fürchte, Sie haben keine Ahnung, wozu diese Biester im Stande sind. Das sind keine konventionellen Gefechtsköpfe."

„Das dachte ich mir schon. Sagen Sie, wie viel Sprengkraft hat jede dieser Bomben?"

„Maximal 44 GT oder 44.000 Megatonnen. Die Sprengkraft ist nach unten regelbar."

„Das muss man sich erst mal auf der Zunge zergehen lassen. 44 Milliarden Tonnen TNT, jede Einzelne. Ich glaube, das reicht locker, um einen ganzen Planeten aus der Bahn zu pusten", verdeutlichte Bone kritisch.

Braun schwieg.

„Heilige Scheiße!", fluchte Van Heusen. „Und das soll uns retten?"

„Mit etwas Glück", hantierte Bone weiter.

„Sind Sie noch bei klarem Verstand? Die Explosion wird das Schiff wie Butter schmelzen." Van Heusen war außer sich.

„Richtig, es gibt nichts Vergleichbares", räusperte sich Braun. „Das macht sogar mir Angst. Was genau haben Sie vor?", fragte der Colonel neugierig.

„Wissen Sie: Viel interessanter ist die Frage, was Sie damit vorhatten. Diese Bomben sind doch nur aus einem einzigen Grund an Bord. Was sind sie? Unsere Lebensversicherung? Oder doch nur die Endlösung? Schlägt die Mission fehl oder treffen wir auf ungebetenen Besuch, sprengen wir eben alles in die Luft. Hab ich recht, Colonel? Sie mochten vielleicht ehrenwerte Absichten für diese Reise haben, aber Sie sind trotzdem nur ein gewöhnlicher Soldat mit beschissenen, geheimen Befehlen!"

„Worauf wollen Sie hinaus?" Braun blieb cool und hörte zu.

„Die Maschine unter Capri. Wer auch immer sie gebaut hat. Wir könnten noch auf sie treffen. Das wissen Sie. Kommen Sie! Denken Sie, wir alle sind blöd? Falls es miese Aliens sein sollten, die eine Bedrohung für unsere gute alte Erde darstellen. Nur dafür sind die hier!" Bone klopfte auf den Sprengkopf.

„Blödsinn! Glauben Sie, wir sind mitgekommen, um uns in die Luft sprengen zu lassen?" Van Heusen spielte die Situation herunter, doch ihm war mulmig bei der Sache. Schon die These gefiel ihm nicht.

Bone starrte Braun an und konnte es genau erkennen.

„Keiner Ihrer Marines wusste etwas von diesen Dingern. Er hatte nicht den Hauch einer Ahnung." Bone schaute zu Van Heusen. „Sie können es ruhig zugeben."

Van Heusen zuckte, wagte es kaum, etwas zu sagen.

„Sie haben die Bomben vorhin das erste Mal gesehen. Sie wussten einen Dreck! Das sind die verheerendsten Waffen, die je gebaut worden sind. Und sie wurden für diese Mission gebaut. Überlegen Sie mal! Diese Waffe kann man auf keinem Planeten einsetzen. Es sind gottverdammte Planetenkiller. Und dann gleich fünf Stück? Nun, ich hab eine andere Verwendung für diese Dinger."

Bone nahm ein Werkzeug aus der Kiste und legte nach und nach die Verkleidung rund um den Sprengkopf frei.

„Was soll ich sagen…?" Braun dachte nach.

„Am besten nichts! Es ist schon schlimm genug, dass sie an Bord sind. Entweder Sie helfen mir oder Sie lassen es."

Braun trat einen Schritt näher heran und blickte auf den freigelegten Sprengkopf.

„Wissen Sie, was Sie da tun? Sie kennen sich vielleicht mit diesem Schiff aus. Aber das da, das ist etwas ganz anderes. Ein falscher Handgriff … Sie sind nicht gerade ein Experte."

„Stimmt, ich bin keiner. Sind sie es? Zumindest weiß ich, was ein Zünder ist. Und wenn ich recht informiert bin, funktioniert dieses Schmuckstück nicht ohne diesen." Mit einem Handgriff schubste Bone den Zünder zwischen die Füße des Colonels.

„Ich könnte sogar mit dem Hammer drauf schlagen", was er sofort bewies. Van Heusen zuckte zusammen, als Metall auf Metall schlug.

„Bitte tun Sie das nie wieder. Wie lange haben Sie nicht geschlafen?", fragte Braun.

„Genauso wenig wie Sie, nehme ich an. Wie alle an Bord. Helfen Sie mir nun, oder muss ich alles alleine machen? Glauben Sie mir, ich wünschte, wir hätten eine andere Alternative. Ich bin nicht scharf auf diese Nummer, aber viel Zeit haben wir nicht mehr. Der Unfall im Reaktorraum war jedenfalls kein Zufall, das kann ich Ihnen versichern. Ich hab die Mikrorisse im Rumpf gesehen. Die werden nicht kleiner."

„Eine Bombe wird nicht reichen. Die Wirkung der Druckwelle und die Beschleunigung wäre tödlich für uns oder irre ich mich da? Wie viele werden wir brauchen?", wollte Braun wissen. Er hatte den Plan verstanden.

„Woher soll ich das wissen? Alle? Soweit war ich noch nicht. Ironie des Schicksals. In Mathe war ich immer eine Niete. Jetzt hätte uns Arkov sehr nützlich sein können."

Braun schwieg. Er wusste, dass Bone Recht hatte.

„Sie haben ihn auf dem Gewissen!", stocherte Bone nach.

„Sie wissen, dass das nicht wahr ist. Diese Entscheidung musste getroffen werden. Sonst wären wir jetzt alle tot!"

Alle schwiegen.

„Das muss ich erst mal verdauen", schluckte Van Heusen.

„Sie haben viel Vertrauen in die Reflektoren, Commander. Meinen Sie, dass die uns vor dieser Gewalt schützen können?"

„Haben wir eine Wahl? Das ist unsere letzte Option. Ich bin mir ziemlich sicher, dass die Wirkung der Ionenschockwelle kurz nach der Explosion dem Effekt von Capri ziemlich ähnlich ist. Über diese Alternative der Rückversicherung wurde viel diskutiert", erklärte Bone.

„Ich hab davon gelesen", meinte sich Braun zu erinnern. Bei der Debatte ging es um die Verkürzung des Rückfluges.

Wenn man eine ähnliche Strahlungswelle erzeugen könnte wie die von Capri, könnte die Rückreisedauer erheblich verkürzt werden.

„Wie stark werden die uns beschleunigen?"

„Hoffentlich genug, um hier wegzukommen. Aber es wird kein Spaziergang. Wie Sie schon sagten. Die Schockwelle ist zu kurz für eine positive Beschleunigung. Eine wird nicht reichen, es sei denn, wir wiederholen es einige Male und erhöhen unsere Geschwindigkeit schrittweise."

„Diese Art von Bomben wurden nur zweimal im Weltraum gezündet. Selbst 3.000 Kilometer Abstand schützen uns nicht."

„Ein normales Schiff würde diesen Ritt nicht schaffen. Aber wir sind nicht auf einem normalen Schiff. Glauben Sie mir! Es wird funktionieren."

Colonel Braun stand da wie angewurzelt, überlegte und strich sich durch die blonden Haare. Van Heusen wartete auf irgendeine Reaktion, als das Schiff wieder aufatmete. Hier unten hörte sich das Knarren und Ächzen der Rumpfkonstruktion noch weit bedrohlicher an.

„Das ist ja echt beruhigend. Ich bin gespannt, wie sie es den anderen verklickern wollen."

Van Heusen ahnte es. Er konnte es in den Augen der beiden anderen sehen. Der irre Plan war besiegelt.

„Erklären Sie mir, was ich tun soll."

Bone und Braun besprachen alles, entnahmen noch zwei weitere Sprengköpfe aus dem Magazin und verbauten sie in Forschungsdrohnen für das Achtermagazin. Die Arbeit war hart, das Risiko hoch. Nur eines musste noch getan werden. Das Timing der Explosionen. Das Leben aller an Bord hing an dem seidenen Faden der Mathematik.

Nur wer sollte diese komplexe Berechnung anstellen? Wer war fähig und wach genug? Die Wissenschaftler waren ihnen mittlerweile ausgegangen. Jeder an Bord litt unlängst unter Schlafentzug und permanenter Müdigkeit. Der kleinste Fehler konnte alles zunichtemachen. Der Albtraum nahm seinen Lauf.

Koma

Beinahe regungslos lagen ihre Körper aufeinander. Nur das langsame und ruhige Auf und Ab verriet, dass sie schliefen. Von ihrer Müdigkeit überrumpelt, ruhte Susannahs linke Gesichtshälfte auf Stevens Unterleib. Wie schon unzählige Male zuvor, war sie erneut auf ihrem Hocker neben seiner Station weggenickt.

Steven schlief jedoch einen anderen Schlaf. Seiner Sinne und Reflexe beraubt, lag er im vierten Grad der Komatiefe. Keine Schmerzreaktionen, keine Pupillenreaktion, Ausfall aller Schutzreflexe. Beinahe das gesamte somatische Nervensystem war ausgefallen. Nur die unbewussten, vegetativen Funktionen schienen Steven noch am Leben zu halten. Jene, um die sich kein Mensch Gedanken machen musste. Atmung, Herzschlag, Blutdruck und Verdauung.

Ununterbrochen scannte die Kryomedstation seine Lebensfunktionen. Es klang beinahe beruhigend, sicher, nicht zu laut. Von einer Sekunde zur nächsten begannen die Spritzen auf dem Tisch zu klappern. Alles geriet in Bewegung. Der schleichende Rhythmus gehörte mittlerweile zum Leben auf dem Schiff dazu, der Infarkt spürbar nah. Doch das Koma ließ diesen Moment unbeeindruckt vergehen, während sich Susannah kurz regte und erneut ihrer Müdigkeit ergab. Zu klein war der Reiz, zu groß ihr Bedürfnis nach Schlaf.

Plötzlich drangen Schreie in ihre Ohren und schreckten sie auf. Sofort rannte sie wie im Trance Richtung Mittelsektion zur nächsten Kryohalle.

„Verschwinden Sie! Lassen Sie mich in Ruhe!", schrie Sadler aus vollen Kräften. Rivetti trat sichtlich gereizt zurück und machte Platz für Susannah, die sich sofort über Sadler beugte.

„Was ist los?", fragte die Ärztin und sah Rivetti vorwurfsvoll an. „Sie sollten ihr doch was geben!"

„Das habe ich! Ich gab ihr 15 Milli-Einheiten."

Susannah griff zu einer kleinen Stablampe und leuchtete der Ingenieurin in die Augen, deren Pupillen stark geweitet waren.

„Okay. Machen Sie noch zehn weitere fertig!"

„Ich will nicht mehr träumen. Mach, dass es aufhört!" Sadlers leere Blicke sprachen ihr aus dem Herzen.

Rivetti ging zum großen Medizinschrank und entnahm ein weiteres kleines Fläschchen. Sie hielt kurz inne und verschaffte sich einen Überblick.

„Wir müssen mit den Medikamenten sparen. Vielleicht werden wir sie noch dringender brauchen." Rivetti öffnete die Tür soweit wie möglich, so dass Susannah selbst sehen konnte, dass der Schrank nur noch zur Hälfte gefüllt war. Das Chaos hatte seinen Tribut gefordert. Vieles wurde zerschmettert.

„Geben Sie schon her! Wir können sie nicht in diesem Zustand lassen. Es ist gleich vorbei, Beth."

Sadler packte ihren Arm.

„Keine Drogen mehr! Bitte Sue, bring mich in Kryostasis! Ich halt das nicht mehr aus. Bitte! Ich ertrag die Alpträume nicht mehr länger! Ich will schlafen … nur noch schlafen."

Rivetti reichte ihr das kleine Fläschchen und eine verpackte Spritze. Susannah legte beides ab, nickte der verzweifelten Ingenieurin zu und streichelte sie.

„In Ordnung. Keine Träume. Und wenn du aufwachst, sind wir zu Hause. Wie klingt das?"

„Hört sich gut an, ja. Nach Hause." Sadler schloss erleichtert die Augen.

„Isabell? Haben Sie das mitgekriegt? Wir aktivieren ihren Kryoschlaf. Können Sie das für mich übernehmen?"

„Klaro, Doc. Ich mach das schon", sagte Rivetti.

„Gut … dann ... bereiten Sie alles vor. Alles wird gut, Beth. In zehn Minuten schläfst du tief und fest."

„Ohne Träume?", fragte Sadler noch immer aufgelöst.

„Ohne Träume!", versicherte Sue. „Wir wecken dich, wenn wir wieder in Sicherheit sind. Wenn Sie mich brauchen? Ich bin nebenan", wandte sich Susannah von beiden ab. „Ich muss noch was Wichtiges erledigen."

„Okay." Isabell sah der Ärztin voller Sorgen nach. Dann begann sie die Vorbereitungen und fixierte die Ingenieurin.

„Ganz ruhig. Gleich ist es vorbei", lächelte sie ihr zu.

„Danke." Sadler entspannte sich.

Wie oft hatte sie ähnliche Szenen im Einsatz erlebt. Blutüberströmte Kameraden ohne jede Chance. Tödlich verwundet, vollgepumpt mit Morphin, glaubten alle jedes Wort. Nicht immer hatte sie die Wahrheit gesagt. Leere Versprechen ohne Wiederkehr. Nur die Wenigsten erwachten wie erhofft.

Rivetti ließ sich Zeit und dachte über die letzten Worte nach, während sie Sadler anstarrte. Sie hatte es gut. Es kam einer Erlösung gleich, im Kälteschlaf nicht mehr an die ständige Bedrohung und den Tod denken zu müssen. Keine Angst mehr.

Dann richtete sie die Kryokammer in der Vertikalen auf und verankerte sie in der Wand. Ein paar Handgriffe später aktivierte sie den Kältevorgang. Sadler schwebte schwerelos und sicher verzurrt in ihrer Kammer. Langsam strömte das Kryogel hinein, umschloss ihre Beine, ihren Unterleib und stieg weiter an. Nur noch ein paar Minuten und sie hatte ihre Ruhe. Die Frage war nur: Würde sie je wieder aufwachen? Wahrscheinlich war es ihre geringste Sorge, solange sie nur endlich diese Bilder aus dem Kopf bekam.

Rivetti drehte sich um, als sie Caren an der gegenüberliegenden Wand am Boden sitzen sah. Sie sah verängstigt aus, bleich, als hätte sie einen Geist gesehen.

„Hey, alles in Ordnung? Geht es Ihnen gut?", fragte sie zögernd. Sie wusste, dass jeder an Bord mehr als gereizt war. Langsam streckte sie ihre Hand nach der ihr fast unbekannten Biologin aus. Langsam zog sie sie hoch.

„Caren, richtig? Wir hatten bisher wenig Gelegenheit uns näher kennenzulernen."

„Ja. Caren Staff", antwortete sie zurückhaltend.

„Sehr angenehm. Ich heiße Isabell. Aber Sie dürfen mich auch Rivetti nennen. Ist mein Rufname unter den Jungs. Sie sind unsere Terraformingspezialistin, oder?"

„Richtig. Ich bin für die Biosphäre und die Basisstation verantwortlich. Aber daraus wird ja vermutlich nichts mehr."

„Ja, beschissene Situation. Entschuldigung", antwortet Rivetti unverblümt.

„Alles ist so unwirklich. Ich schaue ständig aus dem Fenster und versuche sie zu finden, aber sie ist nicht mehr da! Es ist so schrecklich, was passiert ist. Ich habe solche Angst!"

„Die haben wir alle!"

„Ich dachte immer, Soldaten kennen keine Angst", sagte Caren, während sie Rivetti musterte.

„Wir sind auch nur Menschen."

Caren schwieg und sah erneut durch ein Fenster hinaus.

„Sie sehen aus, als könnten Sie einen Cocktail zur Beruhigung gebrauchen." Rivetti griff wieder zur Spritze, die Susannah auf den Tisch gelegt hatte. „Soll ich…"

„Nein, danke. Ich möchte klar im Kopf bleiben! Ich fühle mich nur … so fehl am Platz. Was machen wir hier?"

„Das frage ich mich auch oft. Ich glaube, ich könnte selbst etwas gebrauchen." Gerade als sich Rivetti die Injektion setzen wollte, griff Caren ein.

„Nicht! Wir brauchen noch klare Ärzte."

Rivetti hielt inne und überlegte kurz. Dann stellte sie das Fläschchen wieder hin und legte die aufgezogene Spritze ab.

„Verdammt!"

Kryohalle I, Vordersektion, C-Deck

Zögernd beobachtete Susannah die stabilen, vegetativen Vitalfunktionen. Alles war vorbereitet. Auf dem Beistelltisch lagen alle ihr bekannten Möglichkeiten, ihn sanft bis unliebsam aus dem Koma zu befreien. Neurotransmitter, Insulin, Rafiximol und andere Medikamente, bis hin zur Stromschockvariante DEFI.

Wie gelähmt, stand sie vor der Station, nicht imstande, das zu tun, was Bone von ihr verlangte. Begriffe wie Locked-in-Syndrom, Hirntod oder Wachkoma geisterten durch ihren Kopf. Sie schloss die Augen, versuchte irgendeine schöne Erinnerung zu packen, sich an ihr festzuhalten, um den Mut zu finden. Gedankenblitze hielten ihr immer wieder die schönsten Momente vor Augen. San Francisco, Glas Beach, die Nacht am Meer. Die Hochzeit, nach der beide beschlossen, ihre eigenen Namen zu behalten. Hätte sie sich nur anders entschieden.

Die grollenden Vibrationen erinnerten sie schließlich wieder daran, warum sie den Neurotransmitter in der Hand hielt.

„Hörst du mich?", sprach sie mit ihm. „Ich fühl mich so einsam ohne dich. Ich kann dich nicht weiter liegen lassen. Wir brauchen dich jetzt, hörst du? Ich brauche dich! Du hast dich wirklich lange genug ausgeruht, findest du nicht?"

Sie legte ihre Hände auf seine Wangen, strich ihm langsam durchs Haar, küsste ihn auf die Stirn und den warmen Mund.

„Was ich tun muss, ist sehr gefährlich."

„Susannah", sprach eine vertraute Stimme. Es dauerte einen Moment, bis sie begriff, dass es ihr Schwiegervater war. Er stand hinter ihr.

„Ich wollte dich nicht stören", sprach er sanft und blickte voller Sorge auf die medizinischen Instrumente. Er wusste, dass dieser Augenblick vielleicht der letzte sein konnte, an dem er seinen Sohn lebend sah. Überrascht suchte sie nach einer Entschuldigung.

„Mir bleibt keine Wahl, James. Wir müssen es riskieren! Wenn ich ihn jetzt nicht aus dem Koma befreie, wird er nicht überleben!"

„Ich weiß, mein Kind. William hat mir alles erzählt. Deswegen bin ich hier. Ganz gleich, was passiert, ich bin bei euch."

Susannah sah zu Steven. Auch James trat ganz nah heran.

„Er sieht so friedlich aus. Ich weiß nicht, was ich tun soll! Ich kenne nicht einmal die genaue Ursache für das Koma. Es könnte so vieles sein. Der Stoffwechsel, vielleicht hat er eine Überdosis CO_2 abbekommen, als die Kammer nicht richtig funktionierte. Oder Sauerstoffmangel. Es gibt keine Anzeichen einer Hirnstammveränderungen, keine Blutungen, keinen Hirnüberdruck, nichts, das auf den Grund hinweist."

Der Admiral nahm seine Schwiegertochter in die Arme. Sie gehörte zur Familie. Dabei fühlte auch sie, wie er vor Kummer zitterte.

„Künstliche Komata sind einfacher. Da senkt man langsam die Dosierung der Medikamente und erhöht schrittweise die Körpertemperatur. Sowas kann mehrere Wochen dauern."

„Die wir nicht haben, ich weiß. Tu, was du tun musst. Ich vertraue dir, gleich, wie es ausgeht", sprach er entschlossen.

„Ja. Danke", seufzte sie und umklammerte ihn noch fester.

„Ich lasse euch besser allein." James wandte sich ab.

„Nein. Bitte bleib!", erwiderte sie knapp.

„Na schön." Vorsichtig nahm James die Hand seines Sohnes und küsste sie.

„Ihr beide seid alles, was ich noch habe." Er küsste auch Susannah auf die Wange und wich in eine Ecke zurück.

Entschlossen und mit einem Lächeln auf den Lippen, wischte sie sich die Tränen aus den Augen und begann mit der Behandlung.

Zuerst befestigte sie seine Arme und Beine mit den Sicherheitsgurten und deaktivierte das Schwerkraftfeld „Dekubitus". Ein letztes Mal kontrollierte sie die externe Tropfstation, die Steven fortlaufend mit Natriumchlorid-Lösung, L-Ornithin und Flüssignahrung versorgte.

Langsam nahm sie eine Spritze in die Hand und setzte sie am rechten Oberarm an. Die Nadel durchstach die Haut und ein Tropfen dunkelroten Blutes quoll hervor. Admiral Cartright verzog sein Gesicht, als spürte er die Nadel selbst.

„Es gibt viele theoretische Methoden, komatöse Patienten zu wecken. Ich werde jetzt eine massive Reizkette auslösen und ihn damit hoffentlich aufwecken." James nickte und war einverstanden.

Susannah nahm die silberne Spritzpistole, steckte eine Ampulle auf und injizierte ihm den Neurotransmitter Glutamat, Paromomycin Typ IV und eine weitere Substanz. Dann schloss sie die Kryokammer und beobachtete die Werte auf dem Glas der Kanzel.

Minuten vergingen, nichts passierte. Nur langsame und minimale Veränderungen waren sichtbar, die jedoch nichts am komatösen Zustand änderten. Susannah unternahm den nächsten Versuch, öffnete die Kanzel und injizierte das nächste Medikament. In diesem Moment betrat nun auch Rivetti den Raum.

„Kann ich helfen?", fragte sie leise.

„Ja. Danke. Ich könnte Ihre Hilfe gut gebrauchen", kämpfte Susannah mit sich selbst. Sie sah ratlos aus. Die Liste der Möglichkeiten schrumpfte minutiös.

Susannah schloss die Kanzel erneut, um ein Gas auszuprobieren. Alle konnten beobachten, wie sich der Bauch hob und wieder senkte, das Gas in seiner Lunge verschwand, ohne eine nennenswerte Reaktion hervorzurufen.

„Mist. Wieder nichts."

Susannah betätigte die Absaugung, die binnen Sekunden das Gasgemisch gegen reine Luft mit hohem Sauerstoffanteil austauschte. Tapfer ertrug der Admiral das Schicksal seines Sohnes. Er konnte nichts dagegen unternehmen.

„Probieren wir es mit Rafiximol", schlug Susannah als Nächstes vor. „Versuchen wir es mit einer Dosis von 400 Milligramm."

„Sind Sie sicher?", stutzte Rivetti. Susannah nickte nur und verdrängte die Gefahr. Rafixamol war eigentlich ein Nervengift, welches zu Muskelkrämpfen und Herzversagen führen konnte.

Es hatte aber viele erfolgreiche Anwendungsfälle gegeben. Die prozentuale Überlebenschance blendete sie gedanklich aus. Sie ging das Risiko ein.

Ein geruch- und farbloses Gas strömte in die Kammer und löste sofortige heftige Reaktionen aus. Binnen Sekunden destabilisierten sich die vitalen Funktionen. Steven begann sich zu krümmen und zu husten. Ein gutes Zeichen mit üblen Nebenwirkungen.

„Puls bei 160 und steigt drastisch! Blutdruck sinkt ab! Er beginnt zu hyperventilieren!", rief Rivetti hektisch und begann sofort eine Infusion vorzubereiten.

„Das ist eine Schockreaktion. Endlich! Ich senk die Sauerstoffzufuhr. Geben Sie ihm drei Einheiten Adrenalin!"

„Kammerflimmern!", schrie Rivetti.

„Geben Sie ihm das Adrenalin. Schnell!"

Rivetti setzte die Ampulle ein und schoss das Adrenalin direkt in seine Vene. Die Vitalwerte brachen zusammen.

„Noch immer Kammerflimmern, wir müssen es stoppen!"

Susannah konzentrierte sich und aktivierte den Defibrillator zur Herzregulierung. Schnell entfernte sie eine Diode zur Analyse der Vitalfunktionen, die für die Schocktherapie hinderlich war. Nun war die Brust frei. Susannah beeilte sich, ein leitendes Gel über die Brust zu verteilen. Dann nahm sie zwei Elektroden-Pads unterhalb der Kryostation heraus, die mit feinen, flexiblen, silberblanken Kabeln mit der Station verbunden waren. Die Pads ähnelten kleinen runden Bügeleisen mit bläulich glänzenden Elektrodenpolen.

IVI: „DEFI bereit. Modus zwei", übernahm der Bordcomputer die Kontrolle des Defibrillators.

Susannah drückte die grünen Bereitschaftsknöpfe an beiden Pads, rieb die Pole aneinander und testete sie auf Spannung. Sofort spürte sie die Power.

„Stufe vier!", befahl sie dem Computer.

IVI: „Stufe vier geladen. Bereit für Schock."

„Und Schock!", rief Susannah, setzte die Elektrodenpole auf und trieb die Spannung durch das Herz.

IVI: „Bitte zurücktreten. Patient nicht berühren! Analyse läuft. Stufe vier geladen. Bereit für Schock", sprach die seelenlose Stimme.

„Das Kammerflimmern lässt nicht nach."

Susannah trat erneut heran und wiederholte den Vorgang.

„Schock!", rief sie erneut und sah verzweifelt in das ruhende Gesicht ihres Mannes. Nur mit Mühe gelang es ihr, nicht die Fassung zu verlieren. Noch durfte sie die Hoffnung nicht aufgeben. Die Energie ließ Steven aufzucken, so dass sich der Oberkörper aufbäumte.

IVI: „Bitte zurücktreten. Patient nicht berühren! Analyse läuft."

Die Scanner der Kryomedstation liefen ununterbrochen und sandten die Daten synchron zum Defibrillator.

„Herzstillstand! Kein Puls!", rief Rivetti aufgeregt.

Sofort legte Susannah die Pads beiseite und begann mit dem Wiederbelebungsmaßnahmen. Mit schnellem und kräftigem Druck begann sie eigenhändig sein Herz zu stimulieren. Nach dreißig Kompressionen übernahm sie die Beatmung und presste zweimal Luft in seine Lungen. Seine Lippen waren warm und bestärkten sie, nicht aufzugeben. Sie durften nicht erkalten. Wie ein Uhrwerk wiederholte sie diese abwechselnde Routine fast zwei Minuten lang.

„Keine Veränderung", bemerkte Rivetti leise, ihre Augen auf das Display bannend.

Susannah trat zurück, versuchte klar zu denken und fasste einen letzten Entschluss. Erneut griff sie zum Defibrillator, die vielleicht letzte Chance. Doch sie wusste, dass diese Methode keine Garantie zum Erfolg war. Schließlich setzte man DEFI nicht zur Herzschlagreanimierung ein.

„Stufe Sechs!"

Rivetti starrte erschrocken. Susannah war sehr angespannt und ging aufs Ganze.

IVI: „Stufe Sechs geladen. Bereit für Schock.“

„Und Schock!“

Noch mehr Energie bahnte sich den Weg durch das menschliche Gewebe, so dass die ganze Muskulatur kontaktierte.

IVI: „Bitte zurücktreten. Patient nicht berühren! Analyse läuft.“

Susannah regelte die Lautstärke herunter, führte die Wiederbelebungsmaßnahmen aus und beobachtete gebannt die Vitalanzeigen. Ihre Augen suchten eine Regung der Brust, ihr Gesicht dicht an seiner Nase und seinem Mund. Doch noch immer weigerten sich seine Lungen zu atmen.

„Es tut mir leid“, sprach Rivetti leise und trat zurück.

„Stufe sechs!“, sagte sie erneut mit schwerer Stimme.

IVI: „Stufe sechs geladen. Bereit für Schock“, erklang es leise.

„Schock! Komm schon. Bitte“, flehte sie ihn an.

Stevens Oberkörper zuckte stark, dann krümmte er sich.

IVI: „Bitte zurücktreten. Patient nicht berühren! Analyse läuft.“

„Da!“, schrie Isabell lachend auf. „Sein Herz, es schlägt! Und er atmet wieder! Der Blutdruck steigt bei 120 zu 100.“

Rivetti konnte ihre Freude kaum unterdrücken. Tränen bahnten sich ihren Weg.

IVI: „Analyse läuft. Vitaldaten stabil. Kein weiterer Schock notwendig.“ Die leise monotone Stimme klang wunderbar. Es war das Schönste, was Susannah seit langem gehört hatte. Sie strahlte überglücklich, beugte sich über Steven und küsste ihn.

Seine Bewegungen waren steif und mühsam. Langsam drehte er den Kopf, um anschließend kurz die Augen zu öffnen. Es war mehr ein Blinzeln. Susannah weinte vor Freude.

„Hallo, Schatz. Da bist du ja“, sagte sie mit einem Lächeln, das Herzen sprengen konnte. „Kannst du mir sagen, wie viele Finger ich zeige?“

Natürlich war er noch zu schwach, um Antworten zu können. Susannah war überglücklich. Behutsam streifte sie die Beatmungsschläuche von seinem Gesicht, setzte ihm eine neue Atemmaske auf, platzierte eine neue Elektroden auf der Brust und folgte dem ruhigen Herzschlag. Die Behandlung war noch nicht vorüber aber sein Zustand schien stabil.

„Du hast mir gefehlt", flüsterte Susannah glücklich in seine Ohren. „Ich hatte schon gedacht, du verlässt mich für immer."

Mit aller Kraft hob er eine Hand und berührte die ihre. Nur wenige Zentimeter hatten ihr gezeigt, dass er zu bewussten Handlungen fähig war. Er hatte sie erkannt. Das war das Wichtigste. Susannah strahlte.

Auch Admiral Cartright war erleichtert und trat zur Station, um Susannah zu umarmen und seinen Sohn zu begrüßen.

„Hallo mein Junge", sprach er sichtlich ergriffen.

„Er braucht Zeit, um sich zu regenerieren. Lassen wir ihn schlafen", flüsterte Susannah James zu und fiel dem Admiral um den Hals.

„Ich wusste, du schaffst es. Ich habe keine Sekunde gezweifelt", sprach er zu ihr.

Gute drei Stunden später saß sein Vater noch immer an der Seite seines Sohnes, als dieser plötzlich erwachte und James Hand ergriff.

„Hey, Dad. Sind wir schon da? Hab ich was verpasst?", fragte er schwach und ahnungslos. James lachte vor Freude.

„Allerdings! Das hast du."

Endlich war er ansprechbar. Sofort eilte Susannah herbei, küsste und umarmte ihren Mann.

„Wieso weint und lacht ihr alle?"

Es war ein Moment der Freude und der Hoffnung. Es war ein Schritt nach vorn. Das Schiff hatte seinen Commander zurück.

Von der Tür aus beobachtete Caren das zurückgewonnene Mitglied und freute sich über das Glück der beiden. Zum ersten Mal strahlten alle gemeinsam.

Gerade als die Phase des Glücks seinen emotionalen Höhepunkt erreichte, verstrich die 52. Sekunde der Ruhe. Steven schreckte zusammen, sah wie Gegenstände zu zittern begannen. Er erkannte: Das war alles andere als normal.

„Dad? Was zum Teufel war das?"

Reaktorraum, Achtersektion, D-Deck

Der Boden glänzte nass. Jemand hatte frisch gewischt. Nichts deutete auf das schreckliche Geschehen der vergangenen Stunden hin. Der glatte Metallboden hatte seine klinische Kälte zurückerlangt. Zwar gab es kein Blut mehr, doch der Gestank würde ewig bleiben. Wer hatte die grauenvollen Überreste von Hiroto beseitigt? Er war jedenfalls nicht zu beneiden.

Im ganzen Reaktorbereich herrschte reges Treiben. Wer nichts zu tun hatte, half bei der Suche nach Schäden, um weitere Tragödien zu verhindern. Am Ende war es purer Egoismus, das Wohlbefinden der eigenen Haut.

Niemand wollte so enden wie der Japaner. Der Schock saß noch immer tief. Die Umstände zwangen alle Marines zu unliebsamen Wartungstätigkeiten. Sie taten es mehr oder weniger freiwillig. Kowski, Wullf und Vandermeer suchten das Maschinendeck nach weiteren Mikrorissen ab. Mit Strukturscannern ausgerüstet, durchleuchteten sie jede Verstrebung, jedes Rohr und jeden Quadratzentimeter. Nichts durfte unentdeckt bleiben, nichts dem Zufall überlassen werden.

„Also ich kann nichts finden. Alles sauber", meinte Vandermeer lustlos.

„Gut, Viktor. Dann räumt schon mal das Werkzeug weg! Wir suchen noch weiter.", antwortete Wullf erschöpft.

„Klar. Zu Befehl, Sergeant!" Vandermeer salutierte ironisch, drehte sich um und verließ den Reaktorraum.

„Das ist Zeitverschwendung", murrte auch Kowski entkräftet.

„Such weiter! Wir müssen sicher gehen. Die Pipeline ist nicht von allein gebrochen."

Hinter der dicken Panzerscheibe des Reaktorraumes kämpften Weißberg und Barrow eine ganz andere Schlacht.

Da Sadler ausgefallen war, oblag es nun der brillanten Kompetenz Chad Barrows, den Reaktor wieder zu reaktivieren. Schließlich hatte er die Abschaltung vom Grundriss an zu verantworten. Die Explorer war sein jüngstes Kind. Es gab keine einzige Niete, keinen Schaltkreis noch eine Schwachstelle, von der er nichts wusste. Und glücklicherweise besaß er das Wissen, wie man die Sperre des Reaktorkerns umgehen konnte.

Als gewissenhafter Konstrukteur war es seine Auffassung, einer Notabschaltung des Reaktors immer eine Sperrzeit folgen zu lassen. Es war nur eine von vielen Sicherheitsvorkehrungen im System, damit sich Ingenieure folgender Schiffe die Zeit nahmen, Probleme richtig anzupacken. Zu oft wurde in der Vergangenheit geschlampt und vertuscht.

Wie gesagt, es sollte keine schwere Aufgabe sein, die Sperre zu neutralisieren. Jedoch hatte Barrow nie die Möglichkeit solch schwieriger Umstände in Betracht gezogen. Wie konnte er auch? Die Kette der Ereignisse war zu absurd, als dass er sie voraussahen konnte. Das Schiff drohte jeden Moment auseinanderzubrechen oder ins Schwarze Loch zu stürzen.

Der Reaktor war außer Betrieb, der Zugangscomputer zur Entsperrung zerstört. Zu viele Probleme für den kleinen Mann. Ein Segen Gottes, dass Weißberg noch unter den Lebenden weilte. Zu Recht machte sich dieser Luft.

„Ich verstehe nicht, wieso Sie diesen so wichtigen Zugang in die gefährdete Zone installiert haben. Schauen Sie sich das an!"

Weißberg zeigte auf den geschmolzenen Computer. Mit einer Brechstange musste er diesen öffnen, um nachzusehen, was noch zu retten war.

„Ein Fehler, das gebe ich zu", versuchte sich Barrow zu entschuldigen. Betriebsblindheit fern jeder Praxis und aller möglichen Unfälle hatte zu der offensichtlichen Fehlplanung geführt. Alle anderen relevanten Systeme verrichteten ihren Dienst hinter der Scheibe des Panzerglases.

„Werden Sie das beheben können?", fragte Chad unsicher.

„Wenn Sie mir noch mehr Ersatzteile bringen können, ja."

Voll in seinem Element, huschten Davids filigrane Hände über die feine Elektronik. Obwohl er diesen Computertyp nie zuvor gesehen hatte, lernte er schnell. Niemand sonst hätte in der kurzen Zeit einen Ersatz improvisieren können.

Das ausgebreitete Schlachtfeld an Schaltplatinen, optischen Leitungen und Nano-CPUs war kaum überschaubar. Weißberg steckte die letzten Kabelverbindungen zusammen und wischte den Schweiß von seiner Stirn.

„War's das?", fragte Barrow ungeduldig.

Weißberg schnaufte und nickte, was wohl ein „Ja" bedeuten sollte. Sein Zeigefinger näherte sich dem Powerbutton auf der Konsole.

„Hoffentlich klappt es diesmal", betete Barrow.

Kein Piepen, kein Rauschen von Lüftern oder Festplatten, keine Lautsprecher. Computersysteme hatten die Evolutionsstufe als Spielzeugkonsole weit hinter sich gelassen. Moderne Rechner basierten auf kaltem Licht der Photonen- und Nanoquantentechnologie. Manche sogar auf Biochemie. Dieser hier machte keine nervigen Soundgeräusche. Vielmehr war es ein Warnsignal, wenn er es tat. Schnelligkeit und Präzision war alles. Diese Schaltkreise hatten nur eine Aufgabe und hielten eine der wohl größten technischen Errungenschaften der Menschheit im Zaum. Heliumbrennen - Kernfusion.

Weißberg drückte die Taste. Völlig lautlos stand das System in Bruchteilen einer Sekunde wieder zur Verfügung. Sprachlos starrte Barrow auf den Screen und musterte die Statusmeldung. „Gott sei Dank. Gute Arbeit!", schnaufte Barrow erleichtert.

„Yeah! Ich hab's voll drauf! Eine heiße Maschine", feierte sich Weißberg begeistert selbst.

„Spinner! Komm wieder runter, David!" Vandermeer schlug ihm anerkennend auf die Schulter.

„Wenn du es besser kannst, mach du es nächstes Mal, Großmaul", zischte Weißberg zurück, der das ernstgemeinte Kompliment missverstand.

„Ich kann's nicht besser", grinste Vandermeer zurück und war sichtlich beeindruckt. „Bist ja doch zu was zu gebrauchen!"

Nachdenklich zuckte Weißberg mit seiner linken Augenbraue.

„Wiederhol das bitte! War das gerade ein Kompliment?"

„Hast es dir verdient", antwortete Vandermeer lässig, packte die Werkzeugkiste und ging in die nächste Sektion.

„Pfffff. Hat er mich jetzt verarscht oder wie?"

Ein Brummen erfüllte plötzlich das gesamte Schiff. Der Reaktor war wieder Online. Alle Anzeigen waren im grünen Bereich. Barrow nahm die Hände des Marines und schüttelte sie dankend.

„Das war eine großartige Leistung. Ich werde Sie für eine Beförderung vorschlagen, wenn Sie Wert darauf legen."

Weißberg fühlte sich erhaben, schließlich war er solch löblichen Zuspruch nicht gewohnt. Im Grunde war alles nur ein Klacks. Er hatte ja nichts anderes getan, als die durchgeschmorten Bauteile durch neue zu ersetzen. Zum Glück hatte er den Programmcode nicht neu schreiben müssen. Der hatte die brodelnde Plasmasuppe glücklicherweise unbeschadet überstanden. Aber das musste er ja niemandem verraten.

Auch jenseits des dicken Panzerglases streckten Wullf und Kowski die Köpfe, anschließend den Daumen senkrecht in die Höhe. Und Vandermeer? Meinte er es tatsächlich ernst?

Wenn ja, fühlte er sich richtig gut. Deutlich war seine innere Freude zu erkennen. Es war lange her, dass er diese Anerkennung spürte. Das erste Mal seit dem Start. Aber wollte er eine Beförderung?

„Nein. Ich denke nicht", antwortete er ein wenig später.

Barrow hatte den Faden verloren und schaute ihn verwundert an. „Was? Was meinen Sie?"

„Die Beförderung. Kein Interesse. Mein Dienst ist vorbei. Falls wir es zurück schaffen, will ich mein normales Leben zurück." Er ging zur Schleuse.

„Eine kluge Wahl!"

Barrow, der selbst in jungen Jahren eingezogen wurde, teilte diese Einstellung. Er hatte den militärischen Kommandostil noch nie gemocht. Obwohl er durch seine Forschungen und technischen Entwicklungen in gewisser Hinsicht trotzdem für das Militär arbeitete, hatte er sich sein eigenständiges Denken bewahren können. Er konnte Entscheidungen treffen. Ja und Nein sagen. Er war keine Marionette und man brauchte ihn. Er tat das, was er am besten konnte. Er baute die besten Schiffe.

„Hey, vielleicht nehme ich Sie in mein Team auf. Ich weiß, dass Sie zu deutlich mehr im Stande sind. Ehrlich, einen Spezialisten wie Sie könnte ich gut gebrauchen", rief Barrow ihm anerkennend hinterher.

„Klingt gut. Vielleicht komm ich drauf zurück", freute sich Weißberg und ging durch die Schleuse.

234

Der letzte Ausweg

Befreit von jeglicher Schutzbekleidung, beinahe nackt, saßen Bone, Braun und Van Heusen auf dem warmen glatten Boden des Zwischendecks und konnten ihre Blicke nicht von der offenen Wandverkleidung abwenden. Bone wischte sich den Schweiß aus dem Gesicht und dachte nach. Seit mehreren Stunden spielte die Umweltkontrolle schon verrückt, so dass auf die Klimaanlage kein Verlass mehr war. Mal war es in der Waffenkammer bitter kalt, kurz darauf so heiß wie in der Wüste.

„Diese Hitze ist unerträglich", keuchte Van Heusen.

Erschöpft lehnte er sich zurück und spannte seinen Bauch. Sein unbekleideter Oberkörper glänzte, als hätte er eine Ölmassage in einer Sauna genossen.

Neidvoll spähte Bone auf die stählernen Muskeln des Marines. Gern hätte er selbst solch einen Körper besessen, doch er war stets zu bequem gewesen, sich täglich selbst zu schinden. Allen perlte der Schweiß von der Haut. Am Ende ihrer Kräfte sahen alle wieder zur Wand und dachten nach.

Das mächtige Revolvermagazin war geladen, die Feuerleitlösung eingegeben. Nun warteten die scharfen Bomben auf ihre Entfesselung.

Außerhalb der Explorer, Mittelsektion

Wo viel Licht ist, da ist auch viel Schatten. Eine Regel, die sich Wullf und Kowski für die Reparaturen der Außenhülle zu Nutze machten. Blendend helle Lichtkegel fluteten den oberen Kamm der Explorer nach beiden Seiten. Jeder Grad, jede Beschädigung warf bei diesem Licht einen langen Schatten oder fiel durch einen dunklen Fleck auf. Zufrieden blickte Wullf den hellen Rumpf entlang in Richtung Bug.

Längst nicht mehr makellos, glänzten die Silber schimmernden Flicken inmitten der blendend, weißen Oberfläche. Seine Arbeit war vollbracht.

Er streckte sich. Rücken und Nacken schmerzten. Mühsam sah er auf und blickte in die absolute Dunkelheit. Von der grellen Helligkeit des Rumpfes geblendet, seine Pupillen stark verkleinert, vermochte es nicht einmal der hellste Stern, sich auf seiner überbelichteten Netzhaut abzubilden. Die Scheinwerfer überstrahlten das schwache Licht der ganzen Milchstraße.

Erst als er seinen Kopf ein wenig nach hinten neigte, so dass kein Licht mehr in seinen Helm hineinfiel, wurde es besser. Er hielt inne und starrte in die schwarze Unendlichkeit. Langsam weiteten sich seine Pupillen und der lilagrüne Schimmer der Strahler verflog. Es dauerte einen Augenblick, bis sich seine Augen an die Dunkelheit gewöhnt hatten, bis das schwache Licht der Sterne zurückkehrte. Es war alles andere als ein Bild der Ruhe. Der Anblick glich einem Tornado. Der Boden bebte unter seinen Füßen. Das bedrohliche Puzzle fügte sich zu einem Ganzen.

Tascha hatte nicht schlecht gestaunt, als sich Aaron für den Außeneinsatz meldete. Seit dem Unfall waren erst wenige Stunden vergangen. Er musste einfach wieder raus. Es gab kein besseres Mittel gegen die Angst.

„Wullf, Kowski, bitte kommen", erklang es plötzlich durch das Intercom.

„Wir hören", antwortete der Hüne kurz.

„Kommt wieder rein! Wir starten in Kürze."

Sein Blick fiel wieder auf den hellen Rumpf. Geblendet verengten sich die Pupillen wieder zu winzigen Löchern. Er antwortete nicht.

„Aaron, haben Sie verstanden?", fragte Braun erneut.

„Geben Sie uns noch fünf Minuten! Wullf Ende."

„Sollten wir nicht die Antenne einfahren?", fragte Kowski und deutete auf den großen Spiegel hinter ihr.

„Mist, der Spiegel", erinnerte sich Wullf und schüttelte den Kopf. Wegen der Antenne hatten sie Arkov verloren. Er überlegte einen Moment. „Wenn wir sie jetzt einfahren, war sein Tod umsonst. Soll sie doch Daten sammeln, solange wir hier sind."

„Wir werden sie verlieren", meinte Kowski.

„Na und? Was spielt das für eine Rolle." Er nahm einen der beiden großen Reparaturkoffer und wollte grad das Werkzeug zusammen packen, als plötzlich ein kleines Objekt den Bug verließ. Wullf versuchte dem blitzschnellen Geschoss zu folgen. Ein bläuliches Aufblitzen hatte ihm verraten, dass es eine SOS-Notbake war. Sekunden später war sie verschwunden.

„Was war das?", fragte Kowski, die sich nicht schnell genug umgedreht hatte. „Hoffentlich warten die diesmal auf uns."

„Das hoffe ich auch."

„Was ist nun damit?", deutete Kowski erneut auf die Antenne.

„Sie bleibt, wie sie ist. Wir erfüllen seinen letzten Willen. Los, nichts wie weg hier!"

Irgendwo draußen im Weltraum
Das Funkfeuer breitete sich in alle Richtungen aus. Die Stimme, die jeden Winkel der Galaxis ansteuerte, klang vertraut und unsicher.

„SOS Bake1. Hier spricht Commander Doktor Susannah Cortez, leitende Ärztin der ESS Explorer, des ersten interstellaren Raumfluges, Mission Capri. Wir haben unser Ziel, das System Capri Solaris, nicht erreicht. Wer immer diese Nachricht empfängt ... wenn Sie diese Nachricht finden, haben wir es vermutlich nicht geschafft. Unsere Abweichung vom Kurs Erde – Achird beträgt 27 Grad. Unsere Position ist etwa 8,3 Lichtjahre von der Erde entfernt. Mitten im interstellaren Raum. Wenn unsere Berechnungen stimmen, haben wir Juli 2215. Wir sind schon 120 Jahre hier draußen. Unsere Situation ist sehr ernst. Wir befinden uns im Schwerkraftfeld eines großen, unbekannten Schwarzen Loches. Was auch immer beim Start schief gegangen ist, hat unser Schiff schwer beschädigt. Große Trümmerteile haben uns mittschiffs getroffen, unsere Außenhülle sowie die Triebwerke wurden schwer beschädigt." Eine längere Pause unterbrach die Funkmitteilung. „Wir haben beträchtliche Verluste. Professor Jaros Kaspar Arkov, Doktor Kira Yoshimura, Doktor Hiroto Yoshimura, Captain Thomas Wheeler, Chef Ingenieur Gordon Miller, Sergeant Eric Stone und Corporal Carter sind tot. Ich fürchte, es werden nicht die letzten sein."

Übermächtig dominierte das Schwarze Loch den Hintergrund der kleinen, fernen Explorer. Rasend schoss sie als weißer Punkt um den Giganten und hinterließ einen geisterhaften Schatten ihrer selbst, der nicht verschwand. Den Scheitelpunkt überwunden, schleuderte es das Schiff in die nächste Runde von 52 Sekunden.

Ein blauer Blitz kreuzte den Weg, dann ein zweiter. Eine Bake schoss vorbei und änderte ihren Kurs, um in eine immer höhere und weitere Umlaufbahn um das Schwarze Loch einzutreten. Ihr Microdrive würde noch zehn Minuten brennen. Jede Minute war kostbar. Je schneller und höher ihre Umlaufbahn war, umso länger würde sich die Bake ihrem Schicksal entziehen können.

Kryohalle I, Vordersektion, C-Deck
13 Minuten zuvor.

„ … Yoshimura, Captain Thomas Wheeler, Chef Ingenieur Gordon Miller, Sergeant Eric Stone und Corporal Carter sind tot. Ich fürchte, es werden nicht die letzten sein."

Susannah drückte die Pause-Taste und stoppte die Aufnahme. Der Bildschirm vor ihren Augen zeigte die Gesichter, die sie eben noch namentlich genannt hatte. Nachdenklich trank sie einen Schluck ihres Grünen Tees, stellte die Tasse vorsichtig auf dem Pult ab und blickte zu Steven, der geschwächt zurückblickte und trotz Medikamenten nicht schlafen konnte. Sie drückte die Taste erneut. Mit einem tiefen Luftzug sprach sie weiter.

„Auf Grund mehrerer Systemausfälle können wir die Annäherung zum Ereignishorizont nicht eindeutig bestimmen. Vermutlich werden wir es nie herausfinden. Sicher ist nur: Die Umlaufzeit beträgt nur noch 51,8 Sekunden und sinkt weiter. Schaffen wir es nicht, uns von unserer derzeitigen Position zu entfernen, werden wir bald in die Singularität stürzen. Die erste Triebwerkszündung ist bereits auf verheerende Weise fehlgeschlagen. Daher bleibt uns nur noch eine Möglichkeit, der Singularität zu entfliehen…" Susannah pausierte erneut. Der Plan war purer Wahnsinn.

„Wir beabsichtigen, uns mit mehreren Fusionssprengköpfen vom Schwarzen Loch fortzuschleudern. Wir hoffen und beten, dass der Rumpf den Belastungen der Detonationen und des Schleudereffektes standhalten wird. Sollte unser Versuch misslingen, so ist diese Nachricht unser letztes Lebenszeichen. Wir hoffen, dass sich diese Bake lange genug im Orbit hält, so dass sie jemand aus sicherer Entfernung bergen kann. Wer immer diese Nachricht findet, wünscht uns Glück. Wir können es gebrauchen. Nähern Sie sich nicht der Bake und halten Sie Abstand vom Schwarzen Loch! Hier spricht Commander Doktor Susannah Cortez, leitende Ärztin des europäischen Raumschiffs ESS Explorer. Gott sei mit uns! Ende der Nachricht."

Susannah betätigte die Stopp-Taste, fügte der Nachricht Arkovs Daten sowie eine Annäherungswarnung hinzu und lehnte sich zurück. Machte es Sinn, eine Flaschenpost in einen gigantischen Strudel eines reißenden Wasserfalls zu werfen? Es fühlte sich an, als machte sie ihr letztes Testament, welches niemand je lesen würde. Einen Raum weiter hörte sie, wie Colonel Braun Probleme mit dem Funk zu haben schien.

„Aaron, haben Sie verstanden?", fragte Braun erneut.

„Geben Sie uns noch fünf Minuten! Wullf Ende."

Eine Weile zögerte Susannah. Dann startete sie die Bake.

Sensorenphalanx & Hauptcomputer, B-Deck

Euphorisch nahm Barrow Messungen vor, prüfte seine Parameter und winkte Bone herbei.

„Das müsst Ihr euch unbedingt ansehen! Da seht!"

Barrow deutete auf den Bildschirm, auf dem der elliptische Kurs der Explorer um das Schwarze Loch simuliert wurde. In mehreren engeren Umlaufbahnen befanden sich die abgestoßenen Trümmerstücke des Triebwerkes und des Reflektors. Auch die Leichensäcke waren noch sichtbar.

„Wehe, wenn das nicht wichtig ist", murrte Van Heusen überfordert.

„Also, was gibt es?", fragte Bone neugierig.

„Das ist das alte Triebwerk. Was ist daran so wichtig?", motzte Vandermeer, der sich der Versammlung anschloss.

„Beobachtet die Flugbahn, hier! Einen Moment, ich beschleunige die letzten Minuten."

Die Zeitraffer machte es unverkennbar. Während sich die Explorer auf der äußeren Umlaufbahn bewegte, flogen die abgetrennten Trümmerteile innen viel schneller.

„Und? Was bedeutet das?", wollte Vandermeer wissen.

„Das ist doch völlig normal, dass sich Objekte in engeren Umlaufbahnen schneller bewegen und den kürzeren Weg haben."

Bone starrte auf den Bildschirm und sah mit seinen eigenen Augen, wie das Trümmerteil beschleunigte.

„Irre ich mich, oder wird es immer schneller?"

„Genau!", bestätigte Barrow mit freudigem Lachen. „Das ist es! Genau DAS wollte Arkov herausfinden. Versteht ihr? Ich denke, das ist der Beweis, dass wir mit der Rotation fliegen. Wir beschleunigen. Würden wir entgegen fliegen, müssten wir erst abbremsen."

„Ist das gut oder schlecht?", fragte Braun ernst.

„Definitiv gut! Das erhöht unsere Chance", war Bone sicher.

„Sehr gute Arbeit. Dann verschwinden wir endlich!"

Außerhalb der Explorer, Mittelsektion

Die grellen Scheinwerfer, mit denen das Außenteam während der letzten E.V.A. die Nacht zum Tage machte, waren erloschen. Es war dunkel und still. Nur die spärliche Beleuchtung der Positionslichter, sowie der Hauptschleuse warf einen fahlen Lichtschatten auf die Außenhülle. Weiter oberhalb waren die Fenster des C-Decks und B-Decks hell erleuchtet. Nichts deutete hier draußen auf die Hektik innerhalb des Schiffes hin. Hinter dem dicken Panzerglas von Kryohalle III schloss Susannah gerade Wullfs Kryokammer, als zwei weitere leicht bekleidete Frauen die Sektion betraten. Rivetti trug bereits ihren blaugrauen Schutzanzug, während sich Tascha auszog und ihren maskulinen Oberkörper freimachte. Anschließend öffnete sie eine schmale Tür und ging hastig auf die Toilette. Isabell stieg gerade in ihre aufgerichtete Kammer, als das Schiff abermals erschütterte. Erschrocken stieg sie umso schneller ein und begann, sich selbst die Gurte anzulegen.

Oberhalb des Fensters löste sich plötzlich einer der Flicken, mit dem Kowski noch vor knapp einer Stunde mühsam einen Riss versiegelt hatte. Die Vibrationen hielten an und vergrößerten den Riss. Die Außenhülle begann zu zittern und zu schwingen. Weiter unterhalb, irgendwo zwischen dem D-Deck und dem E-Deck, bot sich ein ähnliches, erschreckendes Bild. Versiegelungen brachen, ein Stück der Außenummantelung sprang heraus und verzog sich ungewöhnlich. Langsam schwebten die kleinen abgebrochenen Fragmente bis zu den Tragflächen der Deltaflügel hinaus, die noch immer ausgefahren waren.

Plötzlich entwichen Gaspartikel. Teleskopartig, ähnlich einem Fächer, zogen sich die schweren Segmente des Flügels ineinander und verschwanden langsam im Inneren des Backbordrumpfes. Auch auf der Steuerbordseite fuhren die Tragflächen ins Innere des Schiffes.

Kryohalle II, Mittelsektion, C-Deck

Die notdürftigen Instandsetzungen dieser Sektion vermittelten keinen Anschein von Geborgenheit. Zwei der acht Kryokammern befanden sich nicht mehr an Ort und Stelle. Jeder wusste, was mit ihnen geschehen war. Ein unbehagliches Gefühl drängte sich allen auf. Es hätte Jeden treffen können. Dennoch erschien der Anblick der versiegelten Wände und leeren Plätze angenehmer, als die dritte zerstörte Kammer, die noch immer an ihrem Platz in der Wand stand. Überdeutlich waren die Spuren der Zerstörung zu erkennen, die zum gewaltsamen Tode des Captains geführt hatten. Die zertrümmerte Glaskanzel fehlte, doch die durchbohrte Rückwand ließ grauenvolle Erinnerungen aufkommen.

„Beeilung! Schneller, Weißbrot! Sieh zu, dass du in deine Kapsel steigst!", schrie Van Heusen lauthals.

Steif vor Angst, stieg Weißberg in seine Kammer und versuchte vergeblich, sich festzuschnallen.

„Wieso hab ich mich nur auf so einen Mist eingelassen? Wir gehen hier alle drauf. Wo ist Aaron?"

„Beruhigen Sie sich! Wullf ist achtern in Sektion III", antwortete Susannah und kam Weißberg zur Hilfe.

„Leute, ich will eine andere! Das gefällt mir nicht!", zappelte Weißberg rum und betrachtete die Schäden an der Decke. Sein Blick schweifte zur Klimakontrolle hinüber, die von einer dicken Eisschicht überzogen war. Es tropfte von der Decke. Schon bald würden es Eiszapfen sein, wenn die Temperatur noch weiter fiel. Er fühlte sich alles andere als sicher.

„Viktor? Spuck deinen Kaugummi aus! Wäre ziemlich jämmerlich, wenn du den vor Angst verschluckst und daran krepierst." Van Heusen lachte schäbig.

„Wie kommst du darauf, dass ich Angst habe?", kaute Vandermeer unverdrossen weiter und ließ keinen Zweifel über seine Coolness aufkommen. Susannah hielt ihre Hand vor seinen Mund und wartete.

Sie war verantwortlich, dass sämtliche Fremdkörper aus den Kammern entfernt wurden, inklusive Kaugummi.

Vandermeer dachte nicht daran, den klebenden Kaugummi selbst aus dem Mund zu nehmen und ließ das eklige, grüne Gebilde mit seinen Lippen auf ihre Hand fallen. Unbeeindruckt, warf sie den Kaugummi in eine Wandluke, mit der Aufzeichnung „Trash".

Als Susannah Vandermeers Kammer näher untersuchte, bemerkte sie seine aufdringlichen Blicke. Ungeniert, starrte er auf ihre Brüste. Sie fror. Ihre harten Brustwarzen zeichneten sich deutlich unter ihrem Kryoanzug ab.

„Echt scharf, Doc! Wo werden Sie schlafen? Ich glaub hier drin ist noch Platz. Sie und ich." Vandermeer grinste frech.

„Halten Sie Ihre Hormone zurück, Corporal!"

Ohne jede Reaktion setzte sie ihm seine Atem- und Sprechmaske auf, schloss den Sauerstoff an und hielt die optische Intercomverbindung zwischen ihren Fingern. Ihre Augen blitzten. Dann ließ sie das Kabel fallen, ohne es an der Maske anzuschließen, betätigte einen Schalter, so dass sich die Glaskanzel automatisch verschloss und aktivierte die Stasis.

Vandermeer zerrte an den Gurten und wurde wütend.

„Hey, so hab ich das nicht gemeint. Kommen Sie, Doc! Das ist doch Scheiße! Was soll denn das? Ach, verfluchte Schlam…!"

Mit dem dumpfen Zischen der hermetischen Versiegelung verstummte Vandermeer. Grinsend wandte sie sich ab und war sich sicher, vorerst keine dummen Sprüche ertragen zu müssen.

„Doc? Kommen Sie bitte her!", rief Van Heusen freundlich.

„Haben Sie noch einen Wunsch?", fragte sie knapp.

„Ja. Ich möchte bei Bewusstsein bleiben. Kein Kryoschlaf!"

„In Ordnung. Ihre Entscheidung, aber ich rate davon ab. Das kann ein heftiger Ritt werden."

„Das halt ich schon aus. Wir sind harte Jungs!"

„Wir werden sehen. Noch etwas? Kein dummer Spruch?"

„Nein, Ma'am."

Susannah schmunzelte und schloss auch seine Kammer.

Einige Minuten später waren alle Stationen versiegelt und begannen sich mit Kryogel zu füllen. Von einem Terminal startete Susannah ein Diagnoseprogramm. Sofort begann der Computer die internen Systeme jeder einzelnen Kammer zu überprüfen.

IVI: „Starte Diagnose Kammer eins. Druck Kreislauf A normal. Druck Kreislauf B normal. Kryogelpegel 78 Prozent. Temperatur 23 Grad Celsius. Absorber Standby. Hydraulik normal. Lebenserhaltungssystem normal. Starte Diagnose Kammer zwei. Druck Kreislauf A normal..."

Sämtliche Balken aller Kammern waren grün.

„Ich fühl mich wie Baron Münchhausen", meinte Van Heusen mit aufgesetztem Humor aus dem Inneren seiner Kammer. Niemand antwortete. Selbst Viktor gab keinen Laut von sich. Er konnte es nicht.

Noch immer lief das Diagnoseprogramm als es bei Nummer fünf ankam.

„Kammer fünf, negativ! Bitte schließen Sie Kammer fünf an die Stromversorgung an und starten Sie die Diagnose neu!"

„Kammer sechs, negativ! Bitte schließen sie Kammer sechs an die Stromversorgung an ..."

Susannah stoppte die Diagnose. Gleichzeitig betrat Colonel Braun die Kryohalle, schloss den Reißverschluss seines Anzuges und stieg wortlos in Nummer vier.

„Alles in Ordnung, Colonel?", fragte sie besorgt. Braun sah blass und misstrauisch aus.

„Schließen Sie das Ding und bringen wir es hinter uns!"

„Viel Glück!"

„Ja. Hals- und Beinbruch!", antwortete er nur.

Susannah konnte die Furcht in seinen Worten spüren. Offensichtlich glaubte er selbst nicht mehr an diesen irren Plan.

„Hat jemand eine Kotztüte?", bewies Van Heusen eine Portion Galgenhumor, doch niemand lachte mehr.

Kryohalle I, Vordersektion, C-Deck

Das Schott zur Mittelsektion schloss sich und ein rotes Kontrolllämpchen leuchtete auf. Susannah blickte durch das beschlagene Bullauge auf das nächstgelegene Schott der Kryohalle II. Alle warteten auf die Sprengungen. Es waren qualvolle Minuten, vielleicht die längsten ihres Lebens. Möglicherweise sogar die letzten.

Ihr Blick fiel auf Sadler, die sich gegenüber von Steven längst im Tiefschlaf befand. Ihre Vitaldaten waren auf das äußerste Minimum gesunken.

Gleich, was in der nächsten Stunde passieren würde, sie würde es nicht bewusst erleben. Für sie war die Reise längst zu Ende.

Susannah ging zu Caren hinüber, die vor ihrer Kammer saß.

„Jetzt bist du dran. Komm schon, steh auf!" Hydraulisch richtete sich Carens Kammer auf.

„Du glaubst nicht daran, dass wir es schaffen, oder?", wollte sie wissen. Die Angst stand ihr überdeutlich ins Gesicht geschrieben. Als Ärztin versuchte Susannah Stärke zu zeigen. Doch es gelang ihr nicht so recht.

„Natürlich glaub ich daran. Wie kommst du darauf?"

„Warum dann unser Testament?"

„Was meinst du?", fragte Susannah irritiert.

„Die Not-Bake. Ich hab alles gehört."

Jetzt verstand Susannah, worauf sie hinaus wollte und suchte nach einer passenden Antwort.

„Reine Vorschrift, falls wir es nicht schaffen. Jemand muss die Wahrheit erfahren."

„Versprichst du es mir? Werden wir hier wegkommen?", fragte Caren erneut. Susannah zuckte mit ihren Schultern, ihre Augen wichen ihr aus.

„Wie kann ich das versprechen? Ich weiß es nicht", antwortete Susannah ehrlich. „Es liegt nicht in meiner Macht."

Caren senkte ihren Kopf. Es war nicht die Antwort, die sie zu hören erhofft hatte. Jetzt konnte sie auch die Angst in Susannahs Augen erkennen.

„Vertrau auf Bone! Er bringt uns nach Hause. Da bin ich mir ganz sicher", versuchte Susannah ihr wieder Mut zu machen. Doch es waren die falschen Worte. Für Caren war es wie Salz in der offenen Wunde.

„Bone, ja. Ich vertraue ihm, aber er spricht nicht mit mir. Ich glaube, er geht mir aus dem Weg. Ich weiß nicht, was ich noch tun soll." Traurig japste sie nach Luft.

„Hey, er ist nur angespannt, wie alle an Bord. Er will niemandem Angst machen. Er braucht nur mehr Zeit."

„Hmm, vielleicht. Wie schaffst du es nur, so stark zu bleiben?", fragte Caren mit zitternder Stimme.

„Alles nur Oberfläche. Ich hab genauso Angst wie jeder andere. Weiß Gott, was ich getan hätte, wenn Steven es nicht geschafft hätte. Vielleicht hätte ich sogar den gleichen Weg gewählt, wie Kira."

„Das glaub ich nicht. Nicht du! Du kämpfst doch immer."

Plötzlich kam Bone in die Sektion, schaute auf die Uhr und sah bedrückt zu den beiden Frauen hinüber. Caren wandte sich ab, um ihren Kummer aus dem Gesicht zu wischen.

„Ihr solltet euch beeilen! Es geht bald los!"

Susannah versuchte ihm etwas mit den Augen zu sagen. Sie nickte und sah zu Caren. Er sah zu Caren. Eine unbehagliche Pause entstand. Bone wurde nervös, drehte sich um und wollte ins Cockpit zurück.

„Haltet euch bereit!"

„Wie viele Minuten haben wir denn noch?", fragte Susannah schnell. Bone sah auf seine Uhr und spürte, wie sich jemand von hinten näherte. Langsam drehte er sich wieder um.

„Maximal eine viertel Stunde", sagte er schüchtern, als er sah, dass Caren auf ihn zuschritt. Sie hob ihre Arme und griff nach ihrer Kette mit einem silbernen Amulett, welches sie um den Hals trug. Vorsichtig nahm sie es ab und ging drei Schritte auf ihn zu. Diesmal wichen ihre Augen nicht voneinander.

„Du ... ich…", stammelte Bone.

„Es würde mir sehr viel bedeuten, wenn du es trägst", sprach sie mit leiser Stimme. „Ist ein Talisman. Er soll uns allen Glück bringen." Bone betrachtete den Anhänger aus Feinsilber. Er zeigte ein weit geöffnetes Palmenblatt.

Sie trat ganz nah heran. Ihr warmer Unterarm streifte sein Gesicht, während sie ihm das Amulett um den Hals legte. Wie angewurzelt, stand er vor ihr und konnte sich nicht bewegen. Der kleine Silberkarabiner schnappte zu. Die Kette war verschlossen, doch ihre Arme ruhten noch immer auf seinen Schultern und schlossen sich langsam zu einer innigen Umarmung. Tief in seinem Innern erwachte ein fast begrabenes Gefühl zu neuem Leben. Dann umarmte auch er sie ganz fest. Jetzt konnte er ihre ganze Wärme, ihr Zittern und ihre Aufregung spüren. Nun war er sich sicher, dass auch sie dieses Gefühl mit ihm teilte.

„Danke. Ich danke dir", flüsterte er in ihr Ohr und lächelte.

„Siehst du mich überhaupt?", appellierte sie an sein Herz.

„Natürlich! Es ist nur kompliziert. Hab etwas Geduld mit mir. Ich ignoriere dich keine Sekunde mehr."

„Haben wir beide denn noch Zeit", fragte sie ängstlich.

„Ich bring uns hier raus. Versprochen!"

„Jetzt sind es schon drei Versprechen", sagte sie und schaute in seine Augen. Er dachte kurz nach und erinnerte sich.

„Stimmt. Und ich halte sie."

„Bone! Wo bleiben Sie? Doktor? In 15 Minuten starte ich den Countdown.", rief Barrow aus dem Verbindungsschott zum Cockpit.

„Wir beeilen uns."

Langsam ließen sie einander wieder los und traten einen Schritt zurück. Ihre Finger lösten sich nur zaghaft.

„Ich muss dann mal", sprach Bone verlegen und blickte Caren tief in ihre blaugrünen Augen.

„Geh schon!", forderte sie ihn auf. Sie blickte noch immer ängstlich, aber sie schien auch zu lächeln. Voller Mut rief sie ihm noch nach.

„Denk dran, du schuldest mir noch einen Sonnenuntergang!"

„Und du bekommst ihn!" Bone lächelte zurück. Dann kletterte er die Leiter zum Cockpit hinauf. Susannah zwinkerte und freute sich zugleich. Caren strahlte, wie lange nicht mehr.

„Was?", fragte sie verdutzt, als sie Susannahs Gesichtsausdruck sah.

„Wow!"

„Wow?" Caren wurde verlegen.

„Ja, wow! Ich freue mich für dich. Für euch beide", fügte sie bestimmend hinzu.

„Danke, Sue. Du bist eine wahre Freundin."

Nur noch fünf Minuten!

Die Zeit verrann, der Countdown lief. Die sichere Zukunft dauerte nur noch bescheidene fünf Minuten. Susannah stand vor Steven und hatte jedes Zeitgefühl verloren. Seine Brust hob und senkte sich ruhig und beständig. Es war ein kleines medizinisches Wunder, das sie vollbracht hatte. Das Koma war überwunden, wenn auch mit drastischen Mitteln. Doch es war nur ein kleiner Sieg, gegenüber der Macht, die draußen auf sie lauerte. Der verrückte Plan potenzierte den Wahnsinn nochmals. Aber hatten sie eine andere Wahl?

Ihre Hände wanderten zärtlich über seinen Körper, ihr Verlangen und ihre Sehnsucht nach seiner Wärme und Geborgenheit war unermesslich. Er sah ängstlich aus und dennoch beruhigte er sie mit einem einzigen liebenden Lächeln. Was er wohl dachte, fragte sie sich. Ihre Blicke liebkosten einander. Sie streichelte ihn erneut und schloss den Reißverschluss seiner Bekleidung.

„Hey, meine Kleine. Alles wird gut."

Wenn sie doch nur mehr Zeit hätten. Doch plötzlich holte sie eine erbarmungslose Stimme in die Wirklichkeit zurück.

IVI: „Achtung! Abwurf erfolgt in fünf Minuten."

Susannah klappte die Fußstütze ein und begann eilig die Vorbereitungen zum Aufrichten der Kammer. Mühsam und hastig schloss sie alle Gurte und Halterungen, um die Kammer hydraulisch in die Vertikale zu bringen. Mit einer kleinen Erschütterung rastete die Kammer ein. Susannah gab weitere Kommandos in das Computerterminal ein. Synchron begannen sich alle Kammern in Flugrichtung zu drehen. Nur so konnten die Absorber und die Gravitoneinheit den bevorstehenden Schockwellen entgegenwirken.

Das Kryogel, das in seiner Konsistenz variabel war, übernahm eine zusätzliche absorbierende Wirkung, ähnlich einem Airbag. Je kälter und zähflüssiger das Gel war, umso geschützter waren sie.

„Ich bin gleich so weit", sprach sie mit ihm. Gleich hatte sie wieder Zeit für ihn. Zumindest ein wenig.

IVI: „Achtung! Abwurf erfolgt in vier Minuten."

Plötzlich drehten sich alle Kammern nach und nach in Flugrichtung. Das sollte die Insassen schützen, so hofften jedenfalls alle. Die Frage war nur, ob auch das Schiff die starken Belastungen aushielt, wenn die Schockwellen gleich auftreffen würden.

Da war sie wieder, die Angst. Fast hatte er sie verdrängt. Steven sah zu Caren und Sadler hinüber, die sich bereits in ihren hermetisch versiegelten Kammern befanden.

Susannah drehte sich zu Stevens Kammer und checkte sie unermüdlich. Es geschah unabsichtlich in einem Moment der Hektik. Von der Angst übermannt hatte sie scheinbar jedes Feingefühl verloren und zu stark an den Gurten gezogen, so dass es in seiner Brust schmerzte. Steven verzerrte sein Gesicht.

„Nicht so fest! Es ist schon gut so."

Er zog sie zu sich heran, streichelte sie und küsste ihren verführerischen Mund solange Zeit dazu war. Sie schloss ihre Augen. Seine vom Dreitagebart umsäumten Lippen stachen etwas. Dennoch war der Kuss das Schönste, was heute noch geschehen würde. Er legte seine Hände auf ihre Wangen, streichelte ihr Gesicht, fuhr mit seinen Fingern durch ihre langen Haare. Die kalte, dünne und trockene Luft schmerzte in ihren Lungen. Sein warmer Atem kam da gerade recht. Er küsste sie erneut.

IVI: „Achtung! Abwurf erfolgt in drei Minuten."

„Du musst in deine Kammer!", machte Steven Druck und schob sie schweren Herzens von sich.

„Ich will nicht", erwiderte sie fröstelnd. „Wir haben uns doch grad erst wieder."

Er nahm ihre Hand und zog sie zu sich heran.

„Das will ich auch nicht, aber du musst! Hab keine Angst! Wir haben es so weit geschafft. Das überstehen wir auch."

„Das weiß ich", zögerte Susannah misstrauend.

„Es ist ein guter Plan. Bone wird es packen."

Susannah sah ihn ungläubig an und musterte ihn erneut.

„Du bist noch zu schwach. Ich werde deine Kryostasis aktivieren."

„Nein! Ich will sehen was passiert. Ich hab schon lange genug geschlafen. Verschwinde endlich in deine Kammer! Mach schon! Du hast bald keine Zeit mehr!"

Es klang fast herzlos, doch sie wusste, dass er sich nur Sorgen machte. Sie musste ihn jetzt loslassen, ob sie wollte oder nicht.

„Okay, du hast Recht. Verdammt! Bis nachher", küsste sie ihn nochmals innig. Ihre Lippen trennten sich. Alles erschien ihr wie ein böser Traum zu sein. Behutsam, wie in Trance, legte sie ihm die Atem- und Sprechmaske auf und schloss die Kanzel. Wenig später war die Kryokammer hermetisch verschlossen. Die Zeit verstrich. Sie überhörte sogar die Warnung des Computers. Nervös zuckten beide zusammen, als das Schiff wieder zu rütteln begann. Wenige Sekunden später strömte das Kryogel in die Kammer und der Pegel stieg unaufhaltsam.

IVI: „Achtung! Abwurf erfolgt in einer Minute." Susannah programmierte noch einen Parameter und berührte ein letztes Mal das Glas vor seinem Gesicht.

„Ich liebe dich!" Ihr Flüstern war so leise, dass es kaum zu hören war, doch es spielte auch keine Rolle. Die Botschaft war in seinem Herzen angekommen. Sie presste ihre nackte Hand auf das eisige Glas und spürte, wie die Kälte sie erfasste. Dann lief sie zu Kammer vier, die offen bereit stand. Nun musste alles sehr schnell gehen. Sie wusste, wie lange es dauerte, bis das Kryogel den rettenden Spiegelstand erreicht hatte.

251

IVI: „Abwurf erfolgt in fünf, vier, drei, zwei, eins, null. Abwurf eingeleitet! Detonation erfolgt in zwei Minuten und vierzig Sekunden."

Außerhalb der Explorer

Das Schiff regte sich. Am Heck schlossen sich die Schutztore der Haupttriebwerke. Überall am Schiff, am Bug, am Heck, Steuerbord, Backbord, auf dem Kamm und am tiefsten Punkt der Explorer fuhren die Metallpole der Kraftfeldgeneratoren heraus, die das Ablenkungsfeld erzeugten. Es waren 24 dicke, silberfarbene Metallspitzen, einen halben Meter lang. Die Positionslampen erloschen, dann wurde es ganz dunkel.

Nur unterhalb des D-Decks blitzte es unregelmäßig. Funken sprühten aus dem klaffenden Riss, welcher sich erst vor kurzem gebildet hatte. Es war zu spät, diese Wunde, die sich direkt neben einem der Pole befand, zu schließen.

Eine Klappe öffnete sich am Heck. Ein langes, torpedoähnliches Objekt schoss achtern in den Weltraum, zündete den Microdrive und verschwand wenige Sekunden später im All. Die Bombe tickte.

Cockpit, B-Deck

Die rote Notbeleuchtung hüllte das Cockpit in dunkles Warnlicht. Alle Systeme warteten auf den großen Knall. Ein Meer von bunten Lichtern spiegelte sich in Bones Visier.

„Torpedo abgefeuert. Zünder ist scharf. Die Zeit läuft", rief Barrow aufgeregt neben ihm. Die Kehle wurde immer trockner.

IVI: „Detonation erfolgt in genau zwei Minuten", verkündete der Computer präzise.

„Hauptgeneratoren 01 bis 18 ausgefahren. 19 bis 24 fahren ebenfalls aus. Dann bauen wir mal das Kraftfeld auf", antwortete Bone angespannt.

Bewegungsunfähig angeschnallt saßen er und Barrow in ihren Raumanzügen in ihren Sitzen. Während der Rest der Crew die Sicherheit der Kryokammern bevorzugte, nahmen die beiden das Risiko auf sich, ohne Sicherheitsnetz auf der Rakete zu reiten. Gemeinsam gingen sie die Checkliste für Notfälle durch.

„Heliumplasmatanks gesichert und bereit", bestätigte Barrow.

„Kraftstoff-Plasma-Leitungen?"

„Druck normal, Ventile geschlossen."

„AFDO?"

„Standby."

„Triebwerke geschlossen? Wie sieht's mit der Antenne aus?"

„Haupttriebwerke sind geschlossen auf Standby. Hauptmast ist ausgefahren und ausgerichtet. So wie es Arkov wollte."

„Stimmt. Wird nicht lange halten.", meinte Bone und dachte an die Stabilität brechender Streichhölzer. „Weiter im Plan. Navigation und Manövrierdüsen?"

„Bereit."

„Backupsysteme?"

„Alle auf Standby."

„Schalte alles außer Schilde, Absorber und Gravitoneinheit ab. Nur zur Sicherheit", erwiderte Bone.

„EMP? Dagegen sind wir geschützt", blitzte Barrow wütend zurück.

„Ich weiß, was ich tue! Schalte alles ab, was wir nicht brauchen!"

„Sie sind der Pilot. Verbocken Sie das nicht!"

IVI: „Achtung! Backup-Systeme sind offline."

„Status Trägheitsabsorber?", fragte Bone weiter.

„Okay. Bereit. Leistung bei 85."

„Das reicht nicht! Wir brauchen die volle Leistung. Davon hängt alles ab. Falls sie ausfallen, sind wir erledigt", verdeutlichte Bone den entscheidenden Punkt.

„Okay, ich versuch das letzte Quäntchen herauszuholen. Leistung steigt auf 93, 94, 95. Bleibt stabil."

„Gut."

IVI: „Detonation erfolgt in genau einer Minute und dreißig Sekunden."

„Chad, mach deinen Rundumcheck!", forderte Bone.

„Verstanden."

Barrow blickte sich um, überprüfte alle Konsolen auf seiner rechten Seite. Bone tat das Gleiche auf seiner Linken.

„Leitwerk eingefahren. Sektionen eins bis vier versiegelt. Alle Schotten geschlossen. Kabinendruck nominal. Gravitoneinheit deaktiviert. Alles auf Go. Wir sind bereit zum Start."

Barrow lehnte sich langsam in seinen Sitz zurück und starrte Bone an, als wartete er auf etwas.

„Ich vergrößere das Kraftfeld auf maximalen Durchmesser, umso mehr Schub bekommen wir."

Bone fragte nicht gern, er tat es einfach. Barrow schluckte.

„Das ist ein mieser Plan. Dadurch verliert es zu viel Intensität, die Druckwelle wird uns auseinanderreißen!", widersprach Barrow vergeblich.

IVI: „Detonation erfolgt in genau einer Minute."

„Hast du das in die Berechnungen mit einbezogen? Wenn die Schilde falsch konfiguriert sind, werden wir vaporisiert."

„Ich dachte, diese Lady sei unverwüstlich? Jetzt wird sich zeigen, was dieses Schiff drauf hat."

Barrow nahm solche Sätze stets persönlich. Der Subtext klang für ihn ein wenig anders. Beleidigend.

„Du überschreitest bei weitem meine Schmerzgrenze, das ist dir klar, oder? Das ist nicht einer deiner Testbomber! Du bist verrückt!"

Bone grinste, öffnete seine Brusttasche und zog schließlich ein altes, zerknittertes Foto von Jane heraus.

„Ich trage es immer bei mir. Sie hat mich noch nie im Stich gelassen." Es hatte etwas Nostalgisches, als er das Bild wieder zwischen die Instrumente klemmte, fast so, wie es die alten Piloten im Zweiten Weltkrieg taten, bevor sie ihre Himmelfahrtskommandos flogen.

„Denk positiv!", meinte Bone und tastete nach Carens Anhänger, den er nun um die Armmanschette des Raumanzuges trug.

Neidisch spähte Barrow auf beide Glücksbringer und erkannte Bones Entschlossenheit.

IVI: „Detonation erfolgt in genau dreißig Sekunden."

„Wieso hab ich so was nicht? Es hat dir hoffentlich schon tausend Mal das Leben gerettet, oder?", fragte Barrow.

„Nein, die hier ist neu", deutete Bone mit einem Lächeln auf die Kette.

„Wie schön." Barrow schluckte.

„Wenn jemand noch ein letztes Gebet sprechen will, dann ist jetzt der richtige Zeitpunkt", spaßte Bone ins Intercom und zog seinen Gurt so fest, dass es schmerzte.

„Vermassle es nicht!"

„Ich habe noch nie versagt, wenn es brenzlig wurde." Er gönnte sich ein letztes Grinsen.

Der Countdown der digitalen roten Anzeige näherte sich seinem Ende. Im Hud des Cockpitglases eingeblendet, lag der rettende Kurs des AFS, einem ähnlichen Programm wie das ILS, das Instrumenten-Lande-System bei Flugzeugen. Kleine virtuelle Kästchen bildeten einen Korridor, weg vom Schwarzen Loch. Die kleinste Abweichung bedeutete den sicheren Tod.

„Erste Zündung erfolgt in 4.700 Kilometer Entfernung."

Der Computer begann mit dem Countdown.

IVI: „Achtung! Detonation erfolgt in zehn, neun, acht …"

„Das ist Wahnsinn! Ich finde wir sollten das noch mal überdenken", rief Barrow verunsichert. Er starrte auf die Zahlen, krallte sich an den Lehnen des Sessels fest und drückte sich mit dem Rücken in das Polster. Das Schiff vibrierte erneut und passierte wieder den nächsten Punkt der Annäherung. Die Bombe folgte ihnen. Das Timing war perfekt.

„Dafür ist es jetzt zu spät. Festhalten! Detonation!", brüllte Bone zurück.

Sein Grinsen war verschwunden.

Der zweite Versuch

Niemand an Bord war scharf darauf, die Auswirkungen der größten je gebauten Bombe leibhaftig zu spüren. Erst recht nicht aus dieser kurzen Distanz. Sie zündeten eine gottlose Sonne, erschaffen, um zu töten. Eine kleine Supernova, die gleichzeitige Geburt und der Tod eines Sterns. Nichts konnte einen darauf vorbereiten. Nur die Urgewalt der Schöpfung oder der Tod eines Sterns vermochten noch größeres Unheil anzurichten. Doch die Sterne brauchten Millionen und Milliarden von Jahren, ehe sie es taten. Ganze Zeitepochen waren nötig, ehe Sterne sich gezwungen sahen, ihre Macht zum Wohle der Evolution einzusetzen. Der Mensch tat es im Sekundentakt. Heute sogar freiwillig. Was für ein Irrsinn.

„Fünf, vier, drei …"

So verschieden alle an Bord waren, verband sie in diesem Moment eine Gemeinsamkeit. Angst. Nur wovor sollten sie mehr Angst haben? Vor dem schwarzen Giganten? Der neuen Bombe, die dem Menschen bei weitem zu viel Macht verlieh? Oder war es die Furcht vor der Vergänglichkeit, die jeden bedrohte? Wer hatte nicht Angst davor, zu sterben?

Der Countdown verstrich.

Außerhalb der Explorer

Lautlos glitt die Explorer durch die Nacht, dann wechselten die Extreme. Aus eisiger Kälte wurde alles schmelzende Hitze. Die ewige Nacht wurde zum grellsten Tag. Mit der vielfachen Helligkeit der Sonne explodierte die erste Bombe. Das tödliche Licht traf die Explorer mit unerbittlicher Härte und blich den Oberflächenanstrich in ein einheitliches Oxidweiß. Ähnlich einem massiven Sonnenwind, traf Sekundenbruchteile später die alles vernichtende Ionenschockwelle die Explorer, schleuderte sie voran und begann am schützenden Kraftfeld zu zehren. Computergesteuert begann die Explorer ihre erbarmungslose Beschleunigung, indem sie das Kraftfeld wie ein Segel aufspannte. Ein Farbenspektakel umschloss das gesamte Schiff, das immer schneller wurde.

Nach nur elf Sekunden erlosch der grelle Lichtblitz und eröffnete die Sicht auf die Materiedruckwelle der Megabombe, die sich deutlich langsamer in einer konzentrischen Kugelform bedrohlich ausbreitete. Noch immer glühte das atomare Feuer im Kern der Explosion und trieb den verheerenden Sturm unaufhaltsam auf die Explorer zu. Weitere Sekunden vergingen, ehe das Licht im Kern erlosch und wieder Dunkelheit einkehrte. Der erste Sturm war vorüber. Die Ionenschockwelle hatte die Explorer überholt.

Langsam veränderte sich die Materiedruckwelle und schien in sicherer Entfernung zur Explorer zum Stillstand zu kommen. Die Kugelform veränderte sich zunehmend in eine Birnenform, wobei das hintere dünne Ende vom Schwarzen Loch angezogen und mitgerissen wurde. Für einen kurzen Augenblick schien sich sogar eine Akkretionsscheibe um das Monstrum zu bilden. Und noch etwas geschah. Umgeben von einem zarten, weißen Lichtkranz, ähnlich einer Korona, wirkte das Schwarze Loch nun noch bedrohlicher und gab seine wahre Größe preis.

Indessen korrigierten die Manöverdüsen unermüdlich Lage und Neigung der Explorer, bis sich schließlich die Schutztore der Haupttriebwerke öffneten und beide Triebwerke das Schiff mit voller Kraft voran schoben.

Kryohalle III, Achtersektion, C-Deck
Auch innerhalb der Explorer hatte der Sturm seine Spuren hinterlassen. Funken sprühten überall im Schiff. Giftiger Dunst erfüllte ganze Sektionen, bis das Halon-System schließlich die Brandherde erstickte und der Rauch abzog.

Langsam kehrte wieder Ruhe ein. Dem unbarmherzigen Krach des Ionensturmes wichen erste Stimmen aus dem

Intercom, Husten und Stöhnen. Nicht alle hatten die G-Kräfte bei vollem Bewusstsein überstanden.

„Ein Höllenritt! Wir leben noch", schnaufte Rivetti erleichtert ins Intercom. Ihr schmerzverkrampfter Versuch zu Lächeln wurde von der Maske verdeckt.

„Alles okay bei euch?", rief sie zu Wullfs und Kowskis Kryokammer hinüber, ohne sich bewegen zu können.

„Nein. Mir geht's beschissen. Fühlt sich an, als hätte sich mein Gehirn von der Schädeldecke gelöst", stöhnte Kowski schlapp.

„Dann wärst du schon tot. Haltet durch!", rief Rivetti betend. Alle waren froh, dass zumindest die Kommunikation funktionierte. Nichts wäre schlimmer, als diesen Wahnsinn allein zu überstehen.

„Wie oft müssen wir das ertragen?", fragte Kowski. Sie wusste, dass ihr die Antwort nicht gefallen würde.

„So oft wie nötig. Braun meinte, wir haben nur fünf Versuche."

„Fünf? O Gott!"

„Abwarten und Tee trinken", antwortete Wullf trocken, doch auch ihm waren die Strapazen deutlich anzusehen. Rivetti kannte Wullfs Eigenheiten nur zu gut. Besonders Stress und Anspannung ließen seine Muskeln und Adern verspannen. Es war überdeutlich zu sehen, wie groß seine Furcht vor der nächsten Detonation war. Selbst das gallertartige Kryogel konnte es nicht verbergen.

Cockpit, B-Deck

Bone verfolgte das birnenförmige Gebilde der ersten Bombe auf einem der Bildschirme. Gleichzeitig fuhr die Panzerung des Cockpits herunter und gab den echten Blick in Flugrichtung frei. Währenddessen betrachtete er den Kurs des virtuellen Korridors des AFS, der noch immer im Hud eingeblendet wurde.

„Okay. Nummer eins haben wir überstanden. War doch gar nicht so schlimm. Schadensmeldung!", forderte er eilig.

„Nichts Dramatisches. Alles im grünen Bereich", antwortete Barrow erleichtert. „Das war wohl grad unsere Feuertaufe."

„Systemdiagnose läuft. Bei mir ist auch alles in Ordnung." Bone blickte sich nach allen Seiten um und schnappte erleichtert nach Luft.

„Der Kurs sieht gut aus, oder?", blickte Chad neugierig hinaus, obwohl er kaum Ahnung von Navigation hatte. Eine Antwort blieb aus. „Wie viel G hatten wir grad?", fragte Barrow erschöpft nach.

„84 reale G. Gefühlte neun."

„Nochmal halt ich das nicht aus", stöhnte Barrow. Innerlich dankte er den Absorbern der Gravitoneinheit, welche die größte Beschleunigung absorbierten.

„Was für ein Ritt, oder?" Bone löste seinen Gurt und streckte sich. Anschließend öffnete er seinen Helm, nahm eine Wasserflasche und trank sie halb leer. Dann reichte er die Flasche weiter und sah auf den Timer. Er wartete kurz.

„Die Triebwerke abschalten in vier, drei, zwei und aus. Und der zweite Streich folgt sogleich."

Barrow drückte drei Schalter und prüfte die Anzeigen.

„Triebwerke sind … abgeschaltet. Kühlsysteme laufen. Unfassbar, dass mein Baby das aushält. Ich dachte schon …"

„Ich will ja nicht die Stimmung vermiesen, aber das war noch viel zu wenig. Wenn wir hier wegkommen wollen, müssen wir mehr Schub bekommen. Wir müssen näher ran."

„Noch mehr Schub und wir werden auseinanderbrechen!"

„Falsch. Wir werden dort hineinstürzen. Finito!" Bone zeigte nach draußen. Erst jetzt sah Barrow das weiße Licht, wie es sich um das Schwarze Loch krümmte und es in voller Größe sichtbar machte. Klar und deutlich hob sich die Grenze vom Restlicht der Explosion ab, das noch lange bestehen würde.

„Wie viel haben wir geschafft?", wollte Barrow wissen, während er hinaus sah. Er wusste selbst, dass es noch lange nicht genug war. Das riesige Ding war zu nah und gierig.

„Uns bleibt nichts erspart, wenn du das meinst", antworte Bone kurz. „Ich berechne grade den nächsten Kursabschnitt. Mist! Wir haben unseren Zielpunkt nicht erreicht."

„Gespenstisch. Arkov hatte Recht. Wir sollten es genauer erforschen", staunte Barrow fasziniert.

„Du findest das gespenstisch? Dann schau dir das mal an!"

Bone deutete direkt voraus. Kehrtwende. Die elliptische Umlaufbahn steuerte die Explorer zur Explosion zurück. Bald würden sie auf der Rückseite auf die entgegenkommende Materiedruckwelle treffen. Die Birnenform hatte sich noch mehr verzogen. Das Stielende schien immer dünner und undeutlicher zu werden, wobei es in seiner Ausdehnung erstarrte. Das dicke Ende blähte sich immer weiter auf und verflüchtigte sich zusehends.

„Wir fliegen direkt drauf zu. Wir müssen die Schilde einziehen", warnte Barrow deutlich.

„Alles schon vorbereitet. Wir machen uns ganz dünn", antwortete Bone. „Wie ein Speer."

Mit nur wenigen Einstellungen verringerte er die Deflektor-Schilde aufs absolute Minimum bestmöglicher Aerodynamik. Nur so konnte verhindert werden, dass die sich ausbreitende Druckwelle die Explorer nicht wieder abbremste. Mit mulmigem Gefühl näherten sie sich der seltsam anmutenden Form, die von der Gravitation völlig verbogen schien. Barrow schaute nervös zu Bone, der offenbar keine Bedenken hatte, in das Zentrum der größten von Menschenhand gemachten Explosion zu fliegen.

Als es schließlich soweit war, spürte Barrow nichts. Die Auswirkungen fielen deutlich geringer aus, als erwartet. Kaum ein Rütteln.

„Faszinierend!", erwiderte er erstaunt.

„Was hast Du erwartet? Hier gibt es keine verdrängte Atmosphäre, keinen Druck. Wir verpassen die echte Materiedruckwelle glücklicherweise mit jeder Umrundung", erklärte Bone.

Kaum hatten sie die Zone durchquert, schaltete Chad das Gebilde auf einen Monitor auf.

„Eigenartig. Was passiert da?", betrachtete er die Kuriosität. Alles was er dort sah, erweckte den Forscher in ihm.

„Ist mir egal. Starten wir Nummer zwei", antwortete Bone desinteressiert. Er hatte ein Versprechen gegeben. „Triebwerksluken schließen!"

„In Ordnung. Triebwerke werden in 0:15 verschlossen", antwortete Barrow. „Alle Systeme funktionieren normal. Kraftfeld auf volle Leistung."

„Umgehe die Abwurfautomatik. Die nächste Zündung erfolgt in 4.200 Kilometer Entfernung."

„Verstanden. Auf 4.200 Kilometer eingestellt und scharf."

Bone beobachtete den Kurs und wartete auf den richtigen Absetzpunkt. Alles reine Mathematik. Der Torpedo würde seine Entfernung erreichen und halten. Zusammen würden sie solange auf parallelen Ebenen ihrer elliptischen Umlaufbahn das Schwarze Loch umkreisen, bis sie den idealen Detonations-Punkt erreichten, der die gewünschte Katapultwirkung herbeiführte. Der Anlauf begann. Das Schwarze Loch wurde größer und größer. Das Schiff bebte wie gewohnt.

„Abwurf!", befahl er und schnallte sich erneut an.

Barrow zögerte kurz, drückte dann aber den rot leuchtenden Feuerknopf an der Mittelkonsole. Die Automatik war wieder aktiv.

IVI: „Abwurf eingeleitet. Detonation erfolgt in genau zwei Minuten und sieben Sekunden", bestätigte die künstliche Intelligenz.

„Torpedo abgefeuert. Das wird kein Spaziergang", stellte Barrow fest, während er das Geschoss auf dem Bildschirm verfolgte.

262

„Sind die Triebwerke geschlossen?"

„Bestätige. Triebwerke verschlossen."

Die Zeit verrann unerbittlich. Bone starrte ins Leere und hörte kaum hin, wie sich der Countdown seiner Bestimmung näherte. Auch Barrow schwieg und bereitete sich innerlich auf den nächsten Horrortrip vor. Er prüfte sein Gurte.

IVI: „Detonation erfolgt in genau dreißig Sekunden."

Nur wenige Sekunden später, völlig unerwartet, blitzte der leuchtende Ring um das Schwarze Loch auf. Blendend hell überflutete seitliches Licht das gesamte Cockpit. Die Abschirmung der Cockpitfenster war noch weit geöffnet und sollte erst gegen Ende des Countdowns automatisch verschlossen werden. Bone wusste, was gerade geschah.

„Scheiße! Was …"

Er konnte seine Gedanken kaum zu Ende denken, als die Strahlungsschockwelle viel zu früh und mit unerbittlicher Gewalt auf das Schiff einschlug und am Fenster vorbeitobte.

„Wir sind zu dicht dr…", schrie Chad mit zitternder Stimme, der sich in den Sitz gepresst kaum rühren konnte. Unförmige Falten entstellten sein Gesicht zu einer Grimasse. Mit harten Schlägen folgte ein Impuls nach dem anderen, trieb das Schiff unerbittlich voran, bis Barrow schließlich das Bewusstsein verlor.

Die Explorer drohte aus dem virtuellen Korridor zu driften und begann sich um die Achse zu drehen. Bone versuchte verbissen das Steuerruder zu ergreifen, um sie zu stabilisieren. Doch die wirkenden G-Kräfte waren zu mächtig. Er konnte es nicht erreichen.

„IVI! Sichtschirm runter! Schnell!", brüllte er mit eng zusammengekniffenen Augen.

Grelles Licht blendete ihn zudem fast bis zur Erblindung. Die Fenster, die Rahmen und Instrumente, alles reflektierte das gleißende Licht. Selbst um das Schwarze Loch bog sich das helle Licht, so dass es frontal durch die Fenster schien.

Krach und berstendes Metall erfüllte das Schiff. Harte Schläge ließen vermuten, dass der Rumpf nicht lange standhalten würde. Vielleicht war er schon auseinandergebrochen. Es klang jedenfalls so.

Ein Blick auf die Anzeigen des Cockpits reichte ihm, um zu sehen, was alles im Arsch war. Ein Meer aus roten Warnlämpchen blinkte. Die Antenne gab es nicht mehr. Wie konnte das geschehen? Hatte er einen Fehler bei den Berechnungen gemacht oder hatten sie zuvor an der Bombe geschlampt? Wieso war sie zu früh hochgegangen? Seine Gedanken drehten sich um alles und nichts. Er blickte auf das Bild von Jane, welches sich standhaft an der Konsole hielt, doch dann riss es ab und flog nach hinten davon. Automatisch, aber zu spät, schlossen sich nun die Panzertore der Cockpitscheiben.

Die Beschleunigung ließ nach. Die Schilde hatten gehalten. Sein Gesicht nahm wieder normale Züge an, die Haut entspannte sich. Er tastete nach Carens Anhänger, fühlte, ob er noch da war. Dann sah er auf den Achtermonitor. Was er da erblickte, ließ nur Übles erahnen.

„Fuck!"

Bone stieß seinen Nebenmann an, der bewusstlos im Gurt hing. Hastig stabilisierte er seinen Kopf in eine sichere Position, anderenfalls wäre Barrows Genickbruch vorprogrammiert.

„Mann, wach auf!", schrie er ihn an. „Die paar G. Alles muss man alleine machen."

Schnell versuchte er das Triebwerk zu starten, doch er wusste, dass ihm kaum noch Zeit dazu blieb. Entschlossen verstärkte er die Energie der Deflektorschilde und reduzierte ihren Durchmesser wieder auf das absolute Minimum. Würden sie der Dichte und Energie der Druckwelle standhalten können? Mit festem Griff umklammerte er das Steuerruder und wartete auf den Aufprall. Er durfte nicht loslassen.

„Ich halte meine Versprechen." Verbissen fletschte er die Zähne.

Mit aufgerichteten Nackenhaaren starrte er auf den Monitor, auf dem sich die Materiedruckwelle unaufhaltsam näherte.

„Alle festhalten! Einschlag!", rief er ins Intercom, nicht wissend, ob es überhaupt noch jemand hören konnte.

Außerhalb der Explorer

Eine gewaltige Wand aus Feuer näherte sich der Explorer. Beschädigt und nicht in der Lage, sich in Sicherheit zu bringen, war sie der Materiedruckwelle völlig ausgeliefert.

Zuerst erreichte die vorandonnernde Hitzewelle das Schiff und erzeugte ein ähnliches feuriges Farbenspektakel wie der Ionensturm.

Die Schilde hielten, doch die Außenhülle begann an vielen äußeren Stellen rötlich zu glühen. Kleine Funkenexplosionen durchbrachen die Schilde an der Backbordseite unterhalb des D-Decks. Einer der Pole, die das Kraftfeld speisten, brach zusammen und verglühte. Das heile Bild des Kraftfeldes, das eben noch die Hitze in perfekter Symmetrie ablenkte, bekam eine gefährliche Lücke. Auf einer Länge von über 11 Metern begann die Außenhülle nun weißlich zu glühen und zu verdampfen.

Plötzlich überrollte die gewaltige Druckwelle das ganze Schiff und schleuderte es unkontrolliert voran. Die Wucht der Druckwelle riss Platten der Backbordverkleidung davon und hinterließ mehrere klaffende Löcher, die von der Mittelsektion bis zur Achtersektion und vom D-Deck zum E-Deck reichten. Verstrebungen glühten. Der Druckausgleich blies Teile des Inventars in den Raum, welches sofort verglühte. Feuer brach aus. Das Halon-System verströmte vergebens das Gas in den Raum.

Kryohalle II, Mittelsektion, C-Deck

Die Explorer wurde kräftig durchgerüttelt. Plötzlich lösten sich Teile der Wand- und Deckenverkleidung und schlugen in gegenüberliegende Wände.

Wie japanische Wurfsterne steckten sie nur wenige Zentimeter neben Weißbergs Kryokammer. Panisch kniff er die Augen zusammen und betete innerlich zu Gott. Seine undeutlichen Schreie verstummten im Donnergrollen des vorbeitobenden Infernos.

Selbst im Schutz der Stasis waren die Beschleunigungskräfte erschreckend real. Lediglich das Gel verhinderte die üblichen Erscheinungen und den schnelleren Blackout.

Sich unter einer Atemmaske zu übergeben, stellte eine zusätzliche Gefahr dar, wie Van Heusen schnell begriff. Was unter seiner Maske hervorquoll, war alles andere als appetitlich. Glücklicherweise hatte man solche Gefahren erkannt und die Maske in mehrere Kammern unterteilt.

Colonel Braun öffnete die Augen und sah das blanke Chaos. Rauch füllte wie zuvor das ganze Deck, mit dem Unterschied, dass er diesmal nicht mehr abzog. Das Licht flackerte, etliche große und kleine Gegenstände schwebten durch den Raum, die sich bei der nächsten Zündung zu tödlichen Projektilen verwandeln konnten. Offensichtlich hatten viele Systeme versagt. Dann bemerkte Braun die größte Gefahr.

Die enorme Belastung hatte mehrere Ankerbolzen von Vandermeers Kryostation bersten lassen, die nun nur noch von drei übrigen getragen wurde. Nur die Versorgungskabel hielten sie oben noch an der Wand. Schwankend neigte sie sich nach vorne und pendelte wie ein Uhrwerk hin und her. Zwar funktionierte die Technik noch, jedoch wusste der Colonel, was bei der nächsten Zündung passieren würde. Die beschädigte Kanzel befand sich genau gegenüber von Weißbergs. Vermutlich schrie David deshalb so laut. Wenn er jetzt nicht schnell handelte, blieben nur noch Minuten, bis beide Kryostationen zusammenkrachten und er zwei weitere Männer verlor. Vandermeer bekam von all dem nichts mit, denn wie viele andere hatte Viktor sein Bewusstsein verloren.

Die Zeit lief und war mit ihm. Solange die Kryostasis nicht vollends aktiviert wurde, befand sich das Gel in einer wasserähnlichen flüssigen Konsistenz. Braun aktivierte seinen Ablaufprozess.

„Weißberg! Sie müssen da raus!", sprach der Colonel unter seiner Maske.

Weißbergs Hysterie ließ keine klaren Gedankengänge zu. Er verstand nicht, was Braun von ihm wollte.

„Corporal, hören Sie zu! Deaktivieren Sie Ihre Kammer!"

„Ich ... ich kann nicht", zitterte Weißberg steif vor Angst.

„Doch, Sie können und werden es tun! Bewegen Sie Ihren Arsch! Das ist ein Befehl!"

Konditioniert gehorchte der Soldat, nahm alle Kraft zusammen, suchte und drückte den entsprechenden Knopf.

„Beeilen Sie sich!", schrie Weißberg und starrte wieder zu Vandermeers abgerissenem Rammbock.

Außerhalb der Explorer

Die Farbeffekte an den Schilden ließen nach. Die Druckwelle war vorüber und hatte das Schiff in einem Stück zurückgelassen. Die Explorer hatte extrem an Geschwindigkeit zugelegt und zog eine Rauchspur hinter sich her. Bisher ging der Plan auf, doch die benötigte Endgeschwindigkeit reichte immer noch nicht.

Die Temperatur sank und das Glühen des Rumpfes ließ nach. Besonders die Backbordseite zeigte schwere Schäden. Etliche Quartiere, Frachtschleuse B und Teile des sekundären Maschinendecks waren völlig verwüstet worden. Von dem einst weißen, strahlenden Anstrich war nur wenig übrig geblieben. Selbst der Namenszug „E.S.S. Explorer" war verblichen und kaum noch zu erkennen, ebenso diverse Markierungen sowie das Europäische Wappen. Eine blasige Brandkruste überzog das halbe Schiff. Keine Farbe der Welt hätte der harten Strahlung, der Hitze und dem UV-Licht standhalten können. Glanz und Gloria waren verpufft.

Cockpit, B-Deck

Die Beschleunigung ließ spürbar nach und Bone richtete sich mühsam auf. Eine Kakophonie an Warnmeldungen und Piepslauten drang schemenhaft in sein Ohr. Der Krach hatte ihn fast taub gemacht. Blut strömte aus seiner Nase. Er tastete nach Barrow, drehte ihn zu sich, um seine Vitalfunktionen auf dem Raumanzug zu überprüfen. Er war am Leben, aber immer noch bewusstlos.

„Hört mich jemand?", rief er unter größten Anstrengungen ins Intercom, doch es folgte nur Rauschen. Er änderte ein paar Einstellungen und versuchte es erneut.

„Hört mich jemand? Hallo? ... Mist."

Das Intercom war tot. Bone schaltete die Daten der Biochips auf einen Schirm. Doch von den 14 Menschen an Bord konnte er grade einmal nur sechs empfangen. Caren war nicht dabei.

„Oh Gott, Nein. IVI, Schadensmeldung und Status!"

IVI: „Strukturelle Schäden in Sektion II und III, auf Deck A, D und E. Druckverlust in Sektion II und III, auf Deck A, D und E. Feuer in Sektion II auf Deck C und Sektion III Deck E. Hauptreaktor online und bereit. Antigravitoneinh ..."

„Stopp! Status Feldgeneratoren."

IVI: „Feldgeneratoren 01 bis 24 Online. Fehlfunktion."

„Bullshit! Das kann doch nicht stimmen. Beschissener Computer! Das halbe Schiff ist zerstört."

Bone hatte Bilder der zerfetzten Außenhülle vor Augen. Er hatte gesehen, was am Cockpit vorbeigeflogen war. Er konnte sich ausmalen, wie schlimm es stand.

IVI: „Feldgeneratoren 01 bis 24 Online. Fehlfunktion."

„JA, JA!"

IVI: „Generatoren 05, 17, 18 und 22 ausgefallen."

„Was denn nun?" Bone wurde wütend.

IVI: „Achtung! Abwurf erfolgt in einer Minute."

„Computer, Abbruch! Abbruch!", schrie Bone.

IVI: „Countdown abgebrochen. Abbruch nicht mehr möglich. Automatischer Abwurf wurde eingeleitet. Detonation erfolgt in genau zwei Minuten und sieben Sekunden."

„Was? Das ist doch nicht wahr." Bone blickte hektisch um sich, verschloss seinen Helm und schnallte sich wieder an. „IVI! Zündung unterbrechen! ABBRECHEN!"

IVI: „Abbruch nicht mehr möglich. Detonation erfolgt in genau einer Minute und 40 Sekunden."

„Du räudiges Mistding! Ich reiß dir die Schaltkreise raus!"

IVI: "Befehl nicht verstanden."

„Halt die Fresse!"

So schnell er konnte, versuchte er die Triebwerke startklar zu machen. Ein offensichtlicher Computerschaden hatte das gleiche Timing der letzten Detonation eingestellt. Bone ahnte, was gleich passieren würde.

IVI: „Detonation erfolgt in genau einer Minute und 20 Sekunden."

„Deine Scheißrechnung kenn ich schon. Das ist noch nicht das Ende. Nicht heute!" Ungewissheit plagte ihn. Hatte er eine ganze Sektion und alle darin befindlichen Menschen verloren?

Er dachte an Caren. Das durfte nicht sein.

Kryohalle II, Mittelsektion, C-Deck

Endlich öffnete sich Brauns Glaskanzel. Zu langsam für den ungeduldigen Colonel. Zu gern hätte er seine Füße gebraucht, um die Kanzel einzutreten, doch war ihm auch klar, dass jede intakte Kammer Leben retten konnte. Der zeitraubenden Gurte entledigt, stieß sich Braun zuerst zu Vandermeer hinüber und deaktivierte auch dessen Kammer.

IVI: „Detonation erfolgt in genau einer Minute und 30 Sekunden", schallte es durch das Schiff. Eine verfluchte Minute, dachte er.

„Geht das nicht schneller?" Ungeduldig schlug er gegen das Bedienfeld. Braun sah sich um und griff schnell zu einer Stange, mit der er die Kammer gewaltsam öffnen konnte.

Hebeln und biegen half nichts, also begann er mit der Stange das Glas zu zerschmettern. Einige Schläge später griff er ins Glas und riss es aus dem Rahmen, sodass das dicke Gel nur so dran klebte und waberte. Jetzt kam der eklige Part. Mit bloßen Händen grub Braun den bewusstlosen Marine aus dem bläulichen Gel, bis er die Gurte erreichen konnte.

IVI: „Detonation erfolgt in genau einer Minute."

Inzwischen kroch Weißberg aus seiner Falle und blickte verwirrt um sich. Orientierungslos, wusste er nicht wohin.

„Los! Steigen Sie in eine der leeren Kammern. Schnell!", rief ihm Braun zu und bemerkte selbst, dass nur noch zwei übrig waren. Eine zu wenig. Weißberg stieg in eine hinein, zurrte sich schnellstmöglich fest und schloss die Kanzel. Nun war nur noch Brauns eigene Kammer leer.

Es war kein Leichtes, die schmierigen Verschlüsse zu öffnen. Braun kämpfte mit dem glitschigen Gel. Er beeilte sich. Immer wieder rutschten seine Hände ab, so dass er wertvolle Zeit verlor. Hastig blickte er sich um. Dann sah er das große Kampfmesser an Vandermeers Hüfte. Offenbar konnte sich der Mann nicht mal im Tiefschlaf von seinem Messer trennen, dachte Braun. Er packte die Waffe. Wie Butter glitt die Klinge durch Gel und Gurte, bis er Vandermeer fast heraus gezerrt hatte.

IVI: „Detonation erfolgt in genau dreißig Sekunden."

Die Explorer beschleunigte plötzlich, wobei ihm der Hüne aus den Händen glitt und Braun quer durch den Raum zur gegenüberliegenden Wand flog.

Der Aufprall an der Wand war hart, aber er wusste, dass es noch nicht die dritte Detonation gewesen sein konnte. Wieder zu sich gekommen, spürte er erleichtert das Grollen der Triebwerke.

Das Schiff hatte noch einen Piloten. Schnell stieß er sich von der Wand ab, um erneut zu Vandermeer zu schweben.

IVI: „Achtung! Detonation erfolgt in zehn, neun, acht …"

Nun gelang jeder Handgriff. Schnell packte er Vandermeer am Körper und stieß ihn in seine eigene intakte Kryokammer, um ihn dort zu sichern. Die Zeit war um.

Ehe er sich versah, durchflutete das grelle Licht die Fenster und verkündete sein Schicksal. Ein neuer Ritt begann. Gerade als er nach den nächstgelegenen Haltebügeln griff, um sich fest neben Vandermeer zu pressen, erfasste die Schockwelle das Schiff und trieb es erneut mit unerbittlicher Gewalt voran. Physikalische Gesetze schrieben vor, was sich nun abspielen sollte. Außerstande, sich mit seinen glitschigen Händen festzuhalten, riss ihn die Beschleunigung davon. Mit dem Aufprall der Schockwelle durchkreuzte Braun die gesamte Sektion und schlug längs mit seiner rechten Seite gegen die Wand. Der Versuch, sich mit Händen und Füßen zu fangen, misslang und brach ihm dutzende Knochen. Regungslos klebte Braun an der Wand. Die Beschleunigung hielt ihn fest im Griff.

Ohrenbetäubender Krach übertönte den Aufschlag seines Körpers. Metallisches Bersten verkündete das Ende von Vandermeers alter Kryokammer. Als die letzten Ankerbolzen brachen, riss sie samt einem Teil der Rückwand aus der Wabenkonstruktion. Unter gewaltigem Getöse stürzte sie weiter auf die demolierte Kammer, in der sich vor kaum zwei Minuten noch Weißberg befunden hatte. Beide Kammern krachten unkontrolliert in Richtung Heck, rissen Schränke und Instrumente mit sich und bohrten sich nur wenige Meter neben Braun in die Verbindungsschleuse zur Achtersektion.

Weißberg und Van Heusen sahen machtlos zu und konnten nur ahnen, was hinter ihnen geschehen war. Müde vom Wahnsinn schlossen sie ihre Augen. Das Schiff ächzte unter den Erschütterungen.

Irgendwo draußen im Weltraum
In sicherer Distanz, weit entfernt vom Schwarzen Loch. Der schwache Geisterring, der die Singularität wie eine Korona umgab, verblasste zunehmend.

Langsam nahm das Ungetüm wieder seine unsichtbare, schwarze Gestalt an, während es beständig an der Substanz des Universums zerrte.

Die letzte Druckwelle hatte bereits die Ausmaße des Mars erreicht und schien dennoch klein und bedeutungslos zu sein. Wie ein dünner Wolkenschleier, schien sie hinter dem Schwarzen Loch zu verharren und verblasste mit jeder Minute. Von den ersten beiden Detonationen war nichts mehr zu erkennen.

Die Sterne funkelten ruhig und klar. Sie hatten wieder ihre normale scheinbare Helligkeit zurückgewonnen, wie es im stellaren Raum üblich war. Alles hatte wieder seinen festen Platz am Firmament. Alles, bis auf einen kleinen dunklen Schatten, der sich mühsam seinen Weg aus der Wolke bahnte.

Der unbarmherzigen Gravitation entkommen, verbrannten die Triebwerke die ersten Tropfen der letzten Reserven. Alles war Recht, solange es nur weit genug weg war. Das Schwarze Loch hatte seinen Tribut gefordert. Arkov hatte seine Neugierde mit seinem Leben bezahlt. Ein hoher Preis für die Wissenschaft und für das Ego des alten Mannes. Und er war nicht der Einzige.

Cockpit, B-Deck
Sterne, soweit das Auge reichte. Das Cockpit war leer. Bone und Barrow hatten IVI die Steuerung überlassen, jenem Computer, der zuvor mehrere Befehle verweigert und einfachste Anweisungen versaut hatte.

Einige Stunden waren vergangen. In den Fenstern war noch immer das AFS aktiviert. Der Computer folgte der leicht elliptischen Flugbahn durch mehrere virtuelle Kästchen. Das Ende war bereits abzusehen, fehlten nur noch sechs an der Zahl.

Die Anweisung war klar: Erreichen der Sicherheitszone. Zielsicher passierte die Explorer ein Feld nach dem anderen, bis sie schließlich das letzte durchquerte.

IVI: „Initiiere Intervallschaltung der Haupttriebwerke. Zielkoordinaten erreicht. Abstand zum Schwarzen Loch beträgt nun 45 Millionen Kilometer."

Von nun an steuerte die Explorer sicherem Raum entgegen. Ihre Geschwindigkeit genügte vorerst, sich der beständigen Anziehungskraft der Singularität zu entziehen. Die Triebwerke zündeten im Minutentakt.

Zwischen den Schaltern der Konsolen hing wieder das Bild von Jane. Nun wachte sie über die Systeme.

Die Lichter schalteten sich ab.

Die Entscheidung

Hoffnung keimte auf. Es gab Grund zum Feiern. Sie hatten die stärkste Kraft im bekannten Universum überstanden, auch wenn die Singularität die Explorer noch nicht vollends gepackt hatte. Nur glücklich war niemand.

Die gesammelten Daten, Erfahrungen und Ereignisse würden etliche Wissenschaftler über Jahre beschäftigen. Arkov war schon jetzt ein elender Held. Tot, aber ein Held. Vermutlich würde dieses Schwarze Loch schon bald seinen Namen tragen und mit Sicherheit waren sie nicht die Letzten an diesem gottverdammten Ort.

Bald würden andere Schiffe kommen, um das Objekt aus sicherer Entfernung zu beobachten. Doch Grenzen hatten noch Niemanden aufgehalten. Ganz im Gegenteil. Es lag in der neugierigen Natur des Menschen, die Grenzen des Möglichen zu überschreiten. Wie viele würden die Gefahr der übermächtigen Gravitation unterschätzen und den einen entscheidenden Fehler begehen?

Privatyachten, Forschungsschiffe und Kreuzfahrtliner. Viel Futter für das Schwarze Loch.

Kryohalle I, Vordersektion, C-Deck
Viel funktionierte nicht mehr an Bord. Die Belastung des Fluchtstarts hatte etliche Systeme in Mitleidenschaft gezogen und überall auf dem Schiff für Chaos gesorgt. Es gab kaum eine Sektion, in der kein Feuer ausgebrochen war und manch loser Gegenstand wie eine Kanonenkugel die restliche Einrichtung zerschmettert hatte.

Die reanimierte Crew hatte sich gerade an die Arbeit gemacht, um das heillose Durcheinander zu beseitigen. Auch Caren half mit dem bordinternen Staubsauger.

Der mobile Vakuum-Schlauch konnte an diverse Wandbuchsen des ganzen Schiffes angeschlossen werden. Es war noch immer die gängigste Methode gegen Dreck und Glassplitter. Alle waren bemüht, wenigstens einen Hauch von Ordnung zu wahren. Nur Steven lag noch auf seiner Kammer, während die Weckprozedur seinen Körper stabilisierte. Dann kam er endlich zu sich.

„Hey, meine Kleine", flüsterte Steven seiner Susannah zu, die gerade diverse Gegenstände und Trümmerteile einsammelte. Sofort legte sie alle Gerätschaften beiseite.

„Wie geht es dir?", fiel sie ihren Mann erfreut um den Hals und streichelte sanft seinen Kopf.

„Ging mir schon besser. Dir ist nichts passiert?", fragte Steven besorgt. Susannah schüttelte den Kopf und setzte sich erschöpft neben ihn. Sie sah unverletzt aus. Nur ihr linker Augapfel war fast gänzlich rot.

„Gab es Verluste?" Steven reckte seinen Kopf. Er verschaffte sich gern einen Überblick. Die anderen Kryokammern waren leer. Nur die Chefingenieurin ruhte noch immer bewusstlos in ihrer Station.

„Wir leben. Wenn auch knapp. Colonel Braun ist fast draufgegangen. Ich hoffe er kommt durch."

„Verstehe. Was ist mit ihr?" Er deutete auf Sadler.

„Sie braucht Ruhe. Sie hatte eine schwere Zeit."

Steven verstand und nickte, wohlwissend, dass jeder außer ihm Furchtbares durchgemacht haben musste. Alle hatten schockierende Erlebnisse zu verkraften. Susannah sah schlimm und abgekämpft aus. Dennoch konnte nichts ihre Schönheit schmälern.

„Darf ich aufstehen? Mein Rücken fühlt sich an, als hätte ein Laster drauf geparkt."

Ohne zu zögern streckte sie ihm ihre Hand entgegen und zog ihn in eine aufrechte Sitzposition. Sofort begann sie seinen Nacken zu massieren, ganz so, wie sie es immer zu Hause getan hatte.

„Sieht so aus, als ob wir es geschafft haben", stellte er zufrieden fest. Entspannt gab er sich ihren wohltuenden Händen hin.

„Freu dich nicht zu früh! Hier!", unterbrach sie kurz die Massage und reichte ihm ein Pad mit den Schadensmeldungen. Steven überflog den Bericht. Das D-Deck hatte es am schlimmsten erwischt. Zahlreiche Kabinen der Crew, darunter die eigenen, waren verloren und mit ihnen, die letzten privaten Habseligkeiten. Er nahm es fast gelassen hin.

„Hmmm. Wir sind also obdachlos, ja? Das ist eine lange Liste. Ein Wunder, dass wir noch leben."

Bone stand in der offenen Schleusentür und trat herein.

„Es gibt keine Wunder und auch keinen Gott! Wir haben sieben Leute verloren. Was uns betrifft, hatten wir nur Glück."

Susannah betrachtete das Amulett von Caren um Bones Hals.

„Dann hat uns eben ein anderer Schutzengel beschützt. Gut gemacht." Sie umarmte ihren Retter. „Ich danke dir."

Freundschaftlich reichte auch Steven seine Hand zum Kumpelschlag und zwinkerte anerkennend.

„Gute Arbeit. Ich hätte es nicht besser machen können", lobte er ihn. Beide fielen sich in die Arme.

„Verdammt richtig! Aber ich hätte deine Hilfe gebrauchen können."

„Ich wusste, auf dich ist Verlass. Schön, dich zu sehen."

Steven deutete auf die Halskette.

„Wie ich hörte, hast du eine neue Freundin? Das freut mich. Wurde auch Zeit."

„Steven, hör auf damit! Du versaust es nur wieder", mahnte Susannah ihn strafend. Aber selbst Bone konnte sich ein freudiges Strahlen nicht verkneifen.

„Ach, komm schon. Kumpel erzählen sich alles. Ich will es wissen. Ihr Frauen tauscht auch alles aus."

Doch bevor Bone antworten konnte, trat Admiral Cartright herein, um sich selbst beim Piloten zu bedanken.

„Da ist ja unser Teufelskerl."

„Sir."

„Das war großartig", gratulierte James überschwänglich.

„Ich hab mein Bestes gegeben"

„Das hast du." Admiral Cartright begnügte sich nicht nur mit einem Händedruck, sondern umarmte ihn wie einen Sohn. Sie alle verdankten Bone ihr Leben.

Susannah trat zu Steven zurück, polsterte seinen Rücken bequemer und stieß ihn unauffällig an. Gemeinsam beobachteten sie Caren und Bone, die sich jetzt innig umarmten. Wie schüchterne Jugendliche scheute sich das junge Paar, sich in der Öffentlichkeit zu küssen.

„Wenigstens eine gute Nachricht", flüsterte Steven. Auch Susannah freute sich über das junge Glück und strahlte.

„Ja, er hat uns nicht aufgegeben, genauso wenig wie ich dich aufgegeben habe. Es war eine gute Entscheidung, ihn mitzunehmen", gab sie ihm endlich recht.

Inzwischen hatten sich fast alle Besatzungsmitglieder in Kryohalle I versammelt. Nur eine Hand voll Marines fehlte noch.

„Doktor? Wie geht's unserem Colonel?", fragte Barrow schließlich und bemühte sich, die gute Stimmung nicht zu verderben.

„Nicht gut. Er liegt auf der Intensivstation und ist noch nicht über den Berg. Er hat ziemlich schwere Knochenbrüche und innere Verletzungen davongetragen, die in Stasis vollständig verheilen werden. Rivetti kümmert sich um ihn", antwortete Susannah ernst und erkannte, dass die Zeit zum Feiern noch verfrüht war.

„Ich finde, wir sollten abstimmen, was wir als Nächstes tun! Also, ich weiß nicht, wie es euch geht, aber ich möchte nach Hause." Entschlossen blickte sie zu Steven, der ihr vollkommen zustimmte. Sein Vater erhob sich.

„In Ordnung. Stimmen wir ab." James schaute in die große Runde. Innerlich kannte er längst die Entscheidung.

278

In diesem Moment betraten Wullf und Van Heusen die Sektion.

„Noch könnten wir unser Missionsziel Capri erreichen. Aber ich bin Realist genug, um die Wahrheit zu erkennen. Wenn Sie wieder nach Hause fliegen wollen, werden wir es tun. Wir haben genug Daten für Mission Control gesammelt. Ich denke, wir werden die auf der Erde ganz schön überraschen. Wahrscheinlich rechnet niemand mehr mit uns. Also gut. Meine Stimme zählt doppelt." Admiral Cartright lächelte.

„Sollten wir nicht auf die anderen und den Colonel warten?", unterbrach Wullf den Admiral.

„Ich kenne ihre Antworten. Also, wer ist für den Fortgang der Mission? Wer will nach Capri Solaris weiterfliegen?"

Admiral Cartright hob selbst als einziger die Hand. Er hatte nichts anderes erwartet.

„Das sind 12 Lichtjahre! Vier mehr als nach Hause", sprach Susannah und blickte dem alten Mann in die Augen. Sie konnte es erkennen. Sein Lebensmut, das Feuer der Neugier, schien erloschen. Aus und vorbei. Sein Lebenstraum brach zusammen.

„Und wer ist für den Rückflug zur Erde?", fragte James kühl.

Alle hoben die Hände, sogar er selbst.

„Wir haben doch gar keine Alternative", merkte Van Heusen ungläubig an. „Wenn wir überhaupt so weit kommen."

„Dann ist die Entscheidung gefallen." James wandte sich traurig ab.

„Dad, alles in Ordnung?"

„Ja, schon gut. Unsere Mission war nicht umsonst. Ich bin froh, dass wir... dass du am Leben bist. Das ist das Wichtigste! Andere werden unseren Weg gehen. Wir müssen nun erstmal nach Hause kommen."

James blickte sich um. Die anfänglich gute Stimmung, überlebt zu haben, wich der Sorge, es überhaupt zur Erde zurückzuschaffen.

„Dad", flüsterte Steven besorgt. „Wir könnten es noch einmal versuchen. Du musst es einsehen, wir haben zu viele Verluste, zu große Schäden, keine Reserven. Wir können von

Glück reden, wenn wir es nach Hause schaffen. Sue hat Recht. Der Weg ist ein ganzes Drittel kürzer."

„Natürlich hat sie Recht, mein Sohn. Sie hat immer Recht."

„Mit einem neuen Schiff können wir es noch einmal versuchen." Steven bemühte sich, seinen Vater aufzumuntern.

„Sicher." James nickte verhalten. Ganz bestimmt würden sie nach diesem Debakel ein zweites Schiff bekommen, dachte er und hatte seine Zweifel.

Währenddessen überhäuften die anderen Bone mit Fragen zum Rückflug. Fragen, die besser niemand gestellt hätte, denn die Antworten wollte niemand hören.

„Wie lange werden wir denn nun für die Rückkehr brauchen?", bohrte Van Heusen begierig nach einer klaren Aussage.

„Das wollen Sie nicht wissen, glauben Sie mir", antwortete Bone.

„Sag schon! Raus damit!", forderte ihn Susannah auf.

„Wir haben viel Treibstoff verloren. Es reicht kaum bis zur Erde. Daher müssen wir langsamer fliegen. Wir können uns keine volle Beschleunigung leisten. Dazu kommt noch das Bremsmanöver. Energie haben wir hingegen reichlich. Die Fusionsreaktoren halten zum Glück."

„Wie lange?"

Geduldig warteten alle auf die entscheidenden Zahlen. Bone hielt kurz inne und schaute in die erwartungsvollen Gesichter.

„Ungefähr 80 bis 90 Jahre."

Alle zeigten Fassung, als hätte es jeder gewusst oder zumindest geahnt. Es konnte nur so eine kranke, wahnsinnige Antwort kommen. 80 Jahre. Alle nahmen es hin und schwiegen. Es konnte sowieso niemand etwas dagegen tun, noch traf jemanden die Schuld. Barrow rechnete im Kopf.

„Wow, dann wäre ich um die 250."

„Mann!", fluchte Van Heusen leise. „Ich will nicht solange in diese verschissene Kapsel. Wer weiß, ob wir je wieder aufwachen oder so enden wie die anderen."

Alle dachten das gleiche und schwiegen. Was blieb ihnen für eine andere Wahl?

„Wir könnten Wachen einprogrammieren", meinte Susannah. „Jedes Jahr oder alle zwei Jahre. Dann könnten wir zumindest sicherer schlafen und Probleme frühzeitig erkennen." Ihr Vorschlag kam positiv an.

„Gute Idee. Ich übernehme die erste Wache. Dann weiß ich wenigstens, ob ich noch lebe." Van Heusen hätte sich am liebsten sofort eingetragen, als Wullf seine Pläne durchkreuzte.

„Wie kommst du darauf, dass du derjenige sein wirst? Wir gehören nicht zur Besatzung. Es sollte jemand sein, der das Schiff kennt. Wie stets mit Ihnen Doktor?"

Susannah nickte. Auch Barrow hob die Hand.

„Ich melde mich freiwillig. Vielleicht sollte ich die Sensoren sensibilisieren, damit wir früher geweckt werden. Bisher hatten sie ja vollkommen versagt", gestand Barrow ein.

„Allerdings. Das sollten Sie. Das kann er ruhig lauter sagen", flüsterte Caren Bone zu.

„Also, machen wir es so." Admiral Cartright stemmte sich auf und verließ die Runde.

Plötzlich erklang ein lautes, tiefes Knurren. Ein altbekanntes, menschliches Verlangen. Alle schauten einander an, ohne die Herkunft des Geräusches zu kennen. Hände berührten Bäuche. Alle dachten dasselbe.

„Mann, hab ich einen Hunger", sagte Van Heusen als Erster.

„Ja, vielleicht sollten wir alle was essen, bevor wir in den langen Winterschlaf zurückkehren", stimmte Susannah zu und ging Richtung Messe.

„Sie sagen es, Doc. Ich könnte ein ganzes Schwein verdrücken", antwortete Wullf hungrig. Von einem Mann ausgesprochen, dessen Magen durchaus in der Lage war, einen Großteil eines Schweines zu fassen, waren es keine leeren

Worte. Die Wirklichkeit sah natürlich anders aus. Komprimierte Trockennahrung, Mikrowellenfraß. Ein Glück verbrachte die Besatzung den Löwenanteil der Flugzeit im Tiefschlaf. Anderenfalls müssten die Raumfahrtkonzerne ihre Strategien überdenken und kleinwüchsige Besatzungen mit weniger Kalorienverbrauch je Kilogramm einsetzen.

Wullf sprengte diesen Ansatz in jeder Hinsicht. Ein Schokoriegel und vier Trockenschweinstreifen mit angereicherten 3500 Kalorien mussten ihm fürs Erste genügen. Wullf saß in der Messe und vertilgte das Essen mit einem Ausdruck der Gelassenheit. Er kannte weit Schlimmeres. Niemand erwartete einen kulinarischen Hochgenuss. Bessere Alternativen gab es in absehbarer Zeit keine. Das Gewächshaus war zu schwer beschädigt, als dass sie momentan Tomaten, Gurken oder Kartoffeln anbauen konnten. Vielleicht könnten sie es richten. Vielleicht hatte die Biosphäre auch keine Zukunft mehr. Spätestens diese ungeklärte Frage zerstörte alle Träume an eine erfolgreiche Mission und gutes Essen.

Der Heimflug zur Erde blieb die einzig vernünftige Option.

Kryohalle III, Achtersektion, C-Deck
Endlich sprachen sie wieder miteinander. Trog der Schein, oder benahmen sich Vandermeer und Weißberg wieder wie normale Menschen? Hatte Brauns verrückte Rettungsaktion den Teamgeist und das Zusammengehörigkeitsgefühl zurechtgerückt? Rivetti gefiel es. Rührend kümmerte sich Isabell um die schweren Verletzungen des Colonels. Eingehüllt in blauen Bandagen, lag er regungslos auf der zur Intensivstation umfunktionierten Kryokammer. Sorgfältig betrachtete sie die CT-Scans auf einem Monitor und untersuchte den angeschlagenen Körper. Der schlimme Zustand und die Anzahl der Frakturen raubten ihr fast den Atem.

„Ach du Scheiße…", staunte Vandermeer nicht schlecht, während er über Rivettis Schulter die Knochenbrüche betrachtete.

„Viktor, ich arbeite. Würdest du bitte?"

„Ich will doch nur wissen, wie …", versuchte Vandermeer Informationen herauszuquetschen, doch erneut fuhr Isabell dazwischen.

„Ich hab alles im Griff. Ihr könnt ruhig gehen und etwas essen. Oder wollt ihr vom Fleisch fallen? Ich komm schon klar."

„Wird er wieder gesund?", fragte Weißberg. Rivetti rollte mit den Augen, schließlich musste sie diese Frage in den letzten zwanzig Minuten mindestens zehnmal beantworten.

„Ja, wird er, und ja, er wird auch wieder laufen können. Geht jetzt! Bitte! Ich kann sonst nicht arbeiten."

Kaum hatte sie den Satz beendet, trat Wullf aus der Schleuse und brachte einen Behälter voller Essen.

„Ich dachte, ihr habt vielleicht Hunger. Ist nichts Besonderes, aber besser als nichts."

„Danke, Mann", antwortete Vandermeer ruhig.

Wullf trat näher an Colonel Braun heran und betrachtete ihn. Stellenweise drang Blut durch die blauen Verbände.

„Wow, was für eine Aktion. Ich wünschte, ich hätte es sehen können. Ihr beide verdankt ihm euer Leben. Der Mann hat Mut, das muss ich ihm lassen. Wie geht's ihm? Er wird doch wieder, oder Isabell?" Braun sah furchtbar aus.

Rivetti schnaufte laut und beließ es bei einem Schweigen. Weißberg grinste und flüsterte Wullf erklärende Worte ins Ohr.

„Aha, verstehe. Okay, dann will ich nicht länger stören."

„Eh', Muskelprotz!", rief Vandermeer ihm nach. „Was sagen die anderen? Wie sieht der Plan aus?"

„Wir fliegen nach Hause. In ein paar Stunden starten wir."

„Halleluja", dankte Weißberg und begann zu lachen. „Das ist eine gute Nachricht. Endlich mal was Gutes."

Vandermeer klopfte Weißberg auf den Rücken und schüttelte ihn voller Freude.

„Es geht nach Hause." Auch Rivetti strahlte.

Fast schien es, als ob auch Colonel Braun kurzzeitig lächelte. Unsicher, ob ihr die Sinne der Freude gerade einen Streich gespielt hatten, streichelte Rivetti zärtlich über Brauns von Blessuren übersätes Gesicht.

„Hey, starker Mann. Haben Sie das gehört? Sie schaffen das. Ich flicke Sie schon zusammen. Wenn wir auf der Erde ankommen, sind Sie wieder wie neu."

Die Antwort kam prompt. Ein kleines bewusstes Lächeln zog sich in seinem Mundwinkel zusammen.

Heimwärts

Lautlos bahnte sich die Explorer ihren Weg Richtung Heimat. Vom tosenden Sturm nahe des Schwarzen Loches war nichts mehr zu spüren. Aus näherer Distanz wirkte es so harmlos wie eine einsame Wolke am Nachthimmel. Doch es war alles andere als harmlos. Noch immer erfüllte ein schwaches Glühen den Rand zum Ereignishorizont und wollte das atomare Licht der Menschen nicht hergeben.

Drei Tage später gaben 1,5 Milliarden Kilometer Entfernung endlich Anlass zur Sicherheit, obwohl die Singularität noch immer am Schiff zu zerren versuchte. Mit bloßen Augen längst nicht mehr zu sehen, besaß es noch immer die immense Gravitationskraft hunderter Sonnen, stark genug, um selbst fernste Himmelskörper anzuziehen.

Wenn die Sonne im Stande war, gigantische Gasplaneten wie Saturn und Jupiter auf einer weiten Umlaufbahn zu halten, was vermochte dann erst dieses Schwarze Loch? Mit seiner Gravitation konnte es selbst weit entfernte Sonnensysteme aus dem Takt bringen, Sterne und Planeten anziehen. Alpha Centauri, Wega, Capri Solaris, die Sonne. Sie alle waren in Gefahr. Sogar ihre Heimat.

Es waren Gedanken, die sie noch verdrängten. Und doch mussten die Menschen auf der Erde erfahren, in welch gefährlicher Nähe der kosmische Staubsauger bereits war.

Unermüdlich und mathematisch kalkuliert, zündete IVI in regelmäßigen Abständen die Triebwerke, um die höchste Geschwindigkeit für die Heimkehr zu erreichen. Bone überließ nichts dem Zufall. Seine Berechnungen waren ein Balanceakt zwischen der maximal erreichbaren Geschwindigkeit, der Zeit, die sie brauchen würden, um die Erde zu erreichen und dem restlichen Treibstoff. Jeder Tropfen zählte.

Kryohalle I, Vordersektion, C-Deck

Es war still geworden an Bord. Die Backup-Systeme verrichteten ihre Arbeit. Lichter und andere unnötigen Stromfresser waren abgeschaltet worden.

Die gesamte Crew und alle Marines lagen seit Stunden im Kryoschlaf. Alle, bis auf zwei.

Vom schwachen Licht der blauschimmernden Kryokammern erleuchtet, eingewickelt unter einer rotschwarz karierten Baumwolldecke, saßen Steven und Susannah eng umschlungen auf dem Boden. Es war ihre erste Wache, zumindest während der Startphase.

Die Explorer benötigte fast zwei Wochen, ehe sie ihre maximale Zielgeschwindigkeit von 31.000 Kilometern pro Sekunde erreichen würde. Endlich hatten sie Zeit für sich und sie nahmen sie sich. Egoistisch oder nicht, es war längst überfällig.

„Wenn unsere Wache immer so kuschelig ist, wach ich gern mit dir zusammen auf."

„Ja, diese Momente haben mir auch gefehlt", antwortete Steven leise und begann Susannah zu küssen.

Zärtlich begann er an ihrem rechten Ohrläppchen herumzuknabbern, wanderte gleichzeitig mit den Händen in immer tiefere Regionen, wobei ihr die Decke von den Schultern rutschte und wohlgerundete straffe Brüste hervortraten.

„Du bist so wunderschön. Lass es uns jetzt gleich hier machen."

„Du spinnst wohl!", deutete Susannah kichernd auf die gegenüberliegende Kryostation A4 hin, in der Stevens Vater schlief. Deutlich waren die Konturen seines Gesichtes zu erkennen.

„Das stört mich nicht", erwiderte Steven gelassen.

„Mich schon. Lass das! Hör auf damit!" Susannah lachte herzhaft, als würde sie gerade unter der Decke durchgekitzelt.

Die folgende wilde Rauferei entfachte lautes Gelächter, das wahrscheinlich bis in den letzten Winkel des sonst ruhigen Schiffes gedrungen sein musste. Den nackten Körper entblößt, zog sich Susannah hastig die Decke über den Leib. Gänsehaut und Schamgefühl vermischten sich miteinander. Da Susannah in der Regel alles andere als prüde war, konnte es wohl nur die defekte Klimasteuerung sein. Es war kühl und Frauen froren immer. Ein weiteres gültiges Naturgesetz.

„Ich komme mir beobachtet vor. Sieh nur, wie uns alle anstarren!" Susannah blickte sich ständig um. „Wollen wir nicht in unsere Kabine verschwinden? Dort würde ich dir jeden Wunsch erfüllen. Jeden!", hauchte sie willig in seine Ohren.

„Wir haben keine Kabine mehr, schon vergessen? Wir sind obdachlos."

„Dann eben Bones. Es gibt genug andere Kabinen. Komm schon!", flehte ihn Susannah mit ihren funkelnden Augen an.

Mit grinsender Miene schüttelte er den Kopf. Wie konnte er ihr diesen Wunsch ausschlagen? War er komplett wahnsinnig geworden? So sexy und schön hatte er Susannah lange nicht erlebt. Doch die Verantwortung während der autonomen Startphase verlangte wenigstens ein halbes Ohr und eine freie Hand.

„Das ist doch ein toller Ort hier. Hier haben wir es noch nie getan. Außerdem schlafen alle. Das macht doch erst den Nervenkitzel aus."

„Es ist unheimlich hier", flüsterte Susannah leise, als wolle sie niemanden wecken. „Ich kann das hier nicht."

Plötzlich rutschten lose Pappschachteln mit Essen samt der entledigten Overalls über den Boden. Die Wände vibrierten spürbar und das Brummen der Triebwerke ertönte durch das ganze Schiff.

„Das bringt mich jedes Mal richtig in Rage."

„Ach so! Das gefällt dir, was? Du bist echt schlimm", lachte Susannah zurück.

Ihre Rücken gegen das Schott zur Kryohalle II gelehnt, warteten beide das Ende der Brennphase ab. Entgegen der Beschleunigungsrichtung hatten beide schon viel stärkere G-Kräfte erlebt, jedoch noch nie nackt. Steven lachte. So flach hatte er ihre Brüste wohl noch nie gesehen. Begierig darauf, übereinander herzufallen, grinsten sich beide an und zählten die verstrichenen Sekunden.

„Oben oder unten?", flüsterte Susannah sexy.

„Du oben, ich unten", antworte Steven erregt.

Drei Minuten später verstummten die Triebwerke erneut, die Beschleunigung ließ nach. Bis zur nächsten Zündsequenz blieben ihnen genau zwanzig Minuten. Wertvolle Zeit, die beide nicht ungenutzt ließen.

Susannah ließ die Decke zurückfallen und stieg auf Steven, der unter ihr auf dem Rücken lag. Der surreale Ort und das voyeuristische Gefühl, beobachtet zu werden, steigerte ihre Lust ins Unermessliche. Minuten wurden zu Stunden.

Die Triebwerkszündungen scherten sie nicht mehr. Sie hatten Hände, um sich abzustützen. Intensive Liebesspiele wie dieses, hatte es für beide seit Jahren nicht mehr gegeben. Völlig erschöpft, glücklich und mit einem Gefühl der Sicherheit, lagen beide unter ihrer Decke gehüllt und schliefen schließlich ein.

Es sollte ein wundervoller Schlaf werden, begleitet von noch schöneren Träumen. Träumen der Hoffnung und der Rückkehr. Ihre gemeinsame Wache dauerte 12 Tage und Nächte, in denen sie viel nachzuholen hatten. Dann gingen auch sie endgültig schlafen, bis zur nächsten Wache.

Von nun an trieb die Explorer der alten Heimat entgegen. Der Kurs stimmte. Es sollte ihr letzter Flug sein.

Zurück zur Erde.

3. Akt

„Solange es Menschen gibt,
wird es Kriege geben!"

Albert Einstein

Schwarzer Sonntag

Sensoren waren manchmal eigenwillige Zeitgenossen. Ging es ums nackte Überleben, verweigerten sie ihren Dienst, bis es fast zu spät war. Auf der anderen Seite, zeigten sie sich von ihrer sensibelsten Seite, nahmen Signale wahr, die es gar nicht gab, oder die es hätte geben müssen. Macken der Technik. Je fortschrittlicher die Programmroutinen, umso mehr Fehler schlichen sich ein. Vielleicht war es aber auch Glück, dass sie überhaupt noch funktionierten. An diesem Sonntag jedoch, wünschten sich schon bald alle, dass sie nicht mehr funktionierten.

Die Heimat in Sichtweite, schoss die Explorer auf einen noch weit entfernten, weißgelblich strahlenden Stern zu, bis der Autopilot das ganze Schiff 180 Grad um die eigene Achse drehte, um mit den Haupttriebwerken das erste Bremsmanöver zu starten.

Während die Triebwerke und Düsen ihren automatischen Dienst verrichteten, schalteten sich die ersten Lichter ein und das Schiff begann wieder zu erwachen.

Cockpit, B-Deck

Eine Stunde später liefen die meisten Systeme wieder. Nur wenige von ihnen hatten ihren Dienst vollkommen verweigert. Es war schon erstaunlich, wie lange die Systeme diese Reise schadlos überstanden hatten. Deutsche Wertarbeit, Made in Germany – Darmstadt. Zumindest traf dies für das Cockpit der staatlichen Gemeinschaftsarbeit zu.

Es war Frühstückszeit, die sich niemand nahm. Völlig benommen lehnte sich Susannah zurück, als Bone das Cockpit betrat. Barrow folgte mit dem Enthusiasmus einer Wasserleiche und ließ sich in den Sitz der Sensorenphalanx fallen.

„Einfrieren, auftauen, einfrieren, auftauen. Lange mach ich das nicht mehr mit. Ich hab die Schnauze voll", murrte er und riskierte einen Blick auf die ersten Ergebnisse.

„Ich weiß, wovon du redest. Mein Schädel dreht sich auch."

„Ich könnte einen Kaffee vertragen? Will noch jemand einen? Der macht euch munter", bot Susannah ihre Dienste an.

„Nein, danke. Nicht auf nüchternen Magen." Bone aktivierte weitere Systeme und öffnete die Schutztore der Fenster. Was er sah, stimmte ihn noch unzufriedener, als er ohnehin schon war.

„Wo zur Hölle sind wir? Wir sollten doch... was soll das? IVI, warum wurden wir so früh geweckt?"

IVI: „Aufweckprozedur erfolgte auf Grund Annäherung an planetaren Himmelskörper."

„Ich kann nichts sehen", suchte Bone die nähere Umgebung ab.

„Das muss nichts heißen, wie wir gelernt haben."

Diese Situation kam allen bekannt vor und weckte unliebsame Erinnerungen.

„Du hast Recht. Such danach!"

„Bin schon dran", antwortete Chad.

Verhalten blickte er dem kleinen strahlenden Punkt mit weit aufgerissenen Augen entgegen und erkannte sofort, dass die Sonne noch dutzende Astronomische Einheiten entfernt sein musste. Eine Astronomische Einheit, auch kurz AE genannt, entsprach der mittleren Entfernung der Erde zur Sonne und maß etwa 149,6 Millionen Kilometer. Der Abstand, der das Leben erst ermöglichte.

Wo lag die Grenze zum Sonnensystem? Hatten sie sie schon überschritten? Die Sonne schien noch unglaublich fern zu sein. Zu schwach drang ihr Licht hierher. Bis zur Erde mussten es noch Tage, vielleicht sogar Wochen sein. Was für einen Planet meinte IVI, grübelte Steven.

„Check unsere Position! Hier stimmt was nicht", forderte Bone Barrow zur aktiven Unterstützung auf.

„Bekommen wir gar keine Eskorte?", wunderte sich Barrow, als er auf den leeren Schirm sah, auf dem sich in mehreren Sektoren kein einziges Schiff befand. Normalerweise schwirrten selbst in diesem Sektor, des äußeren Randes des Sonnensystems, etliche Kreuzer der Konzerne umher.

„Achtung, Raumflugkontrolle! Hier ist die E.S.S. Explorer, Mission Capri. Hören Sie uns? Over. ... Rufe die Raumflugkontrolle. Hier ist die E.S.S. Explorer, Mission Capri. Hört uns jemand?"

Gespannt lauschten beide dem Rauschen, als Susannah Tee schlürfend in den Sitz des Co-Piloten vorrückte.

„Wie schnell sind wir noch?", wollte sie wissen.

„Noch circa 16.000. Wir bremsen schon seit Tagen. Dauert also noch ein Weilchen. Chad, hast du was?"

„Bisher nicht. Totale Funkstille."

„Keine Antwort. Nichts", wunderte sich Bone.

„Versuchen wir es weiter!", antwortete Barrow stutzig, als konnte er seinen Ergebnissen nicht so recht glauben.

„Raumflugkontrolle. Hier ist die E.S.S. Explorer, Mission Capri. Hören Sie uns? Over. Kommt schon, meldet euch zum Teufel!"

„Also, wo sind wir? Wie lange brauchen wir noch?", fragte Susannah neugierig und sah skeptisch der Sonne entgegen.

„Das wüsste ich auch gerne", rief Barrow ratlos herüber.

„Was soll das heißen?", wollte Bone besorgt wissen, stand auf und ging zu Barrows Platz.

„Ich hab die Analyse dreimal wiederholt. Es ist nicht unser System. Ich hab keine Ahnung, wo wir sind." Barrow lehnte sich geschlagen zurück und überließ Bone seinen Posten.

„Was? Das kann doch nicht sein. Erzähl keinen Scheiß!" Bone wiederholte alle Scans der Sensoren und bekam widersprüchliche Daten.

„Das kann unmöglich stimmen. Ich habe die Kursberechnungen x-mal wiederholt. Wir müssen in unserem System sein. Es gibt hier kein anderes!"

„Bone, was ist los? Wo sind wir?", wurde Susannah unruhig. Bei dem Gedanken, noch weitere Jahre keinen festen Boden unter den Füßen zu spüren, wurde ihr ganz schlecht. Nichts konnte schlimmer sein, als diese Tortur noch länger zu ertragen. Die Daten auf dem Bildschirm sprachen eine deutliche Sprache. Vor ihnen lag ein System mit nur sieben Planeten und einem Zentralgestirn von 0,79 Sonnenmassen.

„Es gibt kein System in den Karten, das mit diesen Daten übereinstimmt", wunderte sich Bone.

„Ich versteh nicht ganz. Was erzählt ihr da?" Susannah bekam es immer mehr mit der Angst zu tun.

„Was machen wir denn jetzt?", fragte Barrow irritiert.

„Den ganzen Quadranten absuchen, was sonst. Check die Planeten nach der Beschaffenheit! Wir brauchen dringend Treibstoff. Ich finde schon raus, wo wir sind."

Bone gab nicht auf, prüfte die Koordinaten erneut, suchte die Sternenkarte ab und scannte das ihm fremde Sonnensystem, soweit die Sensoren reichten. Die neuen Ergebnisse bargen furchtbare Übereinstimmungen, als es ihm plötzlich dämmerte.

„Es sieht nicht aus wie unser System. Aber das ist es."

„Was? Wie soll das möglich sein?"

„Wir sollten vielleicht die anderen wecken.", räumte Susannah ein, doch Bone winkte ab.

„Warte! Das ist keine gute Idee. Weck Steven, wenn du willst, aber lass die anderen schlafen. Die Moral ist beschissen genug. Wenn sie erfahren, was passiert ist…"

Bone schien etwas entdeckt zu haben. Etwas, dass ihn erstarren ließ. Seine Augen wichen nicht von dem Bildschirm. Ausdruckslos starrte er auf die Daten, dann hackte er weiter auf die Tastatur ein.

„Hast du was gefunden?", wollten Susannah und Barrow wissen. Als hätte er einen Geist gesehen, schaltete er schließlich den Bildschirm ab, wechselte den Sitz und nahm wieder im Cockpit Platz.

„Bone! Was ist los? Hast du was herausgefunden?", fragte Barrow, doch er bekam keine Antwort.

Sprachlos gab Bone Koordinaten in den Flugcomputer ein und brachte die Explorer auf einen leicht abweichenden Kurs.

„Hey, sprich mit uns! Was hast du entdeckt? Wohin fliegen wir?", sprach Susannah leise auf ihn ein.

„Das werdet ihr bald sehen. Ich muss es selbst sehen ... Ist nur so eine Vorahnung."

„Was für eine Vorahnung?" Susannah blickte sich zu Barrow um, der sofort versuchte, seine letzten Arbeitsschritte zu rekonstruieren.

„Wir sind sowieso erledigt." Bone deutete auf eine Reihe roter Lämpchen und die Füllstandanzeigen der Treibstofftanks hin, die beinahe völlig erschöpft waren.

„So viele gute Nachrichten auf einmal verkrafte ich nicht", erwiderte Barrow und nahm einen kräftigen Schluck aus einer kleinen flachen Metallflasche, die er aus seinem Overall zog.

„Wie weit kommen wir damit noch?", fragte Susannah, doch sie erwartete keine Antwort auf diese Frage. Sie war dumm. Ein Blick auf die Anzeigen genügte, um zu wissen, dass sie dieses System ohne neuen Treibstoff nie wieder verlassen würden. Der Rest, der noch in den Tanks zur Verfügung stand, reichte allenfalls für das Bremsmanöver. Nur dank der momentanen Geschwindigkeit, dem Gesetz der Trägheit und der Tatsache, dass es im Weltall keine nennenswerte Reibung gab, erlaubte der Explorer noch einen kleinen aber unbedeutenden planetaren Aktionskorridor.

„Was haben Sie da?", fragte Susannah misstrauisch. Barrow fühlte sich ertappt und reichte ihr seinen kleinen Flachmann weiter. Sie roch daran.

„Was soll's. Ich glaub, ich könnte auch einen Schluck gebrauchen."

Susannah nahm die Flasche, wissend, dass sie strengstens verboten war und nahm ebenfalls einen kräftigen Schluck von seinem definitiv hochprozentigen Inhalt.

Genau genommen oblag es ihrer Verantwortung, dass niemand an Bord, egal mit welchen Rauschmitteln, die Kontrolle über seinen Körper verlor. Das starke Gesöff brannte in der Speiseröhre und durchströmte ihren Körper mit einem wohligen Gefühl der Wärme. Und es erfüllte noch einen anderen „guten" Zweck, der unter diesen Umständen als durchaus positiv zu bewerten war. Es lenkte ab, vertrieb die letzten Gedanken und beruhigte ungemein. Zögerlich trank sie einen weiteren Schluck und reichte die Flasche an Barrow zurück.

„Schmeckt abscheulich. Widerlich!"

„Ich hab noch was davon. Möchten Sie mehr?"

Susannah lehnte dankend ab. Sie war sicher, dass er noch mehr Flaschen in seinem Fundus besaß. Besaufen konnte sie sich später immer noch.

„Wie haben Sie die an Bord geschmuggelt? Das gehört nicht zum Inventar, soweit ich weiß."

„Ist das wichtig? Ich denke, wir haben andere Probleme."

Barrow betrachtete die Ergebnisse seiner Untersuchung und öffnete eine Reihe von Bilddokumenten, welche die optischen Langstreckensensoren gemacht hatten. Was sie nun erblickten, war fremd und vertraut zugleich. Es machte ihnen Angst.

„Oh mein Gott!"

Susannah griff erneut zur Flasche und trank sie leer.

„Wann werden wir ihn passieren?", richtete Barrow seine Frage an Bone. Er war sicher, dass der Kurs längst dorthin führte.

„In 74 Stunden."

Irgendwo draußen im Weltraum

Majestätisch zog ein mächtiger Schatten am Sternenhimmel vorbei. Vom entfernten Sonnenlicht nur spärlich beleuchtet, waren die Konturen und blassen Farben nur schwer mit den bloßen Augen zu erkennen. Dennoch war der Anblick überwältigend und verstörend zugleich.

Es war ein Riese der Planetenklasse A, 142.000 Kilometer im Durchmesser, umgeben von dutzenden kleinen und großen Monden. Einer der Monde zeigte vulkanische Aktivität, ein anderer wurde von einem gewaltigen Eispanzer bedeckt. Auf dem Planeten selbst zogen gigantische Wolkenbänder parallel zum Äquator, gewaltige Stürme nahmen Dimensionen kleinerer Planeten ein und mehrere riesige dunkle Flecken zeugten von kosmischen Ereignissen der Superlative, die erst kürzlich stattfanden.

Noch immer flog die Explorer rasend schnell, da sich Bone hütete, die letzten Bremsmanöver vorzeitig einzuleiten. Der imposante Vorbeiflug an dem gewaltigen Gasplaneten dauerte eine knappe Minute, jedoch durchquerte das Schiff eine gefährliche Strahlenzone. Das elektromagnetische Kraftfeld AURORA, welches die Explorer umgab, erzeugte kleine kräftige Polarlichter an den magnetischen Polen des Rumpfes. Polarlichter, die alle vor einer Überdosis tödlicher Strahlung schützten. Das faszinierende Licht schien bis ins Cockpit hinein.

Ähnlich einem kleinen Braunen Zwerg, besaß dieser Planet alle Zutaten für die Kernfusion und „beinahe" genügend Masse, um diese zu entfachen. Für einen echten Stern oder einen Roten Zwerg hätte er nur circa 100 Mal schwerer sein müssen. Dennoch führten heftige atomare Prozesse im Innern dazu, dass der Planet mehr Energie abstrahlte, als er von der fernen Sonne bekam. Es bestand kein Zweifel. Alle kannten diesen Planeten.

Cockpit, B-Deck
„Unfassbar! Seht euch die Wolkenformationen an. Ich erkenne ihn kaum wieder."
„Der rote Fleck. Er ist weg", stotterte Susannah.
Auch Steven blickte inzwischen ungläubig auf den nahen vorbeiziehenden Planeten und zog seine Rückschlüsse.

Die Gedanken, die sich in allen Köpfen abspielten, waren schlimmer als befürchtet, trostloser als der schlimmste Albtraum. Niemand konnte glauben, was sie sahen. Quälende Fragen drängten sich auf, doch keiner wagte sie zu stellen.

„Das sieht nicht gut aus."

„Nein ... absolut nicht. Entfernung zur Sonne?", forderte Steven entschlossen. Sein Blick verriet unheilvolle Ahnungen. Trostsuchend griff Susannah nach seinen Händen und klammerte sich fest. Die Analyse würde wohl auch die nächste relevante Frage beantworten, ob sie es wollten oder nicht.

„7,3 AE. Viel zu weit weg!" Barrow holte tief Luft.

„Das war's dann wohl", resignierte auch Bone und wandte sich vom Fenster ab.

„Hey, wir wissen doch noch gar nicht, wie schlimm es ist. Vielleicht stimmt nur was mit Jupiter nicht. Wir sollten weiter fliegen."

Alle schwiegen. Sie sprach es aus.

„Zur Erde!"

Entweder schien Susannah den Ernst der Lage noch nicht begriffen zu haben, oder sie spielte mit der größten Tragödie des Lebens.

„Wie schlimm kann es schon sein?", fragte sie naiv, als wollte sie die Wahrheit nicht erkennen.

Dabei lagen die Fakten offen auf dem Tisch.

Die Karten des Lebens

Das Geschenk des irdischen Lebens war weder ein Wunder noch purer Zufall, keine Laune der Natur und auch nicht das Werk eines Gottes. Es war vielmehr die Aneinanderreihung unzähliger wichtiger Faktoren, die sich zu einem Ganzen fügten, bis zu einem Punkt, von dem an das Leben eigenständig seinen Weg nahm. Die wahren Wunder passierten erst sehr viel später. Durch Mutationen.

Die Kette der Faktoren war lang und im irdischen Fall einzigartig. Jedenfalls nahmen dies die meisten Menschen an. Aber was selbst die bedeutendsten dachten, stimmte nicht immer. Stattdessen unterlag alles einem kosmischen Programm, einem Code, der sich überall wiederholen konnte. Überall draußen in der unendlichen Weite könnte es ganz ähnlich oder sogar genauso ablaufen. Das Leben war und ist kein Unikat.

Doch so verlockend diese Vorstellung sein mochte, dass es in jeder Galaxie unzählige Welten voll pulsierenden Lebens geben könnte, so ernüchternd war auch die mathematische Gleichung mit der Fülle an Faktoren.

Es musste zahllose Sternensysteme geben, die nur um Haaresbreite an den erforderlichen Bedingungen scheiterten. Brannte ein Stern zu kurz, war ein anderer zu heiß. Mal waren die Sterne instabil oder die Umlaufbahnen ihrer Planeten zu ungleichmäßig. War ein System stabil, fehlte es an lebenswichtigen Elementen oder dem nötigen Anstoß.

Der stabilisierende Einfluss unseres Mondes gehörte wohl zu den wichtigsten Faktoren für die Entstehung des Lebens auf dem blauen Planeten. Seine Gravitation neigte die Erdachse, brachte Jahreszeiten, Klima, Ebbe und Flut. Ohne ihn gäbe es vielleicht kein Leben. Die Erde hatte Glück. Andere Planeten nicht.

Zu viel Vulkanismus, vergiftete Atmosphären, Kollisionen. Die kleinste Nuance war entscheidend. Alles musste stimmen. Vielleicht schaffte es so nur einer von Millionen in das Anfangsstadium, doch eine Garantie für die Evolution bis hin zu komplexen oder gar intelligenten Organismen gab es nie. Selbst wenn sich das Leben seinen Weg bahnte, konnte es sofort wieder ausgelöscht werden. Leben und Tod waren schon immer so eng miteinander verbunden, wie Ursache und Wirkung. Kosmische Katastrophen oder selbst gestricktes Unheil störten zu schnell das empfindliche Gleichgewicht des Lebens. Schon die Änderung eines Faktors der Lebensgleichung um wenige Kommastellen, konnte zum Untergang führen. Und dennoch konnte die Evolution unter unendlich vielen Galaxien eine bunte Mixtur bewohnter Welten hervorbringen. Die Menschheit kannte gerade mal zwei.

Je dichter sich die Explorer den inneren Planeten annäherte, umso düsterer wurden die Daten und Erkenntnisse. Das gesamte Sonnensystem machte einen desolaten Eindruck. Seit der Entstehung des Lebens war es nicht mehr so still gewesen. Die Sonne, die Mutter allen Lebens, die alles erst ermöglichte, hatte schwere Zeiten über sich ergehen lassen müssen.

Um mehr als 20 Prozent ihrer Masse entzogen, war sie nicht mehr in der Lage, die gewohnten Umlaufbahnen der meisten Planeten aufrechtzuerhalten. Die entlegensten Zwerg- und Gasplaneten waren für immer verloren, verdammt, in der Dunkelheit zu irren. Die Fliehkraft ihrer eigenen Masse hatte sie aus dem Sonnensystem katapultiert.

Den sieben übrigen Planeten widerfuhr kein minderprächtigeres Schicksal. Genau genommen gab es nur noch sechs. Merkur existierte nur noch als pulverisierter Trümmergürtel, der sich in einer enger werdenden Umlaufbahn um die Sonne zog. Verlangsamt und von der Gravitation angezogen, würden nach und nach auch die letzten Brocken in die glühenden Meere der Photosphäre stürzen.

Die Sonne selbst hatte zu neuer Stabilität zurückgefunden. Ihre geringere Masse würde sie über zwei Milliarden Jahre länger brennen lassen als zuvor. Doch so heiß sie aus nächster Nähe war, so kalt war es jenseits der alten Umlaufbahn der Venus. Der heißen und giftigen Atmosphäre beraubt, glich die Venus nun einem kahlen nackten Mond. Unspektakulär gab sie jedem Betrachter ihre lang gehütete Oberfläche preis. Ein ganzes Jahrhundert hatten Wissenschaftler versucht, hinter das verhüllte Geheimnis ihrer dicken Atmosphäre zu gelangen. Hätten die Forscher es nur früher gewusst, sie hätten sich Dutzende kostspielige Missionen sparen können. Viele von ihnen scheiterten kläglich an der dicken, giftigen Brühe und deren gewaltigem Druck von über 90 Bar. Kaum ein Raumfahrzeug hielt länger als zwei Stunden stand. Jetzt konnten alle sehen, dass es auf diesem Planeten nichts zu holen gab. Einhundert Millionen Kilometer von ihrer ursprünglichen Bahn abgedriftet, hatte sich der Backofen in einen Eisschrank verwandelt.

Klein und verletzlich wirkten die Planeten schon immer, doch die Spuren, die die Sonne im gesamten System zurückgelassen hatte, waren mehr als verheerend. Pluto, Eris und Neptun waren verschwunden oder zumindest außerhalb der Reichweite aller Sensoren. Der Saturn hatte einen Teil seiner Ringe eingebüßt und mehrere Monde waren ohne jeden vernünftigen Grund in Jupiter hineingestürzt. Nur Uranus schien ungeschoren davon gekommen zu sein. Was mochte aber mit den inneren Planeten geschehen sein?

Jede weitere Analyse ergab neue Hiobsbotschaften, neue Puzzelstücke, die sich langsam, Stunde für Stunde, zu einem grauenvollen Gesamtbild zusammenfügten. Alle Planeten außer Uranus hatten ihre ursprünglichen Umlaufbahnen verlassen und stark elliptische Routen eingeschlagen.

Inzwischen hatte sich Susannah einen Überblick über die restliche Crew verschafft, Steven aus dem Tiefschlaf geweckt und ihn über die aktuelle Lage unterrichtet. Einer musste Bone im Cockpit ablösen, der nicht mehr er selbst war. Noch immer hatten sie ihren Heimatplaneten nicht zu Gesicht bekommen. Fast schien es, als ob die Erde sich zu offenbaren schämte, so gut war ihre Tarnung. Die innere Angst brachte jedoch noch andere Gedanken hervor, die jeden in den Wahnsinn treiben konnte. Was, wenn es die Erde nicht mehr gab?

Sechsundzwanzig Stunden hatte Bone nichts mehr gegessen und nicht geschlafen. Lustlos, gereizt und von Nervosität geplagt, hatte er das Cockpit nur dreimal verlassen, um dringende Notdurft zu verrichten. Er dachte nicht daran zu schlafen, vertraute nur sich selbst. Die Sensoren konnten nichts mehr ermitteln. Die Sonne blockierte jeden Versuch. Irgendwo in ihrem Schatten, so betete er, lag die unversehrte Erde.

Susannah betrat das Cockpit. Sie wirkte bedrückt und abwesend, als lastete ein ganzer Berg voll Sorgen auf ihrem Körper. Wenig später folgte Steven, der erholt wie kein anderer das Cockpit inspizierte. Bone saß allein und ermüdet in seinem Sitz, als wäre er weggetreten.

„Versuch es!", ließ ihm Susannah freie Hand.

„Ich mach das schon", antwortete Steven, gab seiner Frau einen Kuss und wandte sich seinem Freund zu.

„Hey, Kumpel. Wie ist die Lage?"

„Steve, du bist wach? Schön, dich zu sehen", schreckte Bone hoch, lächelte und rappelte sich etwas auf. „Hättest lieber weiter schlafen sollen. Der kranke Ausblick wird dir nicht gefallen."

„Das stimmt wohl. Du siehst beschissen fertig aus", musterte Steven seinen Kumpel. Tiefe Augenringe, fettiges Haar, miese Stimmung. Susannah hatte nicht übertrieben und hielt sich im Hintergrund zurück.

„Ha, ja. Aber immer noch besser als du. Wenn du wüsstest, was wir für einen beschissenen Trip hinter uns haben. Auf dieser glorreichen Mission."

„Ich bin im Bilde. Sue hat mir alles erzählt", sagte Steven.

„Hat sie das? Und nun sollst du mich ablösen, oder?"

304

Steven nahm im Sitz des Co-Piloten Platz und blieb ganz ruhig.

„Weih mich ein! Das wäre ein Anfang."

„Schau doch selbst raus! Abgefuckte Nummer. Das ganze System ist verschoben und ich verstehe es nicht. Was ist hier nur passiert? Seit Stunden kein Kontakt, zu niemandem! Wo sind die alle?"

„Wo sind wir? Warum fliegen wir direkt auf die Sonne zu?"

„Sieht das so aus?" Bone lachte leise. „Hat bestimmt seinen Grund, warum wir dorthin fliegen."

„Wo ist die Erde?", fragte Steven besorgt.

„Sie ist auf der anderen Seite", zischte Bone gestresst, nicht mehr er selbst. „Die Sonne verdeckt die scheiß Sicht. Die Erde muss irgendwo dahinter sein. Hoffentlich ist sie noch die Alte, sonst sind wir am Arsch!"

„Okay. Na komm, Schichtwechsel. Du brauchst eine Pause und musst was essen!", versuchte Steven Bone zu überreden.

„Ich habe keinen Hunger. Wieso glaubt ihr alle, dass ich Hunger habe? Wie könnt Ihr jetzt ans Essen denken? Seht euch lieber diesen Albtraum an", wurde Bone lauter.

„Haben wir. Du solltest trotzdem eine Pause machen. Nichts zu essen, ändert die Lage nicht."

„Verzichte, danke. Ich hab wirklich keinen Appetit."

Steven gab seinen langen Sicherheitscode ein und deaktivierte Bones Steuerkontrollen.

„Was ... was soll das?"

„Mach Pause! Deine Schicht ist längst um!"

Dann drehte Steven leicht ab und ging auf einen Kurs der etwas mehr Abstand zur Sonne wahrte.

„Hey, ich weiß noch, was ich tue! Glaubst du, ich hätte diesen beschissenen Sarg verglühen lassen? So labil bin ich noch nicht, oder bin ich etwa verrückt? Sehe ich so aus?" Bone stand auf und wollte gehen.

„Das hat keiner behauptet. Du sollst nur eine Pause machen! Essen und Schlafen. Wie jeder Mensch", wiederholte er seine Bitte mit ruhiger Stimme.

„Ich brauch keine Pause, verdammt! Lasst mich meinen Job machen!", fluchte Bone wütend. „Ohne mich wärt ihr alle tot!"

„Jetzt beruhig dich und reiß dich zusammen! Hör dich doch an! Du bist überreizt und hundemüde. Wir brauchen dich, aber mit klarem Verstand. Hast du verstanden? Du schläfst ein paar Stunden, gehst in die Küche, machst dir ein Sandwich und wenn du wieder Topfit bist, dann machen wir zusammen weiter. Hey! Sieh mich an!"

Steven packte seinen Kopf, strich ihm durch sein Haar und sprach Bone in sein Gewissen. Stirn an Stirn schlossen beide ihre Augen und kehrten in sich. Sie taten es nicht zum ersten Mal. Der Ritus begann.

„Sprich mir nach", begann Steven die Übung. Er sprach langsam und mit tiefen Pausen. Bone sprach ihm nach.

„Ich bin stark. Wir sind stark. Wir werden diesen Tag überleben. Nichts kann uns aufhalten. Niemand wird uns aufhalten. Aber nur, wenn unser Kopf klar ist, werden wir auch unbesiegbar sein. Sind wir unbesiegbar?"

„Ja."

„Wie steht's mit deinem Kopf?"

„Ist klarer als klar", antwortete Bone zögernd und öffnete die Augen.

„Dreh uns nicht durch, hörst du? Wir können nicht auf dich verzichten!"

„Immer noch der Draufgänger. Mit dem Kopf durch die Wand." Susannah lächelte ihn an.

„Der kürzeste Weg ist nicht immer der beste. Ich dachte, du kennst die Regeln." Steven deutete auf den Siegelring an seiner Hand. Auch Bone trug einen solchen Ring. Er verband die Freundschaft mit vielen Erinnerungen aus einer Zeit, die lange zurücklag. Die Akademie.

„Kann ich auf dich zählen?", fragte Steven.

„Konntest du das nicht immer?", konterte Bone und küsste den Ring.

„Bisher ja. Also enttäusch uns jetzt nicht!"

„Ich geh dann mal!"

„Wir sollten einen besseren Blick auf die Sonne riskieren. Vielleicht finden wir dann heraus, was hier geschehen ist. Wenn du fertig bist ... wir warten auf dich!"

„In Ordnung!"

„Hau dich aufs Ohr! Ruh dich ein paar Stunden aus", rief ihm Steven nach.

Die Sonne

Besagte Stunden später waren sie am Wendepunkt angekommen. Keiner an Bord war der Sonne jemals näher als 50 Millionen Kilometer gekommen. Speziell ausgerüstete Sonnen-Forschungsschiffe hatten sich schon bis zu 750.000 Kilometer heran gewagt. Der gefährliche Kurs brachte die Explorer nur knapp zweieinhalb Million Kilometer an ihren Mutterstern heran. Viel zu nah für ein Schiff wie die Explorer, die nie für diesen Zweck und diese Extreme gebaut worden war. Aber es war nicht das erste irre Manöver, das sie durchgemacht hatte.

Wollten sie jemals zur Erde gelangen, blieb ihnen kein anderer Weg. Jede größere Kursänderung konnte das Bremsmanöver kosten. Eine Fahrkarte ohne Rückkehr in den interstellaren Raum. Die knappen Treibstoffreserven nötigten sie dazu und ließen ihnen keine andere Wahl. Sie konnten nur beten, dass die Ablenkungsfelder der immensen und aus diesem Abstand absolut tödlichen Sonnenstrahlung standhielten und die Außenhülle nicht zu sieden begann. Fast konnte man das brodelnde Feuer der Granulation fühlen und danach greifen. Dabei drohte die Jahrmillionen alte Infrarotstrahlung die Explorer in eine tödliche Sauna zu verwandeln. Wie lange mochten die Technik, die Klimaanlage und die Menschen an Bord die Hitze noch ertragen? Wer würde länger durchhalten? Fleisch oder Metall?

„Vier Minuten bis zum Zenit. Das wird heiß, verflucht heiß." Bone wischte sich mit einem Handtuch über den Kopf. Alle waren triefend nass.

Susannah standen die Angst und der Schweiß im Gesicht. Schwitzend blickte sie auf das Thermometer, das längst die zulässige Schwelle von 60 Grad Celsius überschritten hatte, während es überall heiße Wassertropfen von der Decke regnete und sich auf dem Boden erste Pfützen sammelten.

„Wir sind viel zu dicht dran! Das machen die Systeme nicht mehr lange mit", meinte sie beunruhigt.

„Keine Angst!", beruhigte Steven und setzte seine Sonnenbrille auf. „Sie wird es aushalten. Die Schilde schützen uns. Wir kommen sehr dicht ran, aber wir werden es schaffen."

Barrow machte sich indessen andere Sorgen, stieg auf einen isolierten Stuhl und begann sich wegen der drückenden Hitze zunehmend zu entkleiden. Sein leichter Schmerbauch machte keine außerordentlich gute Figur dabei. Susannah begriff schnell und zog ihre Füße aus dem angesammelten Wasser. Ihre Schuhe tropften vom nassen Untergrund.

„Wir spielen sehr mit unserem Glück! Sofern es keinen Kurzschluss gibt und die Schilde nicht zusammenbrechen, werden wir es vielleicht schaffen. Anderenfalls verglühen wir binnen Sekunden. Aber mir hört ja sowieso keiner zu."

„Hören Sie auf, Panik zu schieben! Sie wissen so gut wie ich, dass wir keine Wahl haben." Steven gab sich sichtlich Mühe, die eigene unermessliche Angst unter dem Deckmantel der unerträglichen Hitze zu verbergen. Jeder schwitzte wie in einer Sauna.

„Sie haben ja keine Ahnung, welches Risiko wir gerade eingehen. Beten Sie, dass wir keine Protuberanzen kreuzen", mahnte Barrow erneut, ohne nach draußen sehen zu können. Die Sonne blendete unerträglich hell.

„Denkst du, wir wissen das nicht?", konterte Bone unterstützend, der die Helligkeit der Photosphäre etwas herunterregelte.

Das blendende, alles überstrahlende Licht ließ schnell nach und ermöglichte allen einen trügerisch ruhigen Blick auf die nahe Sonne. Endlich waren klare Konturen der Photosphäre erkennbar, ebenso wie der scheinbar harmlose Kurs durch den sternenklaren Orbit der Sonne. Nur waren keine Sterne zu sehen, ebenso wenig andere Details. Die Photosphäre war die äußerste „feste" Schicht der Sonne, die eine nennenswerte Dichte besaß und damit allgemein als Oberfläche galt. Sie strahlte sichtbares und unsichtbares Licht in den interplanetaren Raum und war in vergangenen wie sorgloseren Tagen die Quelle der so selbstverständlichen Photosynthese und schöner brauner Haut auf makellosen Körpern.

Während Steven und Bone den Flugkorridor nach möglichen Protuberanzen absuchten, stieg die Temperatur stetig an. Beunruhigt nahm auch Susannah die Zeichen des Unheils auf dem Boden und an den Wänden wahr.

„Wo kommt das ganze Wasser her?", fragte sie verwundert und zog den nassen Overall auf ihre Hüften runter. Ungeachtet Barrows lüsternen Blicken beobachtete sie, wie das Schwitz- und Schmelzwasser an sämtlichen Schalttafeln abperlte und sich in kleinen Rinnsalen an der nächsten Luke sammelte.

„Das kann unmöglich gut sein."

„Die Umweltkontrolle ist defekt. Das wird sich schnell wieder ändern, sofern wir diesen Irrsinn überleben. Genießen Sie die heiße Dusche, Doc. Wer weiß, wann wir wieder die Gelegenheit bekommen." Ein verstecktes Grinsen zeichnete sich ab. Barrow beäugte Susannahs nasses Hemd eine Spur zu genau, so dass sie ihren klatschnassen Overall schnell wieder hochzog.

„Was soll das heißen?", lenkte sie geschickt ab.

„Das soll heißen, dass wir in wenigen Stunden die Schlittschuhe auspacken können", Barrow deutete auf die großen Pfützen hin, die schon sehr bald zu purem Eis verhärten würden.

„Hören Sie auf mit dem Quatsch!"

„Ich dachte, Sie hätten die Probleme längst behoben, Chad", meinte Steven verärgert, während er vergeblich versuchte mit einem Tuch das Wasser von den Konsolen fern zu halten.

„Ja, das dachte ich auch. Mir muss ein Fehler unterlaufen sein."

„Kein Wunder bei dem Fresssack. Ich hab ihn nur in der Kantine arbeiten sehen." Bone gab sich Mühe es überdeutlich zu artikulieren.

„Vielen Dank. Nur weiter so! Die Umweltkontrolle repariert sich bestimmt von ganz allein", fauchte Barrow gereizt zurück.

„Na dann schlage ich vor, dass du jetzt endlich deinen Arsch in Bewegung setzt, bevor wir alle gekocht und anschließend tiefgefroren werden."

„Undankbares Pack!", grummelte Chad wütend und stieg den Schacht zum C-Deck hinunter.

„Hey, hey. Bone meinte es nicht so", rief Susannah ihm erfolglos nach. Barrow antwortete nicht.

„Und ob ich es so meinte!", rief Bone noch lauter. „Das ist kein beschissener Vergnügungsdampfer! Er hat seine Aufgaben! Nur weil er das verfluchte Schiff gebaut hat, ist er noch lange kein Passagier."

„Vielleicht, aber gerade jetzt sollten wir mehr denn je zusammen … halten." Im selben Moment erstarrte ihr Blick. Langsam hob sie ihren Arm und deutete hinaus.

Auch Bone erkannte die Anomalie und wies Steven an, gefälligst wieder nach vorn hinauszusehen.

„Die Außenhaut erreicht bald kritisches Maximum. Lange halten wir das nicht mehr aus. Was ist?"

„Sieh! Da am Horizont", meinte Bone ernst.

„Woooah…" Steven verstummte augenblicklich und kniff die Augen zusammen. „Bone, geh an die Phalanx und scanne das Ding!"

„Was kann das sein?"“, sprach Susannah verängstigt. „Sieht aus wie ein riesiger Schatten."

„Nein. Das ist ein Albtraum. Wir fliegen direkt vorbei." Steven hatte eine ungefähre Ahnung von dem, was er sah.

Außerhalb der Explorer

Die Sonne. Neuer Durchmesser: 915.000 Kilometer. Oberflächentemperatur: 5700 Grad Kelvin. Neue geschätzte restliche Lebensdauer: 9,3 Milliarden Jahre.

In strahlend oranges Licht der Photosphäre getaucht, streifte die Explorer beinahe den Orbit des nahen Sterns. Obwohl sie der Sonne bereits die verstärkte silberglänzende Unterseite entgegenstreckte, glühte das Unterschiff so hell wie bei einem ausgedehnten Wiedereintritt in die Erdatmosphäre. Lange würde die Außenhülle der heißen Oberflächenstrahlung nicht mehr standhalten können. Doch die Infrarotstrahlung war nicht das einzige Problem. Millionen Grad heiße Teilchen der Korona drohten jederzeit die sensiblen Schilde und die zarte dünne Hülle des Schiffes zu durchschlagen. Gleich einem aufgespannten Regenschirm in einem Orkan zerrte der gewaltige Sonnenwind am Kraftfeld, das sich allen Teilchen in einem Lichtspektakel widersetzte.

Dann änderte sich etwas. Näher an der Sonne, als je zuvor, nur knappe zwei Millionen Kilometer vom tobenden Feuer entfernt, nahm die Temperatur plötzlich ab. Auch die Strahlungsintensität verringerte sich rapide, bis schließlich eine unheimliche Ruhe, wie im Auge eines Hurrikans herrschte.

Selbst der feurige Hitzeschutzschild der Explorer kühlte deutlich ab, bis er schließlich nur noch rötlich nachglühte. Nur wenige Sekunden später hatte sich das Bild grundlegend gewandelt. Kannte jeder nur das eine Gesicht, sollten sie jetzt die bittere Kehrseite kennenlernen.

Ein dunkler riesiger Gürtel zog sich über die Photosphäre und nahm immer größere Dimensionen ein. Die Eigenrotation des Sterns verteilte einen Teil des seltsamen Fleckes um die halbe Sonne, so dass mehr als ein Drittel der Oberfläche betroffen war. Mit jeder Sekunde, die verstrich, wurde der Fleck gewaltiger und unheimlicher, bis sich die Explorer genau über der schwarzen Region befand. Nun konnten alle das ganze Ausmaß der Katastrophe erkennen.

Mit über einer Million Kilometer im Durchmesser umspannte die monströse Region fast die gesamte Rückseite der Sonne. Doch ähnlich wie bei einer partiellen Sonnenfinsternis überstrahlte die restliche intakte Sonnenoberfläche das unheimliche Geschehen.

Cockpit, B-Deck

Geschützt vom Sonnenfilter offenbarte der Ausblick der Crew das ganze Bild des Schreckens.

„O Gott, seht euch das an."

„Wie unheimlich. Was ist das?", stammelte Susannah.

„Was denkst du? Was kann das verursacht haben?", schaute Bone zu Steven.

Umgeben von strahlenartigen, Tausenden von Kilometer langen Ausläufern bedeckte der riesige runde Fleck einen Großteil der Sonne. Während sich die Randregionen und Ausläufer noch hellrot glühend von der Photosphäre unterschieden, herrschte im Zentrum scheinbar totale Dunkelheit. Millionen Jahre alte Vorgänge hatten aufgehört zu existieren. Es dauerte mindestens weitere fünf bis zehn Millionen Jahre, eh sich die Sonne vollständig regenerieren würde. Solange brauchte die Strahlungsenergie vom Kern zurück an die Oberfläche. Obwohl der Kollaps nur einen kurzen Wimpernschlag im Leben der Sonne andauerte, bedeutete er das Ende einer Ära, von dem sich das irdische Leben nie mehr erholen würde.

„Was zur Hölle ist das?", fragte Susannah immer wieder. Obwohl sie nur Laie war und nicht mehr über die Sonne wusste, als sie vor Jahrzehnten auf der Universität gelernt hatte, wusste sie dennoch, dass es sich um kein natürliches Phänomen handeln konnte. Das war kein normaler Sonnenfleck. Verdammt, es war überhaupt kein Sonnenfleck. Aber was war es dann?

Steven untersuchte die Rückseite genauer und betrachtete die riesige Region auf einem Monitor. Der Zoom der Kamera war bis zum Anschlag aufgedreht und zeigte Bilder eines zutiefst angeschlagenen Sterns. Auch die ermittelten Daten sprachen eine deutliche Sprache.

„Keine Oberflächenaktivität. Keine Granulation. Die Konvektionszone unter dem Fleck scheint tot zu sein. Unglaublich! Die Oberflächentemperatur beträgt nur noch 456 Grad. Strahlungsniveau bei 7,3 Prozent. Was auch passiert ist: Ich wette, das ist die Ursache für den chaotischen Zustand des ganzen Systems." Betroffen lehnte sich Steven zurück.

„Wie ist es möglich, dass die Sonne so viel Masse verloren hat? Ich dachte, sie würde noch Milliarden Jahre konstant leuchten." Bone strich sich über das unrasierte Kinn.

„Das ist nicht die Ursache, sondern das Ergebnis. Wenn ihr mich fragt, sieht der Mist handgemacht aus", meinte Susannah.

„Das denke ich auch. Das war Absicht oder ein schrecklicher Unfall. Vielleicht Krieg?", stimmte Bone eindeutig zu.

„Sieht wie ein riesiger Krater aus. Fast wie eine Krake."

Plötzlich stand Barrow wieder in der Tür zum Cockpit.

„Gott sei Dank, wir leben noch. Ich dachte schon, es sei vorbei."

„Ja, wir leben", stellte auch Susannah fest. „Aber um welchen Preis."

„Wir können froh sein, dass wir nicht lebendig gegrillt wurden. Ohne dieses ... Gott! ... Was ist das?" Barrow starrte nur hinaus und schwieg eine Zeit. „Dieses Ding hat unsere Ärsche gerettet. Wenn die Strahlungsintensität nicht nachgelassen hätten, wären wir mit Sicherheit verglüht. Wir waren so nah dran." Er spitzte seinen Zeigefinger und Daumen, so dass kaum ein Blatt Papier dazwischen passte. Barrow war sichtlich außer Puste, erschöpft und völlig durchnässt.

Mit letzten Kräften ging er zur nächsten Konsole, um die Klimakontrollen zu prüfen und sank zufrieden auf dem Stuhl zusammen. Die Temperatur sank endlich wieder unter erträgliche 50 Grad Celsius und fiel weiter.

„Bone. Was ist mit der Erde?", rief Susannah aufgeregt.

„Betet, dass sie noch da ist!" Er scannte das der eisigen Sonnenkälte zugewandte System und aktivierte das HUD der rechten großen Cockpitscheibe. Ein dünnes blaues Raster unterteilte das System in etliche Sektoren.

IVI: „Scann abgeschlossen", ertönte die Computerstimme.

„Ich hab sie." Auf dem Bildschirm erschien ein kleiner roter Kreis, eine Positionsmarke. Noch war die Erde nicht zu erkennen. Eine Simulation errechnete eine ungewöhnlich stark elliptische Umlaufbahn in das Hud.

„Was zu Hölle ist das für ein Mist?", entfuhr es Bone.

„Haben wir Videobild?" Auch Stevens Geduld war am Ende.

„Nein, noch nicht. Wir sind zu weit weg", antwortete Bone.

„Wie weit noch?", hielt Steven den Atem an.

„228 … Millionen Kilometer."

Jeder wusste, was diese Zahl bedeutete. Susannah schloss die Augen und senkte den Kopf.

„Waaas? Wie ist das möglich?" Barrow blickte verwirrt.

„Wir sind erledigt, nicht wahr?", wollte es Susannah nicht wahr haben, aber innerlich hatte sie es schon die ganze Zeit geahnt.

„Vielleicht stimmt was mit den Sensoren nicht. Ich muss nochmal alles durchchecken. Vielleicht hab ich einen Fehler übersehen." Barrow lief aufgebracht hin und her.

„Chad!", rief Steven. „Chad! CHAD!!"

„Was!? Was sollen wir jetzt tun?"

„Setzen Sie sich! Die Daten stimmen. Die Sensoren sind in Ordnung. Nehmen Sie Platz und beruhigen Sie sich!"

„228 Millionen Kilometer?", fragte der Bau-Ingenieur erneut.

„Ja."

Der letzte Hoffnungsschimmer begann zu bröckeln und sich wie eine Seifenblase aufzulösen. 228 waren 80 zu viel. Normalerweise vollzog die Erde in fast gleichmäßigen 150 Millionen Kilometer ihre Bahn um die Sonne. Im Angesicht der verletzten Sonne verblich nun jede Entfernung zur Belanglosigkeit. Und als wenn das nicht schon genug wäre, entdeckte Bone ein weiteres drohendes Horrorszenario. Was auch immer passiert war, hatte die Umlaufbahnen der Venus und der Erde so verändert, dass sich beide Planeten kreuzten. Bisher verfehlten sie sich. Doch eines Tages könnte es zur Kollision und Vernichtung beider Planeten kommen.

„Macht es noch Sinn, dort hinzufliegen?", fragte Barrow kühl. Er konnte sich das Bild bereits ausmalen.

„Bone, halte den Kurs zur Erde!", befahl Steven ruhig und gefasst. „Bremsmanöver starten!"

„Schon erledigt. Bremsmanöver programmiert. Wir erreichen den Erdorbit in neun Stunden."

„Wir sollten die anderen wecken. Sie haben das Recht zu erfahren, was hier passiert ist. Und du Steven … du solltest mitkommen! Ich muss dir etwas sagen."

Susannah nahm Steven an die Hand und zog ihn sanft aus seinem Sitz.

„In Ordnung." Steven nickte ergriffen und sah Susannah tief in die Augen. Er sah es ihr sofort an, dass noch etwas Furchtbares geschehen sein musste. Er kannte diesen Blick, diesen Ausdruck in ihren Augen. Wortlos verließen sie das Cockpit.

Die tödlich getroffene Sonne im Rücken, die Erde voraus, schoss die Explorer und die Crew ihrem ungewissen Schicksal entgegen. Was auch immer geschehen war: Jemand oder etwas hatte den Plan der Natur, jegliche zukünftige Evolution zunichte gemacht.

Die Karten des Lebens waren verspielt.

Abschied

Null-Linien beherrschten die Kontrolltafeln der vierten horizontal aufgebahrten Kammer. Von all seinen medizinischen Messinstrumenten befreit, lag ein männlicher Leichnam auf der Kryomedstation. Den Unterleib mit blauem Tuch bedeckt, hatte sich die Haut am restlichen Körper unverkennbar verfärbt. Seine Augen geschlossen, seine Hände seitlich am Rumpf und den letzten Atem längst ausgehaucht, gab es keinen Zweifel mehr am Exitus des alten Mannes, auf dessen Spuren alle wandelten. Admiral James Cartright Senior hatte die lange Reise mit seinem Leben bezahlt. Wie viele würden ihm noch folgen? Und doch war es diesmal etwas anders.

„Hey, Dad. Wir sind bald zu Hause. Wir können die Erde schon fast sehen. Ganz klein, aber sie ist noch da."

Steven stand regungslos vor der Kammer und betrachtete das ruhende Gesicht seines Vaters. Die Haare waren dünn und trocken, sein silbergrauer Bart glänzte wie zu besten Lebzeiten. Der stets gehütete Bart, der seinen Mund umschloss, war trotz der langen Reise sorgfältig geschnitten. Er schien makellos zu sein, als hätte er sich erst kürzlich ein letztes Mal rasiert. Keine Rückstände von Kryoflüssigkeit, denn sie verdunstete unter normalen Umständen binnen Minuten. Doch normal war nichts mehr an Bord. Wie Barrow es vorhergesagt hatte, kühlte das Schiff rapide ab.

Tränen bahnten sich ihren Weg, als Steven zögernd seinen Daumen auf das Hauptbedienfeld presste und eine grünleuchtende Taste betätigte. Signalspitzen blitzten ein letztes Mal auf, dann erloschen die Bildschirme. Die Scanner der Kryostation A4 verstummten.

Nur das verstörend surrende Piepen der anderen Kryostationen und entferntes Flüstern drangen noch in sein Gehör. Erst als er aufsah, verstummten die leisen Stimmen. Alle schwiegen und beteiligten sich an der Trauer. Das gedämmte Licht ließ nur schemenhaft erahnen, wer gerade anwesend war. Susannah, Bone, Caren und zwei Marines, wie es ihm erschien.

„Lasst uns bitte allein!", flüsterte Susannah leise, dann verschwanden die meisten. Nur Bone blieb noch einen Moment.

Mit geröteten Augen trat Susannah ebenso ergriffen an die Station heran, selbst kaum noch in der Lage, eine Träne des Trostes zu spenden. Sie legte ihre Hand tröstend auf die Seine.

„Du hast es gewusst oder?", fragte Steven leise.

Susannah nickte und rührte sich nicht.

„Es tut mir so leid. Ich konnte nichts für ihn tun."

„Du hättest es mir sagen müssen!"

„Ich konnte es nicht. Ich habe es ihm versprochen, dir nichts davon zu erzählen."

„Herrgott, er war mein Vater!", wurde er energischer. „Du hättest es mir sagen müssen!"

„Versteh doch bitte! Ich konnte es nicht!"

Er zog seine Hand weg.

„Ja, ich verstehe schon. Ärztliche Schweigepflicht."

„Nein, es war weit mehr als das. Hätte ich es dir gesagt, hättest du die Mission abgebrochen. Seine Mission. Du weißt, wie viel sie ihm bedeutet hatte! Er wollte dabei sein, um jeden Preis!"

„Wir haben ... ich habe total versagt. Nichts anderes ist geschehen."

„Das darfst du nicht mal denken. Du hast nicht versagt. Er war immer so stolz auf dich."

„Ich konnte mich nicht mal richtig von ihm verabschieden."

„Es tut mir so unendlich leid! Ich habe ihn auch geliebt, fast wie meinen eigenen Vater. Und du weißt, ich hatte nie einen."

Susannah sah hinab, nahm wieder seine linke Hand und versuchte sie zu streicheln, doch Steven zog sie abermals langsam zurück und ging um die Station auf die andere Seite.

„Wie schlimm stand es um ihn?", fragte er, ohne seinen Blick von seinem Vater abzuwenden. „Erzähl schon! Was wusstest du alles?" Steven sah sie vorwurfvoll an. „Du schuldest es mir!"

„Also gut. Als er zu mir kam, war es schon zu spät. Er hatte unheilbaren Darmkrebs. Endstadium. Sehr weit fortgeschritten. Die Metastasen waren überall, in allen Organen. Auch sein Magen war betroffen."

Susannah konnte den Schmerz fühlen. Schon seine Mutter und sein Onkel teilten dieses Schicksal.

„Krebs. Schon wieder. Deshalb habe ich ihn nie richtig essen sehen. Ich hatte ihn so oft zum Essen eingeladen und er hatte immer abgelehnt. Jetzt weiß ich, warum. Und du wusstest es."

„Was hätte ich denn tun sollen? Er hat mich darum gebeten. Es war nicht leicht, es für mich zu behalten."

„Glaubst du, er hat sehr gelitten?"

„Die Medikamente, die ich ihm gab, konnten es nur lindern und ihm seine Schmerzen nehmen, es jedoch nicht mehr aufhalten."

„Wie lange wusstest du davon?"

„Circa ein Jahr vor dem Start. Letzten September kam er zu mir. Er hatte die Diagnose bereits von London erhalten. Zu diesem Zeitpunkt hätten nur noch mehrere große Operationen und Organverpflanzungen sein Leben retten können. Ohne Garantie auf Erfolg. Er wollte es nicht. Ich hatte versucht, ihn umzustimmen."

„Und Bone? Wusste er es?"

„Nein, nur ich."

Susannah schritt langsam um die Kryokammer zu Steven hin, versuchte ihn tröstend zu berühren.

„Wegen der Mission", nickte Steven voll anschwellender Wut. „Alles nur wegen dieser verdammten Mission."

„Ich glaube nicht, dass er etwas mitbekommen hat. Er war noch nicht bei Bewusstsein. Die Weckprozedur war zu anstrengend für seinen Körper. Er hat nichts davon gespürt."

„Gut, das ist gut", atmete Steven schwer.

„Sein Kreislauf war zu geschwächt. Er ist friedlich eingeschlafen."

„Es reicht! Erspare mir Einzelheiten!"

„Ich hoffe, du verzeihst mir und kannst den Wunsch deines Vaters verstehen. Es war sein Wille!"

„Ja, das ist so typisch. Sein Wille war Gesetz."

Entschlossen rieb sich Steven die Augen trocken und bedeckte seinen Vater mit dem blauen Tuch.

„Machs gut, Dad."

„Hey, ich bin immer für dich da!"

Steven nickte verschlossen und kehrte Susannah den Rücken zu. Er hielt kurz inne und ging langsam zur Tür.

„Warte, da ist noch etwas! Er wollte, dass ich dir das hier gebe."

Seine Schritte stoppten abrupt, dann drehte er sich langsam um. Susannah hielt eine flache, grüne Metallbox in den Händen. Darauf lag ein verschlossener brauner Briefumschlag. Wortlos nahm er die Box und die letzten Worte seines Vaters entgegen. Die eigensinnige Handschrift war unverkennbar, schließlich kannte er sie besser als jeder andere. Vielleicht war er auch der Einzige, der sie überhaupt entziffern konnte.

„Ich warte draußen und pass auf, dass dich niemand stört."

„Nein, bleib! Bleib bitte bei mir!", bat Steven und hielt sie bei der Hand. Susannah nickte nur, dann nahmen beide Platz. Zaghaft betrachtete er den Brief, die blanke Box und einen Hinweis, auf dem stand: „Bitte zuerst den Brief lesen!" Behutsam öffnete er den Umschlag. Flüchtig überflogen seine Augen die ersten Zeilen seines Vaters. Es war fast, als könnte er seine Stimme hören.

„Mein Junge, mein Sohn.

Ich habe lange darüber nachgedacht, wie Du es erfahren sollst. Dieser Weg fällt mir sehr schwer und ich hoffe, Du verzeihst es mir, dass ich dieses Geheimnis bis zum Schluss bewahrt habe. Ich bin nie besonders wortgewandt gewesen, war nie ein guter Redner und weiß nicht, was ich dir nun schreiben soll. Ich wäre Dir auch gern ein besserer Vater gewesen. Wenn ich eines Tages noch den Mut aufbringen sollte, wirst Du diesen Brief nie erhalten. Dann reden wir zusammen wie Vater und Sohn, wie wir es schon so oft hätten tun sollen. Wenn mich das Schicksal jedoch schon früher einholt, sei nachgiebig mit Sue. Die Bürde, die ich ihr aufgelegt habe, ist schwer genug. Sie ist ein Schatz, eine Perle, mein kleines Mädchen. Halte sie fest, denn sie liebt Dich sehr! Mache nicht den gleichen Fehler, wie ich bei Deiner Mutter. Gott weiß, dass ich viele Fehler begangen habe und ich wünschte, ich könnte so manchen ungeschehen machen. Erst in den letzten Wochen ist mir bewusst geworden, wie viel mir noch geblieben ist. Wir stehen vor der Verwirklichung eines Traumes, der Lösung aller Fragen, doch zu welchem Preis. Diese Mission stand mein Leben lang im Mittelpunkt, ohne dass ich begriffen habe, wie mir die Menschen, die ich liebte, aus meinen Händen glitten. Ich habe beinahe alles verloren, was mir lieb und teuer war. Du, Sue und William. Ihr seid die einzigen Menschen, die ich noch habe. Ihr seid meine Familie. Vielleicht verstehst Du jetzt meine Entscheidung, meinen Entschluss bei der Mission dabei zu sein. Was wäre mir geblieben, wenn Ihr fort gewesen wäret. Nichts als ein leeres Haus. Und Du weißt, wie gut ich mit Zahlen umgehen kann. Ich benötige keinen Computer, um zu wissen, dass ich Eure Rückkehr nie erlebt hätte. Was sollte ich also tun? Die Mission abbrechen? Oder hätte ich unsere Backupcrew entsenden sollen? Unser aller Leben wäre verwirkt, Jahrzehnte vergeudet. Du kennst mich. Du weißt, wie besessen ich von Capri bin, wie abhängig. Vielleicht habe ich längst die Kontrolle verloren. Aber ich weiß, dass Du es schaffen wirst, die Oberhand zu behalten. Du bist stärker als ich. Du bist mein Sohn. Hoffentlich kannst Du mir alles, was ich falsch gemacht habe, irgendwann verzeihen. Meine Schwäche als Vater, der Verlust und Kummer Deiner Mutter, die Kindheit auf den vielen Stützpunkten, die vielen Geheimnisse. Damit soll nun Schluss sein.

Du sollst alles wissen, was ich weiß! Möglicherweise wirst Du dann eines Tages verstehen, warum ich so besessen war. Doch bevor Du die Box öffnest und ich das letzte große Geheimnis lüfte, möchte ich etwas nachholen, was ich Dir verwehrt habe. Einen vernünftigen Abschied kann ich Dir leider nicht mehr bieten. Wie gern würde ich Dich in diesen Moment in meinen Armen halten. Ich hoffe, Du weißt, dass ich Dich immer geliebt habe. Auch wenn Du nie an Gott geglaubt hast, werden wir uns im nächsten Leben wiedersehen. Halt die Ohren steif! Es gibt keinen Vater, der stolzer auf seinen Sohn wäre, als ich es bin. Gott, ich wünschte, ich hätte Dir das alles schon viel früher sagen können. Verzeih mir! Mach's gut, mein Junge.

Dein Vater.   *Columbus Station 9. Juli 2093 "*

„O Dad." Steven rang um Luft. Dicht an sein Gesicht gepresst, nahm er den von Tränen benetzten zerknitterten Brief wieder zurück und faltete ihn sorgsam zusammen.

„Alles in Ordnung?", rieb Susannah mitfühlend seinen Rücken.

„Ja, mir geht's gut. Danke, dass du geblieben bist."

Nachdem Steven den Brief wieder vorsichtig geschlossen hatte, nahm er nun die grüne Box, stellte sie vor sich auf den Tisch und öffnete langsam den Deckel.

Obenauf lag ein mit einem Gummi gebundener Stapel kleiner Fotos. Zu seiner Verwunderung waren es Originale, entwickelt auf echtem Papier. Nostalgisch, typisch Dad. Richtig gelagert hatten Fotos auf Papier einen entscheidenden Vorteil. Sie hielten praktisch ewig, während digitale Fotos selbst auf Plasmafolien höchstens 80 Jahre Lebensdauer aufwiesen und sich eines Tages fehlerhafte Phasen einschlichen. Kein Datenträger konnte es je mit echtem Papier aufnehmen.

Gleich das oberste Bild schien ihm sehr vertraut. Es sah gebraucht aus, hatte einen dunklen Abdruck vom Holzrahmen und schmückte mehrere Jahre den Schreibtisch seines Vaters auf der Freedom-Station.

Es war das Foto seiner Mutter, aufgenommen auf dem Marinestützpunkt in Neapel im Sommer 2076, vier Monate vor ihrem Tod. Es war eines der letzten Bilder von ihr. Vielleicht sogar das letzte, auf dem sie lächelte.

„Sie war wunderschön", sagte Susannah gerührt.

„Ja, das war sie."

Behutsam zog er das Gummiband vom Stapel und sah sich zusammen mit Susannah auch die anderen Bilder an. Ein befreiendes, warmes Gefühl der Freude und Erinnerung an gute alte Zeiten vermochte den Kummer der Gegenwart für kurze Zeit zu vertreiben.

Die meisten Bilder gehörten zum persönlichen Familienbesitz. Einige von seiner Mutter, ein seltenes spätes Bild mit ihr und Dad zusammen beim Grillen. Bilder aus Plymouth, von der Flugausbildung, der Akademie in Genf sowie einige Abzüge von Bones und Stevens gemeinsamer Kindheit. Zwei Jungen, die gern Fußball spielten.

„Bist du das, mit William? Wie alt warst du da?", wollte Susannah mit einem Lächeln wissen, als wäre aller Kummer vergessen.

„Da muss ich ungefähr 13 oder 14 gewesen sein."

„Du siehst so süß aus. Und Bone auch. Ein schönes Bild."

„Ist lange her. Wir waren wie Brüder."

„Das seid ihr doch immer noch", lächelte sie ihm zu.

Je weiter sie durch die sortierten Fotos blätterten, umso weiter reichten die Bilder in die Vergangenheit seiner Eltern zurück, glücklichere Zeiten, über Stevens Geburt und noch davor. Das letzte Bild des Stapels war auf das Jahr 2032 datiert und hatte trotz des hohen Alters nicht im Geringsten an Farbbrillanz verloren. Vielleicht war es das älteste noch existierende Bild der Cartrights überhaupt, ein stolzes Familienfoto einer anderen Generation, vor jenem Tag, der die Welt für immer veränderte und die Geschichte dieser Familie für immer prägen sollte.

Das Bild zeigte seinen Vater James, damals erst neun Jahre alt, dessen jüngeren Bruder Daniel sowie seine Großeltern George und Marion, die ein Jahr später Opfer der Katastrophe wurden. Zusammen standen sie vor dem restaurierten Original der legendären H.M.S. Victory in Portsmouth, Südengland. Es war ein majestätisches Linienschiff mit gelbschwarzem Rumpfanstrich und reihenweise Decks voller Kanonen.

„Dein Vater hatte schon immer eine maritime Ader für große Schiffe", staunte Susannah voller Bewunderung.

„Ich bin nie dort gewesen, aber er hat mir oft von diesem Tag erzählt. Du kennst doch noch das alte Modell von der Akademie in seinem Büro."

„Ja, was ist damit? Ahh, verstehe. Das ist das gleiche Schiff." Steven nickte und behielt seinen Vater im Auge, als schliefe er nur.

„Ja, nur ein bisschen kleiner. Er bekam es als Kind während der letzten Forschungsexpedition von seinen Eltern geschenkt. Sechs Tage bevor es passierte … Es war mehr als nur Spielzeug für ihn. Damals mochte er noch die See und Schiffe. Die Victory war seine größte Erinnerung und das erste große Modell, das er je baute. Er war wie besessen von diesem Schiff. Fast 15 Jahre hat er daran gebaut, es immer weiter verbessert. Ich glaube, die Erinnerungen daran haben ihn fast in den Wahnsinn getrieben. Ich durfte es nie berühren. Kurz danach hat alles angefangen."

„Verstehe!"

Einen Moment betrachtete er das alte Bild. Jeder auf dem Foto war tot. Selbst seinen Onkel Daniel, der die Katastrophe als Sechsjähriger an Bord der Vici überlebte, hatte Steven nie kennengelernt. Schon mit 13 Jahren starb er an Leukämie.

„Steven? Gibst du mir das Bild mal?", unterbrach Susannah die Stille.

„Weißt du, diese Krankheit ... der Krebs ist wie ein Fluch. Er lastet auf unserer Familie. Erst mein Onkel, dann Mum, nun Dad. Niemand bleibt verschont. Warum hat noch niemand ein Heilmittel gefunden?"

Susannah legte die Fotos beiseite und dachte nach.

„Ich weiß es nicht."

„Ich schon!", nahm er ihre Hand, küsste sie und strich über ihr altes Tattoo hinweg. Drei Ringe, ein Baum.

Er wusste, wenn die Konzerne es gewollt hätten, gäbe es diese Krankheit nicht mehr. Aber sie wollten es nie. Wieder sah er zu seinem Vater, als er die kalte Box auf seinen Beinen spürte.

„Was ist? Alles in Ordnung?", fragte Susannah besorgt.

„Es geht mir gut." Er begann die Box zu durchsuchen. „Was haben wir denn da?"

Steven kramte ein Gruppenfoto hervor.

„Kommt mir vor, als wäre es erst vor ein paar Tagen gemacht worden", erinnerte sich auch Susannah wehmütig.

Unter dem Bild stand ein eingravierte Datum. Aufgenommen auf der Columbia-Station am 23. Mai 2093 10:53 Uhr, knapp einen Tag vor dem Start. Steven nahm das Bild der 21-köpfigen Besatzung in die Hände und überflog die einzelnen stolzen Gesichter. Es war ein heroischer Moment, entschlossene junge Frauen und Männer, voller Tatendrang, Mut und Ehrgeiz. James Brust platzte fast vor Stolz.

Es gab Hunderte Bilder von Aberhunderten Missionen in den Kontrollzentren auf der Erde. Bis auf wenige Ausnahmen waren die meisten erfolgreich und wohlbehalten zurückgekehrt. Sie alle gehörten auf ihre spezielle Art zu den Pionieren und hatten die Grenzen des Unmöglichen überschritten. Jeder von ihnen nahm die bekannten Risiken und Gefahren auf sich, um dem höheren Ziel einen Schritt näherzukommen. In Gedanken versunken, betrachtete auch Susannah noch immer das Foto. Nacheinander fokussierte sie einzelne Gesichter, die es nicht zurückgeschafft hatten. Kira und Hiroto standen strahlend nebeneinander.

So sehr sie sich gegen die verdrängten Erinnerungen sträubte, kehrten die grauenvollen Bilder schlagartig aus ihrem Unterbewusstsein zurück. Miller, Stone, Carter, Wheeler, Professor Arkov und nicht zuletzt James waren bereits tot. Die Liste der Überlebenden schrumpfte mit jedem weiteren Risiko. Wie sollte sie das nur verhindern?

Plötzlich schreckte Steven hoch. Eine Person stand in der dunklen Tür. In Gedanken versunken, hatte er niemanden hereinkommen gehört.

„Na, Kumpel. Darf ich eintreten?", bat Bone respektvoll. Einen kleinen Augenblick wartete er auf eine Antwort, ehe Steven trauernd antwortete.

„Natürlich. Komm rein! Gehörst doch zur Familie."

Langsam trat er über die Schwelle. Während Bone sich mit kleinen Schritten der abgeschalteten Station des Admirals näherte, bemerkte Steven den Brief, den sein Freund in den Händen hielt.

„Du hast auch einen bekommen?", blickte er erstaunt auf die so vertraute Handschrift.

„Ja."

Niedergeschlagen blieb Bone vor seinem Ziehvater stehen und wischte sich sein Gesicht ab. Beide schauten auf ihre Briefe.

„Verstehe! Er hat gut vorgesorgt. Er wusste ja, was kommt."

Nun überraschte Steven gar nichts mehr.

„Ich mach's kurz und werde nicht lange stören", sagte Bone knapp.

„Du störst uns nicht", fühlte Susannah mit ihm mit. Betroffen schüttelte ihr Mann nur den Kopf.

„Das weiß ich. Ich wollte mich nur selbst verabschieden. Dauert nicht lange, dann bin ich wieder weg."

„Bleib, solange du willst", ließ ihm auch Steven alle Zeit der Welt. Die nahm sich Bone. Einige Minuten verharrte er andächtig auf den Knien, streichelte die Hand des alten Mannes und bedankte sich leise bei diesem. Dann betete er.

Als er schließlich wieder aufstand, trat er an seinen Freund heran und umarmte ihn innig, wie es Brüder tun. Beide schwiegen. Es gab keine Worte, die das lindern konnten. Noch nie hatten Worte einen geliebten Menschen zurückgebracht. Nur sie drei waren noch füreinander da.

Plötzlich zog Bone auch Susannah zu der Umarmung hinzu, so dass sich alle drei umschlossen.

„Ich danke euch beiden", sagte er eine Weile später. „Sue. Du bist wie eine große Schwester für mich. Ich mach dir keine Vorwürfe. Und du, Stevieboy, du bist mein großer Bruder. Ich liebe euch beide! ... Und dich auch, James."

Mit einem letzten Gruß kehrte er schließlich allen den Rücken und verließ die Sektion so langsam, wie er sie betreten hatte. Beide sahen ihm mit feuchten Augen nach.

Wieder vergingen einige Minuten, ehe Steven den Brief in die Box legte und den letzten Inhalt betrachtete.

Unter den berühmten grünlich schimmernden Rasterbildern des alten Missionszieles, des Planeten Capri, lag schließlich eine versiegelte braune Aktenmappe mit überdeutlicher roter Aufschrift:

„TOP SECRET - SINUS AESTUMM, CAPRI - CODE HS5A" Susannah überflog das Deckblatt der Mappe.

Das Siegel trug die Initialen J. T. C., die seines Vaters. Ungläubig starrten beide auf die letzten Zahlen und Buchstaben, die auf der Mappe zu lesen waren. 5A? Capri? Er war verwirrt. Offiziell sollte er alle Einzelheiten zur Mission, alle Hintergründe und sämtliche Forschungsergebnisse kennen. Offenbar war dem nicht so. Steven und Susannah sahen einander an.

„5A? Das ist die Höchste Sicherheitsstufe!", erkannte Susannah, die niemals zuvor eine so streng geheime Akte einsehen durfte.

„Mal sehen, was du uns allen verschwiegen hast, Dad."

Gerade als er die Mappe öffnete, unterbrach der wieder zum Leben erwachte Colonel Braun die Ruhe mit einer Durchsage über das Intercom.

„An alle. Wir haben unsere Endstation erreicht."

Die Tonlage seiner tiefen Stimme versprühte Eiseskälte und Endgültigkeit. Sie waren zu Hause angekommen.

Steven zögerte und spürte, wie die Triebwerke bremsten. Für einen Moment blickte er auf das erste Blatt des offenen Dokumentes. Ein schwarzweißes Foto voller langer, schwarzer Schatten erregte seine Aufmerksamkeit, doch seine Gedanken umkreisten ganz andere Fragen. Zuerst wusste er nicht was er da sah. Unförmige Strukturen unter Capri. Dann schien sich sein Blick zu versteinern. Er schluckte. Welche Wahrheit war die Schlimmere? Welche bot mehr Trost? Oder war es dafür längst zu spät?

„Was ist das da auf dem Bild?", fragte Susannah neugierig, die das seltsame Gebilde nicht erkannt hatte.

Plötzlich polterte jemand durch die Tür. Es war Bone.

„Wir sind da. Das solltet ihr euch ansehen!", schnaufte er atemlos.

Einen Moment hielt Steven inne. Hin- und hergerissen starrte er auf das befremdliche Bild. Konnte das sein? Dann packte er die Akte in die Box zurück, schloss den Deckel und stand auf.

„Willst du sie nicht durchsehen? Vielleicht ist sie wichtig."

Ganz sicher war es wichtig, dachte er sich. Doch nichts war bedeutender, als das Schicksal ihrer Heimat. Er stand auf.

„Später, Sue. Ich muss das da draußen sehen. Komm mit!"

Neugier und Überlebenswille. Beides waren Urinstinkte, die tief in der menschlichen Psyche verankert waren. Das Schwierige daran war, eine gesunde Balance zu finden, um nicht noch tiefer in die Scheiße zu geraten.

Die Erkenntnis

Weder der schrecklichste Albtraum noch die bösesten Vorahnungen konnten sie darauf vorbereiten, was aus dem einst blühenden Planeten geworden war. Niemand wollte es wahrhaben. Doch ein Blick aus den Fenstern ließ allen das Blut in den Adern gefrieren.

Im ewigen Dämmerlicht der gespenstisch anmutenden Sonne, abseits der habitablen Zone, zog die Erde ihre neue Umlaufbahn in erbarmungsloser Gleichgültigkeit. Ihr Motor lief noch, doch das Wunder des Lebens war erloschen. Erstarrt zu einem Fels aus Eis, ohne die Kraft der Witterung durch Regen und Sturm hatte sie die dramatischen Ereignisse der letzten Jahrhunderte für immer konserviert.

Die Sonne im Rücken, bremsten die kraftvollen Triebwerke in ihrer autonomen Funktion das Flickwerk, das einmal der Stolz der Flotte einer längst vergangenen Epoche war. Nur noch wenige Sekunden und die längste Reise der Menschheit fand ihr Ende. Ihre Position, irgendwo zwischen Erde und Mond, wie es die Vorschriften vorsahen. Es war gottverlassenes Niemandsland, frei von Weltraumschrott und die ideale Bremsregion für operierende Schiffe.

Jeder an Bord hatte sich eigene Vorstellungen einer glorreichen Rückkehr gemacht. Jubelnder Empfang, Tausende Schiffe im Sicherheitsabstand, Salutfeuer aus den Geschützen der Royal Navy oder schlichtes Feuerwerk. Doch die Realität präsentierte ein verlassenes System ohne jedes Funkfeuer.

„Dann ist es also wahr." Caren musste sich setzen.

„Voller Stopp! Drehung um 90 Grad!", befahl Steven verbittert. „Das reicht mir fürs Erste." Völlig irritiert stemmte er sich über die Konsolen und sah durch die ungefilterte Fensterfront. Die Erde starrte vor Kälte.

Im direkten Sonnenlicht bot sie den Anblick einer einzigen weißgrauen eisigen Scheibe wie der Jupitermond Europa.

Nur massiv aufragende Gebirge verrieten, wo sich einst die Kontinente befanden. Doch auch sie waren unter dem grauen Schleier des Todes kaum mehr zu erkennen.

Alles Blau war verschwunden. Alles Grün war verschwunden. Die Erde hatte jede Farbe und jedes Leben verloren.

„Wir sind erledigt!"

Weißberg nagte am Wahnsinn. Wen kümmerte es, ob er aufs Neue die Nerven verlor. Niemand interessierte es. Bald würde es allen so ergehen.

„Wir sind sowas von erledigt! Das kann doch nicht wahr sein", wiederholte er sich. „Das darf nicht sein!"

IVI: „Zielkoordinaten erreicht. Triebwerke werden abgeschaltet. Willkommen zu Hause."

„Bestätigt. Triebwerke sind aus. Wir bewegen uns keinen Millimeter", antwortete Bone roboterhaft und sah sich zu den anderen im Cockpit um. Alle blickten traumatisiert hinaus.

„Und, was machen wir nun? Wo sollen wir noch hin?", forderte Rivetti als Einzige eine Antwort.

Alle schwiegen.

Alle, außer Colonel Braun, dessen schwere Verletzungen in den Jahren des Rückfluges beinahe gänzlich verheilt waren.

„Ja, wo sollen wir noch hin?"

In dunkelblaue Bandagen gewickelt, konnte er sich keine trostlosere Zukunft vorstellen. Warum hatten sie ihn überhaupt gerettet? Um das zu sehen? Müde und innerlich verletzt trat er ein paar Schritte vor.

„Willkommen zurück in der Hölle!"

Fortsetzung

… folgt …

Charakter-Verzeichnis

Crew der Explorer

Admiral James Cartright
Mit zehn Jahren traumatisierte ihn die Hölle von Capri. Seither ist er davon besessen und kennt nur noch ein Ziel: Capri Solaris und das Rätsel der fremden Technologie, die ihn zur Waise machte. Begründer der Mission Capri, Bauherr der Columbus-Station und Oberkommando der europäischen Raumflotte.

Commander Steven Cartright
Sohn des Admirals und Ehemann von Doktor Susannah Cortez. Folgt dem Traum seines Vaters. Ehrgeiziger Commander und begnadeter Pilot der Mission Capri. Jahrgangsbester der Akademie. Er und Bone sind seit ihrer Kindheit ein eingeschworenes Team und beste Freunde.

Doktor Susannah Cortez
Bordärztin der Mission Capri, Psychologin, Biologin und Bezwingerin des gefürchteten Maobi-Virus von Yucatan. Rettete Steven Cartright nach einer Shuttlekollision das Leben. Seither ist sie glücklich mit dem Commander liiert. Crew der Jungfernfahrt Mission Capri.

William (Bone) Roddam
Früherer Stunt- und Testpilot, verrückter Cyberjunkee und V3R-Süchtiger, langjähriger Freund des Commanders und Ziehsohn von Admiral Cartright.
Witwer von Jennifer Crowe. Co-Pilot der Explorer. Crew der Jungfernfahrt Mission Capri.

Caren Staff
Missionsspezialistin für Biologie, Geologie und Terraforming. Ladungsspezialistin der Biosphäre, Mitentwicklerin der Basisstation. Freundin von Susannah. Still, zurückhaltend und seit Monaten in Bone verliebt. Natur und Pflanzen bedeuten ihr alles.

Chad Barrow
Konstrukteur und Ingenieur der E.S.S Explorer. Untrainierter Theoretiker und Vielfraß. Fest davon überzeugt, nie einen Fehler zu begehen. Niemand kennt das Schiff besser als er. Crew der Jungfernfahrt Mission Capri.

Elisabeth Sadler
Erfolgsverwöhnte Ingenieurin der E.S.S. Explorer. Befreundet mit Gordon Miller und Chad Barrow. Besatzung der Mission Capri.

Gordon Miller
Chefingenieur und Co-Konstrukteur der E.S.S. Explorer. Früher Auto-Designer. Liebt schnelle Cabriolets. Besatzung der Mission Capri.

Professor Jaros Kaspar Arkov
Multi-Genie und wissenschaftliche Seele der Mission Capri. Spezialgebiete: Archäologie, Astrophysik, Mathematik und Doktor vieler Sprachen. Arkov ist mit 61 Jahren das zweitälteste reguläre Crewmitglied und einer der angesehensten Wissenschaftler der Welt.

Hiroto Yoshimura
S.E.T.I.-Jäger und Kryptologe, Mitglied des wissenschaftlichen Teams der Mission Capri. Japanische Abstammung, verheiratet.

Kira Yoshimura
S.E.T.I.-Jägerin und Kryptologin, Mitglied des wissenschaftlichen Teams der Mission Capri. Japanische Abstammung, verheiratet.

Schutztruppe der Explorer

Colonel Peter Braun
Deutschstämmiger Berufssoldat der alten Garde. Ehemaliger harter Elite-Marine mit dunkler Vergangenheit. Ex-Ausbilder der Akademie. Wurde mehrfach hochgradig ausgezeichnet. Kommando aller Marines und Vorgesetzter von Captain Thomas Wheeler.

Captain Thomas Wheeler
Geschätzter Anführer der Marines, Freund von Colonel Braun.
Hervorragender Stratege und Leitfigur von Viktor Vandermeer.
Schutztruppe Mission Capri.

First Lieutenant Van Heusen
Dritter Mann der Marines, Infanterie, schwere Waffen,
Spezialisierung: Plasmawaffen, enger Freund von Vandermeer und
Rivetti. Schutztruppe Mission Capri.

Med-Tech Isabell Rivetti
Marine, Infanterie, leichte Waffen, Spezialisierung: Medical Officer.
Gute Seele der Truppe. Friedensstifterin unter den Marines.
Schutztruppe Mission Capri.

Lieutenant Natascha Pasczekowski - Kowski
Marine, Spezialisierung: Drop-Ship-Pilotin der Arche. Wortkarg und
sehr maskulin. Schutztruppe Mission Capri.

Master Sergeant Aaron Wullf
Marine, Infanterie, schwerste Waffen, Spezialist: Warhammer.
Afrikanischer Abstammung, oft im Visier von Vandermeer, Ruhige
Seele und riesiger Muskelberg, Schutztruppe Mission Capri.

Sergeant Eric Stone
Marine, Infanterie, mittelschwere Waffen, Spezialist: Sprengstoffe.
Schutztruppe Mission Capri.

Corporal Viktor Vandermeer
Marine, Infanterie, schwere Waffen, Spezialist für Sturm, Nahkampf
und Messer. Rassistische Veranlagung, sehr dominant und
unberechenbar. Gerät schnell in Rage. Schutztruppe Mission Capri.

Com-Tech David Weißberg
Marine, Infanterie, leichte Waffen, Spezialist für Elektronik, Technik-
und Computerfreak. Wegen seiner Blässe oft im Visier von
Vandermeer. Schutztruppe Mission Capri.

Corporal Carter
Marine, Infanterie, Spezialist: Scharfschütze und Nahkampf. Spieler und Wettkönig. Setzt auf alles Geld. Schutztruppe Mission Capri.

2033

George Cartright
Vater des Admirals, Vulkanologe und leidenschaftlicher Angler. Überlebte den ersten vernichtenden Impuls von Capri.

Marion Cartright
Mutter des Admirals, Vulkanologin. Überlebte den ersten vernichtenden Impuls von Capri.

Daniel Cartright
Bruder von James Cartright. Überlebte mit sechs Jahren die Hölle von Capri. Starb mit 13 an Leukämie.

Sonstige Personen

Lieutenant Jennifer (Jane) Crowe
Kampf-Jet-Testpilotin. Ehefrau von Lieutenant Commander William Roddam (Bone), ursprüngliche Co-Pilotin der Mission Capri. 2088 im Nordatlantik während eines Testfluges verunglückt.

Über den Autor

Christian Klemkow

Mein Name ist Christian Klemkow und ich wurde 1976 in Grevesmühlen nahe der Ostseeküste geboren. Als erster männlicher Erzieher im Landkreis leite ich seit 2003 eine familieneigene Kindertagesstätte und betätige mich ganz nebenbei auch noch als Autor. Moment mal, mögen Sie sich jetzt vielleicht fragen. Wieso schreibt ein Erzieher ein Science-Fiction-Roman und kein Kinderbuch? Die Antwort ist einfach. Auch in mir steckt ein kleiner Junge, der einmal die wildesten Berufswünsche hatte.

Was wollte ich nicht alles werden: Vulkanologe, Seismologe, Archäologe, Paläontologe, Fotograf, Nautiker, Astronom und selbstverständlich auch Astronaut. Die Wunschliste geht weiter, denn als Bewunderer des Kinos wollte ich auch noch Cutter, Kameramann und sogar Regisseur werden. Viele Zweige, die mich über Jahre beschäftigt und geprägt haben.

Da man aber im realen Leben leider nicht alles auf einmal sein kann, hab ich all mein Wissen und meine Ideen genommen und daraus eine spannende Science-Fiction-Geschichte geschaffen. Dabei hat mich vor allem Stephen Hawking mit seiner „kurzen Geschichte der Zeit" so sehr inspiriert, dass ich meine Geschichte unbedingt zu Papier bringen musste.

Und nun wünsche ich Ihnen weiterhin spannende Unterhaltung mit "Exploration Capri - Verschollen".

Über das Buch

Exploration Capri
Teil 2
- Verschollen -

Das Raumschiff Explorer. Schwer beschädigt treibt es in den Weiten des Alls. Fernab vom Ziel der ursprünglich geplanten Expedition. Als die Crew aus ihrem schützenden Kryoschlaf erwacht, hat sie keine Ahnung von der Katastrophe, die sie vom Kurs abbrachte. Stattdessen sieht sie sich mit einer neuen Gefahr konfrontiert, der noch niemand zuvor begegnet ist.

Von nun an beginnt ein erbitterter Kampf in einer völlig neuen Mission.

Ihr Ziel: Überleben!

„Verschollen" ist die direkte Fortsetzung von „Inferno" und gehört zu einer mehrteiligen dramatischen Science-Fiction-Buchreihe, die ihre Leser auf eine spannende Reise durch Raum und Zeit entführt.

Inspiriert von Stephen W. Hawkings Buch „Eine kurze Geschichte der Zeit".

Information

EXPLORATION

CAPRI

Teil 4
- Hoffnung -

In Kürze auch als Print
erhältlich.

Printed in Great Britain
by Amazon.co.uk, Ltd.,
Marston Gate.